Jumata Emill

Kill the Truth

Eure Lügen, meine Schuld

JUMATA EMILL

KILL THE TRUTH

EURE LÜGEN, MEINE SCHULD

THRILLER

dtv

Deutsche Erstausgabe

Published by arrangement with Jumata Emill
Titel der amerikanischen Originalausgabe: ›Wander in the Dark‹,
2024 erschienen bei Delacorte Press,
an imprint of Random House Children's Books,
a division of Penguin Random House LLC, New York

Tumblingerstraße 21, 80337 München
produktsicherheit@dtv.de

Lektorat: Sophie Hofmann
Sensitivity Reading: Simoné Goldschmidt-Lechner
Umschlaggestaltung: Daniela Hofner | buxdesign, München
Umschlagmotive: stocksy.com / Mosuno, Katarina Radovic
Gesetzt aus der Aldus
Satz: Fotosatz Amann, Memmingen
Druck und Bindung: GGP Media GmbH, Pößneck
Printed in Germany · ISBN 978-3-423-74118-7

Das ist für dich, Dad

1

Amir

Was hab ich auf dieser Party verloren?

Ich stehe auf einem überfüllten Flur, umgeben von einem Haufen besoffener Kids, die ich nicht ausstehen kann. Doch ich ärgere mich mehr über mich selbst als über die anderen, weil ich die Antwort auf diese Frage kenne: Chloe Danvers.

Vor einer Stunde hat sie mir geschrieben, einfach so.

Wir sehen uns auf der Party, stand da.

Wer bist du?, hab ich geantwortet. Die Nummer sagte mir nichts.

CHLOE.

Mehr stand da nicht. Ich kenne nur eine einzige Chloe. Na ja, kennen ist übertrieben. Sie gehört zu den P&Ps auf meiner neuen Schule. P&P = pretty and popular. Sie ist in der Mittelstufe, wir haben also keinen Kurs zusammen und hängen auch nicht mit denselben Leuten ab, trotzdem sehe ich sie fast jeden Tag, weil sie mit Trey Winslow zusammen ist. Trey geht in die Oberstufe, so wie ich, und ist einer von etwa einem Dutzend schwarzer Jungs, die die Truman Academy besuchen.

Wenn Trey und ich einen gemeinsamen Kurs hatten, hat Chloe danach oft auf ihn gewartet.

Ich hab gehört, dass sie diese Woche Schluss gemacht haben. Keine Ahnung, warum. Eigentlich habe ich mit diesen arroganten Kids auf der Schule nichts zu schaffen. Weil sie mir heute Abend aber einfach so geschrieben hat, mach ich jetzt genau das, was ich eigentlich vermeiden wollte – nämlich auf diese Party zu gehen. Denn: Chloe ist ziemlich heiß, sogar für ein weißes Mädchen. Ich muss zugeben, dass ich neugierig bin, ob sie mir mit der Nachricht signalisieren wollte, dass ich eine Chance bei ihr habe. Ich bin mir sicher, dass sie mich manchmal abcheckt, wenn ich an ihr vorbeigehe.

Mein rechter Mundwinkel wandert nach oben, als ich an der Wand lehne und unseren kurzen Chat überfliege.

Woher hast du meine Nummer? Marcel?

Ist doch egal.
Kommst du oder nicht?

Eigentlich nicht.

☹️

Was ziehst du für ein Gesicht? 😸

Wollte dich sehen. Mit dir abhängen. 😉

Hmmmm … 😈

Sie muss meine Nummer von Marcel haben.

Scheint so, als hätte er jeden Einzelnen von unserer Schule zu seinem sechzehnten Geburtstag eingeladen. Jede Menge Leute und ein riesiges Haus bedeuten, dass ich ihm so lange wie möglich aus dem Weg gehen kann. Bis jetzt bin ich ihm auch noch nicht begegnet, aber wahrscheinlich ist das nur eine Frage der Zeit. Ich will nicht, dass er denkt, ich komme seinetwegen oder, schlimmer noch, zwischen uns sei alles in Ordnung. Ist es nämlich nicht. Und wird es auch nie sein. Es ist mir egal, dass er mein Halbbruder ist.

»Hey, alles klar?«, fragt mein bester Freund Quincy und klopft mir auf die Schulter.

Ich schaue von meinem Handy auf und verziehe die Lippen. »Scheißfrage, Bro … nachdem du Buster und Nick hinter meinem Rücken von der Party erzählt hast, ist natürlich nicht alles klar.«

Quincy war vor zwei Wochen bei mir zu Hause, als ich Marcels Einladung in den Mülleimer geworfen habe. Er kennt die Vorgeschichte. Er weiß, welche Wunden es bei mir aufreißt, dass ich hier bin. Weshalb ich auch immer noch sauer bin, dass er unbedingt hierherkommen wollte, obwohl wir heute Abend eigentlich was anderes vorhatten. Natürlich haben Buster und Nick die Chance genutzt, sich die zweistöckige pseudogriechische Villa an der St. Charles Avenue, in der mein Dad mit seiner neuen Familie wohnt, mal von innen anzusehen. Seit Buster und Nick herausgefunden haben, dass der Mann, der vom *Food&Wine*-Magazin zu einem der besten Küchenchefs und Restaurantbesitzer der Stadt gekürt wurde, mein Vater ist, fragen sie mich ständig, warum ich ihn nicht besuche und nie von ihm erzähle.

Meine Kumpels wissen nichts von Chloes Nachricht. Ich hab sie glauben lassen, dass *sie* mich überredet haben hierherzukommen.

»Ist doch kein Ding, Bro!«, brüllt mir Quincy ins Ohr, während die Musik in meiner Brust wummert. »Aber was da zwischen euch gelaufen ist …«

»Mann, lass es einfach«, unterbreche ich ihn und lasse mein Handy in der Vordertasche meines Hoodies verschwinden.

Ich recke den Hals, um über die Köpfe der anderen drüberzugucken. Wo steckt sie nur, verdammt? Wir sind seit zwanzig Minuten hier und ich habe sie immer noch nicht gesehen. Hoffentlich kann ich sie gleich überreden, von hier zu verschwinden. Es gibt so viele andere Orte, an denen wir abhängen könnten, vor allem heute Abend. Marcel würde nicht mal bemerken, dass ich hier war.

»Wo sind Bus und Nick?«, frage ich Quincy.

Die Antwort kommt sofort, als ich höre, wie jemand »Mach bloß keinen Stress, Weißer Junge!« ruft.

Alle drehen sich in die Richtung, aus der die Stimmen kommen. *Oh nein!* Mir dreht sich der Magen um. Quincy und ich tauschen einen Blick, und ich kann sehen, dass er das Gleiche denkt.

Das ist Busters Stimme. Wir würden sie überall erkennen.

Ich bahne mir meinen Weg ins Wohnzimmer, Quincy ist direkt hinter mir. Als wir dort ankommen, teilt sich die Menge und gibt den Blick auf Buster und Nick frei, die mit dem Rücken zu uns stehen. Beide starren in dieselbe Richtung – zu den Jungs, die auf dem Sofa sitzen, auf dem ich mal versehentlich ein bisschen Limonade verschüttet habe, woraufhin mir Marcels Mutter vorwarf, ich hätte keine gute Kinderstube gehabt.

Jared Lanford ist der Einzige, den ich kenne. Wir haben zusammen Englische Literatur und Physik. Langsam steht er auf, während Quincy und ich uns neben Buster positionieren. Jared gehört zu den weißen »Meinem-Daddy-gehört-die-Welt«-Arschlöchern. Seine Speichellecker stehen ebenfalls auf. Sie sind wie er: weiß und privilegiert.

»Wo ist dein Problem, Dude?«, sagt Jared zu Buster mit höhnischem Grinsen. »Ich hab dir eben schon gesagt, dass wir kein Problem haben. Ey, du bist echt paranoid.«

»Entspann dich, Bus!«, raune ich ihm fast flehentlich zu.

Buster kann wegen jeder Kleinigkeit ausflippen. Wenn er schlecht drauf ist, fühlt er sich schon davon provoziert, wie jemand Luft durch seine Nase zieht. Ich wusste, dass es eine schlechte Idee von Quincy war, ihn mitzubringen. Vor allem, wenn man bedenkt, wie viel er bereits getrunken hat.

Busters Blick bohrt sich in Jareds Augen. »Ich mag es nun mal nicht, wie diese Typen Nick und mich anstarren, sich

Nachrichten schreiben und rumkichern wie so bescheuerte Schlampen.«

Als die Musik leiser wird, kann jeder im Raum deutlich Busters Stimme hören: »Hey, Amir, mach deinen *Schulfreunden* klar, dass ich kein Nigga bin, der sich verarschen lässt.«

Ich zucke zusammen. Ein paar Leute schnappen nach Luft. Scheiße, Mann, so was brauche ich heute Nacht nicht. Nicht hier. Nicht vor all diesen Kids, die mich acht Stunden am Tag, von Montag bis Freitag wie Luft behandeln.

»Komm, Bus, reg dich ab!« Ich drücke ihm sanft meine Hand auf die Brust. Sein Herz donnert wie ein Presslufthammer.

»Hör auf deinen kleinen Freund«, sagt Jared mit abfälligem Blick.

Busters Nasenlöcher blähen sich. Als ich zu Nick rüberschaue, sehe ich, dass er die Fäuste geballt hat.

Ich hätte niemals hierherkommen sollen. *Aber was tut man nicht alles wegen eines Girls.*

»Amir?«

Die Menge zu meiner Rechten teilt sich. Marcel tritt aus der Lücke heraus und bleibt zwischen Jareds und meinen Leuten stehen. Ein bulliger Kerl in schwarzem Anzug ist direkt hinter ihm. Er gehört zur Security, die am Eingangstor die Einladungskarten gecheckt haben. Wir sind auch ohne reingekommen, weil er mich erkannt hat.

»Gibt's hier ein Problem?«, fragt Marcel und sieht mich an.

»Alles okay, Bro«, antworte ich irritiert. »Wir haben alles unter Kontrolle. Stimmt's, Bus? Gab nur ein kleines Missverständnis.«

Buster macht ein schmatzendes Geräusch, wendet seinen Blick endlich von Jared ab und schaut mich an. »Yeah! Der Typ kann mich mal. Haltet ihn mir einfach vom Leib.«

»Gerne doch«, lallt Jared und verschwindet durch dieselbe Lücke, durch die Marcel und der Typ von der Security eben gekommen waren. Jareds Fußvolk schließt sich ihm an.

»Hey, wo bleibt die Musik?«, ruft Marcel und zieht alle Aufmerksamkeit auf sich. »Heute ist mein Scheißgeburtstag, also lasst uns richtig durchdrehen!«

Die Leute jubeln. Im nächsten Augenblick dröhnt die Musik wieder los, und alle tun so, als wäre nichts passiert.

Alle außer uns.

»Mann, bin ich froh, dass du da bist«, sagt Marcel, nachdem er den Kerl von der Security mit einem Kopfnicken dorthin zurückgeschickt hat, wo er herkam. »Das ist mein bestes Geburtstagsgeschenk überhaupt.«

Marcel breitet die Arme aus und kommt mir entgegen. Ich mache einen Schritt zurück, er bleibt stehen. Sein breites Lächeln fällt in sich zusammen. Wie kommt er bloß darauf, dass ich mich von ihm umarmen lasse? Ich hab gewusst, dass er es falsch verstehen würde, dass ich hier bin.

»Wie lange bist du schon da?«, fragt er, während die Begeisterung aus seiner Stimme weicht. Seine Augen huschen nach rechts und links. »Also mit deinen Freunden«, fügt er hinzu.

»Ach, die wollten sowieso kommen«, antworte ich.

Es ist eine gewisse Genugtuung, zu sehen, wie Enttäuschung von seinem Gesicht Besitz ergreift. Er sieht aus wie seine kreolische Großmutter. Je älter er wird, desto breiter wird seine Nase und desto voller werden seine Lippen – auch meinen Kumpels ist inzwischen aufgefallen, dass wir dieselben Merkmale teilen. Marcel und seine Mutter stehen für das Leben, für das es sich gelohnt hat, meine Mutter zu betrügen. Sie sind die wahre Familie meines Vaters. Ich bin nur der andere Sohn.

»Hey, was geht ab, Marcel? Herzlichen Glückwunsch,

Junge!«, ruft Quincy, tritt vor mich und streckt seine Hand aus. »Ich bin der beste Freund deines Bruders, DeQuincy, aber alle nennen mich Quincy – oder einfach Q.«

»Halbbruder«, murmele ich, was bei der lauten Musik aber untergeht.

Quincy hat diesen albernen Gesichtsausdruck, als er Marcel die Hand schüttelt. Ich spanne unwillkürlich den Kiefer an.

»Schön, dich kennenzulernen, Bro«, fährt Quincy fort und lässt Marcels Hand los. »Ich hab schon viel von dir gehört.«

Quincy tritt einen Schritt zurück und mustert Marcels Garderobe. »Cooles Outfit, Kumpel!«

»Danke, Mann«, entgegnet Marcel, der sich mit einer Hand über sein smaragdgrünes Samtjackett streicht, das er zu einem aufgeknöpften weißen Smokinghemd, einer maßgeschneiderten Hose und Designerschuhen trägt. Marcels zweiter Vorname hätte auch *Ich muss immer übertreiben* lauten können. Auf der Einladungskarte war *business casual* als Dresscode angegeben. Die meisten Gäste hier sind ziemlich aufgebrezelt, wodurch wir in diesem Meer aus weißen Gesichtern noch mehr auffallen als sonst.

»Jetzt weiß ich endlich, wer der Einzige in eurer Familie ist, der richtig Stil hat«, sagt Quincy zu ihm und lässt seinen Blick zu mir wandern.

Ich starre auf meine Jeans, die an den Knien durchgescheuert ist. An den Füßen trage ich meine schwarz-goldenen Air Jordans, limited Edition. Ich denke an die Webadressen, die neulich in Quincys Internetverlauf aufgetaucht sind, als ich seinen Laptop benutzt habe. Außerdem frage ich mich, ob er seine Meinung über diese Party nicht plötzlich geändert hat, weil er Marcel aus ganz anderen Gründen treffen wollte als Buster und Nick.

»Hey, Bro. Ich bin Amirs Kumpel, Buster.« Er streckt Marcel seine dünne Hand entgegen.

Der zögert kurz, bevor er sie annimmt. Sein Blick ruht dabei die ganze Zeit auf mir.

Ich weiß, was er denkt. Er fragt sich, warum ich immer noch mit der Person abhänge, die mir den ganzen Ärger eingebrockt hat. Die meine Mom dazu gebracht hat, meinen Dad zu überreden, mein Schulgeld für die Truman Academy zu bezahlen. Meine Mom kann Buster nicht ausstehen. Sie denkt, dass er es nie zu was bringen und mich mit sich in den Abgrund ziehen wird. Sie könnte recht haben. Trotzdem ist er mein Freund.

Nachdem auch Nick sich vorgestellt hat, deutet Marcel auf meine Kumpels und sagt: »Ihr wart alle mit Amir auf der Douglas Egan High?«

Alle nicken.

»Wir sind schwer beeindruckt, in was für einer schicken Umgebung unser Kumpel aufgewachsen ist«, sagt Buster, als wir vom Wohnzimmer in die Eingangshalle gehen, wo weniger los ist.

»Das hast du uns echt vorenthalten, Alter«, fügt er hinzu und haut mir auf die Brust.

»Das kannst du laut sagen«, bestätigt Nick.

»Ich bin hier auch nicht aufgewachsen«, stelle ich richtig. »Ich war nur zu Besuch hier.«

Bis ich es einfach gelassen habe, sage ich zu mir selbst.

Ich blicke mich erneut nach der blonden Mähne um, die mich hierhergelockt hat. Das wäre genau die Ablenkung, die ich jetzt bräuchte.

Marcel beugt sich zu mir. »Amir, können wir reden? Ich will alles zwischen uns in Ordnung bringen. Das Leben ist zu kurz, Mann.«

Den letzten Satz sagt er nur, weil unsere Grandma letztes Jahr gestorben ist. Wie auch immer. Es ist derselbe Scheiß, den er ständig von sich gibt, seit ich auf das Truman gehe. Hätte er früher so gedacht, als wir noch jünger waren, dann hätte sich alles anders entwickelt.

»Gibt's hier eigentlich keinen Alkohol?«, frage ich und schaue alle an außer ihn.

Die meisten der protzigen Möbelstücke, mit denen seine Mutter so angibt, sind umgestellt oder woandershin geräumt worden, vermutlich damit Marcels Freunde mehr Bewegungsspielraum und genug Platz zum Tanzen haben. Im Arbeitszimmer, das sich rechts von der Eingangshalle, unmittelbar vor der Treppe befindet, ist ein großes Büfett aufgebaut worden. Lange Tische mit silbernen Speisenwärmern ziehen sich an der Wand entlang. Von dort aus, wo wir stehen, erblicke ich auf einem der Tische eine große Schüssel mit Punsch. Dahinter erhebt sich eine glitzernde Eisskulptur in Gestalt einer großen Sechzehn. Grüne, goldene und violette Luftballons verteilen sich auf dem Fußboden des Wohnzimmers, der Eingangshalle, des Arbeits- und Esszimmers. Ein riesiges gerahmtes Foto, das meinen Dad mit seiner neuen Familie zeigt, hängt immer noch über dem halbmondförmigen Tisch, der im Übergangsbereich zwischen Ess- und Arbeitszimmer steht. Doch im Gegensatz zu meinem letzten Besuch hier handelt es sich um eine aktuelle Aufnahme statt um das alte Foto mit dem zehnjährigen Marcel.

»Probier mal den Punsch«, fordert Marcel mich auf, nachdem er mir einen Klaps auf die Schulter gegeben hat. »Paul und Danny haben ihn erst mal mit Wodka ein bisschen spannender gemacht, als sie gekommen sind.«

Er erwähnt ihre Namen so beiläufig, als müsste ich wissen, wer Paul und Danny sind.

»War klar.«

Ich mache auf dem Absatz kehrt und lasse ihn mit meinen Kumpels zurück. »Echt geile Hütte«, höre ich Nick sagen, während ich mir meinen Weg durch die Menge bahne. Ich will nicht zusehen, wie meine Jungs sich bei meinem Halbbruder einschleimen und diese Villa anhimmeln, in der mindestens vier schmale Reihenhäuser wie das, in dem ich mit meiner Mom wohne, Platz finden würden.

Als ich die Eingangshalle durchquere, wandert mein Blick die Stufen hinauf. Ich frage mich, ob das Zimmer, das meinem Dad zufolge hier auf mich wartet, inzwischen einem anderen Zweck dient. Marcels Mom hat stets gesagt, dass sie ein eigenes Ankleidezimmer braucht, und bestimmt ist mein altes Zimmer dafür gerade gut genug. Er ist so ein Trottel, wenn es um sie geht. Lily kriegt immer alles, was sie will. Alle anderen sind ihm scheißegal – mich eingeschlossen.

Weil ich nicht nach vorne schaue, stoße ich mit etwas zusammen.

»Hey, erst willst du nicht kommen und dann rennst du mich über den Haufen!«

Korrektur. Nicht mit *etwas*. Mit *jemandem*.

Chloe steht vor mir, ihr hübsches Gesicht ein wenig verzerrt. Einer ihrer Arme schwebt vor ihr in der Luft – vermutlich um zu verhindern, dass der Punsch in ihrem Champagnerglas auf ihr sexy Kleid kleckert. Bei ihrem Anblick lässt der Druck, der meine Brust zusammengeschnürt hat, ein wenig nach. Sie ist in Begleitung eines braunhaarigen Mädchens, dessen Namen ich nicht kenne. In der Schule hab ich die beiden schon öfter zusammen gesehen.

»Ich dachte, du freust dich, dass ich da bin«, sage ich und versuche, meine Stimme etwas tiefer klingen zu lassen.

Sie lässt den Arm sinken und wirft mir mit ihren aschfarbenen Augen einen verführerischen Blick zu. »Ich bin überrascht, dass du gekommen bist. Ich dachte schon, du nimmst es mir übel, dass ich mit deinem Bruder befreundet bin.«

»Ist mir total egal, glaub mir.« Ich gehe einen Schritt näher an sie heran. In ihrem Duft mischen sich Aufregung und Bedauern. »Deine Message kam ziemlich unerwartet. Ich hab dich immer nur mit Trey zusammen gesehen, mal abgesehen von Marcel.«

»Mit Trey rede ich nicht mehr.« Auch sie kommt einen Schritt näher und beginnt, mit den Plastikperlen zu spielen, die mir um den Hals hängen. Die hatte ich völlig vergessen. »Da scheint ja schon jemand ausgiebig gefeiert zu haben.«

Nick, Buster, Quincy und ich sind seit sechs Uhr morgens auf den Beinen, wie wir es seit der neunten Klasse machen, wenn Mardi Gras, der letzte Tag der Faschingszeit, ist. Zuerst haben wir uns die Zulu-Parade und dann den Rex-Umzug angeschaut. Danach haben wir den ganzen Nachmittag bis in den Abend in der City gefeiert und sind mit einer Flasche Hennessy, die uns einer von Busters Onkeln zugesteckt hat, von einer Hausparty zur nächsten gezogen. Den Cognac haben wir auf drei Plastikbecher von Popeyes aufgeteilt, damit niemand sehen konnte, was wir wirklich tranken.

Ich liebe Mardi Gras über alles. So viel Energie in der Luft. Ganz New Orleans erwacht zum Leben und alle wollen eine gute Zeit miteinander haben.

Chloe lächelt so verdammt sexy, dass ich unwillkürlich den Blick niederschlage und mir über die Lippen lecke. Scheiße, Mann, dieses Mädchen ist echt zu hübsch, um wahr zu sein.

»Aus dem Weg, Platz da!«, ruft jemand und reißt mich aus meinen unangemessenen Gedanken.

Chloe, ihre Freundin und ich drehen uns ruckartig um, als zwei Kerle uns entgegenstürmen.

»Platz da, ein Notfall!«, ruft der eine. Er hat einen Arm um die Schultern eines etwas kleineren Jungen gelegt, der sich krümmt und beide Hände gegen seine Nase presst. Dem ersten Jungen steht die Panik ins Gesicht geschrieben. Als der kleinere den Kopf hebt und eine Hand senkt, sehe ich auch, warum. Das Blut tropft so schnell aus seiner Nase, dass es ihm schon in den Mund rinnt.

»Igitt!«, schreit Chloes Freundin, ehe sie zur Seite springt und den Weg zur Tür frei gibt, die wir blockieren.

Der erste Typ und Chloe wechseln ein paar Worte, während sich die beiden anderen an uns vorbeidrängen: Mehr kriege ich nicht mit, weil der ganze Raum sich plötzlich zu drehen beginnt. Ich hole tief Luft und halte mich an der Kante des Büfetttischs zu meiner Rechten fest.

Nicht dran denken, ermahne ich mich und versuche, meine Atmung unter Kontrolle zu bringen.

Ich meine das Blut.

»Alles okay mit dir?« Jemand drückt meinen Bizeps zusammen.

Mein Blick ist immer noch ein bisschen verschwommen, aber ich sehe die Besorgnis in Chloes Gesicht. »Ja, ja, geht schon.« Ich richte mich auf und versuche, das Bild der blutenden Nase durch den Pound Cake zu ersetzen, den ich letzte Woche für meine Mom gebacken habe.

»Wer hätte das gedacht. Der Junge, der jeden Tag allein durch die Schulgänge huscht, bekommt beim Anblick von ein bisschen Blut weiche Knie«, zieht Chloe mich auf.

»Das war mehr als ein bisschen«, entgegne ich.

Pound Cake. Pound Cake. Pound Cake.

»Aber so viel nun auch wieder nicht«, gibt sie zurück.

»Nicht dein Ernst«, sage ich, während mir der Geschmack des Krabbensandwiches, das ich vorhin gegessen habe, in die Kehle steigt.

»Hör auf, ihn zu ärgern, Chloe«, sagt ihre Freundin, nimmt ihre Hand und zieht sie mit sich fort.

Sie sagt irgendwas über jemanden namens Cameron, den sie finden müssten. Chloe dreht sich um und winkt mir kurz zu, ehe die beiden hinter der Treppe verschwinden. Erneut muss ich an die blutende Nase des Jungen denken und frage mich, ob es Chloe Danvers wirklich wert war, heute Abend hier aufzukreuzen, nachdem ich mir geschworen hatte, nie wieder einen Fuß in dieses Haus zu setzen.

Nicht, nachdem ich des Mordes beschuldigt wurde.

2
Marcel

Mein Bruder tut so, als würde er mich hassen, aber das stimmt nicht. Nicht wirklich.

Er ist nur wütend. Stinkwütend. Aber ich werde es wiedergutmachen. Ich muss es wiedergutmachen. Er ist mein einziger Bruder. Andere Geschwister habe ich nicht. Er ist mein Vorbild. Ich liebe ihn. Hab ihn immer geliebt. Es fällt ihm schwer, mir zu glauben. Kein Wunder, wenn man bedenkt, wie ich ihn während seiner Wochenendbesuche behandelt habe, als wir noch klein waren. Damals war ich ein unsicheres Kind, das fälschlicherweise glaubte, dass unser Vater nicht genug Liebe für uns beide übrig hätte. Also versuchte ich, Amir das Gefühl zu geben, dass er nicht zu uns gehört. Als wäre er nicht gut genug. Das gehört zu den Dingen, die ich gern rückgängig machen würde. Diese Kleinigkeiten, die in der Summe das hässliche Verhalten meiner Mutter ihm gegenüber noch verschlimmert haben. Er hat es mir nie gesagt, aber ich weiß, dass mein Vater mit dem gleichen Bedauern lebt. Nana, unsere Großmutter, hat immer gesagt, dass Amir und unser Vater sich sehr ähnlich und vor allem beide gleich stur wären – nicht bereit, an sich zu arbeiten und aufeinander zuzugehen, um ihre Beziehung zu verbessern.

An diesem Punkt komme ich ins Spiel. Nana meinte, wenn jemand unsere Familie zusammenbringen könnte, dann ich. »Du bist mein kleiner Vermittler«, hat sie mal zu mir gesagt.

»Du bist neugierig, willst immer das Sagen haben und allen ein gutes Gefühl geben. Das ist etwas Besonderes. *Du* bist etwas Besonderes.« Auf ihrem Sterbebett hat sie mir das Versprechen abgenommen, das zu tun, was ihr nie gelungen ist. Ich hoffe, dir geht es gut da oben, liebe Nana. Ich werde die Verantwortung für meine Familie übernehmen und eine Brücke bauen, um die Kluft zu überwinden.

Erst mal müssen wir damit anfangen, uns der Wahrheit zu stellen, statt weiterhin an dieser verfälschten Version der Realität festzuhalten. Was Amirs Mom mit einschließt. Amirs Feindseligkeit uns gegenüber fußt auf einer Lüge, die sie vor Jahren verbreitet hat. Etwas, mit dem wir uns allerdings erst später auseinandersetzen können. Zunächst muss ich zu dem stehen, was ich vor vier Jahren getan habe. Zu dem, was Amir davon abgehalten hat, dieses Haus noch einmal zu betreten. Hier wird die Heilung zwischen uns beginnen.

Wenn ich ihn in diesem Gewimmel doch nur wiederfinden könnte, um es ihm gleich zu sagen. Ich hab ihn nicht mehr gesehen, seit er vor einer Dreiviertelstunde mit seinen Freunden abgezogen ist.

Ich war damit beschäftigt, Selfies mit Leuten zu machen, die sie posten wollten, um mir zum Geburtstag zu gratulieren. Gleichzeitig habe ich versucht, alle Leute davon abzuhalten, unser Haus zu verwüsten. Meine Eltern haben damit gedroht, mir den schwarzen Tesla Model S und die Gucci-Slipper wegzunehmen, die sie mir zum Geburtstag geschenkt haben, falls die Party irgendwelche Schäden an ihrem Haus verursacht. Dass sie nicht hier sind, hat ehrlich gesagt dazu geführt, dass ich die Party nicht genießen kann. Ich stresse mich viel zu sehr damit, das Verhalten aller im Blick zu behalten und die Handvoll Personal anzuleiten, die sich um Essen und Aufräumen kümmert. Und dann ist da auch noch das Security-Team, das von meinen Eltern angeheuert wurde, um sicherzustellen, dass niemand einfach so von der Straße in unser Haus gelangt – vor allem, weil es die Leute während Mardi Gras gewohnt sind, wildfremde Häuser einfach zu betreten und mitzufeiern.

Ich stecke meinen Kopf durch die Wohnzimmertür und werfe einen Blick auf die improvisierte Tanzfläche, wo ein paar (überwiegend weiße) Mädchen kläglich versagen, zu *Azz Everywhere* von Big Freedia zu twerken. Amir und seine Freunde sind nirgends zu sehen. Ich drehe mich um in Richtung Eingangshalle und stoße mit Nolan zusammen – der letzten Person, mit der ich jetzt was zu tun haben will.

»Was geht, Baby?«, lallt er und schlingt seine Arme um meine Hüften. Er versucht, mich zu küssen, aber ich lehne mich zurück und drücke ihm meine Hände gegen die Brust. »Komm, lass uns auf dein Zimmer gehen. Ich hab ein Geburtstagsgeschenk für dich.«

Ich kann seinen Wodka-Weed-Atem tief in meiner Kehle schmecken. Was hab ich nur je in ihm gesehen?

»Entspann dich, Junge. Ich suche nach meinem Bruder«, entgegne ich und schaffe es nicht, mir seine gierigen Hände vom Leib zu halten.

Er drückt mich gegen den Torbogen zum Wohnzimmer und reibt seinen Unterkörper an meinem. »Warum ist es okay für dich, mich *Junge* zu nennen, aber du selbst bist ausgeflippt, als ich dich beim letzten Mal so genannt habe?«

Ich umklammere seine Handgelenke. »Dass ich dir das erklären muss, ist der Grund, warum wir uns nicht mehr treffen.«

Nolan schafft es, sich aus meinem Griff zu befreien, und presst seine Hände gegen die Wand, direkt neben meinen Kopf, sodass ich ihm nicht entkommen kann. »Du weißt genau, dass ich es nicht *so* gemeint habe«, sagt er und drückt sein Gesicht gegen meine Kehle, als ich den Kopf wegdrehe, um einen weiteren Kuss zu vermeiden. Sein feuchter, heißer Atem leckt an meinem Hals. »Sei nicht so empfindlich«, fügt er hinzu.

Ich bin nicht empfindlich. Aber dieser Schwarze Junge will nicht, dass ihm ein Weißer Junge *Na, gefällt dir das?* ins Ohr stöhnt. Und es ist nicht nur das. Schon bevor es passiert ist, hat er mir das Gefühl gegeben, für ihn nur ein Objekt zu sein. Er hat meinen Schwanz als BBC (Big Black Cock) bezeichnet und nebenbei erwähnt, dass ihn schwarze Jungs eigentlich nicht interessieren. Ich hätte eben nur *irgendwas* an mir, das ihn anmachen würde. Ich hätte gleich seine Nummer blockieren sollen, doch er hat mich in einem schwachen betrunkenen Moment erwischt – okay, es waren mehrere betrunkene Momente. Man lernt nie aus.

»Komm schon, Marcel.« Er löst eine Hand von der Wand und will durch meine dichten Locken streichen.

Die entstandene Lücke gibt mir die Chance, seiner widerlichen Anmache zu entkommen. »Such dir jemand anderen, ich muss meinen Bruder finden«, sage ich zu ihm.

Ich werde seine Nummer heute Abend noch blockieren. Ihm in der Schule aus dem Weg zu gehen, wird eine Herausforderung sein.

Ich will in den Garten, der inzwischen voller Leute ist. Auf dem Weg dorthin wandert mein Blick die Treppe rauf und ich bleibe stehen. Ich hab allen den Tod angedroht, die es wagen, in den ersten Stock zu gehen. Doch jetzt frage ich mich, ob nicht vielleicht Amir dort oben ist und seinem alten Zimmer einen Besuch abstattet. Beim Gedanken daran, dass er jetzt dort mit seinen Freunden sein könnte, dreht sich mir der Magen um. Vor allem wegen Buster. Wenn man den Ärger bedenkt, den er Amir eingebrockt hat, und dann noch den Streit mit Jared, den ich eben schlichten musste, dann hab ich kein gutes Gefühl, ihn hier frei rumlaufen zu lassen.

Wahrscheinlich will sich Amir vergewissern, dass sein Zimmer noch so aussieht wie früher. Tut es nicht. Bei seinem letzten Besuch war die Einrichtung noch auf den dreizehnjährigen Jungen ausgerichtet, der hier an zwei Wochenenden im Monat übernachtet hat. Wir haben die Möbel letztes Jahr erneuert, genauer gesagt, *ich* habe sie erneuert. Meine Mutter wollte ein eigenes Ankleidezimmer haben, und ich musste meinen Vater auf meine Seite ziehen, um sicherzustellen, dass es weiter Amirs Zimmer bleibt.

Ich nehme zwei Stufen auf einmal.

»Hey, Marcel, wo willst du hin?«, ruft jemand, als ich fast oben bin.

Ich bleibe stehen und drehe mich um. »Muss nur schnell was abchecken«, rufe ich zu Dustin Miller runter, der an der Tür zu unserem Hauptspeisesaal steht, ein Glas vom Punsch in seiner sommersprossigen Hand.

»Beeil dich, Mann«, sagt er, seine Augen flackern vor Aufregung. »Wir bringen Aaron gerade dazu, sich alle Sandwiches reinzuziehen, die noch da sind. Ich will, dass das auf TikTok viral geht.«

Ohne mich, danke. »Bin gleich wieder da«, lüge ich.

Durch den Spalt unter Amirs Zimmertür fällt ein Lichtschimmer. Hab ich's doch gewusst. *Okay, dann können wir jedenfalls unter vier Augen reden,* denke ich, als ich den Flur entlanggehe und die Musik von unten zu einem leisen Murmeln verblasst.

Ich drücke die Tür auf.

»Amir, können wir jetzt gleich …« Ich bleibe auf der Schwelle stehen, meine Hand immer noch auf dem Knauf. Es ist nicht mein Bruder, der dort mitten im Raum steht.

Ich neige den Kopf und betrachte Chloe und Trey Winslow, der die Frechheit besitzt, beleidigt zu gucken, weil ich ohne zu klopfen ein Zimmer in meinem eigenen Haus betreten habe.

Doch ich sehe Chloes angespannter Miene sofort an, dass ich in ihr Streitgespräch Nummer 1003 hineingeplatzt bin. Ich dachte eigentlich, dass ihre Beziehung schon beendet wäre und sie letzte Woche definitiv Schluss gemacht hätten. Sofort meldet sich mein Bester-Freund-Reflex und ich setze einen Fuß in das Zimmer.

Chloe zieht Fuckboys magisch an. Zuerst war es Jared Lanford, gefolgt von Spencer »Trey« Winslow III., dessen Ego einem vollgepumpten Luftballon gleicht, seit sein Vater in den US-Kongress gewählt wurde. Plötzlich erwartete er von allen, wie ein schwarzer Adeliger behandelt zu werden. Was mich daran erinnert, dass ich meinen Dad noch davon überzeugen muss, kein Geld für dessen Wiederwahlkampagne zu spenden. Der gereizte Seufzer, den Chloe ausstößt, als unsere Blicke sich treffen, hält mich davon ab, einen weiteren Schritt auf sie zuzugehen. Auch gut. Ich bin immer noch wütend auf sie, weil sie versucht hat, meine Party zu ruinieren.

Das sind nicht deine Freunde, hat sie am Freitag in der Mittagspause zu mir gesagt. Mit *Das* meinte sie alle, die jetzt hier sind. Seit sie Stress mit Trey hat, will sie mich anscheinend für sich allein haben. Als würde ich ihr nicht schon genug Aufmerksamkeit schenken. Egal. Heute Abend geht es nur um mich. Ich wollte nicht hören, was sie zu sagen hatte. Sie wusste genau, wie viele Gedanken ich mir über jedes Detail gemacht habe, und plötzlich liegt sie mir vier Tage vor meiner Party in den Ohren, was für schreckliche Typen das auf unserer Schule doch sind. Die Unverfrorenheit, hier gemeinsam mit den Typen aufzukreuzen, die sie als Arschlöcher bezeichnet, regt mich richtig auf.

»Was macht ihr hier oben?«, frage ich in knappem Ton.

»Wir sind hier gleich fertig, wenn du uns ein bisschen Privatsphäre gestattest«, gibt Trey eingeschnappt zurück.

Aber da ist er bei mir an der falschen Adresse. Ich gehe weiter in den Raum hinein und presse die Lippen zusammen.

»Tut uns echt leid, Marcel.« Chloe schiebt sich vor ihn, einen gequälten Ausdruck auf ihrem geröteten Gesicht.

Ich würde ja gerne glauben, dass sie sich dafür entschuldigen will, meine Freunde als Mistkerle zu bezeichnen. Die Verspannung in meinen Schultern lässt ein wenig nach.

»Trey hat was Wichtiges auf dem Herzen, das nicht für die Augen und Ohren da unten bestimmt ist«, redet sie weiter.

Vielleicht hält sie ihm denselben Vortrag wie mir beim Mittagessen. Wenn das so ist, dann kann ich verstehen, warum er so genervt ist. Aber es ist Trey. Ich mag ihn nicht, mochte ihn noch nie. Von mir kriegt er also kein Mitleid.

»Alles okay mit dir?«, frage ich sie, während sich mein Blick über ihre Schulter auf Trey richtet. Er dreht seinen Kopf weg, als könnte er meinen Anblick nicht ertragen. *Das Gefühl beruht auf Gegenseitigkeit,* denke ich.

Ich habe aus Chloe nie eine klare Antwort herausbekommen, warum sie diesmal Schluss gemacht haben. Chloe meinte, sie hätten sich »auseinandergelebt«, was immer das heißen soll.

»Ja, alles okay.« Chloe wirft Trey einen nervösen Blick zu, doch als sie sich zu ihm umdreht, starrt sie auf den Fußboden. »Gib uns bitte eine Minute. Wir kommen gleich wieder runter.«

Ich zögere kurz, bevor ich den Raum verlasse. »Beeilt euch«, sage ich. »Ich will nicht, dass irgendjemand euch hier oben sieht.«

»Okay.« Chloe nickt ein paarmal. Ihre Lippen sind ein dünner Strich.

Ich werde nicht auf sie sauer sein, solange sie sich *aufrichtig* für das Drama entschuldigt, das sie hier aufführt.

Wenige Sekunden nachdem ich die Tür geschlossen habe, höre ich Trey rufen: »Hast du irgendjemandem davon erzählt?«

»Nein!«, murmelt sie auf der anderen Seite der Tür. »Deine Familie ist echt das Letzte, woran ich jetzt denke, glaub mir.«

Plötzlich habe ich das Gefühl, dass es hier um was anderes geht als in den dämlichen Kämpfen, die sie sonst austragen.

Es gibt so vieles an Trey, das mir auf die Nerven geht. Seine krankhafte Fixierung auf sein Image ist allerdings das Schrecklichste von allem. Nichts ist ihm wichtiger, als nach außen gut dazustehen.

Seit er das erste Mal mit Chloe Schluss gemacht hat, bin ich kein Fan von deren Beziehung mehr – das war, nachdem ein Teil der Shopping Mall und des Regierungskomplexes, den das Architekturbüro seines Vaters entworfen hatte, während der Bauarbeiten in sich zusammenstürzte und zwei Arbeiter das Leben kostete. Trey sagte, dass der Justizskandal, der daraufhin durch die Presse ging, »kein gutes Bild« auf seine Familie werfen würde. Ich bat Chloe, ihm keine zweite Chance zu geben, nachdem die Sache allmählich aus dem Bewusstsein der Öffentlichkeit verschwunden war und er angekrochen kam und sie zurückhaben wollte.

Seine kleine Schwester, Tiffany, ist ganz anders als er. Darum verstehen wir uns auch so gut. Sie steht nun am Fuße der Treppe, als ich die Stufen wieder runtergehe. Ihre dunklen gewellten Haare werden von zwei glitzernden rosa Haarspangen zurückgehalten, die zu ihrem bauschigen Cocktailkleid passen. Ihre Augen leuchten auf, als sie mich erblickt.

»Hey, hast du meinen Bruder gesehen?«, ruft sie über die laute Musik hinweg, als ich die unterste Stufe erreicht habe.

»Der fetzt sich oben mit Chloe«, antworte ich mit dramatischem Augenrollen.

Auch Tiffany verdreht die Augen. »Ich weiß, dass ihr beide sehr eng seid, und ich wünsche mir einfach, dass er das Kapitel Chloe endgültig abschließt.«

»Dasselbe wünsche ich mir auch für Chloe.«

Wir lachen beide. Niemand weiß von der kleinen Uneinigkeit zwischen Chloe und mir, und ich will, dass es so bleibt. Obwohl es verlockend wäre, mit Tiffany über die Sache zu reden.

Sie kann schon ein wenig seltsam und unbeholfen sein, dafür ist sie die Einzige in ihrer Familie, die wirklich Charakter hat. Ich wünschte, sie könnte ihrem Bruder etwas davon abgegeben.

»Behandelt dich Chloe immer noch so übel?«, frage ich.

Als Chloe anfing, sich mit Trey zu treffen, wurden sie und Tiffany bald unzertrennlich. Chloe sagte einmal aus Spaß, dass es die beiden Geschwister eben nur im Paket gäbe. Der einzige Grund, der mich glauben lässt, dass sie sich jetzt endgültig von Trey getrennt hat, besteht darin, dass sie auch Tiffany von heute auf morgen aus ihrem Leben gelöscht hat. Ich hab ihr gesagt, dass ich das ziemlich daneben finde, aber das kümmert sie nicht. Chloe kann so egozentrisch sein, aber ich liebe sie trotzdem. Obwohl es manchmal ziemlich anstrengend ist, ihr Freund zu sein.

»Seit Trey und sie nicht mehr zusammen sind, will sie auch mit mir nichts mehr zu tun haben«, sagt Tiffany. »Dieses Mädchen ist eine Bitch – sorry.«

»Sag mal, hast du zufällig meinen Bruder gesehen?«, frage ich sie, um das Thema zu wechseln.

»Ja, der ist dahinten mit seinen Freunden«, antwortet sie und macht eine entsprechende Kopfbewegung.

»Okay, dann sehen wir uns später«, entgegne ich und lasse sie am Fuße der Treppe stehen.

Amir und seine Freunde sitzen in den Korbstühlen, die sich über unsere Terrasse verteilen. Vier davon haben sie im Halbkreis um einen passenden Tisch angeordnet. Als ich durch die Balkontür nach draußen trete, schlägt mir der Geruch von Weed entgegen. Noch ein Dutzend anderer Leute sind über die Veranda verstreut, weitere bevölkern die Rasenfläche, die den Großteil unseres Gartens ausmacht.

Die abgekühlte Stimmung muss von Amir kommen. Er ist der Einzige, der nicht aufblickt, als ich mich zu ihnen geselle.

»Hey, was geht, Marcel?«, sagt Quincy und streckt den Rücken.

Amirs bester Freund benimmt sich total merkwürdig. Aber ich habe nicht vor, ihn auffliegen zu lassen, falls mein Bruder noch nicht mitbekommen hat, dass er gay ist. Wäre Amir nicht da, würde ich definitiv die Aufmerksamkeit auf mich lenken. Quincy hat dieses anziehende Lächeln und diesen leicht o-beinigen Gang. Mega sexy. Aber ich werde mich zurückhalten. Das fehlte noch: dass Amir mir vorwirft, einen seiner Freunde »umgedreht« zu haben. Er wirft mir schon genug andere Dinge vor.

Ich werfe Quincy ein höfliches Lächeln zu, ehe ich mich an Amir wende: »Können wir kurz reden?«

Er beugt sich in seinem Stuhl nach vorne und gibt den halb gerauchten Joint an Nick weiter, der rechts von ihm sitzt. Amir macht sich nicht die Mühe, mich anzusehen, während er schroff entgegnet: »Worüber?«

Damit ich verstehe, warum du hier aufgetaucht bist, obwohl du mir sonst nur aus dem Weg gehst. Ich atme langsam aus. »Komm schon, Amir, Bro. Gib mir nur zwei Minuten … unter vier Augen.«

Er lehnt sich zurück, seinen Blick immer noch auf den Garten gerichtet, und stößt eine Rauchwolke aus, die sich um meine Hüfte schlängelt und zu meinem Gesicht aufsteigt. Ich wippe mit meinem Fuß und warte darauf, dass er irgendwas sagt. Ich spüre die Blicke seiner Freunde, die darauf warten, wie diese verfahrene Situation ausgehen wird. Ich wünschte, wir hätten kein Publikum. Das ist eine Sache zwischen mir und ihm.

»Bitte, Amir.« Ich beuge mich vor und berühre leicht seinen Arm, der auf der Lehne ruht. »Rede mit mir. Es ist doch nur ein Gespräch.«

Endlich sieht er mir in die Augen. Er runzelt seine Stirn und seine Kieferknochen treten hervor. So sieht er genauso aus wie Dad, wenn er sauer auf mich ist. Amirs dunkle Züge sind ein Phantom der Jugend unseres Vaters.

»Das hier ist meine Familie«, gibt er zurück und macht eine Handbewegung in Richtung seiner Freunde. »Alles, was du mir sagen willst, kannst du auch vor ihnen sagen.«

Sie sind seine Familie? Diese Bemerkung regt mich maßlos auf.

»Warum bist du dann überhaupt gekommen?«, frage ich giftig. »Um hier vor deinen Freunden – ach, ich meine natürlich vor deiner *Familie* – so eine Show abzuziehen?«

Amir schießt aus seinem Stuhl und kommt auf mich zu. Ich weiche zurück und bedaure schon jetzt, dass ich so schnell meine Geduld verloren habe.

»Ich weiß, dass du dich nicht mit mir anlegen willst, Bro«, sagt er mit zusammengekniffenen Augen. »Es ist dein Geburtstag, und ich versuche nur, ein bisschen nett zu sein.«

»Ach, nett nennst du das? So zu tun, als wär dein Bruder dir scheißegal?«

»Warum regst du dich so auf?« Amir wirft mir einen genervten Blick zu. »Du hast doch wirklich *alles* gekriegt, sogar die bedingungslose Liebe und Unterstützung meines Samenspenders, nachdem du dich geoutet hast, was ihr ja unbedingt gleich in die Welt hinausposaunen musstet.«

Warum spielt er auf den Artikel im *Essence*-Magazin an, der letzte Woche erschienen ist? Der kann ihn doch echt nicht gestört haben. Ein harmloses kleines Familienporträt, das uns …

Plötzlich drückt es mir das Herz zusammen.

Amir wurde in diesem Artikel überhaupt nicht erwähnt,

wofür bestimmt meine Mutter gesorgt hat, wie so oft. Wir behandeln ihn immer noch so, als würde er nicht die geringste Rolle spielen. Als wäre er unsichtbar.

Fuck.

Ich hebe hilflos die Hände. »Ich wollte keinen Streit mit dir anfangen. Ich will, dass alles besser wird. Ich weiß, dass du …«

»Du weißt einen Scheißdreck außer dem, was deine Mom dir sagt!« Er fuchtelt mit seinen Händen in meinem Gesicht herum.

»Lass unsere Mütter aus dem Spiel!«, feuere ich zurück. »Das willst du nicht wirklich.«

»Was willst du damit sagen?« Die Härte kehrt in sein Gesicht zurück.

Quincy erscheint an seiner Seite und versucht, ihn wieder auf seinen Stuhl zu ziehen. »Hey, Amir, beruhig dich, Mann. Die gucken schon alle.«

Ich drehe mich um. Unser Publikum ist zweifellos größer geworden. Alle schauen uns an. In diesem Moment sehe ich, dass sich Jared Lanford und seine Arschkriecher auf der anderen Seite der Terrasse befinden. Jared hält sein Handy in unsere Richtung. Das fehlte noch – ein Clip von Martin Trudeaus sich prügelnden Söhnen, der viral geht.

»Hey, Scottie, dein Junge und Nolans Junge können hier ein paar Punkte sammeln. Mal sehen, wer gewinnt«, sagt Jared mit arrogantem Grinsen. »Ich tippe auf deinen Jungen, Scottie.«

Ich werfe Colin Perrier einen schnellen Blick zu. Er ist der Einzige von Jareds Freunden, den man halbwegs ertragen kann. Ihn scheint das, worüber Jared und Scottie Boseman gerade lachen, nicht im Geringsten zu interessieren. Am Rande meines Blickfelds nehme ich einen blonden Fleck wahr, als Chloe auch schon zwischen mich und Amir tritt.

»Könnt ihr endlich mit euren Geschwisterkämpfen aufhören?«, sagt sie. »Die sind total unsexy.« Ich starre sie verwirrt an, ehe sie verführerisch den Bizeps meines Bruders streichelt. »Warum bist du nicht ein bisschen netter zu meinem Freund?«, fragt sie ihn. »Es ist doch sein Geburtstag.«

»Chloe, bitte, halt dich da raus«, sage ich.

»Guter Tipp«, bemerkt jemand zu meiner Rechten.

Trey und Tiffany stehen in der offenen Terrassentür. Die Art, wie Trey meinen Bruder anstarrt, lässt mein Herz noch heftiger in meiner Brust schlagen. Auch wenn Chloe die Trennung wollte, betrachtet Trey sie bestimmt immer noch als sein Eigentum. Und wenn er sich mit meinem Bruder anlegen will, wird das kein gutes Ende nehmen. Amir ist noch nie einem Kampf aus dem Weg gegangen.

»Willst du auch, dass ich mich raushalte?«, fragt Chloe mit verführerischer Stimme und dreht sich zu Amir um.

Er sieht mir direkt in die Augen, als er sagt: »Nein, weil du der einzige Grund bist, warum ich hierhergekommen bin.«

Was? Seit wann reden Chloe und mein Bruder überhaupt miteinander? Amir redet mit fast niemandem auf der Schule, auch mit mir nicht.

»Willst du mir irgendwas sagen?«, frage ich Chloe.

»Ich hab mir die Nummer deines Bruders von deinem Handy besorgt, als wir vorhin *Happy Birthday* gesungen haben«, erklärt sie mit schuldbewusster Miene. »Außerdem hab ich ihn ermutigt, zu deiner Party zu kommen.«

Was absolut möglich ist. Sie kennt das Passwort meines Handys und ich kenne ihres.

»Wie? Indem du mit ihm geflirtet hast?«, sage ich mit wachsender Irritation.

Erst wollte sie mich dazu bringen, alle auszuladen, und dann macht sie eine Hundertachtziggraddrehung und lädt heimlich meinen Bruder ein. Das setzt allem die Krone auf, selbst für ihre Verhältnisse.

»Moment mal. Du wolltest gar nichts von mir?«, sagt Amir mit enttäuschter Stimme.

»Nein, wollte sie nicht«, mischt sich Trey von der Seite aus ein.

Der Typ soll endlich die Klappe halten und aufhören, meinen Bruder so anzustarren.

»Ich bin rausgekommen, um dir zu sagen, dass ich jetzt gehe«, sagt sie zu Amir. »Und da *gewisse Leute* der Ansicht sind, dass ich allein nicht sicher nach Hause komme, hatte ich gehofft, dass du mich vielleicht fahren kannst.«

Als sie *gewisse Leute* sagt, schaut sie zu Trey rüber.

»Der fährt dich nirgendwohin«, sagt Trey und schiebt sich näher an Chloe und Amir heran.

Auch ich gehe einen Schritt auf sie zu. Amirs Freunde ebenfalls. Alle aus demselben Grund: um Amir zu verteidigen. Ich lasse rasch meinen Blick schweifen und bin enttäuscht, weder Kurt noch die anderen Security-Leute zu sehen.

»Immer mit der Ruhe, Carlton Banks«, knurrt Buster und reibt seine Faust mit der anderen Hand. »Du willst doch keinen Ärger haben.«

Tut dieser Junge eigentlich nichts anderes, als auf Partys Stress zu machen, auf die er nicht eingeladen wurde? Ich sehe schon die Headline vor mir: *Sohn eines US-Senators in Haus von Starkoch erschossen.* Meiner Mutter würde das als weiterer Beweis dafür dienen, dass Amir der faule Apfel in unserer Familie ist, deren guten Namen er in den Schmutz zieht. Darum hat meine Großmutter auch nie was für sie übriggehabt. Nana hasste die Art, wie meine Mom Amir behandelt hat. Sie sagte, es sei ihr egal, was seine Mom meinen Eltern nach der Scheidung angetan hätte – Amir könne nichts dafür. Ich musste ein paar Jahre älter werden, um zu verstehen, wie recht sie hatte.

»Ach, komm schon, Trey, lass sie einfach gehen!«, kräht Jared hinter uns. »Sie hat ein paar *harte Tage* hinter sich.«

Jared lacht über sein eigenes Statement und sorgt für allgemeine Verwirrung.

»Sei ruhig, Alter«, mahnt Colin und entlockt ihm eine Grimasse.

Chloe rümpft die Nase in Jareds Richtung und zieht meinen Bruder am Arm. »Bringst du mich jetzt nach Hause oder nicht?«

Was geht hier ab? Seit wann ist sie in Amir verknallt?

»Ich bin nicht mit dem Auto hier«, entgegnet er mit nervösem Lachen.

»Du kannst meins nehmen.« Sie wedelt mit den Schlüsseln vor seiner Nase herum. »Komm.«

Bevor ich einen Ton herauskriege, hat sie Amir schon an Trey und Tiffany vorbeigezogen. Amirs Freunde sind die Einzigen, die mir folgen, während ich hinter dem Paar herstolpere, mit dem ich nie im Leben gerechnet hätte.

»Wartet!«, rufe ich, doch keiner von ihnen bleibt stehen. »Chloe, was machst du da? Bist du besoffen?«

Sie blickt sich kichernd über die Schulter. »So betrunken nun auch wieder nicht. Ich will nur ein bisschen Spaß haben. Und ich war einfach scharf drauf, deinen Bruder kennenzulernen.«

Davon hat sie nie ein Wort gesagt.

Amir grinst mich großspurig an, während sie die Eingangshalle durchqueren. Ich weiß, was in ihm vorgeht. Warum kann er nicht die gleiche Zurückhaltung und den gleichen Respekt zeigen, den ich seinen Freunden gegenüber an den Tag lege?

»Jetzt wartet doch!«, rufe ich erneut, während sie die Stufen vor dem Haus hinunterspringen.

Sie laufen einfach weiter und lassen mich auf der Schwelle stehen. Chloe hängt am Arm meines Bruders und krümmt sich vor Lachen, als er ihr etwas zuflüstert, während sie an Kurt vorbeigehen, der immer noch an unserem Eingangstor postiert ist.

»Danke für die Gastfreundschaft, Bro«, sagt Buster und haut mir auf die Schulter, während er mit Nick und Quincy an mir vorbeisaust.

»Nette Party«, nuschelt Nick.

Quincys Lächeln zieht sich in die Länge. »Man sieht sich … hoffentlich.«

Ich schaue ihn lieber nicht an. Seine alberne Anziehungskraft auf mich verstärkt das Unbehagen, das ich empfinde, während mein Bruder und Chloe die St. Charles Avenue hinunterschlendern, ehe sie in der rastlosen Nacht verschwinden. Nichts an Chloes Verhalten in den letzten Tagen ergibt für mich irgendeinen Sinn.

3
Amir

Chloe hat kein Wort gesagt, seit sie sich die Heels von den Füßen gestreift und auf den Beifahrersitz ihres BMW 440i fallen gelassen hat – ein Auto, das mich meine Mutter nie hätte fahren lassen, selbst wenn sie genug Kohle gehabt hätte. Dass sie stumm aus dem Fenster starrt, macht es mir unmöglich, herauszufinden, warum sie mich aus heiterem Himmel kontaktiert hatte. Ich denke, es ging ihr mehr darum, sich in mein Verhältnis zu Marcel einzumischen, als dass sie mich wirklich kennenlernen wollte. Vielleicht sollte ich auch nur kommen, um Trey eifersüchtig zu machen. Wie auch immer, ich werde einfach nicht schlau aus ihr.

Der Hello-Kitty-Anhänger ihres Schlüsselbunds schlägt immer wieder gegen mein Knie, während ich die Jackson Avenue Richtung South Claiborne Avenue entlangfahre. Ich hab keine Ahnung, wo sie wohnt. Ich schätze, sie ist in Lakeview zu Hause, wie die meisten weißen Kids, die aufs Truman gehen. Ich ruf mir dann wohl gleich ein Uber, das mich von dort nach Hause bringt. Ich hab das hier irgendwie noch nicht zu Ende gedacht.

»Alles okay?«, frage ich, während wir an einer roten Ampel stehen.

Die Andeutung eines Schulterzuckens.

Was ist bloß passiert, seit wir Marcels Party verlassen haben und in ihr Auto gestiegen sind? Vor zehn Minuten hat sie noch gequatscht und geflirtet wie verrückt. Sie wollte Trey eindeutig provozieren. Was echt cool ist. Soll sie ihm ruhig die Flügel stutzen, ich bin dabei. Der Typ hat definitiv eine Klatsche verdient.

Ich schaue nach vorne, ehe ich einen Blick auf den unregelmäßigen Saum ihres schulterfreien champagnerfarbenen Kleids riskiere. Beim Anblick ihrer schlanken entblößten Oberschenkel kribbelt es zwischen meinen Beinen.

»Grüner wird's nicht«, sagt sie und reißt mich aus meinen Gedanken.

Chloe steht die Ungeduld ins Gesicht geschrieben. Das Kribbeln kriecht mir jetzt die Wirbelsäule rauf und erhitzt mein Gesicht. Ich wette, sie sieht mir an, was ich gedacht habe.

»Sorry, bin ziemlich neben der Spur«, sagt sie, als ich das Gaspedal durchdrücke.

»Wie kommt das?«

Sie seufzt. »Bin einfach erschöpft.«

»Willst du drüber reden?«

Es folgt eine kurze Stille, bevor sie sagt: »Eigentlich nicht.«

»Okay, dann sag mir doch einfach, wo du wohnst«, schlage ich vor.

»Ich will nicht nach Hause«, entgegnet sie.

Als ich meinen Blick kurz von der Straße löse, sehe ich, dass sie wieder aus dem Fenster starrt, ihre Hände liegen gefaltet in ihrem Schoß.

»Wo fahren wir dann hin?«, frage ich, nachdem sich das Schweigen über zwei, drei Häuserblocks hingezogen hat.

»Bring mich irgendwohin, wo ich noch nie gewesen bin«, sagt sie.

Das verführerische Glitzern in ihren Augen, das sie auf der Party hatte, ist wieder da.

»Äh, was?«, frage ich mit nervösem Lächeln.

»Bring mich irgendwohin, wo ich noch nie gewesen bin«, wiederholt sie mit Nachdruck.

»Woher soll ich wissen, wo du noch nie gewesen bist?«, frage ich. »Ich kenne dich doch kaum. So viel geredet wie heute Abend haben wir noch nie.«

Sie streicht sich ein paar ihrer zarten blonden Haarsträhnen hinter das Ohr. »Marcel sagt, dass du ziemlich klug bist. Da kannst du mich doch bestimmt überraschen.«

Ich widerstehe dem Drang zu fragen, warum mein Halbbruder so was über mich sagt.

»*Ziemlich neben der Spur* ist echt die perfekte Beschreibung für dich heute.«

»Halt die Klappe und fahr.«

»Yes, Ma'am«, sage ich grinsend.

Mein Handy brummt in meiner Hosentasche, als ich auf den Martin Luther King Jr. Boulevard abbiege. Als wir vor der nächsten roten Ampel stehen, ziehe ich es heraus. Eine Nachricht von Buster.

Broooooooo, läuft was bei euch heute n8?

Ich muss grinsen. Dann erscheint am oberen Rand des Screens eine weitere Nachricht. Sie ist von Marcel. Besorgt hebe ich die Augenbrauen.

Nimm dich vor Chloe in Acht. Nichts als Drama.

»Willst du mich verarschen?«

Ich werfe Chloe über die Kühlerhaube einen Was-hast-du-erwartet-Blick zu. Sie sieht echt angepisst aus, während sie die baufällige Kirche anglotzt, vor der wir geparkt haben.

»Du wolltest doch irgendwohin, wo du noch nie gewesen bist«, erinnere ich sie, während ich zu ihr gehe. »Ich weiß, dass du noch nie hier warst. Das ist mein geheimer Ort. Den kennt wirklich keiner.«

»Kein Wunder«, sagt sie und rümpft die Nase.

Wir sind im 3300er-Block der Washington Avenue, nicht allzu weit von meinem Zuhause in Broadmoor entfernt. Die Straße ist dunkel und still. Die verlassene katholische Kirche, die ich für mich in Anspruch genommen habe, liegt im Schein der beiden Straßenlaternen, die sie einrahmen. Die Schatten, die sie über die abgeblätterte weiße Farbe werfen, lassen sie nachts noch heruntergekommener erscheinen als tagsüber. Chloe späht immer wieder die Straße rauf und runter. Als hätte sie Angst, dass jeden Moment ein Killer mit einer Axt aus der Dunkelheit springt und uns attackiert.

»Komm schon, hier passiert nichts.« Ich nehme ihre Hand und ziehe sie in Richtung der Eingangstüren, die mit einer Kette gesichert sind. »Ich bin ständig hier.«

Ihre Absätze klackern auf den Steinstufen vor dem verfallenen Gebäude. »Und das ist sicher keine Drogenhöhle oder ein Crackhaus?«

»Ich staune, was für Klischees du über meine Hood im Kopf hast«, scherze ich.

»Ach komm. Ich bin nicht wie die anderen weißen Mädchen auf unserer Schule«, sagt sie. »Ich finde, das war eine berechtigte Frage, da wir uns nicht wirklich gut kennen – schon vergessen?«

Ich lasse ihre Hand los, als wir die hohen Doppeltüren erreichen. »Und trotzdem wolltest du, dass ich dich nach Hause fahre.«

»Ja, weil ich dich süß finde.«

Ich hab nach wie vor keine Ahnung, ob sie mit mir spielt oder nicht.

Ich denke an Marcels Nachricht. Warum sollte er so was über seine Freundin sagen, wenn es nicht wahr wäre?

»Wir kriegen doch keinen Ärger, oder?«, fragt Chloe.

Ich spüre, wie sie mich beobachtet, während ich mich hinknie und mit dem Rücken die linke Flügeltür ein Stück weit aufdrücke. Die andere Tür drücke ich mit beiden Händen in die entgegengesetzte Richtung. Ich habe das schon so oft gemacht, dass ich mich inzwischen leicht durch den entstandenen Spalt quetschen kann. Ich gebe Chloe ein Zeichen, dass sie zuerst gehen soll, während ich die Türen auseinanderdrücke. Nach einem kurzen skeptischen Blick schlüpft sie durch die Öffnung. Ich folge ihr ins Innere, und sobald ich keinen Druck mehr auf die beiden Türen ausübe, krachen sie mit klirrenden Ketten zusammen.

»Ich kann nichts sehen«, jammert sie. »Und der Gestank ist ekelerregend.«

»Entspann dich«, sage ich.

Ich hole mein Handy raus und schalte die Taschenlampe ein. Ich würde meinen üblichen Platz auch im Dunkeln finden, aber ich hoffe, dass das zusätzliche Licht ihre Nerven beruhigt, da das Mondlicht, das durch die fehlenden Teile der gewölbten Kuppel fällt, ihr anscheinend nicht ausreicht. Das hohle Klicken der Mardi-Gras-Perlen, die immer noch um meinen Hals hängen, wird durch die düstere Stille verstärkt.

»Komm mit«, sage ich, bevor ich die Wendeltreppe nehme, die sich rechts vom ramponierten Eingangsbereich befindet.

Ich bewege mich langsam, blicke mir nach jedem zweiten Schritt über die Schulter, um sicherzugehen, dass sie direkt hinter mir ist. Dann erreichen wir das Zwischengeschoss, von dem aus man den weiten Altarraum der alten Kirche mit seinen Bänken und seiner verwitterten Kanzel überblicken kann. Als wir die zweite Ebene betreten, stockt ihr der Atem.

Jetzt muss ihr ja wohl klar sein, warum ich so gerne hierherkomme. Von hier aus haben wir einen Panoramablick auf den Superdome und die glitzernde Skyline des Central Business District. Ein riesiges Loch, das einer oder mehrere Wirbelstürme in die Rückwand der Kirche gerissen haben, machen das möglich. Das Loch war schon da, als ich mich vor einem Jahr zum ersten Mal hier reingeschlichen habe. Ich habe diesen Ort an einem langweiligen Nachmittag entdeckt, als ich mit meinem Fahrrad durch die Gegend gefahren bin.

»Wow!«, haucht Chloe. »Keine üble Aussicht – also, wenn man auf löchrige Wände in heruntergekommenen Kirchen steht.«

»Mission accomplished?«, frage ich lächelnd.

»Bin jedenfalls zum ersten Mal hier«, antwortet sie.

Ich nehme wieder ihre Hand und führe sie zu der klaffenden Lücke in der Mitte der Balustrade. Wir müssen über verrottetes Holz, Glasscherben und Müll drübersteigen. Ich lasse ihre Hand los und setze mich so an die Kante, dass meine Beine über der Tiefe baumeln. Die Lücke in der Balustrade ist so breit, dass hier ungefähr fünf Leute nebeneinandersitzen könnten. Ich leuchte mit der Taschenlampe auf den Platz neben mir, damit Chloe sehen kann, dass er sauber genug für sie ist, um sich ebenfalls hinzusetzen.

»Wenn das Kleid einen Riss oder Fleck bekommt, dann schicke ich dir die Rechnung«, sagt sie, während sie sich vorsichtig niederlässt. »Das ist von Miu Miu.«

Ich stöhne auf. »Gott, du hörst dich an wie Marcel. Dem geht's auch immer darum, welche Klamotten wie viel kosten.«

»Stell uns nicht als oberflächliche Spießer hin«, sagt sie und boxt mir aus Spaß gegen die Schulter. »Wir wollen nur gut aussehen, das ist alles.«

»Ist auch egal«, brumme ich.

Chloe beugt sich vor, schaut nach unten und lässt jetzt auch ihre Beine baumeln. »Warum hasst du deinen Bruder eigentlich so? Der verehrt dich geradezu.«

»Der Kerl *verehrt* mich definitiv nicht«, widerspreche ich.

»Doch, tut er«, beharrt Chloe. »Er redet so viel von dir, und das war nicht immer so. Ein paar Monate bevor du zu uns auf die Schule gekommen bist, hat er damit angefangen. Nachdem seine Großmutter gestorben war. Das gehört zu den Dingen, die ich an Marcel echt liebe – dass es ihm scheißegal ist, ob andere ihn mögen oder nicht. Aber bei dir ist das anders. Du bist ihm wichtig.«

»Hast du mir seinetwegen geschrieben?«, frage ich. »Wolltest du dich in unsere Angelegenheiten einmischen?«

Ihr scheues Lächeln ist Antwort genug. »Er will unbedingt, dass ihr wieder besser miteinander klarkommt.«

»Ich wünschte, er würde das sein lassen.«

»Warum?«

Weil ich nicht noch einmal erleben will, was ich als Kind durchgemacht habe. Das Gefühl, anders zu sein und nicht dazuzugehören. Daran erinnert zu werden, was ich für ein Leben haben könnte, wenn mein Dad uns nicht verlassen hätte. Ich hab jetzt ein gutes Leben, und es ist besser, wenn sich die Trudeaus da raushalten. Meine Mom und ich gegen den Rest der Welt, so sieht's aus. Wir haben nur uns. Ich hab mich daran gewöhnt, und mein Dad wird niemals so sein, wie ich ihn gerne hätte. Er wird in mir nie das sehen, was er in Marcel sieht. Ich bin einfach nicht so perfekt. So ehrgeizig. So wie diese Trudeaus.

»Es ist kompliziert«, sage ich zu ihr.

»Dann mach es für mich etwas unkomplizierter.«

»Das geht nicht.«

»Warum gehst du jetzt auf dieselbe Schule wie er?«, will sie wissen.

Eine weitere Frage, die ich nicht gern beantworte, obwohl ich mich wundere, dass ihr das Marcel nicht erzählt hat. Oder er hat es getan, und sie will prüfen, ob ich ihr die Wahrheit sage.

Ach, scheiß drauf. Sie ist so heiß, und ich werd mich an sie ranmachen, wenn sie's darauf anlegt. Aber nur, wenn ich dafür nicht diesen einen kleinen Fehler zugeben muss, der sich auf unserer elitären Schule verbreiten würde wie ein Lauffeuer. Viele Kids betrachten mich jetzt schon als Brutalo, der da nichts zu suchen hat. Ich könnte Chloe eine gewisse Version der Wahrheit erzählen, da sie weniger Vorurteile zu haben scheint als die anderen. Irgendwas an ihr macht mich an, trotz Marcels dramatischer Warnung.

»Meine Mom wollte, dass ich aufs Truman gehe«, erkläre ich und genieße das Glitzern des CBD in der Ferne. »*Das wird dir viele Türen öffnen,* ist ihr Credo geworden. Schon seltsam. Sie sagt, sie kann meinen Dad und seine neue Familie nicht ausstehen, aber irgendwie hab ich das Gefühl, dass sie mich in eine bestimmte Richtung drängt, um sie zu übertrumpfen. Als würde sie meinem Dad beweisen wollen, wie weit ich es auch ohne ihn und sein *neues* Geld gebracht habe. Als würde es nicht ausreichen, dass ich bin, wie ich bin.«

Das laut auszusprechen, lindert den Druck, der auf meiner Brust lastet. Ich bereue, dass ich es nicht an dem Tag gesagt habe, als meine Mutter mir erzählt hat, dass sie mich von meiner alten Schule nehmen will. Ich bereue, dass ich es jetzt gesagt habe. Zu Chloe Danvers, deren Blick auf meiner Wange brennt.

Fuck. Hoffentlich erzählt sie es nicht Marcel weiter.

»Ich hasse es, dass alle unsere Schule auf ein Podest stellen, als wäre sie so wahnsinnig toll«, sagt sie.

Ihr Desinteresse an meinem unvorhersehbaren Moment der Wahrheit erleichtert mich. Ihr Statement allerdings gefällt mir nicht.

»Du bist die Erste, die irgendwas Negatives über unsere Schule sagt«, entgegne ich.

»Der Ruf des Truman ist doch nur Fassade. Die Schule tut

so, als wäre sie unheimlich engagiert und würde sich für die richtigen Dinge einsetzen. Wenn die Leute wüssten, was da hinter den Kulissen …«

Sie wirft einen Blick auf ihr Handy, und ich drehe mich zu ihr um, weil ich wissen will, warum sie den Satz nicht beendet. Im Schein des Displays sehe ich, dass sich ihre Stirn in Falten legt, während sie eine Nachricht liest.

Ich warte, bis sie mit dem hektischen Tippen fertig ist, ehe ich frage: »Dein Ex?«

Der rauschende Sound der versendeten Nachricht hallt durch die leere Kirche. Sie lässt ihr Handy in eine Tasche ihres Kleids gleiten, die ich noch gar nicht gesehen hatte.

»Oh Gott, nein!«, antwortet sie. »Er ist der Schlimmste von allen.«

»Tausendprozentig«, gebe ich ihr recht. »Was ist los mit euch? Normalerweise seid ihr doch immer so nervig *in love*.«

Sie starrt auf die CBD-Skyline, aber ich bin mir sicher, dass Chloe sie nicht wirklich sieht. Sie ist in Gedanken mit etwas beschäftigt, das ihre Züge verdunkelt. »Er glaubt, dass ich seine Familie zerstören will.«

»Wie das denn?«

»Das darf ich alles gar nicht erzählen«, antwortet sie.

»Ach, aber vor ein paar Minuten warst du noch mit meiner Familiengeschichte beschäftigt«, gebe ich zurück und reibe meine Schulter an ihrer.

Es gelingt mir, ihr den Anflug eines Lächelns zu entlocken. Aus der dunklen Tiefe dringt ein dumpfes Geräusch zu uns nach oben, gefolgt von hellem Quieken.

»Oh mein Gott!« Chloe schreit auf und zieht ihre Knie zur Brust. »Was war das?«

Ich beuge mich vor und halte mir lachend die Seite. »Ganz ruhig, das sind nur Ratten.«

»Ich brauche eine Tetanusspritze, wenn ich hier raus bin«,

sagt sie, während sie langsam ihre Beine wieder über die Kante hängen lässt.

Um sie von den aasfressenden Nagetieren abzulenken, frage ich sie nach ihrem Lieblingshorrorfilm. »Alle Filme der *Paranormal-Activity*-Reihe«, antwortet sie. Als sie mich nach meinem fragt, sage ich: »*Get Out.*«

»Ein Film, der all die grausamen Dinge zeigt, die du wahrscheinlich immer schon von Weißen Leuten gedacht hast«, sagt sie.

»Ganz genau«, bestätige ich und nicke.

»Interessant«, murmelt sie.

Unser Gespräch geht hin und her zwischen ihrer Frage, was ich nach meinem Schulabschluss machen will (ich habe nicht die geringste Ahnung und lüge, dass ich mich schon bei mehreren Colleges beworben habe), und meiner Frage, wo sie sich in zehn Jahren sieht (die richtigen Leute vor den Kopf stoßen, antwortet sie). Danach reden wir über den Abschlussball und die Schulfahrt der Oberstufe, die ich nicht mitmachen will, bevor sie fragt: »Können wir jetzt von hier verschwinden?«

»Willst du endlich nach Hause?«

»Lieber nicht«, antwortet sie mit diesem verklärten Blick. »Ich will heute Abend nicht allein sein. Meine Familie ist außerhalb der Stadt, bei meiner Großmutter, und ich will nur ...«

Auch diesen Satz beendet sie nicht. Angst verdunkelt ihr hübsches Gesicht. Ich verstehe, wie sie sich fühlt. Manchmal mag ich es auch nicht, in einem einsamen Haus zu sein – was ziemlich oft der Fall ist, da meine Mutter immer Nachtdienst in der Notaufnahme hat, wie auch heute.

»Ich kann mit dir chillen, dir ein bisschen Gesellschaft leisten«, biete ich an.

Sie sieht mich an und hebt eine Braue.

»Hey, ich will jetzt nicht die Gelegenheit ausnutzen«, sage

ich schnell, weil ich mir vorstellen kann, was sie gerade denkt. »Es sei denn, du lädst mich dazu ein«, füge ich grinsend hinzu.

Sie legt den Kopf auf die Seite, während sie mich mustert. »Marcel hat bei seiner ganzen Angeberei nie erwähnt, wie viel Humor du hast.«

Ich stehe auf und klopfe den Staub von meiner Jeans. »Weil ich nie lustig sein will, wenn er dabei ist.«

Als sie ebenfalls aufsteht, gehe ich in Richtung der Stufen.

»Hätte nie gedacht, dass ich den ganzen Abend mit der Freundin von Trey Winslow abhänge«, sage ich. »Schon verrückt, wohin eine kurze Nachricht einen Bro verschlägt.«

Ich höre keine Schritte hinter mir. Auf der oberen Stufe bleibe ich stehen und drehe mich um. Chloe kniet dort, wo sie eben noch gesessen hat, beugt sich zur Seite und fummelt an irgendwas herum.

»Kommst du?«, frage ich.

Sie zuckt zusammen. »Yeah, sorry«, antwortet sie, richtet sich auf und klopft ihr Kleid ab. »Mein Kleid ist irgendwo hängen geblieben. Du solltest diesen Platz ein bisschen sauber machen, wenn du noch mehr Mädels hierhin abschleppen willst.« Sie wirft mir ein kurzes Lächeln zu, ehe sie vor mir die Stufen runtergeht.

Meine Bauchmuskeln brennen, so viel gelacht haben wir.

Wahrscheinlich kommt das von dem Gras, das wir rauchen, und vom Hennessy, an dem ich nippe, seit wir in Chloes Haus sind.

Sie ist keins dieser Lakeview-Kinder, wie ich dachte. Chloe wohnt im Garden District. Altes Geld. Ein zweistöckiges Haus mit griechischen Säulen an der Second Street. Ein Viertel, von dem ich früher geträumt habe – in der Fantasiewelt, in der mein Vater uns nach der Scheidung nicht ignoriert und seinen Reichtum mit uns geteilt hat. Die Unterhaltszahlungen, die er jeden Monat abdrückt, nicht mitgerechnet. Chloe hat mich erst mal durchs Haus geführt, nachdem wir angekommen waren. Die Luxusküche, die sich ihr Vater letztes Jahr zugelegt hat, könnte sich auch in einem der Restaurants meines Vaters befinden. Ich könnte richtig hart chillen, wenn ich zu Hause so viel Platz hätte. Hier gibt es jede Menge snobistischen Krimskrams, der Marcels Mutter bestimmt gut gefallen würde. Anscheinend sind sie und Chloes Mutter ziemlich eng miteinander. Chloe hat mal erwähnt, dass die beiden zusammen für mehrere Wohltätigkeitsorganisationen arbeiten.

»Okay, Wahrheit oder Pflicht?«, fragt Chloe, nachdem ich einen Zug von meinem dritten Joint genommen habe.

Sie hat ihr Kleid, das sie auf Marcels Party getragen hat, gegen eine Jogginghose und ein überdimensioniertes Sweatshirt getauscht, das ihr über eine Schulter gerutscht ist. Ich betrachte sie von der anderen Seite des Sofas aus, während sich unsere Füße in der Mitte berühren.

»Hör auf! Wann haben wir angefangen, das zu spielen?«, frage ich, ehe ich den süßlichen Rauch ausstoße, den ich in meiner Lunge gehalten habe.

Ich bin seit mindestens zwei Stunden hier. Nicht, dass ich mich beklagen will.

»Dann fangen wir jetzt damit an. Mein Haus, meine Entscheidung.« Sie setzt sich auf und nimmt den Joint, den ich ihr entgegenhalte. »Also, Wahrheit oder Pflicht?«

Ich schaue zu, wie sie inhaliert. Dass Chloe Gras raucht, überrascht mich ein bisschen. In der Schule wirkt sie immer so anständig, was das angeht. Jetzt lerne ich eine ganz neue Seite von ihr kennen. In unserem bekifften Gespräch erfahre ich, dass es Trey war, und nicht Jared Lanford, der sie entjungfert hat. Obwohl sie und Jared schon in der Grundschule zusammengekommen sind und bis zum Ende des zweiten Highschooljahrs ein Paar waren. Das fand ich ganz schön krass. Sie sieht sich gerne japanische Animes an und hasst Meeresfrüchte. Ihre Eltern sind liberale Obama-Fans, was zusätzlich erklärt, warum sich Trey so von ihr angezogen fühlt, wenn man weiß, wer sein Vater ist.

Wahrheit oder Pflicht? Ich denke gut nach und werfe einen Blick auf das stumm geschaltete Taylor-Swift-Video, das auf dem Flatscreen zu sehen ist, der über dem Kaminsims auf der anderen Seite des Wohnzimmers hängt.

»Wahrheit«, sage ich.

»Wahrheit?«, wiederholt sie mit spöttischem Unterton. »Hattest du Angst, dass ich dich auffordern würde, deinen Schwanz rauszuholen?«

Ich grinse sie verführerisch an. »Frag einfach, wenn du ihn sehen willst.«

Sie verdreht die Augen und schüttelt den Kopf. Ich weiß immer noch nicht, ob sie mich wirklich mag oder einfach nur gern flirtet.

Im nächsten Moment wird ihr Gesicht wieder ernst. »Was bereust du am meisten?«, fragt sie.

»Oh, das ist leicht.« Ich beuge mich vor und nehme einen Kartoffelchip aus der Schale, die auf dem Couchtisch steht. Chloe hat ein paar Süßigkeiten und Sandwiches geholt, die von einer Party ihrer Mutter übrig geblieben sind. »Dass meine Mutter mich aufs Truman geschickt hat.«

Fast unmerklich nickt sie mit ihrem Kopf. »Fühlst du dich so unwohl da?«

»Ich komm einfach mit niemand so gut klar wie auf meiner alten Schule.«

»Was aber auch an dir liegt«, entgegnet sie. Nachdem sie kurz am Joint gezogen und den Rauch ausgestoßen hat, fügt sie hinzu: »Du gibst dir ja auch nicht sonderlich Mühe, irgendjemanden von uns näher kennenzulernen, einschließlich deines Bruders.«

Ich schlucke den zweiten Chip runter, den ich mir in den Mund gesteckt habe, ehe ich sage: »Will ich auch gar nicht. Nicht meine Leute.«

»Vielleicht kannst du mir helfen, auch deinen Bruder davon zu überzeugen«, sagt Chloe.

»Hm.«

Sie will mir den Joint wiedergeben, aber ich schüttele den Kopf. Ich bin schon viel zu breit.

»Hast du Bock, das Truman mal so richtig aufzumischen?« Sie beugt sich vor und lässt den Joint in den Aschenbecher fallen, ehe sie sich wieder zurücklehnt und ein Kissen in ihren Schoß legt. »Ich meine, würdest du mir helfen, etwas zu tun, das getan werden muss?«

»Ey, was redest du da eigentlich?«, frage ich mit unbeholfenem Grinsen.

Sie sieht mich nachdenklich an. Als würde sie sich fragen, ob sie mir vertrauen kann. Ihr Handy piept, was sie davon abhält, laut auszusprechen, was ihr gerade durch den Kopf geht. Sie schaut aufs Display und runzelt die Stirn. Seit wir hier sind, kriegt sie regelmäßig Nachrichten. Und jedes Mal wirkt sie irritiert.

»Trey lässt seinen Gefühlen heute ja freien Lauf«, tease ich sie.

Sie verzieht einen Mundwinkel. Ihre Finger tanzen über das Display, bevor sie ihr Handy auf das Kissen fallen lässt. »Ich hab dir doch gesagt, dass es nicht Trey ist.«

»Ach, du hast schon den nächsten Kerl an der Angel?«, sage ich. »Warum hast du mich dann hierhergeholt?«

»Weil ich dich kennenlernen wollte«, antwortet sie.

»Das kannst du doch auch in der Schule.«

Sie neigt ihren Kopf zur Seite. »So viel Zeit hab ich nicht – um herauszufinden, ob du der bist, für den ich dich halte.«

»Und für wen hältst du mich?«

»Für den Jungen …«, sie beginnt zu lächeln, »… der jetzt dran ist, mir eine Frage zu stellen.«

Ach, wir spielen weiter? Na gut. Ich bin sowieso zu bekifft, um noch mehr von dem aufzunehmen, was sie sagt. Doch so langsam verstehe ich, was Marcel mit seiner Nachricht gemeint hat.

»Wahrheit oder Pflicht?«, frage ich.

»Pflicht«, antwortet sie sofort.

Sie grinst mich spöttisch an, als wollte sie mich damit aufziehen, dass ich mir die eine Chance entgehen ließ, als ich die Möglichkeit hatte. Sie denkt bestimmt, dass ich so fantasielos bin, sie aufzufordern, mich zu küssen oder sich auszuziehen. Aber das ist mir zu leicht. Außerdem ist es mir lieber, wenn sie so was tut, weil sie auf mich steht und es wirklich will. Als ich ihr Handy anschaue, kommt mir eine Idee.

»Lass mich an jemanden von deinem Insta-Account eine Nachricht schicken«, sage ich.

Ihr fällt die Kinnlade runter. »Oh mein Gott! An wen?«

»Mach dir darüber keine Sorgen.« Ich setze mich auf und strecke die Hand aus. »Gib mir dein Handy.«

»Mach jetzt bloß keinen Fehler«, stöhnt sie und gibt es mir mit geschlossenen Augen.

Als ich die Insta-App öffne, rückt sie näher an mich heran, um zu sehen, was ich tue. Ihre Haare riechen nach Rosmarin. Der Duft kitzelt in meiner Nase. Ich scrolle mit dem Zeigefinger durch die Liste ihrer Follower.

»Wem willst du schreiben?«, fragt sie.

»Du stellst zu viele Fragen«, ärgere ich sie.

Ich halte bei einem Gesicht inne, das ich heute Abend auf der Party gesehen habe. Ein schmächtiger weißer Junge, wahrscheinlich aus der Unterstufe. Ich klicke seine Seite an. Ein richtiger Nerd. Jemand, der nie eine Chance bei ihr hätte. Perfekt. Bestimmt wird er all seinen Freunden erzählen, dass er eine Nachricht von *der* Chloe Danvers bekommen hat.

»Oh nein! Nicht Dustin Miller!«, ruft sie.

Ich tippe Noch wach?, ergänze die Nachricht durch den lila Teufel und klicke auf *Senden,* ehe sie protestieren kann.

Sie reißt mir das Handy aus der Hand, während ich lospruste.

»Du wirst so viel Scheiße damit anrichten«, sagt sie und legt das Handy mit dem Display nach unten auf das Sofa, als könne sie die Nachricht damit ungeschehen machen.

»Was für eine billige Rache! Wahrheit oder Pflicht?«

»*Wahrheit*«, antworte ich und strecke ihr die Zunge raus.

»Okay, du Schisser.« Sie blinzelt und beißt sich auf die Unterlippe. »Die Wahrheit und nichts als die Wahrheit!«

Ich lehne mich zurück, breite beide Arme über der Lehne aus und schlage in einer wichtigtuerischen Geste das eine Bein über das andere. Sie soll wissen, dass sie mich nicht verunsichern kann.

»Warum besuchst du deinen Vater nicht mehr?«, fragt sie.

Die Antwort bleibt mir in der Kehle stecken. Auch mein Körper will die Erinnerungen ein für alle Mal begraben.

Chloe lehnt sich zurück, verschränkt die Arme vor der Brust und beobachtet, wie sich die Freude in meinem Gesicht in Frustration verwandelt. Sie merkt, wie unwohl ich mich fühle, und genau das gefällt ihr. Rache ist süß.

»Ich will die Wahrheit«, wiederholt sie, als ich den Mund aufmache. Vielleicht hat sie irgendwie gespürt, dass ich nicht ehrlich sein wollte.

Ich atme tief durch. Scheiß drauf. Wird Zeit, dass Marcels Freunde die Wahrheit erfahren. Dass sie endlich kapieren, warum ich so bin. Draußen höre ich eine Autotür schlagen, so still ist es.

»Als ich dreizehn war und Marcel elf, habe ich ein Wochenende bei ihnen verbracht«, fange ich an. »Wir waren beide im Vorgarten. Ich hab ein paar Feuerwerkskracher gezündet, weil es der vierte Juli war. Ich glaub, Marcel ist im Hinterhof hingefallen, weiß nicht mehr genau. Jedenfalls hat seine Mom ihren Terrier Sparkle zu uns nach draußen gelassen, damit er da sein Geschäft verrichtet. Seine Mom hat den blöden Köter geliebt und Sparkle wie ein Kind verhätschelt. Ich hab ihn gehasst, Marcel auch. Er konnte ihn auf den Tod nicht ausstehen, deshalb hielt er es für eine gute Idee, ein paar Knallfrösche an Sparkles Schwanz zu binden und anzuzünden. Ich wollte ihn davon abhalten, aber er hat es trotzdem getan. Okay, zugegebenermaßen habe ich jetzt auch nicht alles gegeben, um ihn daran zu hindern. Sparkle war so in Panik, als die Dinger hochgegangen sind, dass er direkt auf die Straße gerannt ist und von einem Auto überfahren wurde. Meine Stiefmutter hat mir die Schuld gegeben, weil ich mit den Feuerwerkskörpern gespielt habe. Und Marcel hat gelogen und gesagt, dass er nichts damit zu tun gehabt hätte. Der perfekte Sohn wollte seinen Ruf nicht riskieren.«

Chloe hält sich die Hand vor den Mund und reißt ungläubig die Augen auf.

Ich kratze mich am Kopf und kämpfe gegen die Tränen an, die sich hinter meinen Lidern sammeln. »Mein Dad stand einfach da und hat zugesehen, wie sie mich niedergemacht hat. Danach hat auch er mich angeschrien und gesagt, dass ich nicht mehr in sein Haus kommen darf, wenn ich seine neue Familie nicht respektiere – wenn ich nicht aufhören würde, ein *Problem* zu sein.«

»Das ist hart«, murmelt Chloe.

»*Neue Familie* sind jetzt meine Worte, aber so hat er es gemeint.«

»Das ist scheiße«, sagt Chloe. »Marcel hat nie die Wahrheit zugegeben?«

Jetzt nehme ich den Joint doch noch mal aus dem Aschenbecher. »Nope.«

Chloe betrachtet mich schweigend, während ich am Blunt ziehe und den Rauch ausstoße.

»Und das Arschloch von meinem Vater ist ebenfalls scheiße«, füge ich noch hinzu.

Sie nimmt den Joint, den ich ihr anbiete. »Du hast ja so recht.«

Ihr verkniffener Mund zeigt mir, dass ich nicht der Einzige bin, der Ärger mit seinem Vater hat.

4
Amir

»Du hast sie getötet!«

»Hab ich nicht …«

»Was ist los mit dir, Junge?«

Rums!

Meine Augen springen auf. Ich keuche.

Es ist nicht vor vier Jahren. Ich stehe nicht im Vorgarten des Hauses meines Vaters. Die Tränen stauen sich nicht in meinen Augen.

Ich liege ausgestreckt auf einem Sofa. Auf einem Flatscreen, der über dem Kaminsims in einem mir unbekannten Raum hängt, gleitet Lil Nas X lautlos an einer Pole-Dance-Stange in die Hölle. Mein Kopf fühlt sich an, als hätte er sich von meinem Körper gelöst. Mein Herz hämmert in meiner Brust.

Ich mustere meine Umgebung: Die Stummel mehrerer Joints liegen auf einem Couchtisch, daneben eine halb leere Schale mit Chips und Süßigkeiten. Fragmente des letzten Abends dringen allmählich durch den Nebel, der meine Gedanken einhüllt.

Marcels Geburtstagsparty. Chloe. Wir an meinem »geheimen Ort«. Ich hatte ihr angeboten, mir Gesellschaft zu leisten. Wahrheit oder Pflicht.

Ich setze mich auf. Wo ist Chloe? Hektisch hole ich mein Handy aus der Hosentasche. 02:18 Uhr.

Shit! Ich muss nach Hause, ehe meine Mom zur Arbeit geht.

Ich stehe auf. Wann bin ich eingeschlafen? Chloe muss mich hier liegen gelassen haben und ins Bett gegangen sein. Sie wollte mir irgendwas geben – das ist das Letzte, woran ich mich erinnere.

Die Erinnerung an den Vorfall, der einen noch größeren Keil zwischen meinen Vater und mich getrieben hat, verblasst in meinem Bewusstsein, während ich in eine Eingangshalle stapfe. Das Knarren der Holzdielen unter meinen Füßen dringt durch die gespenstische Stille.

»Hey, Chloe!«, rufe ich am Fuße der Wendeltreppe, die sich durch das Zentrum des Hauses nach oben schlängelt.

Nichts. Ich warte ein paar Sekunden, falls sie erst aus dem Bett krabbeln muss, ehe ich nach oben gehe. Mein Kopf fühlt sich immer noch seltsam an, ich halte mich lieber an dem schmiedeeisernen Geländer fest. Ich kann nicht glauben, dass wir den ganzen Abend miteinander abgehangen haben. Ich frage mich, ob dieser Nerd die Nachricht bekommen hat, die ich mit ihrem Handy verschickt hatte. Dieser Gedanke entlockt mir ein leichtes Grinsen, als ich die obere Stufe erreiche. War dieser Abend eine einmalige Sache oder der Anfang einer längeren Geschichte? Ich hoffe Letzteres.

Ich glaube, ihr Zimmer ist das zu meiner Rechten mit der offenen Tür, in dem es stockdunkel ist.

»Chloe!«, rufe ich, als ich eintrete.

Die Kühle, die das Haus durchdringt, prickelt auf meiner Haut. Ich rufe erneut ihren Namen und blinzele in der Finsternis. Stolpere über etwas, das auf dem Boden liegt, und halte inne. Das hier fühlt sich nicht richtig an. Ich kann mich nicht erinnern, dass irgendwas in ihrem Zimmer vorhin nicht an seinem Platz war, als sie mich durch das Hause geführt hat. Alles war so ordentlich und perfekt wie sie selbst.

Ich setze meine Schritte zurück, strecke die Arme aus und streiche mit den Händen an der Wand entlang. Nach ein paar Sekunden ertaste ich den Lichtschalter. Die Dunkelheit verdichtet sich zu einer erkennbaren Gestalt, die auf dem Bett liegt, bevor ich das Licht einschalte.

»Chl…«

Der Rest ihres Namens bleibt mir in der Kehle stecken, als ich all das Rot sehe.

So viel davon. Es verteilt sich über das Bett. Sickert aus ihrem leblosen Körper.

Mein Magen dreht sich um und rutscht mir in die Füße. Mir wird schwindelig.

»Ch…Ch…Chloe«, stammele ich.

Ich will wegschauen. Ich *muss* wegschauen, denn wenn ich es nicht tue, werde ich mich übergeben. Aber ich kann nicht. Sie darf nicht so aussehen, mich nicht so …

Nein, nein, nein.

Sie liegt auf dem Bauch, ihre Arme und Beine unnatürlich verdreht und weit von sich gestreckt. Ich kann nicht erkennen, ob sie atmet, tief in mir drin weiß ich, dass sie es nicht mehr tut. Ihr Kopf ist mir zugewandt. Ihre Augen offen und leer. Das Leben, das noch vor zwei Stunden in ihnen war, ist verschwunden.

Oh, fuck. Oh, fuck. Oh. Fuck.

Ich weiche zurück vor dieser Gewalt, die ich nicht so richtig begreife. Die Szene hat nichts mit dem zu tun, was ich vorhin hier gesehen habe. Als wäre ein Tornado durch das Zimmer gefegt. Kleider liegen auf den Möbelstücken und dem Boden verstreut. Die Schubladen ihrer Spiegelkommode sind herausgezogen, manche auf den Boden geworfen worden. Jemand hat nach etwas gesucht. Und als er es nicht gefunden hat …

Langsam wendet sich mein Kopf wieder dem Bett zu.

… hat er sie umgebracht.

Oh, nein. Oh, nein. Oh. Nein.

Eiswasser rinnt durch meine Adern. Der Raum dreht sich. Das Blut. So viel davon, dass ich an nichts anderes mehr denken kann, und was diese große Menge zu bedeuten hat. Wer kann das getan haben?

Ich hole tief Luft und beginne zu würgen. Mir wird schlecht!

Ich wirbele herum. Fürchte, dass derjenige, der das getan hat, immer noch hier ist. Zum Glück steht niemand in der Tür. Ich blicke über meine Schulter. Chloe liegt immer noch tot im Bett. Im Bett voller Blut.

All die Chips und Süßigkeiten, die ich vorhin gegessen habe, kommen mir wieder hoch. Mein Körper verliert seine Spannung. Meine Beine fühlen sich wie Gummi an. Ich darf mich davon nicht aufhalten lassen. Ich mobilisiere all meine Kräfte, um mich vorwärtszubewegen. Für Chloe kann ich nichts mehr tun. Ich kann nur noch mich selbst retten. Also renne ich los.

Und schaue nicht zurück.

5
Marcel

Meine Eltern sitzen sich an dem kleinen runden Tisch in unserer Frühstücksecke gegenüber, als ich in die Küche schlurfe. Mit einem leisen Gähnen reibe ich mir den Schlaf aus den Augen. Meine Glieder fühlen sich mehrere Kilo schwerer an als sonst.

»Sieh mal einer an, das Geburtstagskind beehrt uns endlich mit seiner Anwesenheit«, sagt meine Mutter und nippt an ihrem Mimosa aus einem der Champagnergläser, aus denen meine Freunde gestern Punsch mit Schuss getrunken haben.

Mein Vater grinst amüsiert hinter seiner Zeitung, auf die das Sonnenlicht des Erkerfensters fällt. Er und meine Mom tragen *matching* Outfits, was sie oft tun, wenn sie auf Reisen sind. Diesmal war es jedoch nur ein Kurztrip zum Ritz-Carlton in der Canal Street, wo sie ein Zimmer gemietet hatten, während hier meine Geburtstagsparty stattfand. Ich nehme erst an, dass sie früh ausgecheckt haben müssen, bis ich einen Blick auf die Uhr werfe und feststelle, dass es fast Mittag ist.

»Hast du das zubereitet, Daddy?«, frage ich und zeige auf das Rührei mit Spinat, die selbst gemachten Armen Ritter, die Blutwurst sowie das aufgeschnittene Obst, das auf der Arbeitsfläche der Kochinsel steht. Der fettig-süße Geruch weckt meinen Magen auf.

»Er ist heute in Geberlaune«, sagt meine Mutter.

»Betrachte es als mein letztes Geburtstagsgeschenk.« Mein

Vater blättert die Zeitung um, ohne aufzublicken. »Obwohl du eigentlich schon mehr als genug bekommen hast.«

Mein Vater stellt sich nur noch zu seltenen Anlässen an den Herd – an Feiertagen, wenn bestimmte Gäste zu Besuch sind oder wenn er unsere Meinung zu einem neuen Rezept wissen möchte. Ansonsten überlässt er es dem Hauspersonal, uns zu verköstigen. Plötzlich dämmert es mir, warum heute alles so ruhig und still ist. Sie haben am Aschermittwoch frei, dem Feiertag, der unmittelbar auf Mardi Gras folgt. Auch ich habe heute schulfrei, weil mehr als die Hälfte der Schüler und Lehrer des Truman katholisch ist.

»Ach, Martin.« Meine Mutter tätschelt ihm den Arm, während ich mein Handy in die Hosentasche meines Seidenpyjamas gleiten lasse und den leeren Teller nehme, der auf der Arbeitsfläche für mich bereitsteht. »Der Junge wird doch nur einmal sechzehn und hat die Geschenke verdient.«

»Ja, ja«, murmelt mein Vater.

Er betrachtet Kochen als eine Art Therapie. Dennoch hat er einem Reporter erzählt, dass er nur noch selten dazu kommt, weil er vollauf damit beschäftigt sei, seine drei Restaurants zu überwachen, Fernsehauftritte wahrzunehmen und seine neue Gewürz- und Soßenkollektion auf den Markt zu bringen.

»Wie war die Party?«, fragt meine Mutter, während ich mir das Essen auf meinen Teller lade. »Ich will alles wissen.«

Ihre Stimme ist fröhlich, ihre Augen funkeln vor Begeisterung, was ein gutes Zeichen ist. Sie und mein Dad scheinen also zufrieden mit dem Zustand des Hauses zu sein, wie sie ihn heute Morgen vorgefunden haben. Ich bin bis nach Mitternacht aufgeblieben, um dafür zu sorgen, dass die angeheuerten Helfer alles wieder in den Originalzustand zurückversetzten. Die Party begann sich aufzulösen, kurz nachdem Amir mit Chloe gegangen war.

Ich hatte immer noch ein komisches Gefühl, dass sie mit

ihm verschwunden ist. Beinahe hätte ich ihr eine Nachricht geschrieben, um ihr das zu sagen, doch sobald ich in meinem Bett lag, war ich auch sofort eingeschlafen. Heute wird es bestimmt ein Gespräch geben. Es gefällt mir nicht, dass sie Amir manipuliert und hinter meinem Rücken dafür gesorgt hat, dass er gestern Abend hier aufgetaucht ist. Vor allem, weil es nicht so aussieht, als wäre sie genauso an ihm interessiert wie er an ihr.

»Die Party war top«, antworte ich, nachdem ich mir den Rest vom Rührei mit Spinat auf meinen Teller geschaufelt habe.

»Sind alle gekommen, die du eingeladen hast?«, fährt sie fort.

»So ziemlich.« Ich balanciere den vollen Teller mit meiner rechten Hand, während ich mit der anderen die Blutwurst nehme und ein Stück abbeiße, bevor ich wieder zum Tisch gehe, um ihnen Gesellschaft zu leisten. Ich lasse mich auf den Stuhl zwischen ihnen sinken. »Oh, und Amir war auch da.«

Die Zeitung zerknittert, als mein Vater sie zusammenklappt und auf seinen Schoß legt. »Ach wirklich?«, fragt er und runzelt seine buschigen Brauen.

Ich nicke und meine Mutter seufzt auf.

»Warum denn nur?«, jammert sie.

Ich starre sie an. »Weil ich Geburtstag hatte und er mein Bruder ist, deshalb.«

Ich wusste, dass sie meine Antwort nicht lustig findet. Deshalb habe ich sie der Wahrheit vorgezogen.

»Ich dachte, ihr redet nicht viel in der Schule«, sagt mein Vater.

»Tun wir auch nicht.« Ich schiebe mir eine Gabel mit Rührei in den Mund, kaue schnell und schlucke dann alles runter. »Ich war auch überrascht, aber positiv.«

»Ich kann nicht glauben, dass er es wagt, noch einmal seinen Fuß in dieses Haus zu setzen, nach allem, was er mir angetan hat«, sagt meine Mutter, während sie sich aus einer Kristallkaraffe Mimosa nachschenkt.

Jetzt wäre der perfekte Zeitpunkt, um ihr zu sagen, dass ich es war, der die Knallfrösche an Sparkles Schwanz gebunden hat und für ihren Tod verantwortlich ist. Was könnte sie dann noch gegen Amir vorbringen? Nichts außer der Verachtung für seine Mutter, was, um ehrlich zu sein, ziemlich ungerecht ist. Aber sie haben mir gerade erst den Tessie geschenkt und ich bin ihn noch gar nicht gefahren. Ich werde es in ein paar Tagen erzählen.

»Ist er lange geblieben?«, will mein Vater wissen.

Er streckt seinen Rücken durch. Ich merke, dass er versucht, sich sein Interesse nicht anmerken zu lassen. In solchen Momenten kann ich den Frust meines Bruders über unseren Vater verstehen. Amir ist sein Sohn. Sein Erstgeborener. Er sollte sich nicht so sehr darum kümmern, was seine bedingungslose Liebe für Amir bei meiner Mutter auslöst. Das ist eines der wenigen Dinge, für die ihn Nana kritisiert hat. Ich habe es mit eigenen Ohren gehört. Das trug auch zu ihrer Abneigung gegen meine Mutter bei.

»Keine Frau mit einer gewissen Moral und der richtigen Erziehung würde einen Mann – noch dazu einen Schwarzen – davon abhalten, für sein Kind da zu sein«, hat sie zu ihm gesagt.

»Er war mindestens eine Stunde hier«, antworte ich meinem Vater.

Dann ist er mit einer meiner besten Freundinnen abgehauen, die drauf und dran ist, meine ehemalige beste Freundin zu werden.

Ich ziehe mein Handy aus der Tasche. Jetzt, da mein Geburtstag vorbei ist, können wir uns mit diesem *Deine-Freunde-*

sind-nicht-deine-richtigen-Freunde-Ding von Chloe befassen und auch damit, warum sie sich in die schwierige Beziehung zwischen Amir und mir einmischt. Ich werde ihr jetzt gleich eine Nachricht schreiben und vorschlagen, dass wir uns heute Nachmittag auf einen Kaffee treffen. Doch ehe ich dazu komme, sehe ich eine neue Nachricht auf Insta. Mir wird mitgeteilt, dass ich einen neuen Follower habe. Der Username ist *ItsYoBoyQNOLA*. Ich lache kurz auf, als die Seite des Users geladen wird. Es ist Quincy.

Meine Mutter und mein Vater diskutieren über Amir, doch was auch immer sie sagen, ist nur noch ein fernes Hintergrundgeräusch. Ich beiße mir auf die Unterlippe, als mein Zeigefinger über dem Button *Auch folgen* schwebt. Dass wir uns gegenseitig folgen, ist völlig harmlos. Wahrscheinlich werden mich seine Fotos gar nicht interessieren. Einfach Durchscrollen und Spaß haben. Sich zu folgen, hat echt nichts zu bedeuten. Amir und ich folgen uns auch, was uns einander kein bisschen nähergebracht hat. Ich meine, es gibt einen Haufen tieferer Gründe dafür, aber über die muss ich jetzt nicht nachdenken. Ich klicke auf den Button, um seinem besten Freund ebenfalls zu folgen. *Kleine Rache dafür, dass er mit Chloe abgehauen ist,* sage ich mir.

»Marcel, ich weiß, dass du mich hörst.«

Der Aussage meiner Mutter folgt ein scharfer Schmerz, als sie mich in den Unterarm kneift.

»Au!«, schreie ich auf und reibe mir die Stelle. »Was machst du da?«

»Leg dein Handy weg und antworte mir«, entgegnet sie.

»Worauf soll ich antworten?«

»Ich hab dich gefragt, ob dein Bruder sich gestern Abend einigermaßen benommen hat«, sagt sie und fummelt an dem Smaragddiamanten herum, der an ihrem Ringfinger prangt. »Ich weiß, dass er sich in letzter Zeit mit einem gefährlichen

Milieu umgibt. War er allein hier oder mit diesem Typen, der ihm nichts als Ärger beschert hat?«

Jetzt spüre ich auch den bohrenden Blick meines Vaters. Wenn ich ihnen erzähle, dass Amir diesen Buster mitgebracht hat, werden sie beide ausflippen.

»Er ist ganz allein gekommen.«

Ich schiebe mir mehrere Melonenstücke in den Mund. Als würde das Kauen meine offensichtliche Lüge verbergen.

»Na schön.« Meine Mutter nimmt ihr Champagnerglas. »Da Monica deinen Vater quasi erpresst, das Schuldgeld fürs Truman zu zahlen, war es vielleicht für was gut.«

Ich schlucke und sage: »*Erpressen* ist ein hartes Wort. Amir ist sein Sohn und kein Erpresser, der sich bereichern will.«

»Dein Vater zahlt schon mehr als genug Unterhalt für diesen Jungen«, fügt sie hinzu.

Offenbar ist es für meinen Vater wichtiger, an seinem Kaffee zu nippen und aus dem Fenster zu gucken, als sich an diesem Gespräch zu beteiligen.

»Tut er das?«, frage ich. »Eigentlich hat Daddy doch damals, als er sich von Monica scheiden ließ, längst nicht so viel verdient wie heute.«

Ich kenne nicht alle Einzelheiten, doch Amirs Mutter hat vor ein paar Jahren versucht, eine Erhöhung der monatlichen Unterhaltszahlungen meines Vaters zu erwirken, nachdem dieser aufgehört hatte, uns regelmäßig zu besuchen. Der Richter hat die Summe daraufhin auch leicht erhöht, doch laut meiner Mutter längst nicht in der Größenordnung, die Monica sich vorgestellt hatte.

Sie sagt, mein Vater sei nur verpflichtet, Amir denselben Lebensstil zu ermöglichen, den er mit seiner ersten Frau hatte, was von unserem heutigen Lebensstil weit entfernt ist.

»Ich versichere dir, dass es mehr als genug ist«, entgegnet meine Mutter und legt sich eine Hand auf die Brust.

Mein Vater hat die Zeitung wieder in die Hand genommen und liest weiter. Einerseits will ich ihn darauf ansprechen, ihn andererseits aber auch nicht verärgern. Wieder der Tessie.

»Wie war denn *eure* Party gestern?« Ich strecke meine Hand nach der Karaffe mit dem Mimosa aus. Ich brauche was, um das Essen runterzuspülen, das wie Sand in meiner Kehle kratzt.

Das Gesicht meiner Mutter hellt sich auf. »Oh, Marcel, du hättest mal sehen sollen, wie bunt und überladen diese Frauen ausstaffiert waren. Unser Weihnachtsbaum ist nichts dagegen.«

Ich fülle mein Glas mit Mimosa und frage: »Wer war am geschmacklosesten angezogen? Kenne ich sie?«

Weil meine Mutter nicht antwortet, blicke ich auf. Ihr ist die Kinnlade runtergefallen, ihre Augen sind weit aufgerissen.

»Oh mein Gott!«, ruft sie aus. »Ist das Chloe?«

Mein Kopf dreht sich in Richtung ihres starren Gesichts. Sie glotzt auf den stumm geschalteten Flatscreen, der unter den Küchenschränken neben dem Herd hängt. Bis jetzt hatte ich gar nicht bemerkt, dass er eingeschaltet ist.

Chloes Jahrbuchfoto vom letzten Jahr füllt die rechte Seite des kleinen Bildschirms aus. Auf der linken Seite ist ein Reporter zu sehen, der offenbar vor Chloes Haus steht. Mein Magen krampft sich zusammen.

»Lily, wo ist die Fernbedienung?«, fragt mein Vater, lässt die Zeitung fallen und dreht sich auf seinem Stuhl um.

Ich höre, wie meine Mutter sie aufhebt.

»... wurde als die sechzehnjährige Chloe Danvers identifiziert, Tochter des bekannten Architekten Aubrey Danvers.« Die Stimme des ernst dreinblickenden Reporters hallt durch unsere Küche. »Laut Polizeiangaben wurde die Leiche des Mädchens ...«

Leiche?

»… etwa um neun Uhr morgens von ihrer Familie in ihrem Bett aufgefunden.«

Ich stehe auf und gehe langsam auf den Bildschirm zu. Der Knoten in meinem Bauch weitet sich auf meine Brust aus.

»Wie ein Sprecher des New Orleans Police Department soeben bekannt gegeben hat, wurde das Opfer mitten in der Nacht mit mehreren Messerstichen getötet, nachdem es die Geburtstagsparty eines Freundes besucht hatte«, sagt der Reporter.

Meine Mutter schnappt nach Luft. »Um Himmels willen.« Sie steht rechts hinter mir, mein Vater zu meiner Linken. Ich hab nicht mal gehört, dass sie aufgestanden sind.

Chloes Foto verschwindet auf dem Bildschirm und gibt den Blick auf ihr Elternhaus frei. Polizisten eilen zur Haustür rein und raus. Am schmiedeeisernen Zaun, der ihren gepflegten Vorgarten umgibt, ist gelbes Absperrband zu sehen.

»Das kann nicht wahr sein«, haucht meine Mutter, während sie meinen Arm drückt.

Der Knoten ist jetzt ein Tennisball, der mir in der Kehle steckt.

»Die Polizei bittet die Öffentlichkeit um Mithilfe bei der Identifizierung eines jungen Mannes, der kurz vor 02:30 Uhr vom Tatort geflohen ist und von der intelligenten Türsprechanlage mit Kamera der Nachbarn auf der gegenüberliegenden Straßenseite gefilmt wurde«, fährt der Reporter fort, bevor auf dem Bildschirm das grobkörnige Bild eines Mannes zu sehen ist, der aus der Haustür stürzt, bis zum Zaun rennt und die Straße hinuntersputet. »Weil er einen Kapuzenpullover trägt, ist sein Gesicht nicht zu erkennen. Der Zeitpunkt der Aufnahme stimmt mit der mutmaßlichen Tatzeit überein.«

Ein ohrenbetäubendes Klingeln schrillt in meinen Ohren. Der Reporter hat recht. Das Gesicht des Mannes ist nicht zu erkennen, weil die Kapuze seines Hoodies es in Dunkelheit hüllt. Doch ein anderes Kleidungsstück sagt mir alles, was ich wissen muss: schwarz-goldene Air Jordans, limited Edition. Dieselben, die ich und alle anderen Partygäste gestern an Amirs Füßen gesehen haben.

6
Amir

Meine Oma hat mir das Kochen beigebracht. Sie war nie der Meinung, dass Kochen Frauensache ist. Sie hat mir erzählt, dass mein Großvater, der schon vor meiner Geburt gestorben war, mehr Spaß am Kochen hatte als sie. Sie beide haben ihr Wissen und ihre Rezepte an meinen Vater weitergegeben. »Ich habe keinen Mann großgezogen, der von einer Frau erwartet, dass sie rund um die Uhr in der Küche für ihn schuftet«, hat sie mehr als einmal zu mir gesagt. Nana fing an, mir das Kochen beizubringen, als ich in der Küche ihres kreolischen Hauses in Tremé gerade mal über die Arbeitsplatte gucken konnte. Es ist das Viertel, in dem sich auch meine Eltern kennengelernt haben und in ihrer Jugend bereits zum Liebespaar wurden. Nach dem Schneiden von Gemüse hat sie mir beigebracht, wie man Soßen und Kuchenteige zusammenrührt. Mit dreizehn Jahren konnte ich eigene Kuchen backen und ohne ihre Anweisung ein Gumbo zubereiten.

Das Kochen wurde zu einem emotionalen Ventil für mich. Wenn ich glücklich bin, mache ich ein Dessert. Wenn ich traurig oder enttäuscht bin, stehe ich in der Küche und koche Wohlfühlgerichte wie Suppen oder Eintöpfe. Wenn ich wütend bin, frittiere ich ein Stück Fleisch in einer tiefen Pfanne.

Manchmal dient mir das Kochen auch einfach zur Ablenkung. Um zu vergessen, dass es eine Außenwelt überhaupt gibt. Als würden meine Probleme nicht existieren und dort auf mich warten. Seit heute Morgen um sieben habe ich Shrimps mit Maisbrei zubereitet, Chow-Chow mit Senfkörnern, kandierten Bacon und Rührei mit Gemüse. Dann habe ich einen Topf mit Kidneybohnen und Würstchen aufgesetzt, dazu weißen Reis. Vor zwanzig Minuten habe ich mit dem Meeresfrüchte-Gumbo angefangen, das ich jetzt umrühre. Die dicke braune Mehlschwitze blubbert so stark wie meine Magensäfte.

Solange ich in der Küche stehe und weiterkoche, muss ich mir keine Gedanken darüber machen, ob mich jemand auf dem Videoclip erkennt, den gerade jede Nachrichtenredaktion der Stadt auf ihrer Website veröffentlicht hat. Das Einzige, was ganz eventuell mit mir in Verbindung gebracht werden könnte, sind meine Jordan-Sneaker, *limited Edition*. Die Kids, mit denen ich zur Schule gehe, beachten mich kaum, und bestimmt erinnert sich keiner daran, dass ich sie auf Marcels Party anhatte. Um auf der sicheren Seite zu sein, habe ich sie gemeinsam mit den anderen Klamotten von gestern weggeworfen.

Keine Sneaker, kein Verdacht, sage ich immer und immer wieder zu mir selbst.

Zu Hause angekommen konnte ich nicht einschlafen. Immer wenn ich meine Augen schließen wollte, habe ich all das Blut und Chloes leblosen Körper vor mir gesehen. Dreimal musste ich mich übergeben. Habe gehört, wie Mom so um halb fünf von der Arbeit nach Hause kam. Dann habe ich eine Dreiviertelstunde gewartet, bis ich sicher war, dass sie schlief, ehe ich mich mit einer Mülltüte, in die ich meine Sachen gestopft hatte, aus dem Haus geschlichen habe. Ich habe sie in den Müllcontainer des Lebensmittelladens zwei Blocks weiter geworfen. Wenn die Polizei mir Fragen stellt, behaupte ich einfach, keine solchen Sneaker zu besitzen wie der Mann auf dem Videoclip. Ich habe so viele, dass auch Mom sich nicht an sie erinnern wird. Und obwohl auf meiner Jeans und meinem Hoodie kein einziger Blutstropfen zu sehen war, habe ich sie ebenfalls weggeworfen – sicher ist sicher.

Ich rühre den Gumbo noch heftiger um.

Aber was ist mit all den Leuten, die gesehen haben, dass ich Marcels Party gemeinsam mit Chloe verlassen habe? Das macht meine Lüge, dass ich gestern Abend nicht in ihrem Haus war, schon etwas unwahrscheinlicher. Wir sind durch den Hintereingang ins Haus gelangt, der an der Einfahrt des Hauses liegt. Das muss der Grund sein, warum es noch kein Bildmaterial gibt, das zeigt, wie wir gemeinsam das Haus betreten.

Du Vollidiot!, beschimpfe ich mich. *Warum bist du nur zur Haustür rausgerannt!*

Anscheinend konnte ich in diesem Moment nicht mehr klar denken und wollte nur noch abhauen.

Ich rühre jetzt so hart, dass der Löffel den Boden des Topfes zerkratzt, aber ich höre nicht auf.

Irgendwo draußen schlägt eine Autotür zu. Mein Herz rast so schnell, dass es wehtut.

Das sind sie, schießt es mir durch den Kopf. *Jeden Moment wird die Polizei hier reinstürmen und mich für etwas verhaften, das ich nicht getan habe!*

Ich halte inne und lausche dem hohlen Echo ihrer Schritte auf unserer Veranda. Der Gumbo-Eintopf blubbert und gluckert, das Einzige, was die Stille durchbricht. Nachdem Minuten vergehen, ohne dass es an der Tür klopft, fange ich wieder an zu rühren.

Niemand wird dich erkennen, mach dich nicht verrückt, sage ich mir.

Doch die Gefahr, dass mich doch jemand erkennt, ist groß. Vielleicht hätte ich meine Klamotten behalten sollen. Dass ich sie nicht mehr habe, lässt mich schuldig erscheinen, oder?

Durch eine forensische Untersuchung meiner Kleider hätten sie wahrscheinlich herausfinden können, dass ich sie nicht erstochen habe. Verdammt.

Wer hat sie nur so brutal abstechen können? Wie kam der Mörder ins Haus? Wie zum Teufel konnte ich nur schlafen, während er sie getötet hat? Und warum hat er nicht auch mit mir kurzen Prozess gemacht? Wie ist es nur möglich, dass wir eben noch Wahrheit oder Pflicht gespielt und zusammen Gras geraucht haben und ich jetzt der Verdächtige bin, nach dem die Polizei die ganze Stadt absucht? Nur Schuldige rennen davon, werden sie sagen. Und Schwarze Jungs rennen erst recht davon, wenn sie im Haus eines Weißen Mädchens aufwachen, das gerade ermordet wurde. Wir rennen, weil unsere Unschuld nicht mal in Betracht gezogen wird. Jeder sieht uns als Bedrohung an. Wir können nicht einkaufen gehen, durch das Viertel joggen, schicke Autos fahren oder vor dem Laden an der Ecke DVDs verkaufen, ohne als Bedrohung oder öffentliches Ärgernis zu gelten. Emmet Till wurde verschleppt, brutal misshandelt und ermordet, weil man ihn *bezichtigt* hatte, mit einem weißen Mädchen geflirtet zu haben. Seitdem hat sich nicht viel geändert. Ein schwarzer Junge, der mit einem toten weißen Mädchen in Verbindung gebracht wird, gilt immer noch als extrem verdächtig. *Deshalb* habe ich meine Sneaker und meine Kleider weggeworfen!

Der Löffel kratzt wieder über den Boden des Topfes.

Es funktioniert nicht. Das Kochen. Es hält mir die Welt nicht so auf Distanz wie sonst.

Ich muss mich beruhigen. Bis jetzt ist ja nichts passiert. Und wenn die Polizei an unsere Tür klopft und fragt, wo ich gestern nach Marcels Party gewesen bin, dann antworte ich, dass ich Chloe vor ihrer Tür abgesetzt habe und dann direkt nach Hause gefahren bin. Niemand hat uns nach der Party zusammen gesehen. Sie können nicht wissen, dass ich lüge.

Ich werde sagen: »Sie können sich gern meinen Kleiderschrank ansehen. Ich besitze nichts, das so aussieht wie die Sachen, die der Mann auf dem Video trägt.« Solange keine Beweise auftauchen, dass ich dort war, kann mir eigentlich nichts passieren, oder?

»Mann, riecht das lecker hier!«

Ich zucke zusammen und lasse den Löffel fallen. Ein paar kochend heiße Tropfen brennen auf meinem Unterarm.

Meine Mom steht in der Eingangstür unseres schmalen Reihenhauses. Ihre schulterlangen Haare sind zu einem unordentlichen Pferdeschwanz zusammengebunden. Ihr überdimensionales T-Shirt und ihre Pyjamahose sind genauso knittrig wie die Falten, die sich plötzlich auf ihrer Stirn abzeichnen.

»Was ist denn mit dir los? Du bist ja so schreckhaft heute.«

Bleib cool, Bro, sage ich zu mir selbst. *Diese Frau hat den sechsten Sinn, den Gott allen Müttern verleiht.*

»Ich war nur in Gedanken, das ist alles«, entgegne ich mit schiefem Lächeln, schnappe mir das Spültuch von der Arbeitsplatte und wische mir damit den Unterarm ab. »Ist doch klar, wenn du hier so plötzlich auftauchst.«

Sie schlendert zu mir rüber. Ich beuge mich ihr entgegen, ehe sie mir einen Kuss auf die Wange drückt. »Warum kochst du heute schon so früh?« Über meine Schulter hinweg schaut sie in den Topf. »Alles in Ordnung?«

»Jaaaa!«, platzt es nervös aus mir heraus. »Ich wollte dir heute Morgen ein leckeres Frühstück machen und hab dann einfach weitergekocht. Das Abendessen für den Rest der Woche ist auch schon fertig.«

Sie hebt den Deckel des Topfes mit den Kidneybohnen an. »Das *und* ein Gumbo? Na, du lässt es aber krachen.«

»Für meine beste Freundin tue ich doch alles.«

Sie lächelt breit, wie immer, wenn ich das sage.

Alles ist wie immer. Ein ganz normaler Tag. Wie jeder andere Tag in diesem Haus. Kein Tag, an dem man mich anklagen wird, ein Mädchen erstochen zu haben.

»Die Trudeau-Nase und -Lippen hätten doch völlig ausgereicht.« Meine Mom öffnet den oberen Schrank links vom Herd und holt einen Teller raus. »Musstest du auch noch sein Kochtalent erben?«

Das sagt sie fast immer, wenn ich koche.

»Das hab ich ja nicht von ihm«, erwidere ich, »sondern von Nana.«

Während der Scheidung kam es wegen Dad zu Spannungen zwischen Nana und meiner Mom. Ich glaube, Nana war ein bisschen sauer, weil Mom ihn davon abhalten wollte, seine Träume zu verwirklichen. Und Mom war enttäuscht, dass Nana nicht genauso wütend auf ihn war wie sie selbst, weil er seine erste Frau betrogen und seine Geliebte geheiratet hat. Aber sie sind immer respektvoll miteinander umgegangen. Was meinem Dad an Liebe und Mitgefühl fehlte, hat Nana mehr als wettgemacht. Ich habe sie immer meine *andere* beste Freundin genannt.

»Real talk, deine Mom war letzte Nacht jeden einzelnen Dollar wert, den die Notaufnahme für mich abdrückt«, sagt sie, während sie sich Shrimps und Maisbrei auf ihren Teller schaufelt.

Womit wir beim nächsten ihrer »Lieblingsthemen« wären.

Ich rühre wieder im Gumbo herum. »Ja?«

»Und ob«, bestätigt sie seufzend. »Sieben Schussverletzungen. Die Leute drehen durch bei diesen Paraden. Du hast dich mit Quincy doch nicht die ganze Nacht auf der Straße rumgetrieben, oder?«

»Nö, wir sind früh nach Hause«, lüge ich.

»Amir, so viele schwarze Jungs in deinem Alter werden einfach abgeknallt oder verbluten an ihren Wunden.« Ich höre, wie sie hinter mir den Kühlschrank öffnet, wahrscheinlich, um sich Orangensaft zu nehmen. »Die meisten lassen sich mit den falschen Leuten ein. Ich bin ja so froh, dass du nicht mehr mit diesem Buster um die Häuser ziehst.«

Die Wahrheit brennt in meiner Kehle.

»Würde mich nicht wundern, wenn auch er sich eine Kugel einfängt.«

Ich drehe mich um. »Reg dich ab, Mom. So schlimm ist Bus auch wieder nicht.«

Sie lässt sich in der Mitte unserer engen Küche auf einen der Barhocker an der Kochinsel sinken. »Nicht so schlimm? Nach all dem Ärger, den er dir eingebrockt hat?«

Das war eine blöde Sache, die noch viel schlimmere Dinge zur Folge hatte. Hätte mich Buster nicht in meinen ersten Konflikt mit dem Gesetz verwickelt, hätte Mom mich nicht von der öffentlichen Schule genommen und aufs Truman geschickt. Dann hätte ich Chloe niemals kennengelernt und würde jetzt nicht um mein Leben fürchten.

Hör schon auf, Amir. Niemand wird dich erkennen.

Es darf mich einfach niemand erkennen.

»Isst du nichts mit?«, fragt sie, wedelt mit der Hand und will, dass ich mich auf den Barhocker neben sie setze.

»Ich hab schon gegessen«, antworte ich.

Heute Morgen kommt mir eine Lüge nach der anderen über die Lippen.

»Komm, setz dich trotzdem her und rede mit mir.« Sie nimmt ein Stück vom kandierten Bacon. »Ich hab so viel gearbeitet und du warst immerzu mit der Schule beschäftigt, dass ich kaum Zeit für ein richtiges Rendezvous mit meinem Baby hatte.«

Ihre dunklen Augen werden von einem warmen Lächeln erfüllt. Oh Gott, wie ich dieses Lächeln vermissen werde, wenn ich erst …

Hör auf, Amir! Niemand hat sich bisher hier blicken lassen.

Ich reduziere die Temperatur der Kochstelle unter dem Gumbo, bevor ich zur Kochinsel rüberschlurfe und mich auf den Hocker hieve.

»In letzter Zeit meckerst du gar nicht mehr so oft über das Truman«, sagt sie, nachdem sie den Bacon runtergeschluckt hat. »Bedeutet das, dass es dir da inzwischen ganz gut gefällt?«

Ich starre auf die Hände in meinem Schoß und überlege, wie ich auf diese Frage antworten soll. Sie sind blutrot. Ich schnappe nach Luft und muss mehrmals zwinkern, damit das Blut wieder verschwindet.

Ich hab kein Blut an den Händen. Ich habe sie nicht getötet.

»Es ist cool, ich …«

Bum, bum, bum, bum, bum!

Da sind sie. Die Schläge an die Tür, auf die ich den ganzen Morgen gewartet habe. Sie sind drängend und hart. Drücken mir den Herzschlag in die Kehle.

Ehe ich reagieren kann, ist Mom schon aufgestanden.

»Wer hämmert denn da an die Tür, als wär's die Polizei?«, sagt sie, während sie das Wohnzimmer durchquert.

Es ist *die Polizei,* denke ich.

Ich lasse mich vom Hocker gleiten, meine Augen auf Mom fixiert, während sie die Tür öffnet. Mein rasendes Herz hämmert in meiner Brust.

»Martin!«, ruft sie mit spöttischer Stimme. »Warum schlägst du denn wie ein Verrückter auf meine Tür ein?«

»Wo ist Amir?«

Mein Dad drängt an ihr vorbei ins Haus.

Wir haben sofort Blickkontakt. Seine Augen sind groß, er atmet schwer. Als Mom zur Seite tritt, sehe ich Marcel in der Tür stehen, sein Gesicht vor Sorge verzerrt.

»Was hast du getan?« Mein Dad stürmt durchs Wohnzimmer in die Küche. Mit beiden Händen packt er mich an den Armen. »Was ist mit dem Mädchen passiert?«

»Ich war das nicht! Ich war das nicht!«, schreie ich.

Meine Mom erscheint neben meinem Dad. »Was zum Teufel ist hier los?«

»WAS HAST DU GETAN?«, ruft mein Dad.

»Gar nichts, Mann!«, schreie ich. »Ich hab sie nicht angerührt!«

»Lass ihn los, Martin!« Mom zerrt an seinen Armen.

Über ihre Schultern hinweg sehe ich Marcel. Er steht mitten im Wohnzimmer und sieht alles mit an.

»Ich hab das nicht getan, Bro«, krächze ich. Die Worte bleiben mir im Hals stecken. »Ich hab sie so gefunden.«

Ich weiß nicht, ob er die Stirn runzelt, weil er mir nicht glaubt oder weil er mir glaubt und dasselbe denkt wie ich: Ich bin am Arsch!

»Martin! Du platzt hier nicht einfach in mein Haus rein und klagst meinen Sohn wegen irgendwas an!« Sie reißt so hart, wie sie kann, an seinen Armen, doch er lockert seinen Griff kein bisschen. »Lass. Ihn. Los!«

»Du hast keine Ahnung, Monica, in welche Schwierigkeiten sich der Junge gebracht hat!«, ruft er. Die Adern pulsieren an seinem Hals. Er schüttelt mich und brüllt: »Sag mir, was passiert ist, und zwar sofort!«

»Ich weiß es nicht, Mann«, schluchze ich. »Ich hab doch schon gesagt, dass sie tot war, als ich aufgewacht bin.«

»Wer ist tot?«, ruft meine Mom.

»Warum bist du dann weggerannt?«, faucht mein Vater.

»Hör auf, ihn anzuschreien, Martin!«

»Stopp! Alle zusammen!«

Wir verstummen alle und drehen uns zu Marcel um.

Seine Augen schnellen nach rechts und dann sehen wir sie.

Zwei Beamte des New Orleans Police Department werden von der Eingangstür eingerahmt. Ihre Augen sind auf mich gerichtet. Mein Vater lässt mich endlich los.

»Amir Trudeau, wir müssen Sie mitnehmen«, sagt der groß gewachsene weiße Beamte, als er das Haus betritt und an Marcel vorbei in die Küche marschiert, wo ich neben meinen Eltern stehe.

»Was hat das zu bedeuten?«, fragt meine Mom den Polizisten.

»Monica, sei still!«, sagt mein Dad, ehe er sich zu mir umdreht und hinzufügt: »Du hältst den Mund und sagst kein einziges Wort, bis ich mit meinem Anwalt geredet habe.«

»Kann mir irgendjemand sagen, was hier eigentlich los ist?«, ruft meine Mom. In ihren Augen glänzen Tränen.

Ich kriege kaum noch Luft, als der Officer die Handschellen von seinem Gürtel löst. »Amir Trudeau, Sie sind vorläufig festgenommen …«

Alles, was er danach sagt, geht in den Schreien meiner Mutter unter.

7
Marcel

Ich hatte noch gar nicht richtig Zeit, um den Mord an dem Mädchen zu betrauern, das all meine Geheimnisse, Unsicherheiten und Ängste kannte. Meine Gedanken waren ganz bei Amir, der seit Mittwoch im Gefängnis sitzt. Er wurde wegen vorsätzlicher Tötung verhaftet, sechs Stunden nachdem ihn die beiden Polizeibeamten in Handschellen abgeführt hatten. Das geschah vor den Augen sämtlicher Nachbarn, die vor ihren Häusern standen und zusahen, wie er auf den Rücksitz des Streifenwagens verfrachtet wurde. Er muss im Gefängnis bleiben, bis das Gericht eine Kautionsanhörung durchführt, die nur dreimal die Woche stattfindet: montags, mittwochs und freitags. Hier sind wir nun, zwei Tage später, und beten, dass der Richter ihn heute nach Hause gehen lässt.

Wie sind wir hierhergekommen?

In den ersten beiden Stunden nach seiner Verhaftung stammten die meisten Informationen, die wir über Chloes Ermordung und darüber hatten, was die Polizei Amir unterstellt, aus den Medien. Der Anwalt meines Vaters hat Monica und Dad noch andere Dinge erzählt, zum Beispiel, was Amir gegenüber der Polizei ausgesagt hat, doch keine dieser Informationen haben sie bis jetzt mit mir geteilt. Nach dem, was ich in den Nachrichten gesehen und gelesen habe, geht die Polizei davon aus, dass Chloe im Schlaf erstochen wurde, weil nichts darauf hinweist, dass sie sich gewehrt hat. Der Mörder hat die Tat vermutlich mit einem Steakmesser begangen, das in der Küche im Erdgeschoss fehlt und *immer noch nicht* gefunden wurde. Es gibt keine Anzeichen für einen Einbruch oder ein gewaltsames Eindringen des Täters. Amir war der einzige Fremde im Haus und der Einzige, dessen Flucht beobachtet wurde – dank der Überwachungskamera der Nachbarn auf der gegenüberliegenden Straßenseite, deren Aufzeichnung in den Nachrichten nonstop gezeigt wird.

Nach zwei Tagen permanenter Berichterstattung scheint Amirs Schuld zweifelsfrei festzustehen.

Zwei Tage unzähliger Textnachrichten meiner Mitschüler, die sich mehr damit beschäftigen, ob ich an Amirs Schuld glaube, als damit, wie es mir jetzt geht, nachdem eine enge Freundin von mir ermordet wurde.

Zwei Tage, in denen meine Mutter fortwährend behauptet, dass Amir ein *gestörter* Junge sei, was man ja schon daran sehe, was er Sparkle angetan hat. Zwei Tage, in denen ich immer noch nicht Manns genug war, die Wahrheit zu sagen. Zwei Tage, in denen mein Vater Amirs Anwalt am Telefon angeschrien und aufgefordert hat, alles dafür zu tun, Amir zu rehabilitieren.

Mein Vater sitzt jetzt neben mir. Sein rechtes Bein wippt so energisch, dass die Holzbank unter uns zittert. Als wir heute Morgen zum Gericht fuhren, habe ich ihm gesagt, er solle weder der Polizei noch den Medien glauben, dass Amir Chloe getötet habe.

»Aber es sieht ganz so …«

»Es ist mir egal, wie es aussieht, Daddy«, entgegne ich. »Amir wäre überhaupt nicht in der Lage, jemanden zu erstechen. Er kann doch gar kein Blut sehen.«

»Ist das immer noch so?«, fragt mein Vater.

»Ja!«

Hättest du dir mehr Mühe gegeben, in seinem Leben prä-

sent zu sein, dann wüsstest du es, denke ich im Stillen, da jetzt weder der richtige Zeitpunkt noch der richtige Ort ist, es ihm zu sagen.

Ich habe es dem Detective gesagt, der gestern bei uns zu Hause auftauchte, um mich über Amirs Blutphobie zu befragen. Er schien nicht überzeugt zu sein, dass dies ausreiche, um Amirs Unschuld zu beweisen. Mein Vater nickt mehrmals, als ich ihn im Auto daran erinnere.

»Gut zu wissen«, sagt er in düsterem Ton.

Monica sitzt neben meinem Vater. Ihre Augen sind rot und geschwollen. Ich kann mir vorstellen, was sie die letzten beiden Tage durchgemacht hat. Sie sah ehrlich erleichtert aus, als sie meinen Vater und mich das Gerichtsgebäude betreten sah. Sie saß allein mit Amirs Anwalt auf einer Bank. Es muss sehr einsam in diesem Gebäude sein, wenn man niemanden zum Reden hat und die ganze Stadt dem eigenen Sohn vorwirft, ein Mörder zu sein.

Wir sind nicht die Einzigen in diesem tristen Gerichtssaal. Die Familienangehörigen der anderen Inhaftierten sitzen in mehreren Grüppchen verstreut auf den harten Holzbänken. Im hintersten Winkel des Saales befindet sich eine Schar von Reportern. Sie sind nur wegen Amir gekommen und hoffen, ein paar Häppchen für die neusten Schlagzeilen aufschnappen zu können. Meine Mom behauptet, dies sei der Grund, warum sie zu Hause geblieben ist. Sie will keine Kameras im Gesicht haben, wie sie es gestern Abend nannte.

»Ist bestimmt besser so«, entgegnete mein Vater mit schmalen Lippen und verzweifeltem Blick.

Er wollte mich davon abhalten, ihn zu begleiten, weil er fürchtete, dass meine schulischen Leistungen darunter leiden könnten.

»Ich werde da sein, auch wenn ich selbst fahren muss«, habe ich ihm entgegengesetzt.

Ich weiß, dass er Einspruch erheben wollte. Meine Eltern haben mich schon gestern übergangen, als die Polizei anrief und sagte, sie wolle mich sprechen. Daraufhin hat Dad wortlos mein Zimmer verlassen und leise die Tür hinter sich geschlossen. Er war zu erschöpft, um einen Streit zu beginnen, von dem er wusste, dass er ihn sowieso nicht gewinnen würde.

Wir sind seit über einer Stunde hier und warten darauf, dass der Gerichtsdiener Amir durch die graue Tür führt, die sich rechts vom Richtertisch befindet. Während wir hier sind, hat er dies schon mit sechs anderen Personen getan, deren Kautionsverhandlung bereits stattgefunden hat.

Ich lege die Hand auf das Knie meines Vaters und drücke es leicht zusammen. Sofort hört sein Bein auf zu wippen.

Er wirft mir ein gezwungenes Lächeln zu, als ich aufblicke. Ich versuche, es mit einem beruhigenden Lächeln zu erwidern, aber ich bringe die Kraft nicht auf. Ich mache mir Sorgen um Amir. Besonders nach allem, was sein Anwalt eben gesagt hat, bevor wir in den Gerichtssaal gegangen sind.

»Der Richter kann die Kaution ablehnen«, sagte Mr Dillard, woraufhin Monica nach Luft schnappen musste. »Sollte er das tun, bleiben Sie ganz ruhig. Noch ist nichts verloren. Aber damit er wieder auf freien Fuß kommt, muss der Mörder des Mädchens gefunden werden.«

Amirs Anwalt heißt Cedrick Dillard. Er gilt als einer der besten Strafverteidiger der Stadt. Er arbeitet für die Anwaltskanzlei, die meinen Vater in allem vertritt, was sein Geschäft und seine Marke angeht. Ich hab mir auf der Website der Kanzlei sein Profil angeschaut. Die meisten Prozesse, die dort genannt werden, hat er für wohlhabende weiße Männer gewonnen. Wenn man bedenkt, dass er schwarz und ungefähr so alt wie mein Vater ist, dann überzeugt er potenzielle Klienten bestimmt vor allem durch die Tatsache, dass reiche weiße

Männer seinen Beistand suchen. Ihn würde ich mir jederzeit als Mentor aussuchen.

Mit Chloe habe ich immer gescherzt, dass ich eines Tages die männliche Annalise Keating werden würde, allerdings ohne all die vertuschten Morde.

»Gerichtsdiener, Sie können den nächsten Angeklagten hereinbringen.«

Mein Blick richtet sich sofort auf die graue Tür. Ich hab Herzklopfen, als Amir im Türrahmen erscheint, eskortiert vom selben undurchdringlichen Gerichtsdiener, der alle anderen hinausgeführt hat. Er sieht aus, als würde er nach Tabak und Old Spice riechen. Amir trägt den gleichen orangefarbenen Overall und die dazugehörigen Slipper wie die übrigen Angeklagten, seine Hände stecken wie bei allen anderen auch vor dem Körper in Handschellen.

Mr Dillard steht auf und tritt durch die hüfthohe Trennwand, die den Gerichtssaal in zwei Hälften teilt. Er legt seine Aktentasche auf einen Holztisch auf unserer Seite des Saals, wohin der Gerichtsdiener auch Amir führt. Monica rückt an das Ende der Bank in größtmöglicher Entfernung zu meinem Vater und hält sich die Hand vor den Mund. Ihre Augen füllen sich mit Tränen, als Amir näher kommt und uns dennoch unendlich weit weg erscheint. Er schaut kurz zu mir rüber, bevor sein niedergeschlagener Blick an unserem Vater vorbeihuscht und an seiner Mutter hängen bleibt. Es ist nur ein flüchtiger Moment, doch ich schwöre, dass seine Unterlippe gezittert hat, bevor er den Blick niederschlägt. Der Gerichtsdiener fordert ihn auf, sich neben Mr Dillard zu setzen.

Die Kühle des Gerichtssaals kriecht mir in die Knochen.

»Fall Nummer 5657745923, Amir Trudeau«, liest die Gerichtsschreiberin von einem weißen Blatt Papier ab, das an einer Mappe klebt, die sie aus einem Stapel von Unterlagen gezogen hat. Sie sitzt knapp unterhalb des Richters.

»Würden die beiden Anwälte sich bitte identifizieren«, sagt der mürrisch wirkende Richter, ohne von seinen Unterlagen aufzublicken.

»Cedrick Dillard, Euer Ehren, ich vertrete Amir Trudeau«, sagt Mr Dillard mit zurückgenommenen Schultern und erhobenem Kopf.

»Traci Jackson, Staatanwältin, Euer Ehren«, verkündet eine weiße Frau auf der gegenüberliegenden Seite des Gerichtssaals, die ich bis jetzt gar nicht wahrgenommen hatte. Sie hat trockenes, brüchiges aschblondes Haar und trägt einen schlecht sitzenden Hosenanzug. Sie sieht aus wie eine Person, die ihre Handtasche gut festhält, wenn ihr auf der Straße ein Schwarzer entgegenkommt. Vielleicht ist das auch übertrieben – ich kenne diese Frau gar nicht. Allerdings weiß ich jetzt schon, dass ich sie nicht mag. Als sie zu uns rüberschaut, wird mir klar, dass ich sie schon mal gesehen habe. Sie war eine der streng dreinblickenden Personen, die am Abend von Amirs Verhaftung den Bezirksstaatsanwalt flankierten, während dieser seine im Fernsehen übertragene Pressekonferenz abhielt. Der breitnasige Bezirksstaatsanwalt erklärte, er würde alles daransetzen, um Chloes Familie Gerechtigkeit widerfahren zu lassen, ganz gleich, wer Amirs Vater sei. Nach dieser Aussage habe ich den Fernseher ausgeschaltet.

»Mr Trudeau, würden Sie bitte aufstehen«, fordert der Richter Amir auf und sieht ihn über den Rand seiner Lesebrille hinweg an.

Amir tut, was er sagt. Es ärgert mich, dass er Amir mit Mr anspricht. Amir ist kein Erwachsener. Er ist siebzehn. Fast noch ein Kind. Jemand, der sein ganzes Leben noch vor sich hat.

»Mr Trudeau, ich bin nicht hier, um zu entscheiden, ob Sie schuldig oder unschuldig sind«, erklärt der Richter mit monotoner Stimme. Wahrscheinlich hat er das schon so oft gesagt, dass es deswegen so klingt. Ich frage mich unwillkürlich, wie vielen unschuldigen Schwarzen Jungs er diesen Satz gegenüber schon geäußert hat. »Ich bin nur dazu da, um auf der Grundlage der mir vorliegenden Informationen Ihre Kaution festzulegen. Können Sie mir folgen?«

Amir nickt.

Ich wünschte, ich könnte sein Gesicht sehen. Es muss so gequält sein wie das meines Vaters gerade, während er alles mit ansieht. Sein rechtes Bein hat wieder zu wippen begonnen.

»Gemäß der amerikanischen Justiz sind Sie unschuldig, bis Ihre Schuld bewiesen ist«, fährt der Richter fort. »Äußern Sie sich also nicht zu Ihrem Fall. Sprechen Sie ausschließlich mit Ihrem Anwalt darüber. Alles, was Sie zu mir sagen, kann gegen Sie verwendet werden. Haben Sie mich verstanden?«

»Ja, Euer Ehren«, antwortet Amir mit heiserer Stimme.

Das Klopfen meines Herzens pocht in meinen Ohren. Mein Bruder steht hier tatsächlich vor Gericht. Und mein Vater ist bereit, jeden Preis zu zahlen, um ihn freizubekommen.

Und vor allem: Chloe ist tot. Ich werde sie nie wiedersehen. Wir werden niemals das Missverständnis aus der Welt schaffen können, das wir vor meinem Geburtstag hatten.

Aber damit kann ich mich jetzt nicht beschäftigen. Amir geht vor.

»Mr Trudeau …«

Er ist kein Mister!, würde ich diesem Richter am liebsten ins Gesicht schreien.

»Sie sind des vorsätzlichen Mordes an Chloe Danvers angeklagt«, erklärt der Richter. Sein Blick ruht auf Amir. »Im Falle einer Verurteilung droht Ihnen die Todesstrafe oder eine lebenslange Haft, ohne die Möglichkeit eines Einspruchs, einer Bewährung oder Strafaussetzung.«

Monicas Aufschrei hallt durch den Gerichtssaal.

Mein Vater legt ihr den Arm um die Schultern. Sie legt ihren Kopf an seine Brust und beißt sich in die Faust.

Die Reporter am Ende des Raumes kritzeln fieberhaft jedes Detail in ihre Notizblöcke. Am liebsten würde ich zu ihnen rennen und sie ihnen aus der Hand reißen. Glücklicherweise hat der Richter hier keine Kameras zugelassen. Aber wir werden an ihnen vorbeimüssen, wenn wir den Saal verlassen, wie schon bei unserer Ankunft.

»Halt den Kopf unten und sag kein Wort«, hatte mein Vater mir zugeraunt, als wir die Stufen des Gerichtsgebäudes hinaufgingen.

»Sie sind angeklagt, das Todesopfer Chloe Danvers am vierzehnten Februar zwischen ein und zwei Uhr nachts mit drei Messerstichen in ihrem Bett getötet zu haben«, liest der Richter aus seinen Unterlagen vor. »Zu diesem Ergebnis kamen die Ermittler anhand der Videoaufnahmen der intelligenten Türsprechanlage mit Kamera der Nachbarn, die unmittelbar gegenüber der Familie des Opfers wohnen. Diese Aufnahmen zeigen einen jungen Mann, der vom Tatort flieht und dieselbe Kleidung trägt, die Sie in der fraglichen Nacht anhatten. Das geht aus den Bildern hervor, die auf Social Media gepostet wurden und die Sie zusammen mit dem Opfer auf einer Party zeigen, die Sie am Vorabend der Tat besucht haben. Mehrere Gäste der Party haben Sie als die fragliche Person auf den Videoaufnahmen identifiziert.«

In den Nachrichten hieß es, dass die Ermittler in Amirs Haus nach diesen Kleidern gesucht, sie aber nicht gefunden haben. Mr Dillard weigerte sich, dazu irgendwelche Aussagen zu machen, versicherte dem Reporter jedoch, dass Amir mit den Ermittlern so gut zusammenarbeite wie möglich. Ich vermute, dass Amir seine Klamotten weggeworfen hat. Zugegeben, ein bisschen verdächtig wirkt das schon. Es muss irgendeinen logischen Grund geben, warum er sie loswerden wollte. Vielleicht ist etwas von Chloes Blut mit ihnen in Berührung gekommen, und er wollte nicht, dass passiert, was eben passiert, wenn die Polizei an seine Tür klopft und Fragen stellt. Ich frage mich, ob ihn irgendjemand verdächtigen würde, wenn es diese Videoaufnahmen nicht gäbe.

»Aufgrund eines früheren Falls, in dem das New Orleans Police Department bereits gegen Sie ermittelt hat, gehen die Ankläger davon aus, Ihre Schuld zweifelsfrei beweisen zu können«, fährt der Richter fort. »Haben Sie mich verstanden?«

Es dauert ein paar Sekunden, ehe Amir antwortet: »Ja, Euer Ehren.«

Monica schluchzt jetzt leise an der Brust meines Vaters.

»Auf der Grundlage der vorliegenden Fakten lege ich die Kaution auf eine Million Dollar fest«, verkündet der Richter.

Mir rutscht das Herz in die Hose. Monicas Kopf schnellt nach oben.

»Es ist alles in Ordnung«, flüstert mein Vater ihr zu.

»Wenn Sie in der Lage sind, diese Kaution zu hinterlegen, dürfen Sie sich nichts zuschulden kommen lassen, solange Sie auf Ihren Prozess warten«, erklärt der Richter. »Sollten Sie wegen einer weiteren Anklage inhaftiert werden, kann die Kaution widerrufen werden. Das Gericht wird sich mit Ihrem Anwalt wegen der offiziellen Anklageerhebung in Verbindung setzen. Dies ist noch kein Prozesstermin.«

»Euer Ehren«, meldet sich Traci Jackson zu Wort. »Die Staatsanwaltschaft beantragt, dass ein Hausarrest zur Bedingung der Kaution gemacht wird.«

»Ich sehe nicht, warum das nötig sein sollte«, gibt Mr Dillard zurück.

»Der Vater des Jungen ist ein prominentes Mitglied dieses Bezirks«, argumentiert Ms Jackson. »Ein Mann mit beträchtlichen Mitteln, was die Fluchtgefahr seines Sohnes erhöht.«

»Das ist doch absurd!«, ruft mein Vater aus.

Mr Dillard fährt herum, seine Augen weit aufgerissen: *Martin, bitte …*, formen seine Lippen.

»Ich verstehe, dass die Nerven sehr angespannt sind, doch möchte ich alle Anwesenden auffordern, von weiteren Ausbrüchen abzusehen«, sagt der Richter zu meinem Vater.

»Entschuldigen Sie bitte, Euer Ehren«, entgegnet Mr Dillard. »So ein Prozedere ist für diese Familie völlig neu. Es waren ein paar nervenaufreibende Tage für sie.«

»Was ich verstehe«, entgegnet der Richter. »Aber sorgen Sie dafür, dass so etwas nicht wieder vorkommt.«

»Ja, Euer Ehren«, erwidert Mr Dillard.

»Wie ich schon sagte«, fährt Ms Jackson in gereiztem Ton fort. »Bei dem Jungen könnte Fluchtgefahr bestehen. Und wenn man die Umstände des Verbrechens bedenkt, könnte er eine Gefahr für die Allgemeinheit darstellen. Ein Hausarrest würde uns die Möglichkeit geben, ihn zu überwachen.«

»Das ist wirklich nicht nötig, Euer Ehren«, wiederholt Mr Dillard. »Mein Klient wurde noch nie eines Gewaltverbrechens angeklagt und ging bis vor zwei Tagen auf eine der angesehensten Schulen der Stadt.«

»Wir sollten allerdings nicht vergessen, dass es sich um einen jungen Mann handelt, dem kriminelle Aktivitäten nicht fremd sind«, sagt der Richter. »Dem Antrag der Staatsanwaltschaft auf Hausarrest wird stattgegeben. Es ist Mr Trudeau erlaubt, zur Schule zu gehen und sich, abgesehen von einer nächtlichen Ausgangssperre, frei zu bewegen. Ich denke, das ist angemessen.«

Das ist doch verrückt! Hausarrest! Muss er jetzt eine Fußfessel tragen?

Mir schwirrt der Kopf, als der Richter weitere Bedingungen für Amirs Hausarrest und die nächsten Schritte nach seiner Entlassung auf Kaution runterrattert. Ich kriege gar nicht mit, dass er aus dem Gerichtssaal geführt wird und der Richter zum nächsten Fall übergeht, bis mein Vater mich am Arm zieht und sagt, dass es Zeit ist zu gehen.

Gemeinsam mit Mr Dillard verlassen wir den Gerichtssaal. Die Reporter heften sich an unsere Fersen, sobald wir den Flur betreten haben.

»Kommen Sie ihnen nicht zu nah, sie haben nichts zu sagen!«, bellt Mr Dillard, noch ehe jemand eine Frage stellen kann. Dann führt er uns in einen kleinen Konferenzraum auf der anderen Seite des Korridors.

Sobald er die Tür geschlossen hat, sagt Monica: »Hat es da nicht diese Gesetzesinitiative gegeben, die verhindern soll, dass Teenager wie Amir als Erwachsene vor Gericht gestellt werden? Es hört sich aber ganz so an, als würden sie ihn wie einen Erwachsenen behandeln. Die Todesstrafe?«

»Dieses Gesetz soll verhindern, dass Siebzehnjährige, die *keine* Gewaltverbrechen begangen haben, in Haftanstalten für Erwachsene landen«, kommt mir Mr Dillard mit einer Erklärung zuvor.

Dieser Raum mit seinem runden Tisch und den drei Stühlen ist so klein, dass wir darin kaum Platz finden. Die grauenhaften Neonröhren an der Decke tauchen alles in ein grelles Licht, was die Angst in unseren Gesichtern nur noch deutlicher hervortreten lässt. Ich klammere mich an den Stuhl, neben dem ich stehe. Versuche, mich zu beruhigen, während die Welt um mich herum aus den Fugen gerät.

»Und was sollen wir jetzt machen, Martin?«, faucht Monica meinen Vater an. »Die wollen an meinem Liebling ein Exempel statuieren, und das alles deinetwegen!«

»Das hat nichts mit mir zu tun«, gibt er zurück.

Monica schnaubt. »Hast du gelesen, was sie im Internet schreiben?«

»Wer?«

»Monica, Martin, bitte!« Mr Dillard hebt beschwichtigend die Hände.

Amirs Mutter rollt mit den Augen, wendet sich Mr Dillard

und meinem Vater den Rücken zu. Mein Vater schaut mich kurz an, ehe er sich in den Nasenrücken kneift.

»Ich hab Sie hierhergebracht, um zu besprechen, wie es jetzt weitergeht«, sagt Mr Dillard.

»Ich hol mein Baby nach Hause, das ist alles«, faucht Monica.

»Ich meinte, *danach*«, entgegnet Mr Dillard knapp. »Normalerweise haben wir bis zu hundertfünfzig Tage Zeit, bevor die Staatsanwaltschaft ein Kapitalverbrechen vor ein Geschworenengericht bringt, das in erster Linie darüber entscheidet, ob ein hinreichender Verdacht besteht, einem Angeklagten den Prozess zu machen.«

Monica und mein Vater runzeln die Stirn, während Mr Dillard ihnen Dinge erklärt, die ich in meinem letzten Jura-Kurs an der Schule gelernt habe.

»Wie ich von einer Quelle aus dem Bereich der Staatsanwaltschaft erfahren habe, soll dieser Fall beschleunigt werden«, erklärt Mr Dillard. »Er erregt großes Aufsehen, weil es familiäre Verbindungen zwischen den beiden Teenagern gibt.«

»Einer dieser Teenager ist ein totes weißes Mädchen«, wirft Monica ein und spitzt den Mund.

»Wie ich gehört habe, will die Staatsanwaltschaft den Fall vor das Große Geschworenengericht bringen, das in dreizehn Tagen wieder zusammentritt.«

Ich sauge scharf die Luft ein.

»Was bedeutet das?«, fragt mein Vater.

»Dass die Polizei so gut wie sicher ist, den richtigen Jungen zu haben. Sie haben ihre Ermittlungen bereits abgeschlossen.« Mr Dillard holt tief Luft.

»Wenn offiziell Mordanklage gegen Amir erhoben wird, dann haben wir eine neue Situation und ich muss ab dann zügig meine Verteidigungsstrategie entwerfen.«

»Und bis dahin?«, fragt Monica.

»Beten, dass ich in den nächsten beiden Wochen herausfinden kann, was in diesem Haus wirklich geschehen ist, während Ihr Sohn geschlafen hat«, antwortet Mr Dillard.

8
Amir

Diese Fußfessel fühlt sich an meinem Bein wie eine tonnenschwere Knastkugel mit Gliederkette an. Meine tägliche Erinnerung an das höllische Gefängnis, das mich erwartet, weil ich in dieser Nacht nicht ebenfalls ermordet wurde. Warum auch immer. In einem Podcast habe ich mal gehört, dass Schwarze siebenmal häufiger zu Unrecht eines Mordes beschuldigt werden als Weiße. Nicht nur weiße *Männer*, sondern Weiße insgesamt. Jeder neue Tag ist ein Countdown bis zu meiner Verurteilung – weil ich angeblich ein Mädchen erstochen habe, das ich kaum kannte.

Das gleiche Gewicht, das mein Fußgelenk quält, drückt auch mein Herz zusammen.

Warum hat jemand sie getötet und nicht mich?

Ich folge meiner Mom leise ins Haus. Wir haben nicht viel miteinander geredet, seit ich aus der Zelle im Gerichtsgebäude nach draußen eskortiert wurde und sie mich so fest in ihre Arme geschlossen hat wie nie zuvor. Ich trage immer noch dieselben Sachen wie am Tag meiner Verhaftung. Der muffige Geruch des städtischen Gefängnisses strömt aus meinem ärmellosen T-Shirt und der Jogginghose. Ich ziehe mich sofort in den hinteren Teil des Hauses zurück, weg von den Fenstern. Ich habe seit Mittwochmorgen nicht mehr geduscht.

»Komm, setz dich erst mal zu mir«, sagt Mom, als ich die Küche betreten will. »Wir müssen reden.«

Sie steht mitten im Wohnzimmer, lässt ihre Handtasche von der Schulter gleiten und auf den Couchtisch fallen. Sie zeigt auf das Sofa. Ich wusste, dass es so kommen würde. Die beiden Telefonanrufe, die ich aus dem Gefängnis mit ihr führen durfte, waren von ihrer Sorge um mein Wohlergehen und ihren Gebeten, mich nach Hause zu holen, geprägt. Jetzt, da ich hier bin, will sie Antworten von mir. Sie will verstehen, wie ich mich mal wieder in Schwierigkeiten gebracht habe und warum mir diesmal sogar die Todesstrafe droht. Sie will Antworten, die ich ihr nicht geben kann.

In meiner Brust ballt sich ein Knoten zusammen, als ich mich zurück ins Wohnzimmer schleppe und aufs Sofa fallen lasse. Durch das Fenster hinter Mom sinkt die Sonne allmählich unter das Dach von Mrs Lee, unserer Nachbarin, und taucht unser Wohnzimmer in ein rötliches Zwielicht. Ich spüre die Augen meiner Mom auf mir. Ich kann nicht aufhören, auf meine Hände zu starren, die ich in meinem Schoß gefaltet habe. Wenn ich zu ihr aufblicke, muss ich weinen. Diesmal ist sie nicht nur enttäuscht von mir. Ich weiß, dass sie auch wütend und verängstigt sein muss. Drei Emotionen, mit denen ich noch nie gleichzeitig konfrontiert war.

Die Stille ist erdrückend. Ich glaube, sie wartet darauf, dass ich zuerst was sage, aber ich weiß nicht, was. Ich weiß nicht, ob ich irgendetwas sagen kann, das ihre quälenden Gefühle ein wenig lindert.

»Was hast du so spät im Haus dieses Mädchens gemacht?«

Ich will gerade antworten, als sie hinzufügt: »Du warst an diesem Abend mit Buster unterwegs, stimmt's?«

Ich wusste, dass er auf ihrer Liste der Schuldigen ganz oben steht. Vor allem, weil die Staatsanwaltschaft unseren Konflikt mit dem Gesetz vom letzten Sommer dazu benutzt hat, um ihre These zu untermauern, dass ich Chloe getötet hätte, um sie auszurauben. Spekulationen, sagt Mr Dillard, die sich auf ihr durchwühltes Zimmer stützen. Dabei lassen sie außer Acht, dass keine Wertgegenstände im Haus fehlen – vom Steakmesser, mit dem sie vielleicht getötet wurde, einmal abgesehen.

Auch aus dem Haus in Bywater, in das Buster eingebrochen war, habe ich nichts gestohlen. Ich wusste nicht mal, was er dort wollte. Er sagte mir, ich solle im Auto warten, während er sich »nur schnell um etwas kümmert«. Dieses »Etwas« entpuppte sich als das Elternhaus seiner Ex, wo er durch ihr Schlafzimmerfenster kletterte, um sich alles zurückzuholen, was er ihrer Tochter mal geschenkt hatte, weil er sauer war, dass sie sich jetzt mit einem Kerl traf, den er nicht ausstehen konnte. Sie fuhr mit ihren Eltern vor, als Buster gerade mit einem Müllsack voller Kleider und Geschenke aus dem Hintereingang kam. Ab da ging es richtig zur Sache. Die Bullen wurden gerufen. Wir wurden beide festgehalten, weil ihre Eltern Anzeige erstatten wollten. Am Ende wurde ich nicht inhaftiert, weil Buster die volle Verantwortung für diese Aktion auf sich nahm. Er sagte den Bullen die Wahrheit: dass ich mit der ganzen Sache nichts zu tun hätte.

Doch für Mom spielte das alles keine Rolle. Dass sie von ihrem Job zum Polizeirevier gerufen wurde, war genug für sie. Am nächsten Morgen telefonierte sie mit meinem Vater. Und am Ende der Woche erfuhr ich, dass ich mein letztes Schuljahr nicht mehr gemeinsam mit meinen Freunden am Douglas Egan verbringen würde.

»Hey, wenn du mir nicht ins Gesicht schaust, wenn ich mit dir rede, dann …«, blafft sie mich an und holt mich in die Gegenwart zurück.

Meine Unterlippe zittert, als ich den Kopf hebe. »Mom …«

»Mom was?«, faucht sie.

»Er hat mit dem, was passiert ist, nichts zu tun«, sage ich mit angespannter Stimme.

Wir sollten uns darauf konzentrieren, wer das getan hat. Haben sie mich verschont, um mir etwas anzuhängen? Und wenn ja – warum hat mir der Typ dann nicht das Messer in die Hand gelegt, während ich schlief?

»Ich hab doch gesagt, ich will nicht, dass du mit diesem Jungen rumhängst«, meckert meine Mutter weiter. »Du hast gesagt, dass du es nicht mehr machst, aber das war gelogen. Genauso, wie du mir vorgelogen hast, dass du nicht zur Geburtstagsparty deines Bruders gehst. Hast du nicht gesagt, du würdest nie wieder einen Fuß in das Haus deines Vaters setzen, nachdem sie dich beschuldigt haben, den Hund dieser Nervensäge getötet zu haben? Was hat sich geändert, Amir?«

Chloe Danvers hat mir eine Nachricht geschrieben.

Das kann ich ihr nicht sagen. Sie würde es ja doch nicht verstehen, und dieses Gespräch wäre noch mehr zum Scheitern verurteilt.

»Hast du überhaupt eine Vorstellung davon, durch welche Hölle ich die letzten beiden Tage deinetwegen gegangen bin?«, sagt sie, anscheinend nicht interessiert an dem, was ich zu sagen habe. »Ich dachte, auf dem Truman hast du mit Kids zu tun, die etwas aus ihrem Leben machen wollen. Die dir die richtige Richtung zeigen und dich vor Ärger bewahren.«

Sie geht zur kleinen Couch rüber und lässt sich fallen, reibt sich die Schläfen und atmet tief durch.

»Ich hab sie nicht umgebracht, Mom«, sage ich nach ein paar Sekunden Stille.

Sie blickt ruckartig auf und runzelt die Stirn. »Glaubst du etwa, ich weiß das nicht? Ich kenne meinen Sohn. Ich weiß, dass du nicht zu dem in der Lage wärst, was diesem Mädchen angetan wurde.«

Moms Worte lasten auf meiner Brust, zerquetschen mein Herz mit ihrem Gewicht. Irgendjemand war tatsächlich in der Lage, in das Haus einzudringen und sie zu erstechen. Jemand, der mich im Wohnzimmer hat schlafen lassen. Wer mag sie so abgrundtief gehasst haben?

»Amir, ich hab Angst, dass die Wahrheit gar keine Rolle mehr spielt, weil die Leute, vor allem die *Weißen,* sich längst eine Meinung gebildet haben«, sagt Mom und reißt mich aus meinen Gedanken.

Es klingelt an der Tür. Für einen Augenblick sitzen wir schweigend da und sehen uns verwirrt an. Schließlich steht Mom auf. Seufzend schlurft sie zur Tür und strafft ihre Schultern, als sie diese öffnet.

»H...h...hey, ich dachte, ich komm mal vorbei und schau nach Amir«, höre ich Marcel sagen.

Na toll. Jetzt muss ich mich auch noch mit dem rumschlagen.

Er und mein Dad haben mit Mom draußen vor dem Gefängnis gewartet, als ich entlassen wurde. Mein Dad hat mich in die unangenehmste Umarmung aller Zeiten hineingezogen, nachdem Mom mich endlich losgelassen hat. Ich stand regungslos da, als er mich drückte und sagte: »Sei stark, mein Sohn. Wir werden das gemeinsam durchstehen.«

An den Blicken, die meine Mom ihm von der Seite aus zuwarf, konnte ich erkennen, dass irgendetwas zwischen ihnen vorgefallen sein musste. Ich wette, mein Vater wollte ihr die Schuld an dem, was vorgefallen war, in die Schuhe schieben.

Angesichts der riesigen Summe, die er für meine Kaution und als Vorschuss für meinen Anwalt hinblättern muss, zwang ich mich, ihnen zum Abschied kurz zuzuwinken, ehe er und Marcel in seinen Wagen stiegen, um nach Hause zu fahren.

Als Mom einen Schritt zur Seite macht, sehe ich, wie Marcel in der Tür steht und sich auf die Lippe beißt.

»Na gut, komm rein«, sagt sie zu ihm und deutet auf einen

unbestimmten Punkt hinter sich. »Ich will genau wissen, was auf der Party zwischen Amir und diesem Mädchen passiert ist.«

Er betritt das Haus und reibt sich den Nacken. Nachdem Mom die Haustür geräuschvoll zugeschlagen hat, huschen seine Augen durch das Wohnzimmer und flitzen dann zwischen mir und Mom hin und her. Marcels herablassendes Gesicht im Gerichtsaal zu sehen, hat mir schon gereicht. Jetzt ist er auch noch hier, in unserem Haus. Wozu? Um sicherzugehen, dass unser Dad jetzt nicht sein Schulgeld verprasst, damit ich aus dem Gefängnis rauskomme, nachdem ich seine beste Freundin ermordet habe?

»Setz dich«, sagt Mom zu ihm und zeigt auf die kleine Couch, von der sie gerade aufgestanden ist.

Marcel setzt sich und streicht mit den Händen über seine Jeans. Ich mustere ihn. Am liebsten würde ich ihn zur Rede stellen und hören, ob er irgendwas tut oder sagt, das wie Mitleid klingt oder wie ein Urteil über unseren Wohnort. Doch er starrt bloß Mom an und wendet dann den Blick ab. Da wird mir klar, dass es wahrscheinlich das erste Mal ist, dass er meine Mom trifft, ohne dass jemand von seinen eigenen Eltern dabei ist.

»Warum hast du ihn mit diesem Mädchen nach Hause gehen lassen?«, will Mom wissen und schaut auf ihn runter – die Hände in die Hüften gestemmt.

»Ich hab versucht, ihn davon abzuhalten, aber …«

»Dann hättest du dich mehr anstrengen sollen«, unterbricht sie ihn.

Marcel sieht aus wie ein Reh im Scheinwerferlicht. Er öffnet den Mund, um ihr zu antworten.

»Jedes Mal, wenn mein Sohn bei euch zu Besuch ist, gerät er in irgendeinen Schlamassel«, schimpft sie. »Und immer bist du dabei.«

»Das ist nicht ganz fair, Monica«, entgegnet er. »Ich wusste nicht mal, dass Amir zu meiner Party kommen würde.«

Ich setze mich auf und denke an etwas, für das ich jetzt eine Erklärung haben will. »Warum hast du mir diese Nachricht geschickt?«

Marcel hält den Kopf ein bisschen schief und runzelt die Stirn, als wüsste er nicht, wovon ich rede.

»*Nimm dich vor Chloe in Acht. Nichts als Drama*«, erinnere ich ihn. »Wen hat sie so wütend gemacht, dass er sie umbringen wollte?«

Er zuckt mit den Schultern. »Das würde ich auch gern wissen. Ich hab dir das geschickt, weil ich dachte, sie würde sich in unsere Dinge einmischen. Nicht, weil ich dachte, dass jemand sie umbringen will.«

»Siehst du, genau deshalb will ich nicht, dass du dich mit diesen weißen Mädchen abgibst«, sagt Mom und zeigt mit dem Finger auf mich. »Es passiert doch immer die gleiche Scheiße, wenn zwischen denen und unseren Schwarzen Männern was läuft.«

Marcel starrt auf den Boden. Als sie das schon mal zu mir gesagt hat, hab ich ihr gesagt, dass sie spinnt. Dass sie sich wegen mir sowieso keine Sorgen machen muss. Wenn ich doch nur die Zeit zurückdrehen und nachträglich auf sie hören könnte.

»Was ist auf dieser Party passiert?«, fragt Mom Marcel.

»Nichts.« Er unterbricht den Blickkontakt mit ihr und schaut stattdessen mich an. »Ich hab Amir kaum gesehen. Nachdem ich einen kleinen Streit zwischen seinen Freunden und ein paar Jungs von unserer Schule geschlichtet hatte, hab ich ihn nicht mehr gesehen, bis er mit Chloe zusammen gegangen ist.«

»Und danach?«, will sie wissen.

»Genau das frage ich mich auch«, antwortet er mit einem Schulterzucken.

Mom dreht sich zu mir und hebt die Brauen.

»Rede!«, zischt sie mich an und verschränkt die Arme vor der Brust.

Also rede ich. Ich erzähle ihnen, dass ich Chloe auf ihren Wunsch hin einen Ort gezeigt habe, an dem sie noch nie gewesen ist. Dass wir zur Kirche an der Washington Avenue gefahren sind. Marcel scheint erstaunt zu sein, als ich ihnen erzähle, dass ich selbst vorgeschlagen habe, Chloe nach Hause zu begleiten, weil ich gespürt habe, dass sie an diesem Abend nicht allein sein wollte. Und jetzt frage ich mich, ob sie wusste, dass ihr Leben in Gefahr war. Irgendwas stimmte definitiv nicht mit ihr.

»Und was habt ihr dann gemacht?«, fragt Mom.

»Genau das, was ich Mr Dillard schon erzählt habe.«

»Sag es *mir*!«, fordert sie mich mit zusammengebissenen Zähnen auf.

Ich seufze. »Wir haben ein bisschen Gras geraucht, rumgehangen und Wahrheit oder Pflicht gespielt.«

»Das ist alles?«

Ich nicke. »Dann bin ich aufgewacht, es war 02:18 Uhr. Ich weiß das noch genau, weil ich erst mal mein Handy aus meiner Hosentasche fummeln musste, um nachzuschauen, wie spät es ist. Dann habe ich sie gefunden ... Das wisst ihr ja. Und dann bin ich weggerannt.«

»Du hast nichts gesehen oder gehört?«, fragt Marcel.

Ich schüttele den Kopf.

»Was wollte dieses Mädchen?«, fragt Mom und wendet sich an Marcel. »War sie nicht deine Freundin? Wer hat sie gehasst? Wer konnte ihr so was antun? Denn Amir war es nicht.«

Ich strecke meinen Rücken durch, in der Hoffnung, die Antworten auf diese Fragen zu finden.

»Genau das will ich auch wissen, Monica«, sagt Marcel.

»Dann finde es heraus!«, entgegnet Monica mit scharfer Stimme. »Bevor Amir …«

In der Todeszelle landet, beende ich den Satz stumm.

Wir schweigen in der Stille, die sich um uns ausbreitet. Niemand sucht Blickkontakt.

»Mist, ich muss mich für die Arbeit umziehen«, sagt Mom, als ihr Blick auf die Digitaluhr neben unserem Flatscreen fällt. »Ich war schon zwei Tage nicht da, und jetzt ist es zu spät, um die Schicht zu wechseln.«

Sie schaut auf meine elektronische Fußfessel, ehe sie mich frustriert ansieht. »So hab ich jedenfalls die Gewissheit, dass du dich nirgendwo rumtreibst.«

Der Richter hat meine Ausgangsperre auf sechs Uhr abends festgelegt. Vor sieben Uhr morgens darf ich das Haus nicht verlassen. Sollte ich jemals eine Ausnahme von dieser Regelung wollen, muss ich sie beantragen. Der Gefängnisbeamte, der die Fußfessel bei mir angebracht hat, hat mir erklärt, dass die Fessel mit einem GPS-Tracker verbunden ist und ich sie jeden Abend, wenn ich ins Bett gehe, an das Ladegerät anschließen muss, das sie mir mitgegeben haben. Wenn die Batterie leer ist, wird ein Alarm ausgelöst, und ein Vollzugsbeamter wird sofort kommen und mich verhaften.

»Das ganze Essen, das du am Mittwoch gekocht hast, ist immer noch im Kühlschrank, falls du Hunger hast«, sagt Mom, bevor sie in die Küche und weiter in ihr Schlafzimmer im hinteren Teil des Hauses geht.

Ich starre aus dem Fenster. Die Sonne ist komplett hinter dem Dach von Mrs Lee versunken, der Himmel eine Mischung aus Mandarine und Violett.

»Daddy hat gesagt …«

»Mir egal, was er gesagt hat«, falle ich ihm ins Wort.

»Komm schon, Bro. Er ist genauso besorgt und verängstigt wie wir alle.«

»Glaubt er, dass ich es war?«, frage ich. Meine Augen bohren sich in seine.

»Was ist das für eine Frage?«

Ich drehe mich wieder zum Fenster. »Also ja.«

»Nein!«, ruft Marcel. »Nein, Amir! Er glaubt mir.«

»Ja, *dir*!«

»So hab ich das nicht gemeint.« Marcel wendet sich mir im Sitzen zu. »Ich hab ihn daran erinnert, dass dir schlecht wird, wenn du Blut siehst.«

»Das weißt du noch?«, frage ich, während meine Stimme einen sanfteren Ton annimmt.

Mit einem schnellen Schulterzucken antwortet er: »Du bist doch mein Bruder.«

»Vor zwei Tagen hat sich das noch anders angehört.« Ich schaue wieder zu ihm rüber und verziehe den Mund, als ich an diesen Tag zurückdenke. »Du hast so ausgesehen, als wärst du von meiner Schuld überzeugt. Oder als wärst du dir nicht sicher.«

»Alles ging so schnell, das ist alles«, entgegnet er. »Ich hab nur versucht zu verstehen, was passiert ist.«

Ich gebe ein schmatzendes Geräusch von mir. »Blödsinn!«

»Amir, Bro. Ich bin hier, um dich zu unterstützen. Ich glaube dir. Versuche, dir zu helfen.«

»Einen Scheiß kannst du für mich tun«, fauche ich ihn an. »Ich bin erledigt. Mein Leben ist vorbei, während du mit unserem Arschloch-Vater weiter in dieser Villa wohnen wirst. Ihr könnt machen, was ihr wollt, und einfach weiter so tun, als hätte ich nie existiert.«

Das wäre das Einfachste und er weiß es.

»Das ist nicht wahr«, murmelt er.

»Geh einfach, Bro«, sage ich, während meine Stimme bricht. Ich spüre, wie mir Tränen in die Augen steigen, aber ich werde es nicht zulassen, dass dieser Schwachkopf mich weinen sieht.

Als er sich nicht bewegt, starre ich ihn an. Er sieht mich mit einem verklärten Blick an, den ich für Bedauern halte.

»Brüder lassen einander nicht in der Dunkelheit umherirren«, sagt er in düsterem Ton.

»Äh, was?«

»Nana hat das kurz vor ihrem Tod zu mir gesagt«, erklärt er, ein schwaches Lächeln auf seinen Lippen. »Sie hat so getan, als wäre es etwas Tiefsinniges, das sie sich ausgedacht hat, aber ich glaube, sie hat das irgendwo gelesen.«

Ein Grinsen zieht an meinem rechten Mundwinkel, verschwindet aber schnell wieder. Ich habe sie gar nicht mehr gesehen, als es zu Ende ging. Als ihre Lebererkrankung so schlimm wurde, dass sie rund um die Uhr medizinisch versorgt werden musste, zog sie zu meinem Vater. Vermutlich wäre sie noch am Leben, wenn sie nicht wie die meisten älteren Schwarzen aus generellem Misstrauen gegenüber Ärzten und der Pharmaindustrie die jährlichen Gesundheits-Checkups verweigert hätte. Wäre sie es gewesen, die mich bei meiner Entlassung in ihre stämmigen Arme geschlossen und gesagt hätte, dass wir *das gemeinsam durchstehen,* wäre ich jetzt vielleicht etwas optimistischer. Sie hatte diese Ausstrahlung, und ich weiß nicht mal, woran das liegt.

Auf ihrer Beerdigung habe ich Marcel zum ersten Mal nach dem Hundedrama wiedergesehen. Vorher habe ich mir unbemerkt die gerahmten Fotos von ihm in Nanas Haus angeschaut. Er hat bestimmt das Gleiche mit meinen Fotos getan. Wir haben an diesem Tag kaum ein Wort miteinander gesprochen.

»Sie hat das zu mir gesagt, als ich ihr versprechen musste, dass ich zwischen uns alles in Ordnung bringe«, erklärt Marcel. »Und ich werde dieses Versprechen halten. Sie hätte gewollt, dass ich jetzt hier bin. Ich bleibe an deiner Seite, Bro.«

Die Tränen brennen in meinen Augen.

»Lass mich einfach allein, Mann«, sage ich, während es mir die Kehle zuschnürt. »Bitte, ich bin müde. Ich hab seit zwei Tagen nicht richtig geschlafen. Ich will allein sein.«

Er wartet ein paar Sekunden, ehe er schließlich doch aufsteht. Ich starre vor mich hin, als er an der Haustür innehält und über seine Schulter blickt. Vielleicht will er noch was sagen, aber ich bin erleichtert, dass er es lässt und einfach verschwindet.

Sobald die Haustür ins Schloss fällt, greife ich nach einem der Sofakissen und vergrabe mein Gesicht darin. Ich will nicht, dass Mom mich schluchzen hört.

9
Marcel

»Wir werden Einfühlungsvermögen zeigen, höflich und reumütig sein. Und die Leute sollen auf keinen Fall denken, dass wir gekommen sind, um die Unschuld deines Bruders zu beteuern. Verstanden?«

Meine Mutter bemerkt nicht, dass ich den Kopf über das schüttele, was sie gerade gesagt hat. Sie geht ein paar Schritte vor mir, ihre Augen auf die Haustür aus Walnussholz gerichtet. Es ist dieselbe Tür, aus der Amir gestürzt ist, nachdem er Chloe tot in ihrem Zimmer aufgefunden hat.

Der gepflasterte Zugang, der im Garden District, in dem die Danvers wohnen, zur Veranda ihres Hauses führt, lässt unsere entschlossenen Schritte widerhallen. Die weißen Ballons an den Plastikschnüren, die wir in unseren Händen halten, hüpfen im Takt dazu. Weiß war Chloes Lieblingsfarbe.

Mir ist schwindelig, weil ich nicht weiß, wie wir im Inneren des Hauses empfangen werden.

Obwohl das New Orleans Police Department laut Mr Dillards Quelle die Ermittlungen schon abgeschlossen hat, wurde Chloes Leiche für ihre Familie noch nicht freigegeben.

Dem Bericht zufolge, der gestern Abend in den Spätnachrichten ausgestrahlt wurde, versucht die Gerichtsmedizin immer noch, verwertbare DNA-Spuren zu finden, wahrscheinlich um die Theorie der Staatsanwaltschaft gegen Amir zu stützen. Doch heute kommen Freunde der Familie und Kids von der Schule in ihrem Haus zusammen, um einen Luftballon zu ihrem Gedenken aufsteigen zu lassen – was wir ebenfalls durch die Nachrichten erfahren haben. Das macht mich wütend, weil Chloe eine *meiner* besten Freundinnen war und niemand von der Schule mir Bescheid gesagt hat. Ich musste die Social-Media-Accounts meiner Klassenkameraden stalken, um die Details zu erfahren, womit ich mich in das *rabbit hole* der öffentlichen Meinung begeben habe, was den Mord an Chloe und Amirs Verhaftung betrifft. Meine Stimmung hat das nicht gerade verbessert, ganz im Gegenteil.

Mein Vater wollte uns ausreden, heute hier aufzutauchen.

»Meint ihr nicht, dass ihre Familie ein bisschen erschrecken könnte, wenn ihr dort auftaucht?«, fragte er gestern Abend, nachdem wir ihm von unserem Vorhaben erzählt hatten.

»Sie war meine beste Freundin, Daddy, und ich hatte bisher kaum Zeit, um sie zu trauern, weil mit Amir alles so schnell gegangen ist«, argumentierte ich. »Ich habe jedes Recht, dort zu sein, um mich von ihr zu verabschieden.«

Meine Mutter fügte hinzu, dass sie mit Chloes Mutter gut befreundet sei und es respektlos von uns wäre, nach solch einer Tragödie *nicht* zu erscheinen.

»Wir können doch nichts dafür«, sagte sie zu meinem Vater, der sich in unserem Wohnzimmer einen Bourbon genehmigte.

»Dein Sohn …«

Mein Vater warf ihr den gehässigsten Blick zu, den ich je von ihm gesehen habe, woraufhin sie ihren Satz nicht beendete.

Wenn mein Vater irgendwas von dem Zeug mitgekriegt hat, das ich gestern Abend gelesen habe, dann kann ich verstehen, warum er gerade nicht unter Leute gehen will. Besonders die Posts auf Black Twitter haben ihm ziemlich zugesetzt.

Manche schreiben, sie wüssten gar nicht, dass er einen zweiten Sohn habe, und dass er sich wohl aus irgendeinem Grund für Amir schämen müsse. Viele schwarze Frauen bezichtigen ihn der Hautfarbendiskriminierung und werfen ihm vor, Amir und dessen Mutter verstoßen zu haben, nachdem er Karriere gemacht und meine Mutter geheiratet hat, die hellhäutig sei und »schöne Haare« habe. Und dann sind da die Follower von Dr. Umar Johnson, die erklären, dass sie einem Mann die Unterstützung entziehen würden, der mich, seinen schwulen Sohn, auf ein Podest hebt, und Amir, den Hetero, ignoriert, obwohl dieser »sein Erbe fortführen« könnte. Doch angesichts der Tatsache, dass sich Amir »mit einem weißen Mädchen eingelassen hat«, sind dieselben Leute dazu übergegangen, meinen Vater für seine Erziehung zu kritisieren und ihn einen Verräter zu nennen.

»Ich werde es nicht zulassen, dass die Leute sich das Maul über Amir zerreißen«, sage ich zu meiner Mutter, als wir die Haustür erreichen.

Sie hält inne, als sie gerade auf die Klingel drücken will, dreht sich zu mir um und schaut mich fragend an. »Wie bitte?«

»Ich werde ihn nicht *nicht* verteidigen, wenn jemand etwas Unangemessenes sagt«, erkläre ich und strecke meine Brust raus. »Er ist unschuldig. Und ich werde nicht so tun, als wenn er es nicht wäre.«

»Wie kannst du dir da sicher sein?«

»Ich weiß es einfach«, gebe ich zurück. »Und Daddy auch. Vielleicht hört er ja auf, dich mit bösen Blicken zu tadeln, wenn du auch endlich aufhörst, vom Gegenteil überzeugt zu sein.«

Ich strecke meine Hand aus und drücke auf die Klingel, ehe sie etwas entgegnen kann. Sie schnaubt und zupft sich unsichtbare Fussel von ihrem Roberto-Cavalli-Vintagekleid. Ihre Haare sind zu einem festen Knoten hochgesteckt. Sie setzt ihr Plastiklächeln auf, als die Tür aufschwingt und Mattie Bordelon vor uns steht.

Mattie zuckt zusammen, als sie uns sieht. Sie und Chloe hatten kaum was miteinander zu tun. Aber durch meine Social-Media-Schnüffelei von gestern Abend weiß ich, dass sie die selbst ernannte Organisatorin dieser Veranstaltung ist. Warum sich diese Wichtigtuerin mit den aus der Mode gekommenen Gucci-Schuhen dazu entschieden hat, ihre spitze Nase in den Mord an *meiner* besten Freundin zu stecken, ist mir schleierhaft.

»Oh, Marcel … hey«, sagt sie, während ihre wachsamen Augen zwischen meiner Mutter und mir hin und her flitzen. »Ich wusste gar nicht, dass du eingeladen bist.«

Ich muss meine Lippen zusammenpressen und tief durchatmen, um nicht auf sie loszugehen.

»Mein Sohn ist hier, um seinen Respekt zu bezeugen«, sagt meine Mutter und drängt sich an Mattie vorbei ins Haus. »Chloe hat ihm viel bedeutet.«

Ich hefte mich an ihre Fersen und grinse Mattie spöttisch an, als ich über die Schwelle trete.

Ihr kupferfarbenes Haar hat sie zu einem hohen Pferdeschwanz zusammengebunden, sodass man die Sommersprossen sieht, die sich über ihren dünnen blassen Hals und ihre Wangen ziehen.

»Ich hätte nur nicht gedacht, dass du den Mut hast, hier aufzutauchen«, sagt sie, als ich die Tür hinter mir schließe.

Ich drehe mich um. »Hast du mir deshalb nichts von dem hier erzählt? Ich war Chloes bester Freund. Wenn hier jemand so was organsiert, hätte ich es sein müssen, nicht du.«

Mattie hält inne und mustert mich von oben bis unten. »Kann schon sein. Aber ich glaube nicht, dass irgendjemand was dagegen hat, dass *ich* hier bin. War ja schließlich nicht *mein* Bruder, der sie umgebracht hat.«

Sie schlendert um mich herum. Ich mache auf dem Absatz kehrt und habe schon ein *Bitch!* auf den Lippen, als ich die fragenden Blicke der wenigen Leute bemerke, die im Eingangsbereich auf mich gerichtet sind. Schnell entspanne ich mein Gesicht und straffe die Schultern. Das hat mir gerade noch gefehlt, dass die Leute mich für aggressiv halten, nur weil ich mir die Unverschämtheiten einer weißen Zicke nicht bieten lasse. Ich bin gegen den vermutlich guten Rat meines Vaters hierhergekommen, weil ich meiner toten Freundin Respekt zollen und um sie trauern will. Ich habe jedes Recht, hier zu sein. *Sie* hätte gewollt, dass ich hier bin – und sei es auch nur, um andere auf die Palme zu bringen. Sie liebte diese Art von Drama.

Hinter dem Eingangsbereich, nahe der Wendeltreppe, schaut meine Mutter amüsiert zu mir rüber und kräuselt ihre Oberlippe, als Mattie an ihr vorbeigeht. Chloe hätte ihren Spaß daran. »Niemand zofft sich so gut wie du und Lily«, hat sie immer gesagt.

Ich werfe einen Blick ins Wohnzimmer, als ich zu meiner Mutter gehe. Amir hat erzählt, dass er dort eingeschlafen ist. Wenn das stimmt (und ich zweifle nicht daran), wie kommt es dann, dass Chloes Mörder nicht gesehen hat, dass Amir ausgestreckt auf dem Sofa lag? Der Wohnraum befindet sich gleich links von der Haustür. Der Mörder muss auf anderem Weg ins Haus gelangt sein. Es ergibt überhaupt keinen Sinn, dass er nicht auch Amir aus dem Weg geräumt hat. Amir hätte jederzeit aufwachen, etwas hören und den Täter auf frischer Tat ertappen können. Warum sollte der Killer das Risiko eingehen, ihn einfach dort liegen zu lassen?

»Was hat sie zu dir gesagt?«, fragt mich meine Mutter mit gedämpfter Stimme, als ich neben ihr stehe.

»Erzähl ich dir später«, antworte ich knapp, während meine Fragen, was in jener Nacht passiert sein mag, meine Wut auf Mattie verdrängen.

Wir gehen schweigend durchs Haus, ein gepresstes Lächeln auf den Lippen, während unsere Anwesenheit missbilligende Blicke und offen stehende Münder hervorruft. Ich habe mich noch nie so fehl am Platz unter Leuten gefühlt, deren soziales Leben ich eigentlich teile. Mattie ist bereits in der Küche verschwunden, als meine Mutter und ich an der Treppe vorbeikommen. Auf dem Sideboard im Übergangsbereich zwischen Wohnzimmer und Küche steht normalerweise nur eine Vase mit frischen Blumen. Heute ist es über und über mit Kerzen und gerahmten Fotos aus Chloes Leben geschmückt. Die meisten Fotos kenne ich gut und auf einigen sollte ich eigentlich auch mit ihr zu sehen sein. Mein Magen zieht sich zusammen, als mir klar wird, dass jemand genau dies verhindert hat, indem er andere Fotos direkt davorgestellt hat.

So langsam bedaure ich es, nicht auf meinen Vater gehört zu haben. Doch jetzt bin ich hier. Würde ich jetzt, nach dem, was Mattie zu mir gesagt hat, von hier verschwinden, würde das Amir noch schuldiger aussehen lassen. Wäre ich gar nicht erschienen, wäre auch das höchst verdächtig. Als würden wir es nicht wagen, einer Familie ins Gesicht zu sehen, mit der wir schon gemeinsam auf so vielen Dinnerpartys waren, weil die Vorwürfe der Polizei gegen meinen Bruder der Wahrheit entsprechen.

In der Küche sind ein paar Leute, die ich nicht kenne. Überall stehen Servierplatten mit Essen herum. Wir setzen unseren Weg durchs Haus in Richtung Garten fort. Durch das Fenster in der Gartentür sehen wir, dass die meisten Leute sich draußen versammelt haben. Ein Mann steht vor einem Tisch, auf dem sich ein Heliumtank und ein kleiner Stapel nicht aufgeblasener weißer Luftballons befinden. Er nickt uns höflich zu, als wir auf die Veranda treten. Das ist die erste freundliche Geste, die wir bisher bekommen haben.

Das sonore Summen der Gespräche hört sofort auf, als sich

sämtliche Blicke auf uns richten. Meine Mutter schiebt ihre freie Hand in meine. Wir verschränken unsere Finger und lassen uns nichts anmerken, als wir uns der Menge im Garten gegenübersehen. Schweigend gehen wir die Stufen runter. Es kommt mir so vor, als hätte sich mein Kopf von meinem Körper gelöst und könnte zusammen mit meinem Ballon jeden Moment davonschweben.

Meine Mutter drückt sanft meine Hand. »Bleib ganz ruhig und beherrsch deine Emotionen«, flüstert sie mir zu.

Ich muss mir immer wieder sagen, *du hast es verdient, hier zu sein. Sie war deine beste Freundin.* Aber das macht diese Situation nicht weniger unangenehm.

So langsam nehmen alle ihre Gespräche wieder auf, doch ich spüre immer noch, wie wir beobachtet werden. Meine Mutter bewahrt ihre stoische Haltung – sie kann das viel besser faken als ich –, aber ich bin nicht in der Lage, dem Starren der anderen lange standzuhalten. Ich habe Angst davor, in ihren Gesichtern zu lesen. Völlig unnötig. Ihre Ablehnung lässt meinen Hals und meine Ohren auch so geradezu glühen.

»Komm, wir suchen Aubrey und Savannah und drücken ihnen unser Beileid aus«, sagt meine Mutter.

Ich lasse mich von ihrer Hand führen und nehme an, dass sie Chloes Eltern schon durch das wogende Meer der Ballons hindurch erblickt hat. Als sie sich durch die Menschentraube ihren Weg bahnt, bleibt mein Blick an einer Frau hängen – mit spitzen Lippen tippt sie dem Mann, der neben ihr steht, auf den Arm. Ich will gerade weggucken, als der Mann den Kopf hebt und mir klar wird, dass es Mr Braswell ist, der Direktor unserer Schule. Als er mich erkennt, nickt er mir kurz zu, sein Lächeln ist so verkniffen, dass seine Lippen förmlich verschwinden. Ein gut aussehender älterer Schwarzer steht neben ihm. Ich habe sein Bild zwar nur einmal kurz im Büro von Mr Braswell gesehen, aber ich bin mir sicher, dass er sein Ehemann ist.

»Denk an meine Worte«, raunt mir meine Mutter zu.

Im nächsten Moment teilt sich die Menge und ich erblicke Chloes Eltern. Sie stehen in der Mitte des Gartens neben dem Engelsbrunnen, neben ihnen Chloes kleiner Bruder Justin, der einen verwirrten Eindruck macht. Am liebsten würde ich ihn hochheben und in meine Arme schließen – er hat seine große Schwester so geliebt, auch wenn er sie genauso gern geärgert hat –, doch der Blick seines Vaters, als er uns sieht, hält mich davon ab.

»Oh, Savannah, es bricht uns das Herz«, sagt meine Mutter und beugte sich Chloes Mutter zu einer steifen Umarmung entgegen. »So einen Verlust sollten Eltern niemals erleben müssen.«

Mrs Danvers lächelt höflich, ihre Augen sind blutunterlaufen und geschwollen.

»Da… danke, das bedeutet uns viel«, entgegnet sie nach einem Seitenblick auf ihren Mann, der aussieht, als könne er unsere Gegenwart nicht ertragen.

»Wenn wir irgendwas für euch tun können, *was immer es ist*, dann lasst es uns wissen«, sagt meine Mutter zu Mrs Danvers. Ich bin froh, dass sie es ist, die redet. Alles, was ich mir zurechtgelegt hatte, steckt in meiner Kehle fest. »Marcel hat Chloe so gemocht«, fügt sie hinzu, »wie wir alle.«

»Und dein Stiefsohn?«, fragt Mr Danvers mit spöttischem Ton. »Wie stand er zu ihr? Ich schätze, er hat sie zu Tode geliebt.«

Nun wende ich mich ihm mit meinem kompletten Körper zu. Wut steigt in meiner Brust auf. Meine Mutter drückt meine Hand so fest, dass sich ihre Nägel in meine Haut bohren und ich nach Luft schnappen muss. Ich hab die Botschaft verstanden: kein Wort!

Aber ich will jetzt nicht schweigen. Als das Gebäude damals eingestürzt ist und Mr Danvers in der Öffentlichkeit als der Schuldige am Tod zweier Menschen betrachtet wurde, haben wir uns nicht von ihm abgewendet oder unser Verhalten ihm gegenüber geändert. Wir sind weiterhin zu seinen Dinnerpartys gegangen und haben ihm den Rücken gestärkt, obwohl es ganz allein seine Schuld war. Ich weiß, dass Chloe niemals zurückkommen wird, und das schmerzt mich auch. Aber das gibt ihm nicht das Recht, so zu tun, als wären wir für ihren Tod verantwortlich. Wenn er uns je vertraut hat und die Freundschaft meiner Eltern zu schätzen weiß, dann hätten wir es verdient, dass er zumindest zweifelt und Amir nicht automatisch für denjenigen hält, der Chloe das Leben genommen hat.

Eine Person schiebt sich zwischen uns und die Danvers. Es ist Victoria, Chloes Cousine, die immer wie ihre ältere Schwester war. Im Grunde sieht Victoria wie eine ältere Version von Chloe aus, nur mit kürzeren Haaren und spitzerer Nase. Ihr Kiefer verkrampft sich, als sie mich ansieht.

»Onkel Aubrey, der Pastor ist da«, sagt sie und zupft Mr Danvers am Ärmel. »Warum fangen wir nicht schon mal an?«

Mr Danvers nickt, woraufhin Victoria wieder verschwindet, ohne ein Wort zu mir zu sagen. Victoria und ich hatten immer ein entspanntes Verhältnis. Schätze, damit ist es jetzt auch vorbei.

»Wir wollen euch nicht länger aufhalten – nochmals unser herzlichstes Beileid, Savannah, wirklich!«, sagt meine Mutter, ehe sie mich bis zur Gartenmauer zieht, die das Grundstück begrenzt. »Und bevor du anfängst«, sagt sie zu mir, »ich hab dich *nicht* davon abgehalten, etwas zu Aubrey zu sagen, weil ich nicht gewollt hätte, dass du deinen Bruder verteidigst, sondern weil es nicht der richtige Ort und der richtige Moment dafür ist. Diese armen Menschen haben auf unaussprechliche Weise ihre Tochter verloren. Wenn es um dich ginge und die Rollen vertauscht wären, dann käme es mir jetzt auch nicht auf die Wahrheit an. Nicht, wenn alles noch so frisch ist. Sie sind wütend. Sie wollen Gerechtigkeit. Und bis jetzt ist dein Bruder die einzige Antwort, die sie kennen. Du darfst sie nicht dafür hassen, dass sie erst mal daran festhalten, okay?«

Mein Blick richtet sich auf den Boden, aber ich nicke zustimmend. Was sie sagt, klingt ganz logisch, auch wenn es wehtut.

Ein älterer bärtiger weißer Mann löst sich aus der Menge und umarmt mitfühlend Chloes Eltern. Dann steigt er auf das Podest des Brunnens, um sich einen besseren Überblick zu verschaffen. Das muss der Pastor sein, den Victoria erwähnt hat.

»Wir sind hier aus einem Anlass zusammengekommen, den Eltern niemals erleben sollten: den Verlust ihres eigenen Kindes zu betrauern«, sagt der Mann und erntet zustimmendes Kopfnicken.

Mrs Danvers schlingt ihre Arme enger um Justin. Der Neunjährige schmiegt sich an seine Mutter und lehnt seinen Kopf an ihren Unterarm.

»Lasst uns mit einem Gebet beginnen«, fährt der Pfarrer fort. »Neigt eure Köpfe.«

Als er zu beten beginnt, muss ich an etwas denken, das ich entweder gelesen oder in einem Podcast gehört habe – dass Mörder manchmal an den Trauerfeiern ihrer Opfer teilnehmen. Als würden sie eine krankhafte Befriedigung daraus ziehen, die Verwüstung zu betrachten, die sie angerichtet haben. Jetzt, da wir nicht mehr im Mittelpunkt stehen, lasse ich meinen Blick über die Menge schweifen und frage mich, ob Chloes Mörder tatsächlich unter uns sein könnte.

Colin Perrier sieht genauso unbehaglich aus, wie ich mich fühle. Er steht auf der anderen Seite des Brunnens und schaut zu uns rüber, seine Hände in den Hosentaschen vergraben. Chloe kannte ihn genauso lange wie Jared, doch irgendwie haben sie sich entfremdet, nachdem sie mit ihm Schluss gemacht hat. Auch Jared ist hier und steht neben Colin. Nolan ebenfalls. Er hat mir eine kurze Nachricht geschickt, nachdem Amirs Festnahme in den Nachrichten bekannt gegeben wurde. *Ey, ist das wahr, was dein Bruder Chloe angetan hat?*, stand da. Ich hab das getan, was ich schon längst hätte tun sollen: seine Nummer blockiert.

Ich sehe ein paar Lehrer und einige Mädchen aus Chloes Volleyballteam. Dann fällt mein Blick auf Senator Spencer Winslow II., der stoisch neben seiner Frau mit dem Zickengesicht steht. Trey und Tiffany flankieren ihre Eltern. Ich erkenne mehrere Mitglieder des Schulvorstands, die sich unter Chloes Mitschüler und deren Eltern gemischt haben.

»Chloes Vater möchte ein paar Worte sagen, bevor wir die Ballons steigen lassen«, gibt der Pastor bekannt und zieht meinen Blick erneut auf sich. »Aubrey, sprich aus deinem Herzen.«

Mr Danvers tritt vor, seine Schultern hängen schlaff nach unten, aber sein Kinn ist gehoben.

»Lasst mich zuerst Mattie sowie allen anderen Freundinnen und Freunden von Chloe danken«, beginnt Mr Danvers. »Ihr habt sie genauso geliebt wie wir, was diese Tragödie so sinnlos macht. Chloe war unsere Kämpferin. Sie wollte die Welt verändern. Und ich bereue jeden Moment, an dem ich sie davon abhalten wollte oder sie entmutigt habe.«

Wie seltsam. Ich kann mich nicht daran erinnern, dass Chloe jemals erzählt hat, dass ihre Eltern sie entmutigen. Protest und Rebellion wurden in ihrer Familie als selbstverständlich betrachtet. Ganz gleich, ob es um Gleichberechtigung, Naturschutz oder die Polizeireform ging – die Danvers haben sich darauf eingelassen. Und sie scheuten sich auch nicht, ihr Scheckbuch zu zücken, um progressive Bewegungen zu unterstützen.

Mr Danvers Kopf sinkt auf die Brust. Der Pastor klopft ihm sanft auf den Rücken, während Mrs Danvers in ein zerknülltes Taschentuch schluchzt.

»Wir können uns ein wenig mit der Gewissheit trösten, dass der Täter, der uns unser kleines Mädchen genommen hat, nicht mit seiner Tat davonkommen wird«, fährt Mr Danvers fort. »Die Gerechtigkeit nimmt bereits ihren Lauf.«

Die Fingernägel meiner Mutter graben sich erneut in meine Hand.

»Schau nicht hoch. *Schau nicht hoch. Schau. Nicht. Hoch!*«, wiederhole ich immer wieder.

»Wir werden ohne sie niemals Frieden finden, aber das Wissen, dass ihr Mörder nicht auf freiem Fuß sein wird, gibt uns Trost«, sagt Mr Danvers mit erstickter Stimme. »Betet für uns. Betet für meine Frau, die niemals verstehen wird, warum das passiert ist. Unser kleines Mädchen wird weiterleben, dafür werden wir sorgen. Chloe, wir lieben dich, Baby.«

Mrs Danvers bricht in kehliges Schluchzen aus. Der Anblick ist fast unerträglich.

»Nun wollen wir die Ballons aufsteigen lassen, als Symbole dafür, dass auch Chloes Seele in den Himmel steigt, wo sie hingehört«, sagt der Pastor.

Ich lasse meinen los und beobachte, wie er sich mit den anderen vereint – weiße Kugeln, die umeinanderschweben und vom Wind fortgetragen werden. Ich wünschte, ich könnte mit ihnen wegfliegen. An irgendeinen anderen Ort als diesen, der mich dazu zwingt, dem Schluchzen von Mr Danvers zu lauschen. Zusätzlich zum Pastor und zu Victoria ist eine weitere Person an seine Seite getreten und streicht ihm über den Rücken. Als ich sehe, wer es ist, ziehe ich scharf die Luft ein.

Mr Danvers erträgt unseren Anblick nicht, weil er glaubt,

dass mein Bruder seine Tochter getötet hat, okay. Aber jetzt lässt er sich doch tatsächlich von Jared Lanfords Vater trösten. Wie kann er diesem Mann jemals vergeben, nach allem, was Jared Chloe angetan hat? Wie kann er dem Mann vergeben, der damals so getan hat, als wäre es kein Grund zur Aufregung, dass sein Sohn seine damals fünfzehnjährige Freundin körperlich misshandelt hat?

Diese Heuchelei ist zu viel für mich.

»Ich muss auf die Toilette«, sage ich zu meiner Mom, ehe ich meine Hand aus ihrer herauswinde.

Ich warte nicht mal ihre Reaktion ab. Mit gesenktem Kopf bahne ich mir meinen Weg durch die Leute und eile dem Hintereingang entgegen. Als sich mir jemand in den Weg stellt, bleibe ich abrupt stehen.

»Bist du okay?«

Es ist Tiffany. Ihr mädchenhaftes Gesicht ist von Sorge erfüllt. Die Spannung in meinem Nacken lässt etwas nach. Sie ist die Erste, die fragt, wie es mir geht.

»Nein. Am liebsten würde ich schreien, aber ich kann nicht«, antworte ich. »Aber danke für dein Interesse. Hab in letzter Zeit nicht viel davon bekommen.«

»Ziemlich krass, was da im Netz abgeht.« Tiffany presst ihre dünnen rosafarbenen Lippen zusammen. »Dachte, ich frag dich mal, weil ich weiß, wie viel dein Bruder dir bedeutet, also obwohl …«

Er so tut, als wärst du ihm egal, will sie bestimmt sagen, tut es aber nicht.

»Was sagt er zu allem, was passiert ist?«, fragt sie.

»Dass er es nicht war.«

Sie nickt. »Ja klar.«

Ich weiß nicht, ob sie ihm wirklich glaubt oder nur so tut, damit ich mich besser fühle. Ist mir auch egal. Ich nehme es einfach so hin.

»Tiff, komm jetzt.« Trey tritt zwischen uns, er wendet mir den Rücken zu und legt einen Arm um seine Schwester. »Dad fragt schon nach uns.«

Ihr Vater schaut vom Garten zu uns rüber und legt seine Stirn in Falten, als ich seinen Blick erwidere. Ich sauge scharf die Luft durch meine Zähne.

»Vergiss es«, murmele ich.

Ich lasse Trey und Tiffany stehen und betrete erneut das Haus. Ein paar Leute wuseln in der Küche herum, als ich durch die hintere Tür hineinkomme. Sie achten nicht auf mich, weil sie damit beschäftigt sind, die Servierplatten aufzufüllen. Ich muss jetzt allein sein. Als ich mich zwischen zwei Frauen hindurchquetsche, bleibt mein Blick an dem hölzernen Messerblock hängen, der nahe der Spüle auf der Arbeitsplatte steht. An den Griffen erkenne ich, dass sich in jedem Schlitz ein Messer befindet, außer einem. Was bedeutet, dass in dem leeren Schlitz wahrscheinlich das Messer steckte, mit dem Chloe erstochen wurde.

Warum steht der Messerblock immer noch hier?

Ich glaube, ich muss mich gleich übergeben.

Ich gehe direkt zur Toilette, die sich unmittelbar hinter der Schwelle der Küche befindet, und zerre am Knauf. Abgesperrt.

»Ist besetzt, Süßer«, ruft eine Frau aus der Küche.

Hab ich jetzt auch kapiert.

»Im ersten Stock ist noch ein Bad«, fügt sie hinzu.

»Ich weiß.«

Ich will gerade die Wendeltreppe nach oben nehmen, als ich höre, wie dieselbe Frau sagt: »Ist das nicht der Bruder des Jungen, der sie getötet hat?«

Ich nehme immer zwei Stufen auf einmal, um mich selbst davon abzuhalten, auf dem Absatz kehrtzumachen und auf sie loszugehen. Im Gegensatz zum Erdgeschoss ist es im ersten Stock vollkommen still. Ich halte inne und stelle fest, dass ich direkt vor Chloes Zimmer stehen geblieben bin. Die Tür ist leicht geöffnet und zieht mich magisch an. Die Dielen knarren unter dem Gewicht meiner Schritte. Als ich eintrete, blicke ich mir über die Schulter, um sicherzugehen, dass niemand hinter mir ist. Dann schließe ich die Tür. Die Sonne scheint so hell durch die Fenster, dass ich kein Licht machen muss.

Mein Herz ist plötzlich zehn Kilo schwerer. Ich bin in Chloes Zimmer. Vermutlich zum allerletzten Mal. Es ist makellos. Genauso, wie ich es in Erinnerung habe. Alles am richtigen Platz. Nicht das geringste Anzeichen, dass hier vor drei Tagen ein grausamer Mord stattgefunden hat. So sonderbar.

Es fällt schwer, mir die Szenerie vorzustellen, die Amir seiner Mutter und mir beschrieben hat: Blutspritzer an der Wand und der ganze Raum, als wäre ein Tornado über ihn hinweggefegt. Wie kann man so schnell von diesem zum jetzigen Zustand übergehen? Zu einem Zustand, in dem nichts von der Grausamkeit zu spüren ist, die unser Leben wahrscheinlich für immer verändert hat.

Ich muss unwillkürlich lächeln, als ich ihr Bett betrachte. So viele Abende haben Chloe und ich dort ausgestreckt gelegen und über Jungs geredet. Welche wir nicht ausstehen konnten und welche wir abschleppen wollten. Es war auf diesem Bett, als ich in unserem ersten Highschooljahr an Halloween ihren Verdacht bestätigte, dass ich schwul bin. An diesem Abend hat sie mich zum ersten Mal in ihr Zimmer eingeladen, und ich hatte irrtümlich gedacht, dass sie es auf mich abgesehen hatte.

»Natürlich *bist* du das!«, entgegnete sie, als wäre das eine Feststellung. Wir waren als Antonius und Kleopatra verkleidet. »Du bist viel zu großartig, um *nicht* gay zu sein.«

Ich musste so lachen, dass mir die Tränen kamen. Als wäre mir eine große Last von den Schultern genommen worden.

Dieses Mädchen, das ich anfing, als Freundin zu lieben, würde mein wahres Ich kennen. Von diesem Moment an machten wir einfach weiter, als wäre mein Geständnis gar nicht die große Sache gewesen, die ich mir vorgestellt hatte. Das werde ich am meisten vermissen. Ihre schonungslose Direktheit.

Im Wissen, dass dies mein letzter Besuch in ihrem Zimmer ist, gehe ich umher und versuche, mir alles einzuprägen, was ich im Gedächtnis behalten will. Streiche mit den Fingern über die antike Spiegelkommode, an der sie Stunden damit verbrachte, ihre Schminktipps zu filmen, die sie für sich behalten hat. Ich blättere durch ein paar Modezeitschriften, die gestapelt in der Ecke liegen, und denke an die vielen Selfies, die sie vor dem hohen Spiegel am anderen Ende des Zimmers gemacht und mir geschickt hat, weil sie meine Meinung zu ihrem Outfit wissen wollte. Ich nehme ein paar Parfumflaschen in die Hand, die sie auf dem Spiegeltablett neben dem Zeitschriftenstapel sorgsam angeordnet hat. Eine davon hatte ich ihr letztes Jahr zu Weihnachten geschenkt. Als ich den diamantförmigen Flakon wieder zurückstelle, wird mir klar, dass ich den Armreif aus Sterlingsilber trage, den sie mir geschenkt hat.

Auf ihrem Nachttisch steht nichts außer ihrer durchsichtigen Lampe aus Glas. Meistens lag dort auch ihr Handy, das jetzt bestimmt die Polizei hat. Aus morbider Neugier öffne ich die Schublade. Erst denke ich, dass da nur Krimskrams liegt, unordentlich durcheinandergewühlt. Doch als ich die Schublade schon wieder schließen will, entdecke ich unter ein paar Zetteln ein kleines blaues Kästchen von Tiffany & Co. Darin befinden sich ein mit Edelsteinen besetzter Tennisarmreif und ein handgeschriebener Zettel, auf dem *Bitte verzeih mir* steht.

Ich schnaube und verdrehe die Augen. *Trey*, denke ich. Sonst fällt mir niemand ein, der versucht haben könnte, Chloe mit Geschenken zurückzugewinnen. Ich schließe das Kästchen und durchstöbere die Schublade, ich kann meine Neugier nicht mehr zügeln. Da ist auch ein Schmuckkästchen aus schwarzem Samt. Ich öffne es und sehe einen herzförmigen Diamantanhänger. Ein kleineres rechteckiges Kästchen darunter enthält ein paar Ohrringe in Form eines Marienkäfers sowie einen weiteren handgeschriebenen Zettel mit derselben krakeligen Schrift: *Du wirst immer mein Marienkäfer sein.*

Diesen Kosenamen für sie habe ich noch nie gehört. Ich vermute, dass die Anzahl der Schmuckgegenstände mit der Anzahl der Trennungen ihrer On-off-Beziehung übereinstimmt. Wahrscheinlich habe ich dieses Zeug nie an Chloe gesehen, weil ich von dem ganzen Thema nichts mehr wissen wollte, nachdem sie Trey das zweite Mal zurückgenommen hatte. Das war mir alles zu anstrengend, was ich ihr auch bei jeder Gelegenheit gesagt habe.

Hinter mir höre ich ein Knarren. So haben die Dielen auch geknarrt, als ich mich hier reingeschlichen habe.

Mein Herz setzt einen Schlag aus.

Ich drehe mich um. Durch den Spalt unter der Tür wächst ein Schatten heran. Dann dreht sich der Türknauf nach rechts.

Shit! Da kommt jemand.

Ich lasse das Schmuckkästchen wieder in der Schublade verschwinden, ehe ich sie mit meinem Oberschenkel zuschiebe. Ich schaue mich fieberhaft nach einem Versteck um, schlüpfe rasch in Chloes Kleiderschrank und schaffe es gerade noch, die Tür an mich heranzuziehen, ehe sich die Zimmertür öffnet.

Mir schlägt das Herz bis zum Hals.

Ich bin wie erstarrt in dieser dunklen Enge. Umschlossen von den herabhängenden Kleidern meiner toten Freundin. Mein Atem ist flach. Mir ist klar, wie katastrophal das aussieht, wenn ich erwischt werde. Warum ich mich im Kleiderschrank meiner Freundin verstecke, während mein Bruder verdächtigt wird, sie getötet zu haben, ist kaum zu erklären.

Ich höre das dumpfe Geräusch von Schubladen, die geöffnet und wieder zugeschlagen werden. Ich halte mein Ohr an die Schranktür und versuche mit rasendem Herzen mitzukriegen, was dort vor sich geht. Nach ein paar Sekunden Stille denke ich, dass die Person vielleicht wieder verschwunden ist, bis ich ein weiteres dumpfes Geräusch und ein unterdrücktes Fluchen höre. Es hört sich so an, als hätte sich jemand sein Knie oder seinen Fuß an einem harten Gegenstand gestoßen.

Ich drehe den Knauf leise zur Seite und öffne die Tür, nur einen Spaltbreit. Zuerst sehe ich den Rücken eines dunklen Sakkos. Eine männliche Person beugt sich nach unten und durchwühlt die untere Schublade von Chloes Spiegelkommode. Ich drücke die Tür ein wenig weiter auf. Der Mann richtet sich ruckartig auf, sein Bild erscheint im Spiegel.

Es ist Trey.

Ich ziehe mich ins Dunkel zurück, während ich sehe, wie seine Augen in Richtung Kleiderschrank wandern.

Er hat mich nicht gesehen. Er hat mich nicht gesehen. Bitte, bitte, komm nicht rüber.

Ich halte die Luft an und stoße sie langsam wieder aus, als ich höre, dass er in einer weiteren Schublade wühlt. Er ist immer noch ein Stück von mir entfernt. Wonach sucht er? Vielleicht nach all dem Schmuck, den er ihr geschenkt hat.

Ich beobachte lautlos, wie er von einer Schublade zur nächsten übergeht und hektisch den gesamten Inhalt von einer Seite zur anderen wirft. Nachdem er alle sechs Schubladen durchforstet hat, richtet er sich auf, streicht sich über seinen Undercut und murmelt: »Fuck, wo ist das verdammte Ding?«

Das verdammte Ding? Anscheinend geht es nicht um den Schmuck.

Treys Augen flitzen wild durch den Raum, ehe sie den Schrank fixieren.

Ich drücke mich noch tiefer in die Kleider hinein, weil ich denke, dass er mich vielleicht gesehen hat. Oder, noch schlimmer, dass er den Kleiderschrank zum nächsten Ort seiner Schnitzeljagd macht.

Als er auf mich zukommt, dröhnt mir mein Herzschlag immer lauter in den Ohren. Das wird hier böse enden. Mit Trey ist das immer so.

»Was machst du denn hier?«

Doch die Frage ist nicht an mich gerichtet. Die schützende Dunkelheit umhüllt mich immer noch.

»Ähm, ich wollte … ich wollte nur …«, höre ich Trey stottern.

»Du hast hier nichts zu suchen«, zischt eine weibliche Stimme.

Ich spähe durch den Spalt, sehe aber nur einen Teil von Trey. Er hat diesen Reh-im-Scheinwerferlicht-Ausdruck im Gesicht. Ich muss mich ein Stück zur Seite lehnen, um zu erkennen, wen er ansieht. Es ist Victoria.

»Ich wollte ihr nur meinen Respekt zollen«, sagt Trey. »Wollte das hier oben tun, wo wir so viel Zeit miteinander verbracht haben.«

Lügner!

»Ach, auf einmal willst du ihr Respekt erweisen«, schießt Victoria zurück. »Nachdem du sie in diese ganze Scheiße reingezogen und sie verlassen hast, weil dir der Spiegel nicht gefiel, den sie dir vorgehalten hat.«

»Du weißt nichts über unsere Beziehung.«

»Ich weiß genug, um zu wissen, dass du hier nichts zu suchen hast.« Ihre Stimme ist voller Bitterkeit. »Ich hab dich noch nie gemocht. Hab dir nie getraut. Du konntest nicht mal deinen eigenen Scheiß bei dir behalten, als sie die Sache mit ihrem Dad durchgemacht hat. Du bist genauso hinterhältig wie dein Vater.«

»Wie auch immer«, sagt Trey ausweichend. »Chloe und ich wussten, was wir aneinander haben. Finde du doch erst mal jemanden, der dich respektiert, dann verstehst du vielleicht, was ich meine.«

»Raus hier, bevor ich meinen Onkel hole, um dich rauszuschmeißen!«

Ich warte, bis beide den Raum verlassen haben, ehe ich aus dem Schrank klettere. In meinem Kopf dreht sich alles.

Was zum Teufel hab ich da gerade mit angehört?

Irgendwas raschelt unter meinen Füßen, als ich der Zimmertür entgegengehe. Ich bücke mich und hebe ein zerknittertes Stück Papier auf, das unter meiner Schuhsohle klebte. Das muss auf dem Boden des Schranks gelegen haben. THE BELMONT HOTEL steht dort in gedruckter Schrift. Darunter in Chloes Handschrift die Nummer 2709. Ich glaube, das ist das Hotel, in das ihre Familie am Sonntag oft zum Brunch gegangen ist. *Das muss im Schrank aus einem ihrer Kleider gefallen sein,* vermute ich. Ich knülle den Zettel zusammen und werfe ihn in den kleinen Papierkorb auf der anderen Seite der Tür, ehe ich aus dem Zimmer gehe.

Meine Mutter ist unten, ihr Blick wirkt gequält, als ich die Stufen runtergehe. Als sie mich sieht und wir am unteren Treppenabsatz zusammenkommen, hellt ihre Miene sich auf.

»Bereit zu gehen?«, fragt sie mich. »Ich glaube, wir haben hier alles getan, was wir tun konnten.«

Wahrscheinlich hat sie genug von den strengen Blicken und dem Getuschel der Leute. Trey und Victoria sind nicht mehr zu sehen.

»Ich war von Anfang an bereit«, antworte ich.

Sie geht der Haustür entgegen und ich folge ihr, bleibe aber abrupt stehen, während sie bereits hinter der Wendeltreppe verschwunden ist. Ich schaue zurück in Richtung Küche und drehe mich dann langsam wieder zur Treppe. Chloes Mörder kann nicht durch die Haustür gekommen sein, denn dann hätte die Türkamera der Nachbarn auch das aufgenommen und nicht nur Amirs Verschwinden. Amir hat erzählt, dass er mit Chloe den Hintereingang benutzt hat, nicht den Haupteingang. Der Mörder muss dasselbe getan haben.

»Kommst du?«, ruft meine Mutter ungeduldig aus dem Eingangsbereich.

»Sorry, jap!«

Als wir das Wohnzimmer passieren, setze ich meinen Gedankengang fort. Wenn jemand durch die Hintertür ins Haus gelangt ist und direkt die Treppe nach oben zu Chloes Zimmer genommen hat, das wird mir jetzt klar, dann konnte er Amir nicht unten auf dem Sofa liegen sehen. Was bedeutet, dass er nicht bemerkt hat, dass Amir ebenfalls im Haus war.

10
Amir

Die Truman Academy umfasst die gesamte Ecke, an der die Freret Street und Nashville Avenue aufeinandertreffen. Der gesamte Campus erstreckt sich bis zur Loyola Avenue. Die drei Gebäude aus Metall und Glas stehen in deutlichem Kontrast zum historischen Charme des Viertels. Eigentlich sieht das Ganze mehr nach Berufsschule als nach Highschool aus. Ein Ort, an dem junge Leute, die nicht aufs College gehen, ein paar Skills erwerben, um später gut bezahlte Jobs mit Hemdkragen zu ergattern. Doch davon ist das Truman weit entfernt. Das Motto der Schule steht auf einem Schild, das sich auf der perfekt getrimmten Rasenfläche vor der Schule befindet.

Wir fördern eine Lebenswelt, in der unsere Schüler lernen und wachsen können, ermutigen sie, eigenständig zu denken und auf dem soliden Fundament von Vielfalt und Integration neue Wege zu gehen.

Der letzte Teil ist ein Witz, wenn man bedenkt, wie wenige schwarze Schüler es hier gibt.

Heute ist es noch unangenehmer als sonst, durch die Flure zu gehen. Die Blicke, die ich auffange, als ich zu meinem Spind gehe, schreien mir entgegen: *Du hast hier nichts zu suchen! Wie kannst du es wagen, hier aufzutauchen, nach dem, was du ihr angetan hast?* Und: *Ich wusste, dass der Typ ein Gangster ist!* Ich ziehe die Hose meiner Schuluniform ein Stück nach unten (was die Schulordnung ausdrücklich verbietet), in der Hoffnung, das klobige Ding an meinem rechten Fußgelenk zu verbergen.

Zu behaupten, dass ich mich ausgestoßen fühle, seit ich aufs Truman gehe, wäre untertrieben. Schon bevor ich fälschlicherweise des Mordes beschuldigt wurde, hat mir dieser Ort überdeutlich vor Augen geführt, welchen Platz ich hier einnehme. Die Flure sind eine Echokammer, die mir immer wieder zuruft, wie Schwarz ich bin. Ich passe nicht mal zu den anderen schwarzen Schülern. Ich bin ein Fremdkörper, der nirgends richtig hingehört, obwohl die Hose meiner dunkelgrauen Schuluniform genauso sorgfältig gebügelt ist wie bei den anderen Typen. Ich sorge immer dafür, dass das weiße Hemd, das wir unter dem marineblauen Blazer mit dem aufgestickten Schulwappen tragen müssen, frisch ist und dass meine tannengrün-marineblau gemusterte Krawatte perfekt gebunden ist, weil ich mich hier so gut wie möglich einfügen will.

Ich wusste von Anfang an, dass die Leute sich über mich schon eine Meinung gebildet hatten, weil ich nicht dieselben Privilegien habe wie sie. Also habe ich mich in den letzten sechs Monaten acht Stunden am Tag, fünf Tage die Woche damit beschäftigt, wie ich wohl von den anderen Schülern und Lehrern gesehen werde. Ich habe mein Verhalten in jeder Hinsicht so angepasst, dass sich all die Weißen in meiner Gegenwart wohlfühlen.

Doch ich werde das Gefühl nicht los, dass hier ein Insiderwitz die Runde macht, den ich nie erfahren werde. Das alles habe ich noch nie jemandem anvertraut, nicht mal meiner Mom.

Heute wird alles, was ich fühle, tausendfach verstärkt.

Mom ist mies drauf, weil sie mich zwingen musste, zur Schule zu gehen.

»Wir geben nicht so viel Geld aus, damit du zu Hause bleibst«, erklärte sie heute Morgen, als sie in mein Zimmer platzte.

Ich schluckte die spitze Bemerkung runter, die mir auf der Zunge lag. Sie warf mir diesen Lass-es-einfach-Blick zu, als ich mich langsam aus dem Bett wälzte. Jetzt war nicht die Zeit, sie spöttisch daran zu erinnern, dass es schließlich mein Dad ist, der »zu viel Geld« in meine Schulbildung investiert.

Gestern Abend haben wir aus den Nachrichten erfahren, dass die Polizei die Kleider und Schuhe gefunden hat, die ich weggeworfen hatte. Ein eisiger Strom lief durch meine Adern, als wir den zweiminütigen Beitrag ansahen. Der Reporter berichtete, wie die Ermittler die Route des Müllwagens zurückverfolgt und drei Tage lang in der städtischen Mülldeponie nach meinen Sachen gesucht hatten. In welchem Container ich die Sachen entsorgt hatte, wusste die Polizei von mir. Im Live-Interview mit dem Reporter brachte ein Sprecher der Polizei seine Enttäuschung darüber zum Ausdruck, dass sie das Steakmesser, mit dem Chloe mutmaßlich erstochen wurde, bislang nicht gefunden hatten. Wahrscheinlich würden sich darauf DNA-Spuren befinden, die mich entlasten könnten. Wahrscheinlich hat es die Person deshalb nicht gegen mich gerichtet, als ich schlief.

»Wie hoch ist die Wahrscheinlichkeit, dass die Tatwaffe ebenfalls hier zu finden ist?«, wollte der Reporter vom Polizeisprecher wissen, hinter dem sich die Mülldeponie abzeichnete.

»Schwer zu sagen«, antwortete er, »aber wir tun unser Bestes, keine Sorge.«

Mr Dillard rief kurz nach der Ausstrahlung des Interviews an und sagte, wir sollten uns keine Sorgen machen.

»Es gibt mehrere Punkte in der Indizienkette, die ich angreifen kann, wenn sie das mit den Kleidern und Schuhen gegen dich verwenden«, versicherte er. Mom hat auf Lautsprecher gestellt, damit ich mithören kann. »Sie waren mindestens vier Tage lang dem Wetter ausgesetzt und vom Müll verunreinigt. Vor allem hat Amir Chloe nicht getötet, also kann gar nichts an ihnen sein, was ihn belastet … *oder?*«

Ich sehe vor mir, wie er die Brauen hebt.

»Richtig, Sir«, antwortete ich. »Ich hab die Sachen weggeworfen, weil ich in Panik war … wie ich es der Polizei gegenüber auch gesagt habe.«

»Dann ist ja alles in Ordnung«, entgegnete Mr Dillard. »Du lebst dein Leben weiter, während ich daran arbeite, dass du es auch weiterhin außerhalb des Gefängnisses tun kannst.«

Mom hat das wohl so interpretiert, dass ich weiter zur Schule gehen soll, obwohl mich dort jeder für einen Mörder hält.

Die Enge in meiner Brust löst sich ein bisschen, als ich Marcel sehe, der vor meinem Spind auf mich wartet. Sein eigener Spind ist drei Flure weiter, bei den Schließfächern der Mittelstufe. Sein Gesicht leuchtet sofort auf, als unsere Blicke sich treffen. An jedem anderen Tag wäre ich genervt. Als ich hier neu war, hat er ständig versucht, mich in irgendwelche Gespräche zu verwickeln. Irgendwann, nachdem ich ihn lange genug ignoriert hatte, hat er kapiert, dass ich kein Interesse daran habe. Doch heute ist er eine Rettungsleine, an der ich mich festhalte. Ein weiteres Beispiel dafür, wie ein einziger Abend meinen Alltag verändert konnte.

»Ich bin froh, dass du da bist. Wollte dir gerade eine Nachricht schicken«, sagt er und streckt seinen Rücken durch.

»Hey«, sage ich und drehe an der Nummer meines Zahlenschlosses.

»Hast du nicht gesagt, dass jemand Chloes Zimmer auf den Kopf gestellt hatte, als du sie gefunden hast?«

Ich seufze. Bitte nicht hier! In Hörweite von allen anderen. Da will ich mich einmal in der Schule auf ihn einlassen, und schon bereue ich es.

»Hallo!« Er stößt mich in die Seite, als ich nicht reagiere.

»Was denn?«, murmele ich und blicke in alle Richtungen, um sicherzugehen, dass niemand mithört.

Marcel fummelt an seinem Rucksack herum. »Als ich am Samstag in Chloes Haus war wegen der Ballons und so, habe ich Trey dabei erwischt, wie er Chloes Zimmer durchsucht hat.«

»Echt?«

Ich nehme mein Buch für amerikanische Geschichte aus dem Rucksack, lege es in den Spind und schnappe mir stattdessen mein Physikbuch.

»Ey, der hat richtig ernsthaft was gesucht, Bro. Wie irre überall rumgestöbert, fast *verzweifelt.*« Marcel beugt sich mir entgegen, sein Kiefer ist angespannt. »Das hat mich zum Nachdenken gebracht. Die Polizei hat gesagt, dass niemand mit Gewalt ins Haus eingedrungen ist. Könnte doch sein, dass Chloe jemanden wie Trey einfach reingelassen hat, als du geschlafen hast.«

Ich stecke das Physikbuch in meinen Rucksack. Worauf will er hinaus?

»Auf meiner Geburtstagsparty habe ich mitgekriegt, wie sie sich in deinem Zimmer gestritten haben.«

In *meinem* Zimmer? Das existiert also immer noch? Obwohl ich sie schon so lange nicht mehr besucht habe? Ich versuche, mir mein Erstaunen nicht anmerken zu lassen.

»Denkst du, was ich denke?«, fährt er fort.

Ich runzele die Stirn. »Nee.«

Er verdreht die Augen und seufzt demonstrativ auf. »Hey, was ist, wenn Trey ihr später am Abend noch einen Besuch abgestattet hat, weil er immer noch sauer war, dass sie mit dir zusammen von der Party abgehauen ist?«

»Ach was. Wenn du ihn beim Wühlen erwischt hast, warum hast du ihn dann nicht zur Rede gestellt?«

»Das ging nicht«, antwortet er und senkt betreten den Blick. Als ich ihn fragend ansehe, fügt er hinzu: »Er wusste nicht, dass ich im Zimmer war. Ich hatte mich versteckt … im Schrank.«

Ich halte in der Bewegung inne, als ich gerade einen Ordner aus dem Spind nehmen will. »Was hast du im Schrank gemacht, Bro?«

»Ist 'ne lange Geschichte, nicht so wichtig.« Marcel atmet tief durch, als ich den Ordner ebenfalls in meinem Rucksack versenke. »Die Sache ist die: Trey war eifersüchtig, weil Chloe vor Kurzem mit ihm Schluss gemacht hat. Vielleicht hat er sie aus Eifersucht umgebracht und dich am Leben gelassen, um dir die Tat anzuhängen, weil er dachte, dass da was läuft zwischen euch.«

»Du schaust zu viele True-Crime-Dokus«, sage ich und ziehe den Reißverschluss des Rucksacks zu.

»Ich meine es ernst. Hab nur noch nicht rausgefunden, wonach er in ihrem Zimmer gesucht hat. Vielleicht nach irgendwas, das ihn direkt mit dem Mord in Verbindung bringen könnte.«

Marcel schaut mich an, wirkt aber eher, als würde er durch mich hindurchsehen, als er den letzten Satz ausspricht. Als würde er mehr mit sich selbst sprechen als mit mir.

Ich knalle die Tür des Spinds zu. »Ich will mir keine großen Hoffnungen machen. Mein Leben ist nicht so wie deins. Wenn ich erst mal in der Scheiße sitze …«

»Natürlich wird das kein Selbstläufer«, sagt Marcel. »Aber ich hab die ganze Zeit drüber nachgedacht und auch schon eine Idee, wie ich vielleicht beweisen könnte, dass ich recht habe.«

»Okay, Sherlock Holmes.«

Ich setze mich in Bewegung. In einer Minute fängt der Unterricht an.

»Warte!«, ruft er. »Warum bist du so? Willst du nicht wissen, was wirklich passiert ist? Es muss dich doch genauso krank machen wie mich, dass dich alle für einen Mörder halten.«

Die Leute in unserer Nähe schauen zu uns rüber.

»Wäre schön gewesen, wenn du damals so reagiert hättest, als der Hund deiner Mom überfahren wurde.«

Ich lasse ihn an meinem Spind stehen, er sieht gequält aus.

Ironischerweise erwartet mich im Physikraum dasselbe Wort, das mir seine Mutter damals ins Gesicht geschrien hat, nachdem Sparkle tot war. Es wurde mit rotem Lippenstift quer über mein Pult geschrieben.

Mörder!

11
Marcel

Die schroffe Haltung meines Bruders wird mich nicht von meiner Mission abbringen. Nicht angesichts all der voreiligen »Ich-weiß-sowieso-was-passiert-ist«-Urteile, die mir am ersten Schultag nach Chloes Ermordung entgegenschlugen.

Heute Morgen auf dem Schülerparkplatz ging's schon los. Als ich mich gerade vorbeugen will, um meine Umhängetasche aus dem Kofferraum zu nehmen, stürmte Emily Addaway mit einer Horde Zehntklässlerinnen auf mich zu und sagte: »Hey, Marcel, wir unterstützen dich voll und ganz. Ich kann mir vorstellen, was du gerade durchmachst. Da bringt dein Bruder eine deiner besten Freundinnen um ... auf diese Weise.«

»Hat er nicht getan«, widerspreche ich sofort. »Sie haben den Falschen festgenommen.«

Ihre nach unten gezogenen Mundwinkel vertrieben sofort jede Anteilnahme aus ihrem Gesicht. Sie hatte nichts weiter entgegenzusetzen und zog mit ihren Freundinnen schweigend wieder ab. Als ich es endlich bis zu meinem Spind geschafft hatte, kam mir der Gedanke, dass Emily mich vielleicht nur hatte testen wollen und ich den Test nicht bestanden hatte. Weil ich ihnen nicht nach dem Mund geredet und sie darin bestätigt hatte, dass Amir schuldig war, sprach den ganzen Tag lang niemand mehr mit mir. Und als Mr Braswell zu Beginn der ersten Stunde eine Schweigeminute einlegte, warfen mir fast alle in der Klasse denselben verletzten Blick zu. Als wäre *ich* für die unerwartete Tragödie verantwortlich, die unsere Schule heimgesucht hatte.

Das musste aufhören. Ich kann mir wahrscheinlich kaum vorstellen, dass für Amir alles noch zehn Mal schlimmer sein muss. Seine ablehnende Haltung gegenüber meiner Theorie mit Trey geht mir allerdings gewaltig auf den Keks. Sieht er denn nicht, dass ich ihm helfen will? Und wenn ich ihm helfe, helfe ich uns allen, die allgemeine Bosheit, die sich gegen unsere Familie richtet, zu überwinden. Das wird erst aufhören, wenn Amirs Unschuld bewiesen ist.

Ich weiß etwas, das niemand sonst auf meiner Schule weiß: Trey verbirgt etwas. Etwas, das mit Chloe zu tun hat. Ich hab keine Ahnung, wonach er in ihrem Schlafzimmer gesucht hat, aber es muss mit dem Mord an ihr zu tun haben.

Ich könnte mir vorstellen, dass Trey ihr Mörder ist.

Er ist überzeugt davon, dass Amir ihm nicht das Wasser reichen kann. Sein Ego könnte es nicht verkraften, von ihm ausgestochen zu werden. Wenn er Chloe nicht haben konnte, musste er verhindern, dass Amir zum Zug kommt. Und nachdem mein Bruder und seine Freunde Trey auf meiner Party eins ausgewischt haben, wollte der sich vermutlich an Amir rächen, indem er ihn zum Tatverdächtigen machte – falls ich mich darin täusche, dass der *Mörder* Amir *nicht* auf dem Sofa hat liegen sehen.

Ich weiß, dass Trey mir niemals die Wahrheit sagen würde, wenn ich ihn frage, was er in Chloes Zimmer gesucht hat, doch zumindest kann ich meine Theorie, dass er der Mörder sein könnte, an ihm testen. Gestern Abend wusste ich plötzlich, wie das geht, und jetzt ist es an der Zeit, meinen Plan in die Tat umzusetzen.

Worst-Case-Szenario: Trey reagiert anders als von mir erwartet, was meinen ganzen Plan über den Haufen werfen würde.

Die Mittagspause ist meine einzige Chance.

Zwischen den verschiedenen Klassenstufen besteht nur wenig Kontakt. Das Hauptgebäude der Schule ist so unterteilt, dass die Neunt- und Zehntklässler sich weitgehend im Erdgeschoss aufhalten, während die Elft- und Zwölftklässler den ersten Stock bevölkern. Außerdem haben die einzelnen Klassenstufen eigene Flügel auf den jeweiligen Etagen: Die elften und neunten Klassen halten sich im Westflügel, die zwölften und zehnten im Ostflügel auf.

Wir *Juniors* aus der Elften treffen also nur während der Mittagspause auf die *Seniors* der Zwölften (wenn wir uns nicht in den anderen Flügel schleichen, was Chloe oft gemacht hat, als sie mit Trey zusammen war). Die Oberstufenschüler essen erst zusammen, danach die Unterstufenschüler.

Als ich die Schulkantine betrete, fällt mein Blick sofort auf Trey. Er sitzt wie immer mit einigen Mitgliedern des Schülerrats und der Jungdemokraten unserer Schule an einem der hinteren Tische. Der Junge lebt für die Politik, genau wie sein Dad. Deshalb traue ich ihm auch nicht über den Weg. In der rechten Hand halte ich die Flasche mit Cranberrysaft, die ich draußen aus dem Automaten habe. Ich öffne sie, während ich den lauten Raum durchquere und auf Treys Tisch zusteuere. Da er mit dem Rücken zu mir sitzt, kann er mich nicht kommen sehen.

Gut so.

An einem normalen Tag wäre ich einfach von Tisch zu Tisch geschlendert, um all den Gossip mitzukriegen, der gerade im Umlauf ist. Doch heute sagt keiner zu mir: *Marcel, komm mal rüber! Rate mal, was gestern Abend passiert ist!* oder: *Hey, mein Bester, setz dich zu uns!*, während ich mich um die Tische herumschlängele. Wie schon den ganzen Tag vermeiden alle den Blickkontakt mit mir, doch ich spüre die Blicke auf meinem Rücken, sobald ich an ihnen vorbeigehe. Keine Ahnung, was sie über mich und meinen Bruder reden.

Amir grübelt meistens allein vor sich hin. Ich lasse meinen Blick durch die Kantine schweifen, kann ihn aber nirgendwo entdecken. Ich frage mich, ob er vielleicht einfach die Schnauze voll hatte und schon nach Hause gegangen ist. Er fühlt sich hier ja eh fehl am Platz, auch schon vor den Anschuldigungen. Da muss der heutige Tag eine neue Hölle für ihn sein. Chloe war beliebt, obwohl sie natürlich nicht von allen geliebt wurde. Doch nichts schweißt die Leute so zusammen wie ein Bösewicht, den alle hassen.

Ich bin nur noch wenige Schritte von Treys Rücken entfernt. Ich schraube den Deckel meiner Cranberrysaftflasche ab.

Zeit für die Vorstellung meines Lebens, und das meines Bruders.

Ich stolpere mit Absicht über meine eigenen Füße und halte die Flasche nach vorne, sodass ein Teil der weinroten Flüssigkeit in Treys Richtung fliegt.

»What the fuck!«, ruft er aus, als sie seinen Rücken trifft und an seiner Schuluniformhose runterläuft.

Mein Herz rast, als er aufspringt und sich blitzartig umdreht. Ich habe inzwischen eine bedauernde Miene aufgesetzt.

»Oh mein Gott, tut mir echt leid, Mann!« sage ich und reiße entschuldigend die Hände hoch.

Seine Augen fixieren die Saftflasche, die ich immer noch in meiner rechten Hand halte. Alle, die mit ihm am Tisch sitzen, schauen mich neugierig an.

»Sag mal, spinnst du?«, blafft er mich an und betrachtet die Sauerei, die ich angerichtet habe. Er trägt einen flaschengrünen Pullover mit V-Ausschnitt, den unsere Schule anstelle des Blazers gestattet. Was perfekt ist, weil der Cranberrysaft auf ihm viel besser zur Geltung kommt als auf dem marineblauen Blazer. Vermutlich wird er also genau das tun, was ich von ihm erwarte.

»Sorry, sorry, sorry!«, sage ich voller Bedauern. »Hab nicht aufgepasst, bin gestolpert.«

»Mann, verpiss dich einfach!« Er schiebt mich zur Seite und stürmt auf einen der beiden Ausgänge zu. Bestimmt will er zu den Toilettenräumen, um seinen Pullover sauber zu machen – und lässt genau das zurück, weshalb ich hier bin.

»Ich bin so ein Tollpatsch«, sage ich zu den Leuten, die immer noch an Treys Tisch sitzen, lasse mich auf einen der Stühle fallen, bevor ich auf den Boden gleite und beginne, den Boden neben Treys Büchertasche zu wischen.

»Wenigstens hast du nicht auch noch seine Ex erstochen«, bemerkt Sonya Gilliott in spöttischem Ton.

Sie saß direkt neben Trey. Sonya ist schwarz und geht in die Zwölfte, genau wie Trey. Ihr Vater ist Lobbyist in der Öl- und Gasindustrie. Ich konnte sie noch nie ausstehen, schon lange vor dieser kleinen Provokation. Sie ist schon seit Ewigkeiten in Trey verknallt und hat ständig versucht, sich zwischen Chloe und ihn zu drängen. Vielleicht hat sie Chloe ermordet, um endlich ihren Willen zu bekommen.

Ich werfe ihr einen finsteren Blick zu, worauf sie und die anderen das Gespräch fortsetzen, das ich vorsätzlich unterbrochen hatte, und sich nicht mehr um mich kümmern.

Gut so.

Das macht es mir einfacher, meine Hand unbemerkt in die Vordertasche von Treys Büchertasche zu schieben und mir das zu schnappen, was ich haben wollte – seine Autoschlüssel.

Ich bin stolz darauf, jemand zu sein, der auf die kleinen Dinge achtet. So ist es mir nicht entgangen, dass Trey seine Schlüssel immer in die Vordertasche steckte, wenn er mich und Chloe zur Schule oder nach Hause mitgenommen hat.

Ich richte mich auf und lasse die Schlüssel so beiläufig wie möglich in meiner hinteren Hosentasche verschwinden.

»Hey, du hast nicht den ganzen Saft aufgewischt«, sagt jemand am Tisch, als ich losrenne.

Ich laufe weiter, ohne darauf zu achten, wer das gerade gesagt hat.

Schritt eins ist geschafft. Jetzt kommt Schritt zwei.

Ich stürze quasi aus der Schulkantine und komme ins Schwitzen, als ich den überdachten Gang zum Hauptgebäude entlanghaste. Ich sollte genug Zeit haben, die Mittagspause ist erst in zwanzig Minuten vorbei. Trey wird seine Schlüssel erst nach Unterrichtsschluss brauchen. Wenn ich sie ihm zurückgebe, werde ich lügen und sagen, ich hätte sie auf dem Flur gefunden.

Ich springe die Treppe rauf, immer zwei Stufen auf einmal, um zu Mr Fairweathers Klassenraum zu gelangen. Es ist wichtig, dass er dort allein zu Mittag isst, wie an den meisten Tagen. Mein ganzer Plan ist zum Teufel, wenn er es nicht tut.

Meine Schritte erzeugen im leeren Korridor ein donnerndes Echo. Vor Mr Fairweathers Klassenraum lege ich eine Vollbremsung hin. Durch das schmale Fenster in der Tür sehe ich ihn gebeugt an seinem Pult sitzen. Er stopft sich ein Sandwich in den Mund, während er in einem dicken Magazin liest, wahrscheinlich eine dieser wissenschaftlichen Zeitschriften, aus denen er so gern im Unterricht zitiert.

In der Glasscheibe kann ich mein entschlossenes Lächeln sehen. Das hier sollte der einfachste Part sein. Mr Fairweathers Augen leuchten stets auf, wenn jemand auch nur das geringste Interesse an etwas zeigt, das er mit uns im Chemieunterricht durchgenommen hat. Ich hätte nie gedacht, dass seine Lektionen darüber, wie Strafverfolgungsbehörden wissenschaftliche Erkenntnisse zur Aufklärung von Kriminalfällen nutzen, für mich so wichtig werden würden.

Ich klopfe an die Tür und hüpfe herum wie ein kleines Kind, das aufs Klo muss, während ich ihm dabei zuschaue, wie er gemächlich aufblickt und die Stirn runzelt, ehe er das Sandwich hinlegt und langsam zur Tür geht.

»Marcel, solltest du nicht beim Mittagessen sein?«, fragt er und schiebt seine dicke Brille die Nase rauf.

Ich dränge mich an ihm vorbei ins Klassenzimmer. »Könnten Sie mir einen großen Gefallen tun, Mr Fairweather? Ich wollte nicht bis zum morgigen Unterricht warten.«

»Okay.« Er schließt langsam die Tür. »Was beschäftigt dich denn so?«

»Kann ich mir Ihr Schwarzlicht ausleihen, und haben Sie noch etwas von dem Luminol, das Sie vor ein paar Wochen in Ihrer Stunde über Forensik benutzt haben?«

Er lässt seine Hände in den Taschen seines weißen Kittels verschwinden, den er aus irgendeinem Grund jeden Tag über seiner Alltagskleidung trägt – schließlich ist das hier eine Highschool und kein wissenschaftliches Chemielabor. »Ja, aber worum geht's denn?«

»Haben Sie nicht gesagt, dass man Schwarzlicht dazu benutzen kann, um geringe Spuren von Urin, Sperma und Blut sichtbar zu machen?«, frage ich, obwohl ich die Antwort schon kenne.

»Ja … das stimmt«, antwortet er zögerlich und sieht mich aufmerksam an.

»Bitte erzählen Sie niemandem davon«, bitte ich ihn, »mein Vater würde mich umbringen. Aber ich will ihm beweisen, wie dreist sich manche Kellner in einem seiner Restaurants verhalten. Sagen wir einfach, dass es im Lagerraum immer wieder zu sexuellem Kontakt zwischen seinen Angestellten kommt. Wenn ich ihm das beweisen kann, wird er bestimmt auch noch großzügiger mit der finanziellen Unterstützung meiner Ausbildung hier werden.«

Mr Fairweather sieht immer noch unschlüssig aus.

»Ich hab mich an Ihre Unterrichtsstunde erinnert und dachte, dass Sie mir vielleicht das tragbare Schwarzlicht und diese Sprühflüssigkeit ausleihen könnten, die fluoreszierende Moleküle in Körperflüssigkeiten sichtbar macht ... einem Bruder im Geiste helfen, bei seinem Vater zu punkten«, füge ich mit enthusiastischem Lächeln hinzu.

»Ich glaube, das ist wirklich das Letzte, woran deine Familie angesichts dieser Situation jetzt denken sollte, aber ich kann gut verstehen, dass du ein bisschen Ablenkung brauchst.« Er geht auf den Vorratsschrank zu. »Außerdem freue ich mich natürlich, dass du so gut aufgepasst hast und das Gelernte auch im richtigen Leben anwenden willst.«

Mein Inneres vibriert. Ich wusste, dass er anbeißen würde.

»Ich bin sogar geneigt, dir ein paar Extrapunkte zu geben, wenn du mich an deinen Ergebnissen teilhaben lässt«, ruft er mir zu, während er im Vorratsschrank kramt. »Vielleicht kannst du ein Video machen, wie du vorgehst. Und ein schriftlicher Bericht wäre auch nicht schlecht. Dann schau ich mal, ob ein paar Bonuspunkte für dich drin sind.«

Er kommt mir mit dem tragbaren Schwarzlicht in einer Hand und der Sprühflasche mit Luminol in der anderen Hand entgegen. »Deal?«

»Deal.«

Ich habe noch fünfzehn Minuten und renne zum Schülerparkplatz. Wir dürfen uns hier nur vor Unterrichtsbeginn und nach Unterrichtschluss aufhalten, also gehe ich in die Knie und schlängele mich zwischen den Autos hindurch, damit mich niemand sehen kann. Treys schwarzer Camaro ZL1 steht in der Mitte des Parkplatzes, drei Reihen vor meinem Tesla.

Mein Magen zieht sich zusammen, als ich mich seinem Wagen nähere.

Das darf alles nicht umsonst gewesen sein.

Amir sagte, dass Chloe sehr stark geblutet hätte, als er sie gefunden hat. Wenn das so war, dann ist mit großer Wahrscheinlichkeit etwas von ihrem Blut auf die Person gespritzt, die sie erstochen hat. Und wenn ich mit meiner Theorie recht habe, was den Täter betrifft, dann muss etwas von diesem Blut in sein Auto gelangt sein und sich vor allem auf dem Lenkrad befinden – es sei denn, er hat bei Chloe geduscht oder sich die Hände gewaschen, bevor er sich aus dem Haus geschlichen hat. Was höchst unwahrscheinlich ist, wenn man den Zeitrahmen bedenkt.

Ich drücke auf den Unlock-Button seines Schlüssels.

Selbst wenn er den Innenraum gereinigt hat, was wahrscheinlich ist, sollte das Schwarzlicht Flecken von Blut und Reinigungsmittel sichtbar machen – so hat es uns Mr Fairweather zumindest erklärt.

Ich öffne die Tür, knie mich hin, halte Schwarzlicht und Spray bereit.

Es muss funktionieren. Das könnte alles ändern.

In Treys Auto herrscht zwar kein Chaos, Fächer und Becherhalter allerdings sind mit Papier vollgestopft. Ein Paar Turnschuhe und eine Sporttasche liegen auf dem Rücksitz.

Zehn Minuten vor dem Ende der Mittagspause sprühe ich das Luminol auf den Fahrersitz. Hoffentlich wird die Sonne die nun feuchten Stellen bis zum Unterrichtsende getrocknet haben. Ich behandele auch das Lenkrad und die Fußmatte, falls er Blut unter den Schuhen gehabt haben sollte.

Nachdem ich die Sprühflasche auf dem Asphalt abgestellt habe, schalte ich das Schwarzlicht ein.

Unter den ultravioletten Strahlen bekommt das Blut einen

bläulichen Schimmer. Jedenfalls war das der Fall, als Mr Fairweather es uns im Unterricht demonstriert hat.

Mein Herzschlag verlangsamt sich, als ich das Schwarzlicht über den Fahrersitz gleiten lasse. Nichts. Nicht der kleinste Fleck. Meine Rippen drücken gegen meine Lunge, als auch am Lenkrad nichts zu sehen ist. Die Fußmatte ist eine noch größere Enttäuschung.

Neiiiiin!

Ich schalte das Schwarzlicht aus und lasse es frustriert auf den Fahrersitz fallen.

Die Idee einer CSI Truman Academy war vielleicht etwas verwegen. Dennoch war es ein logischer Plan.

Ich beuge mich in Treys Auto und halte verzweifelt nach irgendwas Ausschau, das mich nicht als Traumtänzer dastehen lässt. Ich knie mich auf den Fahrersitz und greife nach hinten, um mir seine Sporttasche näher anzusehen. Ab und zu spähe ich über die Schulter, um sicherzugehen, dass niemand kommt. Weiß der Himmel, was es für Konsequenzen haben wird, wenn ich hier erwischt werde. Ich will niemandem gegenüberstehen, solange ich keine Beweise habe, die Amir entlasten.

Alles, was ich finde, sind stinkende Sportklamotten, ein Springseil und Trainingshandschuhe. Keine blutigen Kleidungsstücke, mit denen er wahrscheinlich sowieso nicht herumfahren würde. Ich checke die Sohlen der Turnschuhe, falls er sie in jener Nacht getragen haben sollte, und sprühe sie ein. Das Schwarzlicht enthüllt nichts. Mein Blick flitzt hektisch durch den Innenraum des Autos: weniger als fünf Minuten bis zum Klingeln. Ich werde zu spät in die Klasse kommen. Und das für nichts und wieder nichts.

Als ich mich aus dem Wagen zurückziehe, fällt mein Blick auf ein gefaltetes Stück Papier, das in dem Becherhalter zwischen den beiden Vordersitzen steckt. Ein vertrauter Anblick.

Ich hab in dieser Stadt schon genug Strafzettel bekommen, um zu wissen, wie die aussehen.

Ich ziehe ihn heraus, falte ihn auseinander und mein Herzschlag nimmt wieder Fahrt auf. Es ist nichts Ungewöhnliches an diesem Ticket, wären da nicht das Datum und die Uhrzeit an der oberen Kante.

Ich richte mich abrupt auf, stoße mir den Kopf am Autodach und sehe mir den knittrigen Zettel genau an.

Trey Winslow hat um 01:45 Uhr illegal an der Washington Avenue geparkt. In der Nacht, in der Chloe ermordet wurde.

Zwei Dinge daran machen mich stutzig: Sein Auto stand über drei Kilometer von seinem Wohnort, aber nur drei Blocks von Chloe entfernt im Parkverbot, also genau in dem Zeitfenster, in dem sie der Polizei zufolge getötet wurde.

Trey war in der Nacht, in der Chloe ermordet wurde, in ihrer Nähe.

Das ist alles, woran ich im Politikkurs denken kann, zu dem ich zu spät kam, obwohl ich den ganzen Weg vom Schülerparkplatz aus gerannt bin. Hätte ich Blutspuren gefunden, hätte die Polizei neben Amir nun definitiv einen weiteren Tatverdächtigen. Aber dieser Strafzettel ist auch nützlich. Ich kann es kaum erwarten, wie Trey zu erklären versucht, was er mitten in der Nacht auf der Washington Avenue gemacht hat.

Und ich platze beinahe vor Ungeduld, während ich vor Mr Ackermans Klasse auf das Klingeln warte, um Trey sofort abzufangen, wenn er herauskommt. Ich weiß, dass er jetzt Englische Literatur hat, weil ich ihn ein paarmal mit Chloe zusammen abgeholt habe. Bei einer dieser Gelegenheiten habe ich herausgefunden, dass Amir im selben Kurs ist, und es war oft sehr peinlich, wie er mir vor allen Leuten die kalte Schulter gezeigt hat, besonders vor Trey und Chloe.

Es klingelt und der Flur füllt sich mit lärmenden Schülern der Abschlussklassen. Ich muss ein paar Sekunden warten, bevor Trey erscheint. Er quatscht mit Patrick Rawlings, einem seiner besten Freunde, und wirft sich seine Schultasche über die Schultern.

»Hey, Trey, sind das deine?«, rufe ich und wedele mit den Schlüsseln.

Sein Gesicht entspannt sich, als er sieht, was ich in der Hand habe. Er kommt mir entgegen.

»Hab sie in der Kantine gefunden«, sage ich und lasse sie in seine offene Hand fallen, die er mir entgegenstreckt. »Die müssen dir aus der Tasche gefallen sein.«

»Yeah, gut aufgepasst, Mann«, sagt er und wendet sich wieder Patrick zu.

»Sag mal, wo warst du eigentlich nach meiner Party?«, frage ich mit rasendem Herzen.

Er hält inne und wirft mir einen verwirrten Blick zu. Schwer zu sagen, ob der gespielt oder echt ist.

»Also in der Nacht, in der Chloe …«, fahre ich fort, ohne den Satz zu beenden.

Er legt seinen Kopf auf die Seite. »Was stellst du mir hier für Fragen, Bro? Ich war zu Hause und hab geschlafen.«

Erwischt!

»Wirklich?«, frage ich mit dramatischem Unterton und ziehe den Strafzettel aus meiner Tasche. »Wer hat dann dein Auto so um Viertel vor zwei in der Nacht illegal an der Washington Avenue geparkt?«

Seine Augen werden so groß wie noch nie.

»Was hast du um diese Zeit so nah an ihrem Haus gemacht?«, frage ich. »Und warum hast du mich gerade angelogen?«

»Hast du mir die Schlüssel etwa gestohlen?«, ruft er und reißt mir das Ticket aus der Hand. »Was ist los mit euch Trudeaus? Dein Bruder ist ein Mörder und du brichst jetzt Autos auf?«

Immer mehr Leute umringen uns.

»Und mach dir keine Mühe, das da loszuwerden«, füge ich hinzu und zeige auf das zerknüllte Ticket in seiner Hand. »Ich hab ein Foto gemacht – die Polizei kann natürlich jederzeit deine Telefonnummer rausfinden.«

Treys Gesicht verfinstert sich. »Ach, jetzt wird mir alles klar. Du versuchst, mir den Mord in die Schuhe zu schieben, damit dein Arschloch-Bruder nicht in den Knast muss.«

Von allen Seiten höre ich, wie die Leute beginnen, lautstark zu kommentieren.

»Ich hab euren Streit auf der Party mitgekriegt«, sage ich und weiche nicht zurück. »Sah echt heftig aus. Als wärst du immer noch sauer wegen eurer Trennung. Du warst in dieser Nacht in der Nähe ihres Hauses und du hast dich während der Erinnerungsfeier für sie in ihr Zimmer geschlichen, um nach wer weiß was zu suchen …«

Seine Augen verengen sich. »Woher weißt du … sag mal, spionierst du mir etwa nach?«

Ich grinse selbstgefällig und verschränke die Arme hinter dem Rücken.

»Hey, Bro, was geht ab?«, fragt Patrick, der neben uns aufgetaucht ist.

Treys Gesichtszüge entspannen sich. »Nichts, Bro, lass uns gehen.«

»Und geh ran, wenn jemand anruft!«, rufe ich ihm hinterher. »Die Polizei will bestimmt mit dir reden, nachdem ich …«

Ehe ich blinzeln kann, dreht sich Trey blitzartig zu mir um und knurrt: »Du verdammte Schwuchtel!« Er packt meinen

Blazer mit beiden Händen und reißt mich nach oben. »Was hast du mit mir vor?«

Eine Gestalt taucht links von uns auf. Dann höre ich: »Hey, reg dich ab und lass ihn los.«

Es ist Amir. Er klopft Trey sanft auf den Arm, aber Trey lässt nicht los. Er starrt mich an, als wolle er mich umbringen.

»Trey, komm schon. Lass los!«, redet Amir auf ihn ein.

Genauso schnell, wie er auf mich losgegangen ist, drückt er Amir jetzt seine rechte Hand ins Gesicht und schiebt ihn weg. »Fass mich nicht an!«

»Lass meinen Bruder los!«, schreit Amir und stößt Trey so hart vor die Brust, dass er meinen Blazer loslässt und nach hinten gegen die Schließfächer auf der anderen Seite des Flurs kracht.

Die Menge explodiert vor Aufregung.

Amir schaut mich an. »Alles okay?«

Ehe ich nicken kann, packt der Mathelehrer Mr Horace Amir am Kragen. »Trudeau, wir klären das in Mr Braswells Büro«, raunt er und zieht Amir mit sich fort.

Trey ist schon in der Menge verschwunden, während ich beobachte, wie Amir am anderen Ende des Flurs immer kleiner wird. Mir ist schwindelig, weil alles so schnell eskaliert ist. Ein warmes Gefühl breitet sich in meiner Brust aus. Während des Streits mit Trey ist etwas passiert, das es vorher noch nie gab. Ich bin nicht mehr »halb«.

Amir hat mich *Bruder* genannt.

12
Amir

Die Art, wie meine Mom ihre Lippen aufeinanderpresst, als Mr Braswell sie in sein Büro bittet, führt dazu, dass ich noch tiefer in meinen Stuhl hineinsinke. Ich sitze hier schon seit mindestens einer Stunde und starre auf den sorgfältig aufgeräumten Schreibtisch. Mr Braswell hat mich angewiesen, hier auf ihn zu warten, nachdem ich von Mr Horace zu ihm gebracht wurde. Auf dem Flur hat er sich von ihm erzählen lassen, was zwischen Trey und mir vorgefallen ist. Mir war nicht klar, dass ich hier auch auf die Ankunft meiner Mutter warten soll.

Sie reibt sich mit den Fingerspitzen ihre Stirn, nachdem sie sich auf den leeren Stuhl neben mir hat sinken lassen.

Ich weiß, was sie denkt: *Nicht schon wieder!* Erst die Mordanklage und jetzt fange ich auch noch an, mich in der Schule zu prügeln. Sie mustert mich, offenbar auf der Suche nach Verständnis für mein Verhalten. Ich kann nur auf meine Füße starren. Dass er sie hierherzitiert hat, ist nicht gut.

Kann dieser Tag noch schlimmer werden?

Den ganzen Tag habe ich böse Blicke bekommen, sogar von manchen Lehrern. Ich habe keine Ahnung, wer *MÖRDER!* quer über mein Pult geschmiert hat.

Mein Lehrer hat behauptet, nichts gesehen zu haben, und hatte auch kein Interesse daran herauszufinden, wer es gewesen war. Er gab mir nur ein paar Papiertücher in die Hand, um es wegzuwischen, ehe er mit dem Unterricht anfing. Die bohrenden Blicke und spitzen Bemerkungen hielten den ganzen Tag an. Ich ließ das Mittagessen aus und holte mir ein paar Chips aus dem Automaten, um die Kantine zu meiden. Habe allein auf der Fußballtribüne der Sportanlage gegessen. Vielleicht war dieses ganze Außenseitergerede bisher gar nicht wirklich wahr, jetzt ist es anders. Jetzt will mich wirklich niemand mehr hierhaben. Und ich wünschte, das alles würde mich nicht so sehr interessieren.

»Amir!«

Ich zucke zusammen. Mom starrt mich mit gespitzten Lippen an. »Willst du dem Mann nicht antworten?«, fragt sie und nickt in Mr Braswells Richtung.

Seine gefalteten Hände liegen ruhig auf dem Schreibtisch. Mr Braswell trägt jeden Tag einen dreiteiligen Anzug. Sein Bart und seine Haare sind immer perfekt getrimmt. Auf dem Sideboard hinter seinem Schreibtisch steht ein Foto, das ihn und seinen schwarzen Ehemann auf einer Jacht zeigt, umgeben von fast unnatürlich blauem Wasser. Sein Mann sieht mindestens fünfzehn Jahre älter aus als er. Ich hatte noch nie das Gefühl, dass dieser Typ mich mag. Auch nicht vor meiner Verhaftung.

»Sorry, ich habe Sie nicht verstanden«, sage ich.

»Setz dich gerade hin«, kommandiert meine Mutter und tippt auf die Armlehne meines Stuhls. »Und achte auf deinen Tonfall«, fügt sie hinzu, als ich den Rücken durchstrecke.

Was bedeutet: *Drück dich ordentlich aus, wenn du mit diesem Weißen Mann sprichst. Sprich so, als würdest du hierhergehören.* An meiner alten Schule musste ich nie über meine Ausdrucksweise nachdenken.

»Ich habe dich gefragt, ob du deiner Mutter erzählen willst, warum du Trey Winslow heute Nachmittag tätlich angegriffen hast«, sagt Mr Braswell.

Ich beuge mich vor. »Ich hab ihn nicht angegriffen. Der Typ hat …«

»*Ton!*«, unterbricht mich Mom.

Ich schließe die Augen und hole tief Luft. »Trey hat Marcel tätlich angegriffen. Ich hab versucht, den Streit zu schlichten. Dann hat mir Trey ins Gesicht geschlagen und ich hab mich verteidigt.«

»Mein Sohn ist nicht aggressiv, Mr Braswell«, erklärt meine Mutter.

Mr Braswell sieht mich mit unbewegter Miene an. Wenn man bedenkt, was jeder von mir hält, trifft diese Bemerkung meiner Mom wohl nicht gerade auf fruchtbaren Boden.

»Trey hat gesagt, du und dein Bruder hättet ihn im Flur zur Rede gestellt und beschuldigt, Chloe Danvers getötet zu haben«, sagt Mr Braswell.

»Was? Das habe ich nicht getan. Er lügt!«, protestiere ich.

Jedenfalls was mich angeht. Das ist alles Marcel gewesen. Wahrscheinlich dieselbe Theorie, die er schon heute Morgen an meinem Spind von sich gegeben hat.

»Patrick Rawling und ein paar andere Schüler, die dabei waren, haben Treys Aussage bestätigt«, erklärt Mr Braswell.

Komisch. *Das* können sie bestätigen, aber nicht, dass Trey auf Marcel losgegangen ist.

Dass ich mich zwischen Marcel und Trey gestellt habe, war ein Reflex von mir. Seit frühester Kindheit habe ich auf meinen Halbbruder aufgepasst, obwohl ich nie das Gefühl hatte, dass er meinen Schutz verdient. Als ich noch meinen Vater besuchte, hat Nana gedroht, mich mit einer Rute zu schlagen, wenn ich Marcel nicht beschütze. »Du bist der große Bruder, und das ist dein Job, hast du mich verstanden?«, sagte sie. Schwarze Jungs dürfen nicht sensibel, gepflegt und leise sein … sie müssen *anders* sein. Wenn wir uns den toxischen Männlichkeitsidealen, die von klein auf in unsere Köpfe gepflanzt werden, nicht unterwerfen, werden wir gemobbt. Und egal wie sehr ich ihn abgelehnt habe, so wollte ich trotzdem nicht, dass er verspottet und verprügelt wurde wie andere Jungs. Wenn ihm jemand das Leben schwer machen durfte, dann war ich das selbst. Nicht, weil ich das Gefühl hatte, dass er schwul war – das war mir scheißegal. Bei mir ging es viel tiefer.

»Ms Trudeau, ich möchte das hier nicht unnötig in die Länge ziehen«, sagt Mr Braswell und wendet sich an meine Mom. »Im Lichte der jüngsten Ereignisse wird es vermutlich das Beste sein, wenn Amir eine Zeit lang zu Hause bleibt und auf ein virtuelles Lernmodell umsteigt, bis sich alles ein bisschen beruhigt hat.«

»Beruhigt?«, wiederholt Mom. »Was soll das heißen?«

Das soll heißen, dass er mich nicht mehr auf dem Campus haben will. Zumindest solange ich unter Mordverdacht stehe. Was sich so schnell nicht ändern wird.

»Die Stimmung hier ist gerade sehr angespannt … Chloe wurde von allen geliebt«, erklärt Mr Braswell, ohne auf die Frage meiner Mutter einzugehen. »Die Schüler sind voller Wut.«

»Sie sollten auch wütend sein, aber nicht auf meinen Sohn«, entgegnet meine Mom. »Er ist unschuldig. Bedeutet *Im Zweifel für den Angeklagten* hier denn gar nichts?«

Mr Braswell legt sanft seine Handflächen auf den Schreibtisch. »Ich werde dafür sorgen, dass Amir seinen Unterrichtsstoff bekommt und nicht zurückfällt.«

»Aber das möchte ich nicht. Er muss weiter zur Schule gehen«, erwidert Mom.

»Das ist keine Frage der Wahl«, unterstreicht Mr Braswell, »der Schulvorstand unterstützt meine Entscheidung. Er vertritt die Ansicht, dass sich die Aufregung um Chloes Tod legen wird, wenn Amir für eine Weile zu Hause bleibt.«

Meine Mutter hält den Kopf schief. »Und wie lange soll das sein?«

Der Blick von Mr Braswell sagt: *Bis er nicht mehr angeklagt wird, eine Mitschülerin ermordet zu haben.*

Die Tür zu seinem Büro schwingt auf. Mein Dad stürmt herein, vollkommen außer sich. Ich kann nicht glauben, dass Braswell auch ihn verständigt hat.

»Was ist hier los?«, fragt er Mr Braswell, der etwas überrumpelt aussieht. Mein Dad schaut zu mir rüber. »Was hast du angestellt, Amir?«

Und da sind sie wieder: seine Enttäuschung, seine Vorwürfe. Wieder einmal wird er aus der Bequemlichkeit seines Daseins gerissen, weil sein Sohn ihm Scherereien macht.

Mom steht auf. »Sie wollen unseren Sohn nicht mehr an der Schule haben. Der stört hier nur, sagen sie.«

»Wer ist *sie?*«, fragt mein Vater bissig.

»Er und sein Schulvorstand«, antwortet Mom und schaut Mr Braswell von oben herab an.

Mein Dad tritt an den Schreibtisch und richtet seinen Zeigefinger auf Mr Braswell. »Ich habe dieser Schule eine Menge Geld gezahlt, damit Amir hier aufgenommen wird. Und ich lasse es nicht zu, dass Sie ihn so behandeln.«

»Sie können das gern mit dem Schulvorstand besprechen, Mr Trudeau, doch wie ich bereits Ihrer Ex-Frau erklärt habe, steht der Vorstand hinter meiner Entscheidung«, entgegnet Mr Braswell. »Wir werden Amir mit dem nötigen Unterrichtsmaterial versorgen. Das wird es Amir ermöglichen, sich auf andere Dinge zu konzentrieren, beispielsweise auf die juristischen Probleme, mit denen er gerade konfrontiert wird.«

Bei seinem herablassenden Ton dreht sich mir der Magen um. Erst werde ich des Mordes bezichtigt und jetzt auch noch der Schule verwiesen. Womit habe ich das verdient?

Als wir aus dem Büro stürmen, wird mir klar, wer meinen Vater verständigt hat. Marcel wartet vor dem Sekretariat.

»Was ist passiert?«, fragt er.

Mom und ich drängen uns an ihm vorbei. Keiner von uns sagt ein Wort.

Nana würde sich im Grab umdrehen, wenn sie das wüsste, aber in diesem Moment bedauere ich es, dass Trey ihm nicht den Arsch versohlt hat.

13
Marcel

Dass Mr Braswell Amir im Prinzip vom Unterricht ausgeschlossen hat, ist extrem ungerecht. Trey war der Aggressor. Er ist ausgeflippt, weil ihm die Fragen nicht gefielen, die ich ihm gestellt habe. Doch er hat keine Konsequenzen zu spüren bekommen. Als ich es Mr Braswell zu erklären versuchte, nachdem Amir und Monica sein Büro verlassen hatten, hat er mir gesagt, ich soll jetzt »Ruhe geben«, sonst würde ich die gleiche Strafe erhalten wie Amir, denn ich hätte die Situation zwischen Trey und meinem Bruder »unnötig angeheizt«.

Amir ist vielleicht derselben Meinung. Ich weiß, dass er schon einen Weg finden wird, um mir die Schuld für das, was passiert ist, in die Schuhe zu schieben. Dabei wird er hundertprozentig die Bedeutung dessen, was ich herausgefunden habe, ignorieren. Dabei könnte es wirklich dazu beitragen, seine Unschuld zu beweisen und zu verhindern, dass er in zehn Tagen angeklagt wird. Sollte die Staatsanwaltschaft den Fall vor das Große Geschworenengericht bringen, wie Mr Dillard voraussagt.

An der Washington Avenue steige ich aus dem Wagen. Ungefähr einen Block vom bekannten Commander's Palace Restaurant entfernt. Dort, wo die Washington auf die Coliseum Street trifft, habe ich einen Parkplatz gefunden. Während ich den Blazer meiner Schuluniform ausziehe, blicke ich zu beiden Seiten die Straße runter. Diese ist vor allem von Wohnhäusern gesäumt. Die ausladenden Äste der Bäume überdachen die Gebäude und an den Kreuzungen befinden sich ein paar Geschäfte. Der Lafayette Friedhof nimmt den Block zwischen Coliseum und Prytania ein. Ich kann mir keinen anderen Grund vorstellen, warum Trey hier mitten in der Nacht geparkt hat, als dass er sich unbemerkt zu Chloes Haus schleichen wollte. Die Geschäfte sind zu dieser Zeit alle geschlossen.

Er hat nur wenige Blocks von ihrem Haus entfernt geparkt, weil er es auf sie abgesehen hatte. Warum genau, kann ich später noch herausfinden. Fürs Erste bin ich auf der Suche nach weiteren Beweisen, dass er hier war. Ich ziehe mein Handy aus der Tasche und vergewissere mich, dass mein Akku noch voll genug ist. Ich brauche mindestens zwei Stunden, um das zu tun, weshalb ich hergekommen bin.

Die Türkamera eines Nachbarn belastet Amir. Ich hoffe, dass es noch anderes Videomaterial gibt, das Trey zeigen könnte. Er hat offenbar nicht denselben Weg wie Amir genommen, sonst wäre er von derselben Kamera gefilmt worden. Doch wenn er drei Blocks von Chloes Haus entfernt geparkt und einen anderen Weg zu ihr genommen hat, wurde er vielleicht von den Türkameras anderer Häuser aufgenommen.

Anstatt meine Hausaufgaben zu machen, habe ich mir ein Areal von drei Blocks um Chloes Haus herum vorgenommen, das ich zu Fuß abgehen werde. Ich werde die Adressen aller Häuser notieren, die über ähnliche Kamerasysteme verfügen, sowie alle Geschäfte mit Überwachungskameras. Diese Liste werde ich anschließend Mr Dillard geben, der bestimmt einen Gerichtsbeschluss erwirken kann, um sämtliches Filmmaterial von dieser Nacht zu überprüfen. Wenn nötig, werde ich dabei helfen, das gesamte Material daraufhin zu untersuchen, dass Trey nicht nur gekommen und gegangen ist, sondern sich – Daumen drücken! – auch das Messer vom Hals geschafft hat.

Gott, wenn es dich gibt, dann lass es so geschehen, amen, sage ich im Stillen, als ich in die Magazine Street in Richtung Second Street abbiege, wo Chloe gewohnt hat.

Ich brauche ungefähr eine Dreiviertelstunde, um beide Seiten der Magazine Street entlangzugehen sowie ein paar Blocks der Fourth und Third Street, falls er sicherheitshalber diesen Umweg genommen haben sollte, um zu Chloe zu gelangen.

Ich habe mehr als ein Dutzend Adressen mit Türklingelkameras, die vom Bürgersteig aus zu erkennen waren, in meinen Notizen gespeichert. Ich überspringe Chloes Straße und nehme die First Street, um tiefer in den Garden District zu gelangen, bevor ich nach links in die Coliseum Street abbiege, die mich zurück zur Washington Avenue führt. Ich biege nach links in die Washington ein, vorbei am Restaurant Commander's Palace. Ich nähere mich der Chestnut Street, als ich etwas sehe, das mich abrupt innehalten lässt.

Es ist das Belmont. Ein schickes Herrenhaus im Renaissancestil, das zu einem Boutique-Hotel umgebaut wurde. Etwas an dem Emblem in der Mitte der Markise über dem Eingang interessiert mich. Irgendwo habe ich es in letzter Zeit schon mal gesehen.

Und dann fällt es mir plötzlich ein.

Das Emblem befand sich auf dem Zettel, der in Chloes Zimmer unter meinem Schuh klebte. Eine Nummer war in ihrer Handschrift daraufgekritzelt. Welche war es noch mal?

Ach stimmt. 2709.

Jetzt kann ich nicht anders als mich zu fragen, was sie zu bedeuten hat. Diese Frage zieht mich quer über die Straße. Als ich dem Hotel näher komme, erkenne ich durch die Panoramafenster im Erdgeschoss, dass sich rechts vom Eingang mit den Flügeltüren eine Bar und ein Restaurant befinden. Ich muss um einen BMW herumgehen, der am Bordstein steht und vermutlich auf den Parkservice und den Portier wartet.

Ich stehe am Straßenrand und starre das Gebäude an. Interpretiere ich zu viel in diesen Zettel hinein? Ist es wirklich so seltsam, dass sie eine Nummer auf einem Zettel notiert, der offenbar aus einem Notizbuch dieses Hotels herausgerissen wurde? Ich schüttele den Kopf und komme mir ein bisschen albern vor.

Deshalb bin ich nicht hierhergekommen. Vielleicht hat sie diese Nummer schon vor langer Zeit notiert. Ich will beweisen, dass Trey Chloe getötet hat. Nur darum geht's.

»Wie sieht's aus, mein Hübscher? Stalkst du mich etwa?«

Ich drehe mich um und sehe, wie mir Amirs Freund Quincy entgegenkommt. Er trägt eine schwarze Hose und ein weißes T-Shirt und hat sich etwas über die Schulter geworfen, das wie ein rotes Poloshirt aussieht. Sein strahlendes Lächeln lässt seine dunklen Augen aufleuchten.

»Sieht mir eher so aus, als würdest du *mich* stalken«, erwidere ich mit verschmitztem Grinsen. »Was machst du denn in *dieser* Gegend?«

»Ach, meinst du etwa, dass ich mir diese Gegend nicht leisten könnte?«

»Nein, nein«, wehre ich ab. »So war das nicht gemeint.«

Er krümmt sich vor Lachen. »Chill, Bro, war nur Spaß.«

Er fährt mit seiner Zunge über seine Lippen. Ich spüre, wie ich rot werde, und versuche, es zu verbergen, indem ich mir meine Faust vor den Mund halte.

Beiß dir auf die Zunge, Marcel. Er ist Amirs bester Freund.

»Ich arbeite hier«, sagt er und deutet mit dem Kopf auf das Hotel.

In diesem Moment wird mir klar, dass das rote Poloshirt

über seiner Schulter das Gleiche ist, das auch der Hotelpage am Eingang trägt.

»Du arbeitest *und* gehst zur Schule?«

»Wir können ja nicht alle in großen Villen wohnen, auf Privatschulen gehen und nagelneue Teslas zum Geburtstag bekommen. Aber es ist schön zu wissen, dass einige von uns auf der Gewinnerseite sind, so wie deine Familie.«

Was wir derzeit durchmachen, sieht mir nicht gerade nach Gewinnerseite aus, aber vielleicht betrachtet er die ganze Sache ja eher als Amirs Problem. Deshalb zucke ich nur schweigend die Schultern.

»Ich arbeite hier manchmal nach der Schule«, fährt er fort, »um meiner Mutter zu helfen, dass sie über die Runden kommt. Dann braucht sie sich keine Gedanken um mich zu machen, sondern kann sich ganz darauf konzentrieren, meinen kleinen Bruder und meine kleine Schwester zu versorgen.«

Er ist ein echter Familienmensch und arbeitet hart. Außerdem sehen seine schlanken muskulösen Arme in seinem T-Shirt ziemlich gut aus. Mittig darunter stelle ich mir ein kompaktes Sixpack vor.

»Bist du verabredet?«, fragt er und zeigt auf das Belmont.

»Ne, ich war gerade in der Gegend, um … um Amir zu helfen«, entscheide ich mich für die Wahrheit.

Quincys Gesicht wird plötzlich ernst.

»Wie geht es ihm?«, fragt Quincy. »Als er auf Kaution freigekommen ist, haben wir ihm eine Nachricht auf seinem Handy hinterlassen, um ihn wissen zu lassen, dass die Polizei auch mit uns gesprochen hat.«

»Was wollte die von euch wissen?«

»Die wollten prüfen, ob die Sache vielleicht ein abgekartetes Spiel war«, antwortet Quincy. »Ob Amir uns ins Haus gelassen hat, damit wir es ausrauben, bevor das passiert ist, was passiert ist. Als sie kapiert haben, dass unsere Alibis in Ordnung sind, hatten sie kein Interesse mehr an uns. Hat sie nicht mal interessiert, als wir ihnen gesagt haben, dass Amir nicht der Typ ist, der jemand umbringt.«

»War bei mir genauso, als ich mit ihnen gesprochen habe«, werfe ich ein.

»Er hat auf keine unserer Nachrichten oder Anrufe reagiert«, sagt Quincy. »Am Samstag bin ich bei ihm vorbeigefahren, aber er hat nicht aufgemacht, obwohl ich wusste, dass er Hausarrest hat.«

»Vielleicht hat er gerade geschlafen«, biete ich als Entschuldigung an.

»Das würde er wahrscheinlich auch sagen, aber ich kenne ihn besser«, sagt Quincy achselzuckend. »So macht er das immer. Wenn irgendein Mist passiert, taucht er ab und lässt sich nicht blicken. Das hat er gemacht, als eure Großmutter krank wurde und gestorben ist oder als er nicht mehr mit uns aufs Egan ging, sondern mit dir aufs Truman. Erst kapselt er sich ab und dann taucht er plötzlich wieder auf, als wäre nichts gewesen.«

Dabei hat Amir sie als seine Familie bezeichnet. Eigentlich sollte es mir ein besseres Gefühl geben, dass er seine Freunde genauso mies behandelt wie mich, aber das tut es nicht.

»Ich bin hier, um zu beweisen, dass er unschuldig ist«, sage ich und reibe mir den Nacken.

»Wie das?«

Ich erzähle Quincy von der Gedenkfeier mit den Luftballons, die für Chloe veranstaltet wurde, wie ich Trey in ihrem Zimmer beobachtet und den Strafzettel in seinem Auto gefunden habe und von unserer heutigen Auseinandersetzung in der Schule.

»Ich wusste doch gleich, warum ich diesen Carlton-Banks-Verschnitt nicht ausstehen kann«, sagt er, als ich fertig bin.

»Ich bin hier, weil ich in ihrem Zimmer einen Zettel mit dem Logo des Hotels gefunden habe und …« Ich verlagere mein Gewicht von einem auf das andere Bein. »Sag mal, hat die Zahl 2709 hier irgendeine Bedeutung? Die hat Chloe nämlich auf dem Zettel notiert.«

Quincy runzelt die Stirn. »Vielleicht eine Zimmernummer. Die sind hier alle vierstellig.«

Warum in aller Welt sollte sie eine Zimmernummer notieren?

»Könntest du mir einen Gefallen tun?«, frage ich Quincy.

Es schadet nicht, wenn er ein bisschen Detektivarbeit für mich leistet, während ich mich weiter auf Trey konzentriere, der in der Mordnacht zufällig an derselben Straße geparkt hat, an der sich dieses Hotel befindet.

»Was immer du willst«, entgegnet er und fährt erneut bedeutungsvoll mit der Zunge über seine vollen Lippen.

Du darfst nicht mit ihm rummachen. Du darfst nicht mit ihm rummachen. Du. Darfst. Nicht. Mit. Ihm. Rummachen.

»Könnest du dich vielleicht ein bisschen umsehen und schauen, ob diese Zimmernummer in irgendeiner Verbindung zu ihr steht … also zu Chloe? Einfach mal nachsehen, ob jemand in der Mordnacht in diesem Zimmer übernachtet hat?«

Er nickt. »Alles, was meinem Freund Amir irgendwie helfen kann. Was meinst du, was passiert ist?«

»Ich hab echt keine Ahnung«, sage ich mehr zu mir selbst als zu ihm.

»Hey, komm schon, Mann«, ruft der Page vor dem Hotel, »oder soll ich hier ewig warten?«

»Geh mal lieber, ehe du gefeuert wirst«, sage ich.

»Hör zu. Wie kann ich dich erreichen, wenn ich was rausfinde?«, fragt er. »Da du auf meine Textnachrichten ja nicht reagierst …«

Ich schaue auf mein Handy und gebe die PIN ein. »Du hast mir Nachrichten geschrieben?«

Er nickt.

Seit Amirs Verhaftung bin ich kaum noch auf Social Media. Nach ein paar Kommentaren von Leuten, die meinten, er hätte den elektrischen Stuhl verdient, hatte ich vorerst genug.

»Pass auf.« Quincy reißt mir das Handy aus der Hand und fängt an zu tippen. »Hier ist meine Nummer. Ich hab mich gerade angerufen, damit ich auch deine habe.«

Er gibt mir mein Telefon wieder, als es in seiner Hosentasche zu brummen beginnt. Nachdem er meine Nummer gespeichert hat, sagt er: »Jetzt wird es dir nicht mehr so leichtfallen, mich zu ignorieren, mein Hübscher.«

Ich spüre, wie mir schon wieder die Röte ins Gesicht schießt.

»Ich geh dann mal wieder.« Ich setze mich in Bewegung.

»Aber sag mir Bescheid, wenn du irgendwas rausfindest, ja?«

»Auf jeden Fall.«

Selbst als ich einen Block weiter bin, spüre ich immer noch seinen Blick. Ich schaue über meine Schulter. Quincy steht immer noch am selben Platz auf dem Bürgersteig und sieht mir nach, während ich die Washington Avenue hinunterschlendere.

Jesus, ich brauche eine kalte Dusche.

14
Amir

Ich habe mit dem Fahrrad gerade meine verlassene Kirche erreicht, als mein Handy in der Tasche vibriert. Ich lehne erst mein Fahrrad gegen das baufällige Gebäude, wie ich es immer mache, bevor ich es herausziehe. Eine Nachricht von Marcel.

Muss dich was Wichtiges fragen. Bin in der Nähe.
Kann ich vorbeikommen?

Ich stöhne unwillig auf, schicke ihm aber trotzdem meinen Standort. Ich muss mir ein paar Sachen von der Seele reden. Ich checke die Zeit, bevor ich mein Handy wieder in die Tasche stecke. In anderthalb Stunden beginnt meine Ausgangssperre. Mom sollte bis dahin zur Arbeit gefahren sein. Ich muss einfach ein bisschen raus. Ihre Gegenwart schnürt mir die Luft ab. Ihre Enttäuschung erfüllt das Haus stärker als der Duft des Shrimps-Gumbos, das ich letzten Mittwoch gekocht habe.

Ich quetsche mich durch die Türen, die von der Kette mit dem Vorhängeschloss zusammengehalten werden. Es ist das erste Mal, seit ich mit Chloe hier war. Während ich die Wendeltreppe zum Zwischengeschoss hinaufsteige, frage ich mich, was denn so wichtig sein kann, dass Marcel mich sofort sehen will. Als ich die oberste Stufe erreiche, bleibe ich abrupt stehen.

Jemand kniet an der Aussparung der Balustrade, wo ich meistens sitze, und tastet den Boden ab. Ich weiß nicht, wer es ist. Alles, was ich sehe, ist ein schwarzer Hoodie mit dem aufwendig gestickten Gesicht eines Cartoon-Bären auf dem Rücken. Schemenhaft kann ich erkennen, dass es sich um einen Weißen handelt.

»Hey, was machst du hier?«, frage ich. Der Typ zuckt zusammen und springt auf. Sein Kopf fährt herum, allerdings nicht weit genug, als dass ich sein Gesicht erkennen könnte.

»Fuck!«, ruft er, ehe er in die Hocke geht und durch die Lücke im Geländer springt.

Ich schnappe nach Luft. »Nein!«, rufe ich, als ich sehe, wie er dem Erdgeschoss entgegenstürzt.

Dass es ein Typ ist, erkenne ich an seinen Sneakern und seiner tiefen Stimme. Als er auf dem Boden aufkommt, höre ich ein lautes Krachen. Keine Ahnung, wo er da reingesprungen ist.

Ich spähe nach unten und sehe, dass er sich mühsam aufrappelt. Da die Kapuze an ihrem Platz geblieben ist, kann ich sein Gesicht immer noch nicht erkennen. Ich bin geschockt, als ich sehe, dass er in Richtung der aneinandergeketteten Türen humpelt. Wieso hat er sich nicht die Beine gebrochen?

»Bleib stehen, Mann!«, rufe ich und haste der Treppe entgegen. Ich muss wissen, wer das ist und was er hier will.

Auf den Stufen gerate ich ins Stolpern und muss mich an der Wand abstützen, um nicht hinzufallen. Als ich schließlich unten ankomme, hat es der Typ schon geschafft, sich durch den Spalt zwischen den Türen zu quetschen. Ich verdrehe meinen Körper und winde mich ebenfalls so schnell wie möglich hindurch, bevor ich auf der ruhigen Straße stehe. Mein Instinkt sagt mir, dass ich nach rechts gehen sollte, aber in dieser Richtung ist nicht die geringste Bewegung zu erkennen. Ich drehe mich um – wenn nicht nach rechts, dann muss er nach links gegangen sein –, aber auch auf dieser Seite der Straße ist alles ruhig. Der Typ hat sich in Luft aufgelöst wie ein Geist.

Hinter mir höre ich, wie eine Tür geöffnet wird, und sehe im nächsten Moment Marcel aus seinem Wagen steigen. Er schaut sich um, ehe er mich vor der Kirche stehen sieht und auf mich zukommt. Er trägt immer noch seine Schuluniform, allerdings ohne den Blazer. Ich habe meine ausgezogen, als ich heute nach Hause kam, weil mich das Gefühl beschlich, dass ich sie vielleicht nie wieder anziehen werde.

»Ey, Bro, hast du den Typ gesehen, der gerade weggerannt ist?«, frage ich und zeige auf die verfallene Kirche hinter mir. »Ein Weißer mit 'nem Cartoon-Bären auf dem Rücken. Schwarzer Hoodie. Er ist gehumpelt.«

Marcel fährt sich stirnrunzelnd durch seine schwarzen Locken. »Äh, nein, hab aber auch nicht drauf geachtet. Was ist das hier?«

»Mein Lieblingsspot«, antworte ich, schaue an ihm vorbei und spähe mir verwirrt über die Schulter, um sicherzugehen, ihn nicht doch irgendwo zu erblicken, wer auch immer das war.

Wie konnte der so schnell verschwinden?

Heute war das erste Mal, dass hier überhaupt jemand außer mir aufgetaucht ist. Warum hat er sich bloß so schnell aus dem Staub gemacht? Wenn er diesen Ort genauso zufällig entdeckt hätte wie ich, dann wäre er doch geblieben und hätte mir ein paar Fragen gestellt.

»Hast du Chloe hierhergebracht?«, fragt Marcel und schaut die verfallene Kirche genauso skeptisch an wie sie in jener Nacht.

»Yes.«

Das Rätsel meines unerwarteten Gastes verblasst allmählich und weicht meiner Verärgerung über Marcel.

»Sag mal, hat sie zu dir irgendwas über das Belmont gesagt?«, fragt er mit ernstem Gesicht.

Ich schüttele den Kopf.

»Okay, nicht so wichtig.« Er steckt die Hände in die Taschen. »Alles okay mit dir? Äh, ich weiß schon, natürlich nicht, nach der Sache in der Schule. Darüber wollte ich auch mit dir reden. Tut mir echt leid, dass ...«

»Stopp!«, schneide ich ihm das Wort ab. »Ich muss mir erst mal was von der Seele reden. Hast du Trey beschuldigt, sie getötet zu haben? Ist er deshalb auf dich losgegangen?«

Marcel reißt die Hände aus den Taschen und wirft sie übertrieben in die Luft. »Er war in Chloes Nähe, als sie getötet wurde ...« Seine Stimme wird immer lauter. »Ich hab ihm die Autoschlüssel geklaut und wollte was versuchen, was leider nicht geklappt hat. Dafür hab ich einen Strafzettel bei ihm gefunden, und den hat er ganz in ihrer Nähe gekriegt, ungefähr zum Zeitpunkt, als sie ermordet wurde.«

»Nur, damit ich's richtig verstehe«, entgegne ich. »Du klaust dem Typ die Schlüssel und schnüffelst in seinem Wagen rum, aber ich bin es, der in der Scheiße sitzt?«

Er lässt die Schultern sinken. »Tut mir so leid.«

»Alter, lass es einfach sein!«

»Was?«, fragt er mit gerunzelter Stirn. »Beweise zu suchen, damit du nicht angeklagt wirst?«

Jetzt brennt irgendeine Sicherung bei mir durch.

»Warum muss ich immer meinen Kopf hinhalten, wenn du irgendeinen Scheiß baust?«, fauche ich.

Er atmet tief und schwerfällig durch, während er die Augen schließt. Er weiß natürlich, dass ich auch vom Hund seiner Mutter rede.

»Du machst alles nur noch schlimmer«, schimpfe ich. »Das

ist alles, was du kannst. Mein Leben durcheinanderbringen, während du selbst nach Rosen duftest.«

»Meine Freunde reden nicht mehr mit mir. Also wenn du das ›nach Rosen duften‹ nennst.«

»Ach, du Armer!«, entgegne ich spöttisch. »Bist du jetzt sauer, weil deine oberflächlichen Freunde nichts mehr von dir wissen wollen? Ich hab's mit dem echten Leben zu tun, mit meinem fucking Leben, das so gut wie vorbei ist.«

»Nur, wenn du aufgibst, aber *ich* werde nicht aufgeben. Wenn wir …«

»Es gibt kein Wir!«, schreie ich. »Gab es noch nie. Es gibt nur mich. Und ein Nigga wie ich kommt nicht mehr aus der Scheiße raus, wenn er erst mal drinsteckt!«

»Natürlich nicht, wenn du einfach alles über dich ergehen lässt«, gibt er zurück.

Ich schnalze wütend mit der Zunge. »Du wirst nie kapieren, wo ich herkomme. Du bist nicht schwarz, wie ich es bin.«

Er zuckt zusammen. »Was soll das denn heißen?«

Meine Frustration über ihn und sein ganzes Wesen wird zu einer glühenden Aversion, die mir im Nacken brennt und hinter meine Ohren kriecht.

»Du bist privilegiert, Marcel!«, rufe ich. »Du lebst in deiner Spießerblase, musst dir über Schwarz und Weiß keine Gedanken machen und brauchst nur an dich zu denken. Du hast Geld, du bist angesehen, alle akzeptieren dich.«

»Wer ist *alle*?«

»Die Weißen! Deine Freunde! Sie leben in ihrer eigenen Welt und sehen dich ganz anders als mich«, sage ich, während ich mir meinen Finger fast schon schmerzhaft in die Brust bohre.

»Was willst du damit sagen? Dass ich nicht schwarz genug bin, nur weil ich privilegiert bin? Warum muss Schwarzsein immer mit Leid und Ärger verbunden sein?«

»Weil es für die meisten Realität ist.«

Er schnaubt.

»Woran denkst du als Erstes, wenn die Bullen dich anhalten?«, hake ich nach.

»Dass ich hoffentlich keinen Strafzettel kriege.«

»Ich denke, dass ich hoffentlich nicht sterben werde«, sage ich mit zusammengebissenen Zähnen. »Das ist genau das, was ich meine. Du gehst anders durchs Leben als ich. Die meisten von uns kommen aus so einer Situation wie meiner nicht mehr raus. Sie werden einfach in das System hineingezogen, und dann geht es nur noch ums Überleben. Und das ist jetzt auch für mich das Einzige, was zählt.«

»Ich werde mich nicht dafür entschuldigen, wer ich bin. Nicht bei dir und auch bei niemand sonst«, gibt Marcel zurück. »Und ich lass mir von dir auch nicht nachsagen, dass ich ein arroganter Schnösel bin, der keine Ahnung hat, wo du herkommst. Ich bin froh, mich in meinen Kreisen bewegen zu können. Das hat mich gelehrt, niemals aufzugeben. Für das zu kämpfen, was mir wichtig ist, und für die Menschen, die mir etwas bedeuten. Auch mal mit harten Bandagen zu spielen, um mein Ziel zu erreichen. Genau das versuche ich für dich. Ich bin hier, Amir, und ich kämpfe. Für dich. Auch wenn du mich wie ein Stück Dreck behandelst.«

»Weil du mein Leben immer mehr versaust … als hättest du mir nicht schon genug weggenommen!«

»Was hab ich dir weggenommen?«

»Das Leben, das ich hätte haben sollen!«, schreie ich und lasse all den Frust raus, der sich bei mir über Jahre angestaut hat. »Du hast alles gekriegt. Sogar unseren Vater. Du kamst auf die Welt und ich war nur noch der *andere* Sohn. Er wollte mich nicht mehr. Er hat nicht mal versucht, in meinem Leben zu bleiben. Er hat mich einfach meiner Mutter überlassen und fuck it gesagt. Wofür soll man noch kämpfen, wenn dein eigener Vater nichts mehr von dir wissen will, weil er deine Mutter nicht mehr liebt? Du hast keine Ahnung, wie es sich anfühlt, von ihm fallen gelassen zu werden, nachdem er eine neue Familie gegründet hat.«

Marcel starrt mich an, sein Gesicht sieht aus, als hätte er Schmerzen.

»Warum war ich nicht genug?«, frage ich, während sich meine Augen mit Tränen füllen. »Warum habe ich nicht ausgereicht?« Jetzt schreie ich Marcel an, er zuckt erschrocken zusammen.

Er braucht ein paar Sekunden, um seinen Atem wieder in den Griff zu bekommen. »Ich will dir ein besserer Bruder sein, Amir. Ich will dir zeigen, dass du mehr tun kannst, als einfach alles über dich ergehen zu lassen. Wir können dagegen ankämpfen. Wir können der Wahrheit auf die Spur kommen.«

Ich will keine aufmunternden Worte von ihm. Ich muss noch mehr loswerden. Dinge, die ich schon so lange zu ihm sagen wollte. Und es gibt keinen besseren Zeitpunkt dafür als jetzt.

»Ich sag dir mal was, Bro«, beginne ich mit leiser und beherrschter Stimme. »Ich müsste hier nicht stehen und mich mit dir herumschlagen, wenn unser Vater nicht so ein Trottel gewesen wäre und sich in eine Frau verliebt hätte, die kein Problem damit hatte, eine glückliche Familie zu zerstören. Und die dann auch noch so getan hat, als würde sie das alles nicht interessieren, nachdem sie schwanger wurde, um sich einen Ehering zu sichern. Du glaubst doch nicht ernsthaft, dass deine Schickimicki-Luxus-Mama ihn geheiratet hätte, wenn er nicht zufällig erfolgreich geworden wäre, nachdem er uns sitzen gelassen hat.«

Marcel muss heftig schlucken und beißt sich auf die Unterlippe. »Um dir gleich deine Illusionen zu nehmen, *Bruder*«, sagt er und macht einen Schritt nach vorne. »Okay, meine Mom hat mit einem verheirateten Mann geschlafen, und ich sage nicht, dass man darauf stolz sein sollte, aber sie hat keine *glückliche* Familie zerstört. Diese Familie fiel bereits auseinander. Monica hat ihm die Tür geöffnet, als sie schon nicht mehr an ihn glaubte und sie kaum noch über die Runden kamen. Daddy hätte sich wohl kaum auf eine Affäre eingelassen, wenn sie ihn nicht vor die Wahl gestellt hätte: ich oder das Restaurant.«

»Willst du jetzt im Ernst seine Untreue rechtfertigen, Bro?«, frage ich mit zusammengebissenen Zähnen.

Marcel macht noch einen Schritt auf mich zu und presst seine Lippen aufeinander. »Und noch was: Ich weiß, dass deine Mutter dir *erzählt* hat, dass Dad euch nach der Trennung im Stich gelassen hat, aber das ist eine Lüge. Er hat um dich gekämpft und wollte Monica um das gemeinsame Sorgerecht für dich bitten.«

»Schwachsinn, und das weißt du auch!«, knurre ich.

»Das ist die *Wahrheit*! Er hat nur wegen Nana darauf verzichtet. Nana hat zu ihm gesagt, dass er deine Mutter schon genug verletzt hätte, weil er mit meiner eine Affäre angefangen hat, und dass es für Monica eine noch größere Belastung wäre, vor Gericht um das Sorgerecht für dich streiten zu müssen. Also hat er ihren Rat angenommen und sich mit den Wochenendbesuchen einverstanden erklärt, zu denen Nana deine Mutter überredet hat. Ich weiß, dass das nicht die Version ist, die sie dir erzählt hat. Unsere Eltern haben beide Scheiße gebaut.«

Dieser Typ würde alles sagen, um einen Streit zu gewinnen. Um sein Gesicht zu wahren, nachdem ich seine Mutter angegriffen habe. Ich bin froh, dass endlich alles auf den Tisch kommt. Vielleicht hört er dann auch endlich damit auf, die tote Frau zu verherrlichen, die wir beide geliebt haben.

»Wenn du mir nicht glaubst, frag Monica.«

»Nimm den Namen meiner Mutter nicht in den Mund!« Ich wische eine Träne weg, mache einen Schritt auf ihn zu und schließe die Lücke zwischen uns vollständig. »Oder ich mache da weiter, wo Trey aufgehört hat.«

Meine Drohung scheint ihn nicht zu beeindrucken.

»Ich glaube, dass sie dich aus Eifersucht angelogen hat«, sagt er. »Oder weil sie verletzt war. Wahrscheinlich beides. Sie wollte, dass du unseren Vater genauso hasst wie sie. Das war für sie die einzige Möglichkeit, die bittere Wahrheit auszuhalten, dass er sie nicht betrogen hätte, wenn sie ein bisschen länger durchgehalten hätte, und sie dann immer noch verheiratet gewesen wären, als sich für ihn alles zum Besseren gewendet hat.«

Dieser Wendepunkt ereignete sich zwei Jahre, nachdem der Hurrikan Katrina gewütet hatte und mein erster Geburtstag bevorstand. Ein Schauspieler, der ein Hilfsprojekt für die Stadt ins Leben gerufen hatte, ging eines Nachmittags zufällig in das erste Restaurant meines Vaters und aß dort so gut, dass er in seinen Interviews von nichts anderem mehr redete. Der Schauspieler heuerte meinen Vater als Koch für mehrere Wohltätigkeitsveranstaltungen an und von da an ging es nur noch bergauf. Das machte ihn zu dem Mann, der er heute ist.

»Es gibt viele Leute, auf die du wütend sein kannst, Bro«, sage ich, »und deine Mutter ist da nicht von ausgenommen.«

Ehe ich etwas antworten kann, dreht er sich um und lässt mich mit etwas zurück, das ich immer noch nicht glauben will.

Mom kehrt von einer weiteren Nacht in der Notaufnahme zurück, als ich die Pfannen vom Herd nehme, in denen ich Frühstückspizzen gemacht habe.

»Mmmh, was riecht das gut hier«, sagt sie, während sie ihre Tasche auf das Zweiersofa fallen lässt.

Das ist das Netteste, was sie zu mir gesagt hat, seit wir gestern nach Hause gekommen sind. Sie sieht aus wie immer, wenn sie von der Arbeit kommt. Ihre Haare sind etwas zerzaust, ihre Schultern hängen herunter und ihr Gesicht ist von Sorgenfalten durchzogen.

Obwohl ich heute nicht zur Schule muss, bin ich um halb sieben aufgestanden. Letzte Nacht habe ich nicht wirklich viel geschlafen. Der Stress, der Teil meines Lebens geworden ist, hat mich verrückt gemacht. Um nicht ständig ans Gefängnis denken zu müssen, habe ich angefangen zu kochen.

»Hast du Hunger?«, frage ich, während ich zwei Frühstückspizzen auf einen Teller befördere.

»Das brauchst du mich nicht zu fragen, Junge. Du weißt, dass ich Hunger habe.«

Sie lächelt mich an. Das hat sie nicht mehr getan, seit ich aus dem Gefängnis entlassen wurde.

Ich stelle den Teller vor einen der Hocker an der Kücheninsel. Während ich meinen eigenen Teller fülle, geht sie zum Kühlschrank und gießt uns beiden ein Glas Orangensaft ein. Dann setzt sie sich hin.

Es fühlt sich wie ein ganz normaler Schulmorgen an. Sie kommt von der Arbeit nach Hause und wir frühstücken zusammen. Natürlich werde ich mich heute nicht beeilen. Gestern Abend habe ich eine E-Mail mit meinen Anmeldedaten fürs Truman-Schulportal bekommen, um dort meine Aufgaben abrufen zu können.

»Ich war heute Nacht wieder jeden Cent wert, den sie mir

bezahlen«, sagt meine Mutter, während ich meinen Teller zur Kücheninsel trage.

Das sagt sie fast immer, wenn sie von der Arbeit nach Hause kommt.

»Was war das Wildeste, das du heute Nacht erlebt hast?«, will ich wissen und lasse mich auf den Hocker ihr gegenüber sinken.

»So um drei kamen ein paar besoffene Verbindungsstudenten, weil einer von ihnen vom Haus ihrer Bruderschaft runtergesprungen ist und sich fast den Schädel gebrochen hat. Oh, und dann war da dieses verrückte Paar … Ich erspar dir die Details. Ich sag nur, dass da ein Gegenstand in einer Körperregion steckte, wo er absolut nicht hingehörte – und es war nicht der Körper einer Frau.«

Ich schüttelte lachend den Kopf. »Du hast echt einen verrückten Job.«

Ein paar Minuten lang essen wir schweigend.

Ich schaue zu ihr auf, den Mund voll Pizza, als sie mich prüfend ansieht. Ihre Stirn ist von Sorgenfalten gezeichnet.

»Wie geht's dir da drüben, mein Kleiner?«

Ich setze mich gerade hin und zucke die Schultern. »Ist okay, ich halte schon durch.« Ich schlucke einen Bissen runter und füge hinzu: »Du kennst mich doch.«

Mein beruhigendes Lächeln ändert nichts an ihrer Anspannung.

»Ja, ich kenne dich. Aber ich will nicht, dass du dich geschlagen gibst«, sagt sie und bricht mit der Hand ein Stück Pizza ab. »Wir werden das zusammen durchstehen. Ich weiß zwar nicht, wie, aber ich werde es nicht zulassen, dass sie dich mir wegnehmen.«

Ich schiebe meinen Teller weg, obwohl ich noch nicht fertig bin. Ich weiß, dass sie es als ihre Aufgabe betrachtet, immer positiv zu sein. Mir Mut zu machen. Aber sie kann nicht wirklich glauben, dass ihr das dieses Mal gelingt. Ich würde lieber mit ihr darüber reden, wie wir es durchstehen, wenn ich ins Gefängnis muss. Aber ich will auch nicht, dass sie sich noch mehr Sorgen macht. Nana hat stets gesagt: So sind Mütter eben, immer in Sorge. Sie können gar nicht anders. Trotzdem macht es mich krank, Mom in diesem Zustand zu sehen.

»Hast du was von Mr Dillard gehört?«, fragt sie. »Macht er irgendwelche Fortschritte dabei, die Anklage zu verhindern?«

Ich schüttele den Kopf und starre auf mein Essen, auf das ich keinen Appetit mehr habe.

»Ich werde heute deinen Vater anrufen und ihn fragen, wofür er das ganze Geld bezahlt, wenn es nicht die Toppriorität für diesen Mann ist, dich da rauszuholen.« Sie reißt ein Stück Pizza ab, stopft es sich in den Mund und kaut aggressiv darauf herum.

»Das Große Geschworenengericht tritt erst in neun Tagen zusammen, Mom«, erinnere ich sie.

»Du tust so, als wäre das eine lange Zeit. Ehe du dichs versiehst, ist es so weit.« Ihre Stimme wird lauter. »Dieser Mann ist angeblich der Beste. Ich will Resultate sehen.«

Ich nehme einen Schluck Orangensaft. »Mach dir keine Sorgen. Er ist nicht der Einzige, der an der Sache dran ist.«

Moms Augenbrauen schießen nach oben. »Echt? Wer denn noch?«

»Marcel.«

Ihr Kopf zuckt zurück. »Was soll denn das heißen?«

»Der stellt seine eigenen Ermittlungen an«, antworte ich mit einem Seufzen. »Deshalb bin ich auch gestern mit dem Sohn von Senator Winslow aneinandergeraten. Marcel hat Trey mit irgendwas konfrontiert, das er in seinem Wagen gefunden hat. Um es kurz zu machen: Er glaubt, dass Trey Chloe ermordet hat. Er war ihr Ex.«

»Wirklich?« Mom beugt sich mit großen Augen vor. »Meistens ist es der Ex. Vielleicht sollten wir ein bisschen netter zu dem verwöhnten Balg ein, wenn er ausnahmsweise mal nicht an *sich* denkt – so wie seine Mom.«

»Lieber nicht …«, murmele ich in Gedanken an unseren Streit von gestern. »Weißt du, dass er dich eine Lügnerin nennt?«

»Wer tut das?«, fragt sie überrascht.

»Marcel.«

»Mit welcher Berechtigung sollte er das tun?« Ihre Brauen schnellen nach oben, als sie ein weiteres Stück Pizza abreißt.

Etwas von der Wut, die ich gestern verspürt habe, lodert in meiner Brust wieder auf.

»Er wollte mir weismachen, dass der Mann, dessen Namen ich hier nicht sagen darf, das gemeinsame Sorgerecht für mich haben wollte, und dass er nur Nana zuliebe darauf verzichtet hat«, sage ich zu ihr. »Er hat sich das ausgedacht, weil ich seine Mutter eine Schlampe genannt habe, die sich einem verheirateten Mann an den Hals geworden hat. Das ist mir klar. Du hast schon recht, sie wollen nicht, dass wir glücklich sind. Schon seltsam, wie sehr sie uns hassen, nach allem, was sie uns angetan haben.«

Ich erwarte, dass sie in mein Lachen einfällt oder zustimmend flucht. Doch angesichts ihres Schweigens krampft sich mein Bauch zusammen. Ihre runtergezogenen Mundwinkel sind Antwort genug. Mir wird schwindelig.

»Mom, der spinnt doch, oder?«, sage ich und versuche, ihr eine Rettungsleine zuzuwerfen. Sie zu nötigen, es zu leugnen. »Er hat sich das nur ausgedacht … oder? Du hast mir erzählt, dass dieser Mann dir das alleinige Sorgerecht gern überlassen hat, weil sein anderer Sohn schon auf dem Weg war.«

Sie ballt langsam die Fäuste. »Amir …«

»Nichts, Amir!«, explodiere ich und springe von meinem Hocker auf. »Ich will von dir nur hören, dass er lügt!«

»Hüte deine Zunge!«

Ich schlage mit der Faust auf den Tisch. »Ist es wahr oder nicht?«

»Das ändert nichts daran, was dein Vater dir angetan hat«, verteidigt sie sich.

»Aber es verändert *deine* Rolle in dieser Geschichte«, entgegne ich. »Also hat Marcel recht gehabt, dass du mich all die Jahre belogen hast. Du warst eifersüchtig, dass Dad reich wurde, nachdem er uns verlassen hat.«

»Ich hab an ihn geglaubt«, ruft sie. »Ich war es, die alle verdammten Rechnungen bezahlt und sich in diesem Restaurant den Arsch aufgerissen hat, als das Ganze ein Fass ohne Boden war. Ich war gestresst als junge Mutter und hab versucht, einem Mann den Rücken zu stärken, der sich abgestrampelt hat. Ich war am Limit und dieses Restaurant war ein Albtraum. Hat er sich jemals für alles bedankt, was ich geopfert habe? Nein, zum Dank hat er mich betrogen.«

»Und dann hast du gelogen und mir erzählt, dass er mich auch nicht mehr wollte!«, rufe ich. »Was hast du noch gemacht, um einen Keil zwischen uns zu treiben?«

Sie steht auf und geht um die Kücheninsel herum, bis sie direkt vor mir steht. »Wage es nicht, mich so zu behandeln, Junge! Ich hab alles geopfert, damit du genug Liebe und ein gutes Leben hast. Ich mache hier zwar nicht das große Geld wie dein Vater, aber ich bin auch keine Schmarotzerin.«

»Aber du hast mich angelogen, was ihn angeht und über deine Rolle in der ganzen Geschichte.« Ich kämpfe gegen meine Tränen an.

Auch sie ist den Tränen nahe, aber das ist mir egal.

»Ich bin raus. Ihr seid beide der letzte Dreck!«, schreie ich und stürme in mein Zimmer.

»Amir!«, ruft sie mir nach, aber ich lasse mich nicht aufhalten.

»Das ändert nichts daran, wie sehr ich dich liebe!«, ruft sie. »Ich hab alles gegeben.«

Sie sagt noch mehr, aber davon kriege ich nichts mehr mit. Sobald ich die Tür hinter mir zugeknallt habe, setze ich meine Noise-Cancelling-Kopfhörer auf, ertrinke in den Worten von Lil Baby und meiner blinden Wut.

15
Marcel

Ich richte meine Fliege, als das Handy klingelt. Ich ziehe den blauen Pullover mit dem V-Ausschnitt gerade, den ich heute statt des Blazers meiner Schuluniform trage, und schnappe mir mein Handy vom Nachttisch. Ich habe eine Nachricht von Quincy. Seinen Namen zu lesen, lässt mein Herz schneller schlagen.

Kannst du reden?, fragt er.

Jap, antworte ich.

Ich habe das Handy noch in der Hand, als mein Klingelton zu hören ist: »Hallo«, sage ich, nachdem ich sofort auf *Annehmen* gedrückt habe.

»Hast du letzte Nacht von mir geträumt?« Seine Stimme klingt am Telefon verdammt sexy.

»Junge, ich muss frühstücken, damit ich nicht zu spät zur Schule komme«, antworte ich, doch aus irgendeinem Grund setze ich mich auf die Kante meines ungemachten Betts, statt meine Schultasche vom Schreibtisch zu nehmen und die Treppe runterzulaufen, wie ich es eigentlich tun müsste.

»Ich weiß, ich weiß.« Ich höre, wie im Hintergrund eine Tür geschlossen wird. »Ich werd den Bus verpassen, wenn ich so weitermache. Aber ich wollte dir ein paar Informationen zu der Nummer geben, die du mir gestern gegeben hast.«

Es kommt mir vor, als hätte dieses Gespräch letzten Monat stattgefunden und nicht vor sechzehn Stunden. Ich habe schon fast vergessen, dass es überhaupt stattgefunden hat. Nach meinem gestrigen Tag mit Amir habe ich mir selbst geschworen, dass ich fertig bin. Ich bin durch mit ihm und dem Versuch, ihm die Anklage zu ersparen. Ein Mensch kann nicht immer nur einstecken, und ich hatte endgültig die Schnauze voll, als er meine Mutter mehr oder weniger als Hure bezeichnet hat. Eigentlich wollte ich ihm die Tatsache, dass seine Mom wegen der Sache mit dem Sorgerecht gelogen hat, schonender beibringen. Doch nach dem, was er über meine Mutter gesagt hat, habe ich ihm einfach alles an den Kopf geknallt. Okay, die Affäre meiner Eltern konnte ich nicht verteidigen, das war einfach scheiße, sie sind ja immer noch meine Eltern. Am Anfang wusste sie nicht mal, dass er verheiratet ist. Das hat sie erst später rausgefunden. Mein Vater sollte eigentlich jemand für eine Nacht sein, nachdem sie eine schlimme Trennung erlebt hatte, was meine Mutter mir erst mal erklären musste, nachdem ich zufällig mitbekommen hatte, wie Monica sie im Streit eine Ehebrecherin nannte. Das war, als Monica Amir bei uns vorbeibrachte, als wir noch jünger waren.

Was das ganze Sorgerechtsdrama angeht, habe ich die Wahrheit von Nana erfahren, die mir vor ihrem Tod erzählte, wie Amir ihr gegenüber viele Lügen seiner Mutter wiederholt hätte. Sie habe es nie übers Herz gebracht, ihn zu korrigieren, behauptete Nana. Und obwohl sie ihr Verhalten für falsch hielt, hatte sie doch stets Mitgefühl mit Amirs Mutter.

»Es ist für jede betrogene Frau schwierig, darüber hinwegzukommen«, sagte sie. »Doch dein Bruder muss die Wahrheit erfahren – auch wenn das vermutlich nichts daran ändern wird, wie er über euren Vater denkt«, fügte sie hinzu. »Die Wunden werden erst heilen, wenn wir uns der Wahrheit stellen. Aber ich habe keine Kraft mehr, um zu kämpfen.«

Jetzt weiß ich nicht, ob ich selbst noch genug Kraft habe.

Wenn Amir in Verbitterung und Selbstmitleid baden will, dann sollte ich ihn vielleicht lassen. Seine ganze Art und Weise, vor allem mir gegenüber, hängt mir echt zum Hals raus. Außerdem hat er doch einen Anwalt, Mr Dillard. Soll der sich doch darum kümmern, dass Amir nicht in den Knast muss. Trotzdem bin ich immer noch neugierig, warum Chloe diese Nummer auf einen Zettel gekritzelt hat.

»Hat es was mit Chloe zu tun?«, frage ich Quincy.

»Ne, nicht mit ihr, aber mit ihrem Typ«, antwortet er.

»Mit wem?«

»Na, mit diesem Trey. Carlton Banks 2.0.«

»Schieß los«, sage ich gespannt.

»Hör zu, die Leute im Hotel waren ziemlich verschlossen, als ich ein paar Fragen gestellt hab«, sagt Quincy nun etwas lauter, weil gerade irgendein Auto bei ihm vorbeifährt. »Erst als ich Mrs Ruba vom Housekeeping gefragt habe, hab ich ein bisschen was erfahren. Sie mag mich. Ich erinnere sie an ihren Enkel, sagt sie. Außerdem hat es geholfen, dass ich ihr erzählt habe, dass jede Info Amir helfen könnte. Sie mag das Bild nicht, das in den Nachrichten von ihm gezeichnet wird. Jedenfalls hat sie mir erzählt, dass die Frauen in ihrem Kirchenvorstand für ihn beten.«

Ich nicke hektisch und denke gar nicht daran, dass Quincy mir meine Ungeduld am Handy nicht ansehen kann. »Bleib bei der Sache, Quincy … die Nummer.«

»Ach ja, sorry. Das ist anscheinend die Nummer des Zimmers, das Winslow immer bucht, wenn er sich mit dieser weißen Lady zu einem Schäferstündchen trifft.«

»Was? Trey hat Chloe mit einer älteren Frau betrogen?« Als ich die Worte ausspreche, merke ich gleich, dass hier irgendwas nicht stimmen kann. Sie passen nicht zu meiner Theorie, warum er Chloe getötet haben könnte.

»Doch nicht *er*, sondern sein Vater, Bro«, sagt Quincy, »*Senator* Winslow.«

Ein seltsames Gefühl strömt durch meinen Bauch.

»Und die Frau, mit der er sich trifft, ist nicht seine Ehefrau«, fügt Quincy hinzu.

»Natürlich nicht, seine Frau ist schwarz.« Ich stehe auf. »Weißt du, wer sie ist … diese weiße Lady?«

»Vivian Crane … oder Crosby oder Cody – shit, ich kann mich nicht genau erinnern, was Mrs Ruba gesagt hat. Jedenfalls ist es diese weiße Frau, die das Zimmer reserviert, wahrscheinlich damit der Name von Winslow senior nirgends in den Reservierungsunterlagen auftaucht.«

Vivian Crane. Dieser Name kommt mir bekannter vor als die beiden anderen, die Quincy genannt hat. Ich komme nur nicht darauf, warum.

»Hilft Amir das weiter?«, fragt Quincy.

»Kann schon sein, bin mir noch nicht sicher.«

Von unserem Streit braucht Quincy nichts zu wissen und auch nichts davon, dass ich beschlossen habe, mich nicht mehr so sehr in die Sache reinzuhängen.

»Cool! Hey, da kommt mein Bus.« Im Hintergrund höre ich das *Schhhh* der Bremsen. »Ich hab was gut bei dir.«

»Wofür?«

»Na, für meine überragende Detektivarbeit.«

Ich höre seiner Stimme an, dass er gerade dieses kokette Lächeln auf den Lippen hat.

Mein Herz macht Luftsprünge. »Was stellst du dir da vor?«

»Ich überleg mir was. Noch einen schönen Tag, mein Hübscher.«

Das prickelnde Gefühl in meiner Brust hätte vermutlich noch länger angehalten, wäre ich nicht von den Neuigkeiten wie benommen. Im Belmont hat sich Treys Vater regelmäßig mit seinen geheimen Dates getroffen. In Zimmer 2709. Der

Nummer, die Chloe auf einen Zettel geschrieben hat, der den Schriftzug des Hotels trägt.

Ich googele den Namen auf meinem Handy. Wer ist diese Vivian Crane? Es dauert nur Sekunden, bis die ersten Treffer da sind, und sofort weiß ich, warum mir ihr Name so vertraut vorkam. Sie ist die Geschäftsführerin von *Christian Families First*, einer erzkonservativen Organisation, die stolz darauf ist, in nahezu jeder gesellschaftlichen Debatte auf der falschen Seite zu stehen. Ob es nun um Abtreibung, Rassentheorie, Bücherverbote oder Transgenderrechte geht oder um was auch immer. Chloe hat mir mal ein Video gezeigt, auf dem Vivian Crane die Theorie des *Großen Austauschs* benutzt, um die Haltung ihrer Organisation in der Migrationsdebatte zu erklären.

Meine Suchergebnisse zeigen auch einen Clip, der viral ging: Treys Vater greift ihre Organisation während einer Kongressdebatte frontal an, weil diese sich dafür einsetzt, die Kapitel über Sklaverei in den Schulbüchern zu streichen. Die Worte des Senators lösten bei den politischen Kommentatoren Mutmaßungen darüber aus, ob Winslow womöglich nach einem höheren Amt strebe, Gouverneur oder in ein paar Jahren vielleicht sogar Präsident der Vereinigten Staaten werden wolle.

Senator Winslow betrügt seine Frau mit Vivian Crane?

Wenn seine Anhänger, besonders die schwarzen, das wüssten, dann könnte er seine Wiederwahl in diesem Jahr vergessen. Er geht doch tatsächlich mit seiner politischen Feindin ins Bett. Betrügt seine schwarze Ehefrau mit einer Frau, die der Meinung ist, weiße Kinder sollten in der Schule nichts über Sklaverei lernen, um ihnen Schuldgefühle zu ersparen.

Vielleicht habe ich bisher alles falsch eingeschätzt. Was hat Trey noch mal Chloe auf meiner Party gefragt? Er hat so angespannt gewirkt. Ich durchforste meine Erinnerung nach der kurzen Sequenz, die ich mitbekommen hatte, während ich in meinem Zimmer auf und ab gehe. Alles erscheint in ganz anderem Licht, wenn ich auch seine Liebesbotschaften und teuren Geschenke berücksichtige, die ich im Nachttisch entdeckt habe. Hat Trey versucht, ihr Schweigen zu erkaufen?

Hast du irgendjemandem davon erzählt? Ich glaube, das waren Treys Worte, nachdem ich die Tür geschlossen hatte. Und Chloe hat in etwa geantwortet, dass seine Familie das Letzte sei, woran sie gerade denke. Wenn Trey ihr nicht geglaubt hat, musste er irgendwie sicherstellen, dass niemand sonst herausfinden konnte, was sein Vater heimlich treibt. Ich wette, Chloe hat zuerst von seiner Affäre erfahren und dann Trey davon erzählt, der natürlich nicht wollte, dass die Geschichte ans Tageslicht kommt. Chloe hätte jedoch gewollt, dass die Welt erfährt, dass Senator Winslow ganz anders ist, als er vorgibt. Trey musste also befürchten, dass sie irgendjemandem davon erzählen würde. Vielleicht mir. Vielleicht ihren Eltern, die genauso wie meine die Kampagne von Senator Winslow großzügig unterstützen. Für die Medien wäre das ein gefundenes Fressen.

Es gibt also ein Motiv, zu töten, das eher zu Trey passt.

Mir bleiben nur noch zwanzig Minuten, um zu frühstücken und zur Schule zu gehen. Ich schnappe mir meine Schultasche und springe die Stufen hinunter.

Auf der Treppe höre ich bereits die Stimme meines Vaters aus seinem Büro. Ich werde langsamer und dämpfe meine Schritte. Er klingt frustriert. Auf Zehenspitzen schleiche ich durch die Eingangshalle und drücke mich neben der Bürotür an die Wand. Mein Vater steht mit dem Rücken zu mir in der Mitte des Raumes und hat sein Handy ans Ohr gepresst.

»Das darf doch nicht wahr sein! Wir waren bereit, nächsten Monat mit der Produktion zu beginnen«, beschwert er sich. »Dieser Deal war Millionen wert.«

Nach einer kurzen Pause sagt er: »Es sollte verboten sein, so spät noch auszusteigen. Ich kann das Kapital nicht aufbringen, das wir zusätzlich bräuchten, um den Zeitplan jetzt noch einzuhalten.«

Offenbar geht es um seine neuen Produktlinien von Gewürzen und Soßen, die ihn schon das ganze letzte Jahr in Atem gehalten haben.

»Können wir irgendwas tun, um sie noch umzustimmen?«, fragt mein Vater mit niedergeschlagener Stimme. Die folgenden zehn Sekunden Stille fühlen sich wie zehn Minuten an. »Das werde ich nicht tun, Paul«, höre ich ihn schließlich sagen. »Er ist mein Sohn. Ich muss zu ihm stehen. Und ich *werde* zu ihm stehen.«

»Ich verstehe nicht, warum dich das so überrascht. Er ist mein Sohn«, wiederholt er.

Nach einer weiteren kurzen Pause zischt mein Vater: »Er ist unschuldig. Er sagt, dass er es nicht getan hat. Und wenn du deinen Job behalten willst, dann stellst du das besser nicht infrage und meine Erziehungsmethoden auch nicht.«

Irgendjemand beobachtet mich. Ich hebe den Kopf und sehe meine Mutter auf der anderen Seite neben der Küchentür stehen. Sie hebt eine ihrer perfekt geschwungenen Augenbrauen und winkt mich mit ihrem gekrümmten Zeigefinger zu sich herüber.

»Was ist los?«, frage ich, als ich die Küche betrete.

Unsere Haushälterin, Mrs Young, blickt auf der anderen Seite der Kücheninsel von ihrem iPad auf. Sie geht bestimmt ihre tägliche Checkliste mit Dingen durch, die sie selbst erledigen muss oder an die Teilzeitangestellten dieses Haushalts delegieren kann. Sie arbeitet für uns, seit ich sieben bin. Ich nenne sie scherzhaft Tantchen. Frischhaltefolie spannt sich über einen Teller, der auf der Arbeitsplatte steht. Rührei, Würstchen und zwei Waffeln sind darauf. Ich vermute, dass sie das für mich zubereitet hat, aber ich habe keinen Appetit mehr.

»Die Sponsoren für die Produktlinien deines Vaters ziehen sich zurück«, erklärt meine Mutter und bleibt vor einem dampfenden Kaffeebecher am anderen Ende der Kücheninsel stehen, auf der auch die Morgenzeitung liegt. »Ihnen gefallen all die negativen Schlagzeilen nicht, die mit der Marke in Verbindung gebracht werden.«

»Das kann doch nicht dein Ernst sein«, sage ich.

Meine Mutter verschränkt die Arme vor der Brust und lehnt sich mit der Hüfte an die Kücheninsel, ehe sie den einen Fuß über den anderen legt. »Und es wird immer schlimmer. Die negative Presse zieht auch die Restaurants in Mitleidenschaft. Seit letzten Freitag stornieren immer mehr Leute ihre Reservierungen im Truffles. Da sieht es wie in einer Geisterstadt aus. Das Trudeau's hat es nicht ganz so schlimm getroffen.«

Das Truffles ist das Nobelrestaurant meines Vaters, während das Trudeau's ein Stück die Straße hinunter liegt und man es eher eine gehobene Sportsbar nennen kann. Das Trudeau's zieht ein gemischtes, vorwiegend weißes Publikum an, während die Kundschaft des Truffles wohlhabend und fast ausschließlich weiß ist. Sein erstes Restaurant in Tremé, das Tru, ist nach wie vor ein beliebter Treffpunkt für die schwarze Community und liegt in einem der ältesten schwarzen Viertel des ganzen Landes.

»Die Stadt sendet uns eine klare Botschaft«, fährt meine Mutter fort.

»Und wie lautet die?«, frage ich. »Verleugnet euren Sohn, weil er ein weißes Mädchen getötet hat, dann gehen auch die Weißen wieder bei euch essen?«

»Vielleicht sollte er sich die Botschaft zu Herzen nehmen«, entgegnet sie. »Dein Vater hat einfach zu hart um seinen Ruf und seine Marke gekämpft, um sich das jetzt alles kaputt machen zu lassen.«

Mir klappt die Kinnlade runter, als sie beiläufig an ihrem Kaffee nippt. Das war Nanas größtes Problem mit meiner Mutter. Die Art und Weise, wie meine Mutter mehr dafür getan hat, meinen Vater und Amir zu entzweien, als sie einander näher zu bringen.

»Welche Frau hält einen Mann – noch dazu einen schwarzen Mann – davon ab, seinem Kind ein guter Vater zu sein?« Diesen Satz hat Nana mal zu einer Freundin gesagt, als sie dachte, ich würde nicht zuhören. »Also, ich würde sie jetzt nicht direkt als geldgierig bezeichnen, aber du weißt schon, was ich meine.«

Das ist für dich, Nana. Und für dich, Amir, sage ich mir, als ich an dem Riemen meiner Umhängetasche ziehe.

Ich runzele die Brauen. »Hör auf, so zu reden, Mom.«

»Marcel ...« Sie hebt eine Hand. »Ich weiß, dass du zu dem Jungen eine gute Beziehung haben willst, aber er ist eine problematische Persönlichkeit und trifft keine guten Entscheidungen. Und wir wissen ja gar nicht, in was er alles verwickelt ist. Das hier sieht jedenfalls gar nicht gut ...«

»Ich weiß, wie es aussieht«, falle ich ihr ins Wort. »Das heißt aber nicht, dass er schuldig ist.«

»Darf ich dich daran erinnern, was er Sparkle angetan hat?«

Da ist er. Der Moment, in dem ich das tue, was ich schon vor langer Zeit hätte tun sollen. Der mich zu einem richtigen Bruder macht.

Mit ernstem Gesicht beuge ich mich vor. »Breaking News: Er hat Sparkle nicht getötet. Das war ich.«

Meine Mutter blickt rasch zu Mrs Young rüber, deren Mund offen steht.

»Angela, würdest du uns bitte kurz allein lassen«, sagt sie mit verkniffener Miene.

»Yes, Ma'am«, antwortet sie und verlässt den Raum.

In meiner Brust prickelt die gleiche Panik wie damals, als ich Amirs Warnungen ignoriert und die Knallfrösche an Sparkles Schwanz gebunden habe. Jetzt habe ich meiner Mom das genommen, worauf sich all ihre Verachtung ihm gegenüber die ganzen Jahre schon stützt. Wird sich diese Verachtung jetzt gegen mich richten?

Meine Mutter wartet, bis Mrs Young verschwunden ist, ehe sie sagt: »Diese Geschichte jetzt umzuschreiben, wird dir nichts nützen, also lass es einfach.«

»Ich schreibe nichts um, sondern sage endlich die Wahrheit«, entgegne ich.

Die Enttäuschung in ihren Augen hält mich nicht davon ab, die Schuldgefühle loszuwerden, die ich stets mit mir herumgetragen habe, und auch jede Spur von Selbstgerechtigkeit, die mit ihnen einherging.

»Amir hat die Knallfrösche nicht an Sparkles Schwanz gebunden«, fahre ich fort. »Er wollte mich sogar davon abhalten, aber ich habe es trotzdem getan. Es war gar nicht böse gemeint, sondern sollte nur ein Spaß sein. Dass sie auf die Straße gerannt und dabei unter ein Auto gekommen ist, war nicht mal das Schlimmste. Nachdem es passiert ist, habe ich Amir dafür den Kopf hinhalten lassen, weil ich genau wusste, dass du es glauben würdest. Du brauchtest einen Grund, um ihn zu hassen, weil du seine Mutter nicht ausstehen konntest, die, seien wir ehrlich, allen Grund hatte, dich zu verachten. Darum hasst Amir mich. Und ich hasse mich selbst. Ich habe es zugelassen, dass diese Sache Daddy und Amir noch weiter voneinander entfernt hat.«

Meine Mutter presst die Hand gegen ihre Brust und schüttelt den Kopf. »Das ist nicht wahr! Sag mir, dass das nicht wahr ist, Marcel!«

»Doch, ist es, und es tut mir leid.« Jetzt, da das Geheimnis nicht mehr existiert, ist mir schon leichter ums Herz. »Findest du jetzt, dass *ich* eine problematische Persönlichkeit bin? Wenn ich so was tue, wäre ich dann vielleicht auch in der Lage, jemanden zu töten?«

»Natürlich nicht, Marcel! Du und dieser Junge seid ganz anders aufgewachsen«, antwortet sie.

In mir bricht etwas entzwei. Sie wird niemals verstehen, wie sehr wir alle Amir im Stich gelassen haben, bis ich es ihr sage. Und gäbe es einen besseren Moment als diesen, da ich schon mal dabei bin, die Illusionen zu zerstören, auf die sich unsere Familie gründet? Der einzige Unschuldige unter uns ist Amir. Und es wird Zeit, dass sie es von jemandem hört, von dem sie sich emotional nicht distanzieren kann.

»Mutter, dies wird der letzte Tag sein, an dem du dich meinem Bruder gegenüber wie eine böse Disney-Stiefmutter benimmst«, sage ich und zeige mit dem Finger auf sie. »Amir ist so verletzt von allem, was *wir* ihm angetan haben. Könnte es nicht sein, dass all die *schlechten Entscheidungen,* die er in seinem Leben getroffen hat, auch damit zu tun haben, dass er sich von seinem Vater, seiner Stiefmutter und seinem Bruder zurückgewiesen fühlt? Was für ein Problem du auch immer mit Monica hast, lass es einfach zwischen euch beiden. Amir braucht jetzt unsere Unterstützung, auch wenn er so tut, als würde er sie nicht wollen. Er braucht sie. Und ich schwöre bei Gott, wenn ihr sie ihm verweigert, werdet ihr meine Liebe und meinen Respekt verlieren. Ich meine es ernst.«

Als mir die Tränen kommen, drehe ich mich um.

Mein Vater steht in der Tür.

»Was hast du getan?«, schreit er mich mit dem gleichen finsteren Blick an, mit dem er Amir gesagt hat, er solle nie wieder einen Fuß in dieses Haus setzen.

16
Marcel

Ich richte meine mentale Energie auf Trey, die Affäre seines Vaters und den möglichen Zusammenhang mit dem Mord an Chloe. Die Wut und Enttäuschung, mit der mein Vater mich anschrie, nachdem er mein Sparkle-Geständnis mit angehört hat, muss warten. Wenn ich beweisen kann, dass Amir unschuldig ist, und dadurch auch den Ruf meines Vaters rette, wird mir Amir vielleicht eher verzeihen können, dass ich die Beziehung zwischen ihm und unserem Vater so beschädigt habe. Meine Eltern wollten mir nicht mal in die Augen sehen, nachdem mein Vater mich entlassen hatte. Sie wollten nichts mehr hören. Als trüge ich die alleinige Schuld daran, dass Amir unseren Dad so sehr ablehnt.

Erstaunlicherweise schaffe ich es noch rechtzeitig zur Schule. Fünf Minuten bis Unterrichtsbeginn. Das Erste, was ich sehe, als ich die Eingangshalle betrete, ist die gerahmte Vergrößerung von Chloes Schulfoto, das, von einem weißen Trauerkranz umgeben, auf einer Holzstaffelei steht. Als ich näher herangehe, kann ich die Inschrift auf dem Rahmen lesen.

Wir werden dich nie vergessen.

Ich spüre, dass alle mich anstarren, während ich ihr Foto betrachte, und versuche, meine Emotionen im Zaum zu halten. Wir hätten noch so viel Zeit miteinander verbracht. Hätten

Pläne für unser Leben gemacht. Waren davon überzeugt, bis ins Erwachsenenalter befreundet zu bleiben. Ihre Kinder hätten mich Onkel genannt. All das ist uns genommen worden. Wahrscheinlich von dem Jungen, der mir gegenüber gerade auf einer Bank sitzt. Umgeben von seinen Freunden und seiner Schwester.

Alle Blicke folgen mir, als ich zu Trey rübergehe.

Ich habe jetzt mehr Informationen. Ich weiß zwar noch nicht, wie alles zusammenhängt, aber ich kann das, was ich weiß, benutzen, um Trey die Leerstellen für mich ausfüllen zu lassen.

Trey verehrt seinen Vater. Nach der Schule und am Wochenende verbringt er viel Zeit damit, sich für dessen Wiederwahlkampagne zu engagieren. Falls Chloe Informationen besaß, die diese Kampagne gefährdeten – wäre das für Trey Grund genug gewesen, sie zu töten? Möglicherweise. Allerdings habe ich immer noch keine Ahnung, wonach Trey in ihrem Zimmer gesucht hat. Vielleicht besaß Chloe noch mehr belastendes Material zur Affäre seines Vaters. Der Zettel mit der handgeschriebenen Nummer und dem Logo des Belmont Hotels beweist gar nichts ohne einen erklärenden Kontext.

Sobald ich in sein Blickfeld trete, hört er plötzlich auf zu reden.

»Hey, Trey, ich würde gerne unser kurzes Gespräch von gestern wiederaufnehmen«, sage ich.

»Oh shit!«, ruft jemand hinter mir. »Trudeau gegen Winslow geht in die zweite Runde.«

»Lass es einfach, Bro«, sagt Trey und will mich mit einer Handbewegung verscheuchen.

»Ich glaube, das kann ich nicht. Nicht nach dem, was ich über das Zimmer 2709 im Belmont herausgefunden habe.«

Seine Augenbrauen wandern nach unten, er rümpft die Nase. Tiffany wirft mir einen panischen Blick zu und stellt sich vor ihren Bruder. »Tu das nicht, Marcel, nicht hier.«

Die Verzweiflung in ihrer Stimme schnürt mir die Brust zusammen.

»Lass gut sein, Tiff, ich mach das schon«, sagt Trey und zieht seine Schwester hinter sich. Immer der Beschützer, wenn es um seine Familie geht. »Ist das dein Plan?«, fragt er mit leiser Stimme und geweiteten Nasenlöchern. »Einen anderen Schwarzen zu Fall zu bringen, um deinen Bruder in letzter Sekunde aus der Schusslinie zu manövrieren?«

»Hast du das etwa von Vivian Crane?«, frage ich mit übermütigem Grinsen.

»Ich hab keine Ahnung, wovon du redest.« Er bemüht sich um ein Lächeln, doch es passt nicht zur Panik in seinen Augen.

»Sag mir, was passiert ist, Trey!« Ich stecke meine Hände in die Taschen und werde nun lauter, um die anderen auf uns aufmerksam zu machen. »Hat Chloe dir gedroht, deinen Vater auffliegen zu lassen? Ach nein, das hätte sie dir nicht angetan. Du hast ihr doch was bedeutet. Was hat dir nicht gefallen an dem, was sie wusste? Oder hattest du einfach panische Angst davor, dass sie eines Tages die Bombe hochgehen lassen würde? Hatte sie überhaupt Beweise? Ich wette, sie hatte welche, sonst hättest du ihr doch nie geglaubt, oder?«

»Ich kann dir nur raten, deinen Mund zu halten, Trudeau!«, knurrt er.

»Ach, und wenn nicht? Werde ich dann selbst zur Zielscheibe?«, gebe ich zurück. »Ich werde das nicht verschweigen, wenn ich meinen Bruder damit vor einer Anklage bewahren kann.«

Das Klingeln zur ersten Stunde schrillt wie eine Explosion in meinen Ohren.

Trey und ich starren uns schweigend an.

»Komm schon, Trey«, sagt Tiffany und zieht ihren Bruder am Arm. »Bitte, Trey, nicht hier. Nicht vor allen anderen.«

Trey stößt ein unwilliges Schnauben aus, ehe er sich von seiner Schwester fortziehen und mich mit meinen unbeantworteten Fragen zurücklässt.

17
Amir

Meine Beine fühlen sich an, als stünden sie in Flammen, als ich mit dem Fahrrad zum Trudeau's fahre. Zwei Jahre nachdem er sein Nobelrestaurant Truffles eröffnet hat, machte er diesen Laden auf, den er als gehobene Sportsbar bezeichnet. Beide befinden sich in der North Peters Street und sind nur zwei Blocks zwischen der Iberville und der St. Louis Street voneinander entfernt. Die Pressemeldungen über seine Geschäftsangelegenheiten haben mich emotional noch mehr von ihm distanziert und meine Bitterkeit ihm gegenüber verstärkt.

Vor einer Stunde habe ich erfahren, dass meine Lehrer offenbar »nicht in der Lage« waren, meine Arbeitsaufgaben im Schulportal hochzuladen, also hat Mr Braswell die Materialien Marcel mitgegeben, der mir fünf Minuten nachdem ich die E-Mail bekommen habe, diese Nachricht geschickt hat:

> Hab dein Zeug. Kannst es dir im Trudeau's abholen …
> oder es bleiben lassen. Bin um 16:30 Uhr da.

Wären wir gestern nicht aneinandergeraten, dann wäre er mit Sicherheit bei mir vorbeigefahren, um mir die Unterlagen zu bringen. Er scheint immer noch sauer zu sein. Cool, bin ich auch. Ich werde dort nicht länger bleiben als nötig, hole mir die Unterlagen von ihm und hau wieder ab. Easy peasy.

Neben dem Eingang lehne ich mein Fahrrad an die Wand.

Es sind kaum Leute hier, wahrscheinlich, weil es drei Uhr nachmittags ist. Meine Augen brauchen ein paar Sekunden, um sich an das schummrige Licht zu gewöhnen, nachdem ich so lange draußen in der Sonne war. Es riecht nach frittiertem Fleisch und Bier. Die Einrichtung ist eine Mischung aus dunklem Leder und poliertem Holz, aufgehängten Monitoren sowie Fotos und Fanartikeln unseres Footballteams, der New Orleans Saints. Ehrlich gesagt weiß ich gar nicht, was an diesem Laden »gehoben« sein soll. Eine typische Sportsbar eben.

Jemand ruft meinen Namen, und als ich mich umdrehe, sehe ich Marcel an einem der Tische sitzen, die sich rechts von mir an der Wand aneinanderreihen. Auch mein Dad schaut mich an, ebenso wie Mr Dillard. Dass hier alle zusammen auf mich warten, kann nichts Gutes bedeuten. Ich hätte es wissen müssen, als Marcel mich ausgerechnet hier treffen wollte. Ich ziehe nervös am Riemen meines Rucksacks, als ich mich ihrer geschwungenen Sitzbank nähere. Mr Dillard rückt näher an meinen Dad heran, um mir Platz zu machen. In der Mitte des Tisches befindet sich ein Korb mit Buffalo Wings, die anscheinend noch niemand angerührt hat. Die Gläser, die vor ihnen stehen, sind alle halb leer.

Marcel sitzt mir direkt gegenüber. Wir vermeiden den Blickkontakt, als ich mich hinsetze – was auch immer das hier werden soll.

Hat es etwas mit meiner Kleidung und den Schuhen zu tun, die sie gefunden haben? Oder haben sie endlich das Steakmesser entdeckt?

Beides sollte mich nicht nervös machen. Ich weiß, dass ich sie nicht getötet habe. Doch diese Tatsache kann das flaue Gefühl in meinem Bauch nicht lindern.

»Kommst du einigermaßen klar, mein Sohn?«, fragt Dad.

Ich bemerke die schweren Tränensäcke, die sich unter seinen Augen gebildet haben.

»Geht schon«, antworte ich mit lässigem Schulterzucken. »Ich will hier nur meine Schulunterlagen abholen.«

»Erst einmal will ich dir ein paar Neuigkeiten mitteilen«, erklärt Mr Dillard und faltet seine Hände auf dem Tisch.

Also doch. Was kommt jetzt?

»Zuerst die schlechte Nachricht: Die Staatsanwaltschaft glaubt, genug Beweise zu haben, um Anklage vor dem Großen Geschworenengericht zu erheben, was definitiv in der nächsten Woche passieren wird.«

Was mag die gute Nachricht sein, frage ich mich und schlucke den bitteren Geschmack runter, der mir wie Galle in der Kehle brennt.

»Es gibt aber auch ziemlich positive Neuigkeiten«, fährt Mr Dillard fort. »An deinen Kleidern wurden nicht die geringsten Blutspuren entdeckt, was unsere Verteidigungsposition stärkt, sollte es zu einem Prozess kommen. Sie werden bestimmt den Verdacht äußern, dass du die Sachen gewaschen hast, bevor sie im Container gelandet sind, oder dass du sie gar nicht getragen hast, weil du mit dem Mädchen Sex hattest, ehe du sie getötet hast – doch diese Theorie werden wir mit dem Bericht des Gerichtsmediziners entkräften, demzufolge es keine Anzeichen für sexuelle Handlungen gibt.«

Gut zu hören, aber reicht das aus, um mich vor dem Gefängnis zu bewahren?

»Außerdem hat dein Bruder noch einen weiteren Verdächtigen ausfindig gemacht, mit dem wir vor einem möglichen Prozess einen begründeten Zweifel anmelden können.«

»Ich bezahle Sie dafür, dass es gar nicht erst so weit kommt«, schaltet mein Vater sich ein.

»Selbst wenn Anklage erhoben wird, Martin, würde es noch eine Weile dauern, bis der Prozess stattfindet«, entgegnet Mr Dillard.

»Ich will, dass die Sache so schnell wie möglich vorbei ist«, meckert mein Vater und hämmert geräuschvoll mit dem Zeigefinger auf die Tischplatte. »Das Ganze beeinflusst unsere gesamte Familie.«

Ich habe gelesen, wie die Leute im Netz über meinen Dad herziehen und ihn als beschissenen Vater bezeichnen. Ich würde mich besser fühlen, wenn mein Leben und meine Freiheit nicht davon abhingen.

Mr Dillard wartet einen Moment, ehe er seinen Gedanken zu Ende führt. »Marcel hat mir einige Indizien geliefert, mit denen ich in den Medien die Integrität von Chloes Ex-Freund, dem Sohn des Senators, infrage stellen kann. In solchen Fällen kann es sehr nützlich sein, in der öffentlichen Debatte einen begründeten Zweifel anzumelden.«

Ich blicke zu Marcel rüber, dessen Augen auf Mr Dillard gerichtet sind. Was auch immer er über Trey herausgefunden hat, muss vielversprechend sein, wenn Mr Dillard es verwenden will. Was meine Gefühle ihm gegenüber aber nicht verändert.

»Mir gefällt das nicht«, sagt mein Vater. »Ich will nicht, dass wir eine andere schwarze Familie in Misskredit bringen, wenn es nicht unbedingt nötig ist. Die Indizien müssen sehr eindeutig darauf hinweisen, dass der Sohn des Senators diesen Mord begangen hat.«

»Und was ist damit, dass sie *uns* in Misskredit bringen, obwohl Trey vielleicht der Täter ist?«, argumentiert Marcel. »Amir muss den Kopf hinhalten, und sieh dir an, was mit uns allen passiert.«

»Ich will das jetzt nicht mit dir durchkauen, Marcel«, erwidert mein Vater. Seine Stimme wird mit jedem Wort lauter. »Ich will nicht, dass in unserer Community einer auf dem anderen rumtrampelt. Niemand sollte das durchmachen müssen, was wir gerade durchmachen.«

Dass er die öffentliche Meinung nicht dazu nutzen will,

einer anderen schwarzen Familie zu schaden, zeigt, dass er sich durchaus uneigennützig verhalten kann, wenn er will. Wo ist dieser Mann vor siebzehn Jahren gewesen?

»In Ordnung, dann werden wir uns in den Medien erst einmal zurückhalten«, lenkt Mr Dillard ein. »Es gibt vielleicht eine andere Möglichkeit. Während mein Ermittler ein paar Adressen überprüft hat, die du mir gegeben hast, Marcel, konnte er sich das Videomaterial eines Supermarkts ansehen. Anscheinend war der Direktor eurer Schule zum Tatzeitpunkt ebenfalls in dieser Gegend.«

»Mr Braswell?«, ruft Marcel aus, während seine Brauen nach oben schießen.

Mr Dillard nickt. »Ich würde dem keine große Bedeutung beimessen, wenn wir nicht auch herausgefunden hätten, dass er in Algiers wohnt.«

Das ist fast sechs Meilen entfernt, auf der anderen Seite des Mississippi. Vielleicht war er ja auf dem Heimweg von einer Mardi-Gras-Party und wollte noch irgendwas einkaufen. Aber falls diese hypothetische Party nicht zufällig im Garden District stattgefunden hat, wäre es dann nicht viel wahrscheinlicher, dass er am anderen Flussufer in Algiers einen Stopp bei einem Supermarkt einlegt?

Marcel und ich werfen uns überraschte Blicke zu.

Obwohl ich mir nicht vorstellen kann, dass unser Direktor in Chloes Haus eingedrungen ist und sie erstochen hat, während ich unten auf dem Sofa schlief, würde der rachsüchtige Teil von mir es lieben, wenn es so wäre. Die perfekte Rache dafür, dass ich nicht mehr am Unterricht teilnehmen darf.

»Aber was sollte er für einen Grund haben, sie zu töten?«, fragt Marcel.

»Das wissen wir noch nicht«, antwortet Mr Dillard. »Mein Team muss seine Ermittlungen fortsetzen, ehe wir wissen, ob wir uns auf ihn konzentrieren sollten.«

»Hörst du, Marcel?«, sagt mein Vater mit gerunzelter Stirn. »Sein *Team* kümmert sich darum. Sosehr ich es schätze, was du für deinen Bruder getan hast, so solltest du deine eigene Detektivarbeit jetzt einstellen. Auch wenn du ihm das wahrscheinlich mehr als schuldig warst. Das ist kein Spiel und auch nicht einer der Fälle, die ihr probehalber in der Schule durchspielt. Das hier ist ernst. Wer auch immer deine Freundin ermordet hat, läuft immer noch frei herum, und ich will nicht, dass du in sein Fadenkreuz gerätst. Ich will mich nicht noch mehr um euch beide sorgen müssen, als ich es jetzt schon tue.«

Hat er gerade gesagt, dass er sich Sorgen um mich macht? Unmöglich.

»Hör auf deinen Dad«, sagt Mr Dillard zu Marcel. »Aber ich weiß deine Mühe und die Hinweise, die du zusammengetragen hast, sehr zu schätzen. Dein Vater könnte recht damit haben, dass du mal ein besserer Anwalt werden wirst, als ich es bin.«

Marcel strahlt.

Nachdem er zu mir gesagt hat, ich solle den Kopf nicht hängen lassen und die Hoffnung nicht verlieren, verspricht Mr Dillard, sich bald wieder zu melden. Ich rutsche zur Seite und stehe auf, um ihn rauszulassen. Mein Vater begleitet Mr Dillard zu seinem Wagen. Wahrscheinlich will er mit ihm noch etwas unter vier Augen besprechen.

Die Atmosphäre ist angespannt, sobald ich mit Marcel allein bin. Ich kann ihm nicht in die Augen schauen. Es geht mir wahnsinnig gegen den Strich, dass er mit meiner Mom recht hatte. Und er hat es nicht verdient, mich über mein Leben auszuquetschen.

»Hast du meine Schulsachen?«, frage ich und vermeide jeden Blickkontakt mit ihm.

Er beugt sich nach unten und nimmt die Bücher neben ihm

in die Hand, die ich noch gar nicht bemerkt hatte. Dann knallt er sie so hart auf die Platte, dass der ganze Tisch wackelt. Ich öffne meinen Rucksack und lasse wortlos ein Buch nach dem anderen darin verschwinden. Ich spüre, dass er mich dabei die ganze Zeit anstarrt.

»Danke, Marcel. Wie gut du dich um mich kümmerst, obwohl ich dich mies behandele«, sagt er in herablassendem Ton. Als ich das letzte Buch verstaue, fügt er hinzu: »Tut mir leid, dass ich deine Mom eine Hure genannt habe, Marcel. Das war echt daneben, nach allem, was du tust, um mir den Knast zu ersparen. Einen Bruder wie dich habe ich nicht verdient.«

Mein Gott, immer so melodramatisch.

Ein abwertendes Zischen verlässt meinen Mund »Fühlst du dich jetzt besser, nachdem es raus ist?«

»Dein Ernst?«, fragt er und lässt sich von der Bank gleiten. »Das ist alles, was du mir zu sagen hast?«

»Mann, ich hab keine Zeit für diese Spielchen. Ich gehe hier echt durch die Hölle«, antworte ich und werfe mir den Rucksack über die Schultern.

»Das tun wir auch«, sagt er mit Nachdruck.

Er kann ja wohl nicht ernsthaft glauben, dass er genauso viel durchmacht wie ich. Okay, Chloe war seine Freundin und er trauert um sie, aber bei mir steht das ganze Leben auf dem Spiel. Ein Leben, das eh verpfuscht ist. Er regt sich auf, dass seine Freunde nicht mehr mit ihm reden. Wir sind einfach komplett verschieden.

Ich schlucke die Schuldgefühle runter, die mir in der Kehle stecken.

»Ich bin raus«, sage ich und drehe mich um, ehe er noch etwas sagen kann.

Als ich fast am Ausgang bin, kommt mein Dad wieder rein.

»Amir, können wir kurz reden?«, fragt er, als ich mich an ihm vorbei nach draußen quetschen will.

»Ich muss nach Hause wegen der Ausgangssperre«, murmele ich, ohne ihn anzusehen.

Eigentlich habe ich noch genug Zeit, aber mir fällt nichts Besseres ein, um ein Gespräch mit diesem Mann zu vermeiden. Wahrscheinlich hat ihm Marcel von unserem gestrigen Streit erzählt. Hoffentlich denkt er nicht, dass sich jetzt, nachdem ich die Wahrheit weiß, irgendwas ändert. Das ändert nichts an der Tatsache, dass er meine Mom betrogen und mir dann die kalte Schulter gezeigt hat, wenn ich sie besucht habe. Er hat mich seiner neuen Frau überlassen, die mir immer zu verstehen gegeben hat, dass ich eine Last bin.

Er ist immer noch das Letzte. Punkt.

Die Sonne sticht mir in die Augen, sobald ich auf den gepflasterten Bürgersteig trete. Mein Fahrrad wartet noch dort auf mich, wo ich es abgestellt habe. Eine Gruppe von Leuten geht vorbei, die wie Touristen aussehen.

»Ich kenne jetzt die Wahrheit, Sohn«, sagt er, als ich mein Fahrrad erreiche und die Hand am Lenker habe.

Ich drehe mich stirnrunzelnd um. »Die Wahrheit worüber?«

»Über Sparkle.« Er kommt langsam auf mich zu, als hätte er Angst, ich würde aufs Fahrrad springen und einfach davonfahren, falls er irgendeine plötzliche Bewegung macht. »Marcel hat seiner Mutter erzählt, was damals wirklich passiert ist. Warum hast du mir damals nicht die Wahrheit gesagt?«

Ich beiße mir auf die Lippen und schüttele den Kopf. »Warum warst du so schnell davon überzeugt, dass ich es war? Du hast ja auch sofort gedacht, dass ich Chloe getötet habe.«

Er holt gequält Luft und schließt die Augen.

Marcel und Mom waren die Einzigen, die von Anfang an von der Wahrheit überzeugt waren. Die wussten, dass ich niemals in der Lage wäre, Chloe das anzutun, was ihr angetan wurde. Marcel versucht sogar, das Gegenteil zu beweisen.

Und er hat recht, ich behandele ihn wirklich wie Dreck, obwohl meine ganze Wut dem Mann gilt, der jetzt vor mir steht. Und ich bin es leid, sie vor ihm zu verstecken.

»Weißt du auch von unserem gestrigen Streit?«, frage ich.

Mein Vater nickt.

»Deshalb will ich mit dir reden. Deine Mutter hat mir das Leben nach unserer Trennung ziemlich schwer gemacht … nachdem ich sie verletzt hatte. Sie wollte, dass du dich gegen mich wendest.«

»Ach, jetzt ist *sie* also schuld daran, dass du nicht Manns genug warst, mir ein Vater zu sein?«, sage ich und beiße die Zähne zusammen. »Ich bin froh, dass Nana dir ausgeredet hat, um das gemeinsame Sorgerecht für mich zu kämpfen. Du hättest sowieso keine Zeit für mich gehabt. Als ich bei euch war, warst du jedenfalls immer woanders. Du hast es zugelassen, dass Lily mich behandelt, als würde ich euch nicht das Geringste bedeuten. Und jetzt? Glaubst du etwa, eine Entschuldigung von dir würde ausreichen und alles ist wieder gut zwischen uns, nur weil ich gerade auch sauer auf meine Mom bin?«

Ich bin so laut geworden, dass die Passanten langsamer werden und mich anstarren. Ich merke, wie unangenehm das meinem Dad ist, aber ich mache einfach weiter.

»Du hast nicht ein einziges Mal darüber nachgedacht, wie mich das alles beeinflussen würde. Du hattest als Mann und Vater eine Verantwortung dem Kind gegenüber, das auch du zur Welt gebracht hast! Was habe ich bloß getan, dass du immer das Schlechteste von mir denkst? Ist es wegen meiner Mutter? Hat dein Hass auf sie dazu geführt, dass du jetzt mich hasst?«

»Natürlich nicht, Amir! Wenn das so wäre, würde ich dann alles tun, um dir das Gefängnis zu ersparen?«

»Du kannst trotzdem einfach so weiterleben wie bisher.

Wahrscheinlich wird es eh nichts bringen«, gebe ich zurück. »Ich möchte fast ins Gefängnis gehen, wenn ich wüsste, dass es dich dann ein Leben lang verfolgt. Wenn du dich dann genauso scheiße fühlen würdest wie ich ein Leben lang. Aber das wird wohl nicht passieren. Wir wissen beide, dass du mich nie genug geliebt hast, um dich wirklich darum zu kümmern, was aus mir wird.«

Ich springe auf mein Fahrrad und wische mir die Tränen fort, damit ich was sehe, während ich losfahre.

Ich trete so hart in die Pedale, wie ich kann. Mir das endlich alles von der Seele geredet zu haben, fühlt sich nicht so gut an, wie ich gedacht hatte. Im Gegenteil. Ich wünschte, ich wäre niemals geboren worden.

18
Marcel

Aber wie ist der Typ ins Haus gekommen?

Der »Typ«, den Quincy in seiner Textnachricht meint, ist Trey. Wir haben den ganzen Tag gechattet. Haben heute Morgen angefangen, als ich mich für die Schule fertig gemacht habe, und dann den ganzen Tag zwischen den Unterrichtsstunden weitergemacht. Sein Ton schwankte zwischen Anmache und Neugier an Chloes Ermordung sowie der Möglichkeit, dass Trey der Täter sein könnte. Zuallererst hatte er sich allerdings nach Amir erkundigt, als er den Kontakt mit mir aufnahm. Mein Bruder ist für seine Freunde immer noch nicht erreichbar.

Ich will gerade *Chloe muss ihn reingelassen haben* zurückschreiben, ehe ich innehalte, weil mir plötzlich ein Gedanke durch den Kopf schießt. Chloes Mörder – gut möglich, dass es Trey ist – muss in jener Nacht die Hintertür genommen haben, wie sie und mein Bruder. Chloe könnte Trey ins Haus gelassen haben, während Amir schlief. Doch den Nachrichten zufolge hat der Gerichtsmediziner festgestellt, dass Chloe mutmaßlich im Schlaf erstochen wurde, da es keine Anzeichen eines Kampfes gab. Was bedeutet, dass sie Trey hereingelassen und auf ihr Zimmer mitgenommen hat, bevor sie eingeschlafen ist. *Danach* muss Trey in die Küche gegangen sein und das Messer geholt haben, mit dem er sie erstochen hat, ehe er ihr Zimmer nach Beweisen für die Affäre seines Vaters mit Vivian Crane durchsuchte. Das Ganze wird eine Zeit lang gedauert haben und soll ja auch noch passiert sein, während Amir auf dem Sofa schlief.

Ich setze mich an meinem Pult aufrechter hin und blende alles aus, was Mrs Graceson sagt, während ich mich erinnere, warum Chloe immer den Hintereingang ihres Hauses benutzt hat. Was erklären würde, wie Trey sich hineinschleichen konnte, ohne dass sie oder mein Bruder was davon mitgekriegt haben.

Ich glaub, ich hab's!, antworte ich Quincy schließlich mit rasendem Herzen. Er hat ihren Schlüssel benutzt.

Die drei Punkte, die Quincy mir schickt, bedeuten vermutlich *Und? Nun sag schon!*

Ich muss grinsen und weiß schon, was ich jetzt schreiben werde.

»Mr Trudeau, entweder Sie legen jetzt Ihr Handy weg oder ich nehme es Ihnen ab.«

Mrs Graceson wirft mir einen strengen Blick zu, als ich den Kopf hebe. Die anderen Teilnehmer des Strafprozess-II-Kurses schauen mich ebenfalls an.

»Tut mir leid, Mrs Graceson«, sage ich, lasse das Handy in meiner Tasche verschwinden und lehne mich zurück. Das Handy vibriert, als Quincy antwortet.

»Seien Sie nachsichtig mit ihm, Mrs Graceson. Sein Bruder wurde verhaftet und steht unter Mordverdacht«, sagt Jared Lanford, woraufhin manche hörbar nach Luft schnappen.

Mrs Graceson reißt sich ungehalten die Brille von der Nase. »Das gehört absolut nicht hierher, Mr Lanford. Niemand wird hier respektlos behandelt. Haben Sie mich verstanden?«

Unsere Lehrerin in diesem Strafprozess-II-Kurs ist die erste schwarze Frau, die Teilhaberin einer der renommiertesten Anwaltskanzleien dieser Stadt war. Jetzt ist sie bereits weitgehend im Ruhestand. Weitgehend, weil sie dreimal die Woche an unserer Schule unterrichtet. Mrs Graceson beherrscht jeden Raum, in dem sie sich aufhält. Man merkt, dass mit ihr im Gerichtssaal nicht zu spaßen war. Auch hier reicht ihr die gehobene Stimme und ein strenger Blick, um Jared in die Schranken zu weisen. Das können nur wenige Lehrer.

»Jetzt, da ich die ungeteilte Aufmerksamkeit des *ganzen* Kurses besitze, können wir die Rollen für den Prozess verteilen, mit dem wir uns in den nächsten Monaten beschäftigen werden«, fährt sie fort und nimmt ein Blatt Papier in die Hand, das auf ihrem Tisch lag.

Dies ist einer meiner Lieblingskurse. Er wird mir als Wahlfach und als außerschulische Aktivität angerechnet, seit wir jährlich an einem landesweiten Gerichtswettbewerb teilnehmen. Das Truman hat unter der Leitung von Mrs Graceson mehrere Jahre hintereinander gewonnen. Ich hatte mich in diesem Semester für die Rolle des Anwalts beworben, das Ganze dann aber durch die Sache mit Amir aus den Augen verloren. Ich hatte sogar vergessen, dass wir heute unsere vorläufigen Rollen festlegen wollen.

Im fiktiven Prozess, den wir durchspielen, geht es um die strafrechtliche Verfolgung eines Sicherheitsbeamten irgendeiner Highschool, der nach einem Footballspiel angeblich in Notwehr ein mutmaßliches Bandenmitglied erschossen hat. Meine anfängliche Begeisterung hat durch das reale Drama in meinem Leben spürbar nachgelassen. Aber ich versuche, das jetzt beiseitezuschieben. Vielleicht ist es genau das, was ich gerade brauche: meine Konzentration auf etwas anderes lenken. Dennoch gehen mir all die Fragen um Treys mögliche Schuld nicht aus dem Kopf, als Mrs Graceson die Namen vorliest.

Sie beginnt mit den Zeugen der Anklage sowie der Verteidigung und gibt dann bekannt, dass Jared den Sicherheitsbeamten spielen wird, der wegen versuchten Mordes zweiten Grades und Körperverletzung ersten Grades unter Anklage steht.

»Ich schwöre, dass ich unschuldig bin!«, platzt Jared mit albernem Grinsen heraus und erntet dafür ein paar Lacher und einen irritierten Blick unserer Lehrerin.

»Marcel und Tiffany, ihr seid die beiden Verteidiger«, gibt Mrs Graceson bekannt.

Wer die beiden Staatsanwälte sein werden, die uns gegenüberstehen, bekomme ich nicht mehr mit. Alles wird für mich zu einer dumpfen Geräuschkulisse, während Tiffany und ich uns quer durch den Klassenraum einen langen Blick zuwerfen. Ihr spöttisches Lächeln schmerzt in meiner Kehle. Noch vor einer Woche wäre unsere Zusammenarbeit nicht das geringste Problem gewesen. Ich mag sie. Und Tiffany ist klug. Doch alles hat sich geändert. Ich habe ihren Bruder beschuldigt, meine beste Freundin ermordet zu haben. Wie sollen wir jetzt noch zusammenarbeiten?

Als ich den Blickkontakt zu ihr abbreche, merke ich, dass auch Jared mich anglotzt. Er sitzt zwei Reihen links von Tiffany. Sein hinterhältiges Grinsen, das sein Gesicht in zwei Hälften teilt, ist nun komplett mir zugewandt.

»Okay, ich möchte, dass ihr euch bis zum Ende der Stunde mit den anderen Mitgliedern eurer Gruppe zusammensetzt«, sagt Mrs Graceson. »Die Zeugen der Anklage da drüben und die Zeugen der Verteidigung auf der anderen Seite. Und meine beiden Anwaltsteams hier vorne. Jared, du bist offensichtlich mit Marcel und Tiffany in einer Gruppe.«

Mein Bauch krampft sich zusammen, als ich meine Sachen zusammenpacke und mich auf den Weg zu den Tischen mache, die Mrs Graceson uns zugewiesen hat. Tiffany und ich schauen uns nicht an, als wir zwei zusätzliche Tische an den von Jared heranschieben.

»Gibt's hier irgendein Problem?«, fragt er, während seine Augen zwischen uns hin und her flitzen. Seine Stimme klingt fröhlich. In seinen haselnussbraunen Augen leuchtet nichts als Schadenfreude. Als wir beide nicht antworten, fährt er fort: »Also für mich wäre es definitiv ein Problem, wenn mein Anwaltskollege meinen Bruder des Mordes bezichtigen würde.«

Ich öffne seufzend die Mappe mit den Fallunterlagen. »Ich denke, wir sollten damit anfangen, eine Verteidigungsstrategie zu entwerfen. Ich würde diesen Fall gern gewinnen.«

»Wahrscheinlich willst du ein paar Tipps bekommen, wie du deinem Bruder helfen kannst«, entgegnet Tiffany spitz. »Hier kommt der erste Tipp: Lass Treys Namen aus dem Spiel.«

Ich weiß wirklich nicht, wie das hier funktionieren soll. Sie ist wütend, was ich gut verstehe. Mir geht es genauso, nur in viel größerem Ausmaß.

»Es ist nichts Persönliches, Tiff ...«

»Nichts Persönliches?«, wiederholt sie mit anschwellender Stimme. »Meinem Bruder die Schuld in die Schuhe zu schieben, um deinem aus der Bredouille zu helfen? Das nehme ich sogar *sehr* persönlich!«

Ich würdige Jared keines Blickes, der den Rücken streckt und stumm den Streit genießt, den er provoziert hat.

»Amir ist unschuldig«, beteuere ich.

»Trey auch«, gibt sie zurück.

»Danach sieht es aber nicht aus«, erwidere ich, ehe ich mich wieder fangen kann.

Ich will diese Auseinandersetzung nicht. Nicht hier. Nicht so. Tiffany hat das nicht verdient. Aber ich auch nicht.

»Was hast du denn in der Hand, hm?«, giftet sie mich an.

»Komm schon, Tiff, wir müssen das nicht hier …«

»Ach, aber du hattest kein Problem damit, die Sache gestern in aller Öffentlichkeit zu diskutieren«, schaltet Jared sich ein.

Warum hat *den* eigentlich keiner erstechen können? Jared würde vermutlich niemand an der Schule vermissen.

»Darüber können wir unter vier Augen diskutieren, aber nicht hier«, sage ich und werfe Jared einen scharfen Blick zu.

»Ich will, dass du deine Anschuldigung zurücknimmst!« Tiffany sieht mich durchdringend an, ihre Lippen zusammengepresst. »Das hat mein Bruder nicht verdient. Er ist ein durch und durch guter Kerl.«

»Darüber lässt sich streiten«, entgegne ich.

»Nimm sie zurück!«, wiederholt sie mit lauter Stimme. »Amir mag dich nicht mal. Wieso legst du dich so ins Zeug für ihn?«

»Aus demselben Grund, aus dem du dich so für Trey einsetzt. Er ist mein Bruder.«

»Du weißt gar nichts!«, faucht sie mich an.

»Ich weiß, dass dein Bruder zum Zeitpunkt von Chloes Ermordung in ihrem Viertel war«, erwidere ich.

»Er hat unseren Vater zur Rede gestellt …« Ihre Augen wandern zu Jared. Anscheinend ist ihr gerade klar geworden, dass wir einen interessierten Zuhörer haben, der nichts lieber täte, als jedem von der Affäre ihres Vaters mit Vivian Crane zu erzählen. »Es ging um den Ruf unserer Familie«, fährt sie fort. »An Chloe hat er in diesem Moment keine Gedanken verschwendet.«

»Was hat denn dein Vater so spät noch im Garden District gemacht?«, wirft Jared neugierig ein.

»Warum hat Trey das nicht gleich gesagt?«, frage ich, ohne auf Jareds Frage einzugehen.

»Lass uns einfach in Ruhe!«, ruft sie.

Im Raum ist es still geworden. Alle starren uns an.

»Worin besteht das Problem bei euch?«, fragt Mrs Graceson von ihrem Pult aus.

»Ich glaube, ich brauche zwei neue Anwälte«, antwortet Jared grinsend.

»Kommt nicht infrage.« Mrs Graceson steht auf. Ihre Absätze klacken über den Boden, als sie zu uns geht. »Ms Winslow, Mr Trudeau, kriegen Sie das in den Griff?«

Mein Herz rast. Ich kann nur schwer atmen, während ich Tiffany anstarre, die mit verkniffenem Mund ihre Arme auf der Tischplatte verschränkt. Diese Situation fühlt sich äußerst unangenehm an. Die Worte meines Vaters, dass wir eine andere schwarze Familie nicht in Misskredit bringen wollen, hallen durch meinen Kopf.

»Es geht mich ja nichts an«, fährt Mrs Graceson fort, »aber ich schlage vor, Sie legen Ihren kleinen Zwist jetzt bei und kümmern sich um Ihre Aufgabe. Zu Beginn der nächsten Woche erwarte ich von jedem hier eine Auflistung der wichtigsten Argumente.«

Mit diesen Worten dreht sie sich um und kehrt an ihren Tisch zurück.

In den letzten fünfzehn Unterrichtsminuten führen Tiffany und ich ein verkrampftes Gespräch über die wichtigsten Aspekte des Falls, zu dem Jared kaum etwas beizutragen hat. Ich war noch nie so glücklich, als es schließlich zur Pause klingelt.

Ich widerstehe dem Drang, sofort aus dem Raum zu stürmen, und bleibe einfach sitzen. Sobald Jared und die anderen Mitschüler außer Hörweite sind, beuge ich mich Tiffany entgegen und sage: »Ich will mich nicht mit dir streiten, Tiff.«

»Wie auch immer«, murmelt sie und will den anderen folgen.

»Ich meine es ernst!«, sage ich und nehme ihr Handgelenk. »Ich will dir nicht wehtun.«

Sie wirbelt herum und reißt ihren Arm zu sich. »Willst du wissen, warum Trey so spät noch in dieser Gegend war?« Sie zieht ihr Handy aus der Tasche und entsperrt es mit einer Hand. »Weil er *das hier* gemacht hat!«

Tiffany hält mir das Display entgegen. Das Klassenzimmer hat sich fast vollständig geleert, als ich ihr das Handy aus der Hand nehme. Ein schummriges Foto von zwei Menschen auf der Straße füllt den Bildschirm aus. Als ich es näher betrachte, sehe ich, dass es sich um ihren Vater und Vivian Crane handelt, die gerade aus dem Belmont Hotel kommen. Ich schaue zu Tiffany auf, ein wenig verwirrt, dass sie mir dieses Foto zeigt.

»Sieh dir die Uhrzeit an«, sagt sie und hebt eine Braue.

Das Foto ist in der Mordnacht um 01:25 Uhr entstanden. Zwanzig Minuten *bevor* Trey den Strafzettel bekommen hat, den ich in seinem Auto gefunden habe.

»Unser Vater hat alles abgestritten, nachdem Chloe Trey von der Affäre erzählt und er ihn darauf angesprochen hat«, sagt Tiffany und reißt mir das Handy aus der Hand. »Trey hat in dieser Nacht auf ihn gewartet, um handfeste Beweise zu haben. Den Strafzettel hat er bekommen, weil er meinen Vater noch zu seinem Wagen begleitet und ihm damit gedroht hat, nicht nur unsere Mutter, sondern auch die Presse zu informieren, falls er die Affäre mit dieser Frau nicht sofort beendet.«

Während sie das Handy wieder in der Tasche ihres Rocks verschwinden lässt, fügt sie hinzu: »Trey kann ja wohl nicht an zwei Orten gleichzeitig gewesen sein.«

In mir krampft sich alles zusammen. Sie hat recht. Amir hat gesagt, dass er um 02:18 Uhr vom Schlagen einer Tür geweckt wurde, was logischerweise der Täter gewesen sein muss, als der das Haus durch die Hintertür verließ.

»Mr Trudeau, Ms Winslow, ist alles in Ordnung?«

Mrs Graceson schaut von ihrem Pult zu uns herüber.

»Yes, Ma'am. Wir sprechen nur noch mal alles durch«, antworte ich. Ich warte, bis unsere Lehrerin den Blick senkt, ehe ich zu Tiffany sage: »Ich hatte ihn nur im Verdacht, weil ich während der Gedenkfeier für Chloe mitbekommen habe, wie er ihr Zimmer durchsucht hat.«

Sie seufzt. »Seine Motive waren nicht so niederträchtig, wie du denkst. Er hat die Liebesbotschaften gesucht, die Chloe ihm geschrieben hat. Er hat sie ihr alle in dem Einmachglas zurückgegeben, in dem er sie aufbewahrt hat, weil er wütend war, nachdem sie mit ihm Schluss gemacht hatte.«

Die Scham sticht mir in die Brust. In der Schule kleine Liebesbriefe auszutauschen, war genau ihr Ding.

»Könnt ihr euch nicht einfach Textnachrichten schicken wie alle anderen auch«, habe ich mal aus Spaß zu ihnen gesagt.

Chloe hatte sich eingeredet, dass es irgendwie mehr bedeutete, wenn ein Junge seine Gefühle mit der Hand aufschrieb.

»Nachdem sie …« Tiffany verlagert ihr Gewicht von einem auf das andere Bein, weil sie diesen Satz offenbar nicht beenden will. »Jetzt, wo sie nicht mehr da ist, bedeuten sie ihm noch mehr.«

Was ich absolut verstehen kann. Nach Nanas Tod bedeuten mir die vielen kleinen Dinge, die mich an sie erinnern, auch mehr als je zuvor: der Löffel, mit dem sie immer im Kuchenteig rührte; von ihr unterschriebene Geburtstagskarten, ihr Lieblingstuch. Ich bewahre all diese Dinge in einer kleinen Kiste in meinem Schrank auf, um ihre Erinnerung am Leben zu halten. Ich war so darauf fixiert, Trey als ihren Mörder zu betrachten, dass ich gar nicht auf den Gedanken kam, dass er ihr Zimmer durchsucht haben könnte, weil er um sie trauert.

»Warum hat er ihre Eltern nicht danach gefragt?«, will ich wissen.

»Er hat es versucht, doch ihr Vater hat Nein gesagt«, antwortet Tiffany. »Er hat Trey nicht verziehen, dass er die Briefe zurückgegeben hat, um Chloe zu verletzen. Und Trey hat gedacht, dass er sie einfach stehlen könnte, weil sie im Grunde ja ihm gehören.«

»Hast du davon gewusst … ich meine, von der Affäre deines Vaters?«, frage ich, um zu dem Geheimnis zurückzukehren, das mein Misstrauen gegen ihren Bruder genährt hat.

Ihr Kinn zittert. »Ich habe es am selben Morgen herausgefunden, an dem dein Bruder verhaftet wurde. Ich … zuerst …« Sie wendet den Kopf ab, vielleicht weil sie sich dafür schämt, was sie mir sagen will. »Zuerst habe ich dasselbe gedacht wie du. Ich hab gehört, wie Trey sich spät in der Nacht bei uns ins Haus geschlichen hat, und als ich am nächsten Morgen die Nachrichten hörte …«

Sie hat geglaubt, ihr Bruder hätte seine Ex-Freundin getötet.

»Als ich ihn darauf angesprochen habe, hat er mir das Foto gezeigt«, fügt sie leise hinzu.

»Es tut mir so leid, Tiff«, sage ich und meine es ernst.

Der Zorn kehrt in ihr Gesicht zurück. »Lass einfach den Namen unserer Familie aus dem Spiel, verstanden?«

Ehe ich etwas antworten kann, rennt sie aus dem Klassenzimmer. Ich folge ihr mit trägen Schritten. Als ich mein Schließfach erreiche, fühlt sich mein Körper so an, als wäre er durch den Fleischwolf gedreht worden. Ich werfe den Aktenordner und die übrigen Bücher hinein. Warum ist das Leben gerade ein einziger Albtraum? Nie wieder wird es so werden wie vor meinem Geburtstag. Hätte ich diese Party nicht gefeiert, wäre das alles vielleicht nicht passiert. Chloe wäre noch am Leben. Amir stünde nicht im Verdacht, sie ermordet zu haben. Ich würde mich an der Schule nicht so einsam fühlen.

Als ich mich umdrehe, stehen mir Jared und seine Clique

gegenüber. Mein Blick bleibt an Colin Perrier hängen, während ich mir meine Schultasche über die Schulter werfe. Er zieht einen schwarzen Hoodie über seinen Pullover mit V-Ausschnitt, den er gerade trägt. Meine Lippen öffnen sich automatisch, als ich sehe, was sich auf dem Rücken des Hoodies befindet: ein Cartoon-Bär. Alle Bewegungen um mich herum scheinen sich zu verlangsamen, als ich daran denke, was Amir mir von dieser verfallenen Kirche erzählt hat. Als sich Colin mit den anderen in Bewegung setzt, beobachte ich noch etwas:

Er humpelt ein bisschen.

19
Amir

Marcel und ich haben in dieser Woche schon genug miteinander geredet, also lehne ich seinen Anruf ab, als sein Name auf meinem Display erscheint. Ich sitze auf meinem Bett, versuche, nicht einzuschlafen und eine Englischaufgabe fertigzustellen, die heute fällig ist. Ich wette, er will mich sprechen, weil ich unseren Dad gestern so hart angegangen bin. Und wenn das so ist, dann haben wir uns gerade nichts zu sagen.

Der Kerl mischt sich einfach zu viel ein.

Im nächsten Moment meldet sich erneut mein Handy und ich sehe, dass er mir ein Foto geschickt hat.

Ich öffne es. Das Bild zwingt mich dazu, mich aufzusetzen und mein Englischbuch wegzulegen. Es ist das Foto eines schwarzen Hoodies mit einem Cartoon-Bären drauf. Der gleiche Hoodie, den der Typ anhatte, der am Montag aus der Kirche geflüchtet ist. Als ich eine Antwort tippe, ruft Marcel noch mal an.

»Ja, das *ist* der Hoodie«, bestätige ich, während meine Neugier die Verärgerung über Marcel verdrängt.

»Bist du sicher?«, fragt er.

Am anderen Ende sind eine Menge Hintergrundgeräusche. Er scheint immer noch in der Schule zu sein. Mir wird klar, dass ich gerade meinen letzten Kurs des Tages hätte, wäre ich auch dort. Dass ich den ganzen Tag zu Hause war, hat mein Zeitgefühl total durcheinandergebracht.

»Ja, definitiv«, antworte ich. »Er hat auch dieselbe Statur. Wer ist das?«

»Colin. Colin Perrier. Du weißt schon, der Typ, der immer mit Jared Lanford abhängt.«

Als ich Jareds Namen höre, habe ich ein vages Bild von diesem Colin vor Augen. »Du meinst diesen schmächtigen Typ mit dem zotteligen Justin-Bieber-Haarschnitt?«, frage ich.

»Genau den.«

»Echt ... seltsam«, ist alles, was mir über die Lippen kommt.

»Oder? Colin wohnt in Lakeview«, fährt Marcel fort. »Was hat der in einer abgefuckten Kirche in Broadmoor zu suchen?«

»Sag du es mir.«

»Außerdem hat er heute gehumpelt. Hattest du nicht gesagt, dass die Person, der du hinterhergerannt bist, gehumpelt hat?«

Ich springe aus dem Bett und tigere vor meiner Kommode auf und ab. »Yeah. Vom ersten Stock aus geht's ganz schön tief runter. Und er ist ziemlich unsanft gelandet.«

»Das kann doch kein Zufall sein.«

Auf meiner Brust lastet ein schweres Gewicht. *Ich habe keine Ahnung, was das zu bedeuten hat.*

»Ach ja, und was Trey angeht, da hab ich mich geirrt«, redet er weiter.

Ich halte inne. Meine Verwirrung schwankt zwischen den Fragen, warum Colin in meiner alten Kirche war und was Marcels Meinung über Trey geändert hat.

»Aber ich glaube, ich weiß jetzt, wie jemand sich nachts in das Haus geschlichen haben könnte ...«

Wahrscheinlich wird er mir nicht erzählen, warum er Trey von der Liste gestrichen hat.

»Quincy und ich denken darüber nach ...«

»Moment mal«, falle ich ihm ins Wort. »Quincy? Du meinst, *meinen* Freund Quincy?«

Nach einem Moment der Stille sagt Marcel. »Hey, ich muss los, der Unterricht fängt an.«

Er beendet den Anruf, ehe ich noch etwas sagen kann.

Ich lasse mich auf die Bettkante sinken.

Er hat mit meinem Kumpel gechattet? Ich werfe mein Handy auf die Matratze. Warum muss sich Marcel in jeden Bereich meines verdammten Lebens einmischen? Hat er Q kontaktiert oder war es andersrum? Wahrscheinlich Letzteres – ich hab niemanden an mich rangelassen, seit ich auf Kaution freigekommen bin. Ich kenne Q. Der regt sich über alles wahnsinnig auf. Nicht nur, dass er mir selbst was vormacht, jetzt tut er sich hinter meinem Rücken auch noch mit meinem Halbbruder zusammen.

Ich lasse mich zurücksinken, die Arme über dem Kopf verschränkt. Ich sollte mich nicht darum kümmern, was auch immer Q und Marcel miteinander treiben, sondern zu meinen langweiligen Hausaufgaben zurückkehren. Wenn ich eine Verlängerung für die Abgabe will, muss ich mich beim Server unserer Schule einloggen und das offiziell beantragen. Während der Pandemie, als wir alle nicht aufs Truman gingen, haben Lehrer und Schüler hauptsächlich über das Schulportal miteinander kommuniziert. Jetzt, da wir wieder direkt miteinander reden, wird das Portal vor allem von Schülern während des Unterrichts genutzt, weil wir im Unterricht eigentlich keine Handys benutzen dürfen. Da ich auf der Schule kaum soziale Kontakte habe, logge ich mich dort selten ein, weshalb ich jetzt auch mehrere Versuche brauche, um mich an das richtige Passwort zu erinnern.

In den Unterlagen, die Marcel mir gegeben hat, befand sich auch ein Hinweis von Mr Braswell, dass meine Lehrer regelmäßig ihren Posteingang checken werden, falls ich mit ihnen kommunizieren muss. Auf mich warten mehr als fünfzig ungelesene Nachrichten, unter denen sich bestimmt zahlreiche Rundschreiben der Schule befinden. Doch die Adresszeile der ersten Nachricht lässt es mir kalt den Rücken runterlaufen.

Von: Chloe Danvers
Betreff: BITTE LESEN!!!

Ich ziehe mein Handy aus der Tasche, nachdem ich mich durch die zusammengeketteten Türen meiner alten Kirche gequetscht habe. Die rätselhafte Nachricht eines toten Mädchens füllt immer noch das Display, nachdem ich mein Handy entsperrt habe. Sie ist um 9 Uhr bei mir eingegangen, fast acht Stunden nachdem Chloe ermordet wurde.

Amir,

es gibt einen Grund, warum ich dich nach Hause mitgenommen habe. Aus demselben Grund habe ich dich nicht geweckt, nachdem du eingeschlafen warst. Ich hatte Angst, heute Nacht allein zu sein. Es gibt Leute an unserer Schule, die mich lieber tot sehen würden, statt zu riskieren, dass ich mit dem, was ich weiß, an die Öffentlichkeit gehe. Wenn du das hier liest, haben sie ihr Ziel erreicht. Aber die Arschlöcher haben mich unterschätzt. Ich habe gelogen, als ich dir sagte, dass mein Kleid in der Kirche irgendwo hängen geblieben ist. Ich habe etwas für dich versteckt. Wenn du es findest, schau in dem Ordner »Das Spiel« nach. BITTE zeig es deinem Bruder. Er wird wissen, was zu tun ist und wo er anfangen muss. Zuerst habe ich mich an ihn gewandt, aber er wollte nicht hören, was ich zu sagen hatte. Er wird dich anhören. Eure Familie ist anders. Ich weiß, dass man euer Schweigen nicht erkaufen kann, wie das bei mir der Fall war. Erinnere dich daran, was ich über Rauch und Spiegel gesagt habe. Traue niemandem an unserer Schule – vor allem nicht, wenn sie weiß sind!

Chloe

Meine Hände zittern. Chloe hat um ihr Leben gefürchtet. Sie hat nicht mit mir geflirtet, weil sie mich mochte, sondern damit sie sich in dieser Nacht sicherer fühlen konnte. Und falls mein Schutz nicht ausreichen würde (was er offensichtlich nicht getan hat), hat sie durch die Nachricht an mich sichergestellt, dass sie ihr Geheimnis, worum auch immer es sich handelt, nicht mit sich ins Grab nahm, ehe ihre Befürchtung zu meinem Albtraum wurde. War ich denn die ganze Zeit nur ein Spielball, verdammt?

Mit hämmerndem Herzen nehme ich immer zwei Stufen auf einmal, bis ich im Zwischengeschoss bin. Ich muss wissen, wie alles zusammenhängt. Vielleicht kann das, was sie hier versteckt hat, meine Unschuld beweisen. Erinnerungsfetzen jener Nacht jagen mir durch den Kopf: Chloe und ich in dieser Kirche. Wie sie jemandem eine Nachricht geschrieben und behauptet hat, es sei Trey gewesen. Ihre Andeutungen über das Truman. Sie war sehr aufgewühlt, und jetzt weiß ich auch, warum. Sie wusste, dass es Leute an unserer Schule gab, die bereit waren, sie wegen bestimmter Informationen zu töten. Was zum Teufel geht da in der weißen Community vor sich?

Ich gehe sofort zu der Stelle, an der wir gesessen haben. Nur ein Stückchen entfernt habe ich diesen Kerl (Colin?) dabei erwischt, wie er sich dort umgeschaut hat. Ich knie mich hin. Hat er auch nach dem gesucht, was Chloe mir hinterlassen hat? Wenn ich es nicht finde, heißt das, dass er mir zuvorgekommen ist.

Einige der morschen Fußbodendielen sind gebrochen und wölben sich nach oben. Als ich sie mit den Händen abtaste, fühle ich dort, wo sie sich vom Boden gelöst haben, Ritzen und Löcher. Behutsam beuge ich mich nach unten, um in diese Hohlräume hineinzusehen. In einen lasse ich meine Finger gleiten. Kalt und feucht ist es darin. Unter meinen Fingerkuppen spüre ich etwas Hartes und Glattes. Schließlich gelingt es mir, den Gegenstand zwischen Zeige- und Mittelfinger einzuklemmen und herauszuziehen.

Ein kribbelndes Gefühl wandert hoch bis zu meinem Nacken, als ich den rosa USB-Stick in meiner Hand sehe. Was hat er mit ihrem Tod zu tun?

20
Marcel

»Wenn du dem Mädchen das mit ihrem Bruder glaubst, warum wolltest du dann noch hierherkommen?«

Quincy redet von Tiffany und Trey. Ich habe ihm auf dem Weg zum Garden District von unserem gestrigen Streit erzählt, nachdem ich ihn von der Schule abgeholt habe. Nun parke ich zwei Häuser von Chloes Haus entfernt, das wir von hier aus gut im Blick haben.

Ich drehe mich auf dem Fahrersitz so um, dass ich Quincy ins Gesicht sehen kann. »Ich dachte, das hätten wir in unseren Nachrichten schon geklärt.«

»Haben wir auch, aber ich meine …«, er seufzt, »wenn du nicht glaubst, dass der Typ den Ersatzschlüssel, der unter diesem Stein im Garten versteckt ist, dazu benutzt hat, um sich ins Haus zu schleichen und sie zu ermorden, dann verstehe ich nicht ganz, was wir hier wollen.«

Ich hab mich an diesen künstlichen Stein im Garten der Danvers erinnert, als Quincy und ich darüber spekuliert haben, wie der Mörder ins Haus gelangt sein könnte, da es keine Anzeichen für die Anwendung von Gewalt gab. Letzten Sommer habe ich den Ersatzschlüssel einmal pro Woche benutzt, um die Post ins Haus zu legen, während Chloe und ihre Familie auf einer Europareise waren. Auch Trey kannte das Schlüsselversteck und hat sich mit dem Ersatzschlüssel manchmal spätabends ins Haus geschlichen, wenn Chloes Eltern schon schliefen. Chloe meinte, das würde ihrer Beziehung einen Kick geben. Das wäre jedenfalls die perfekte Erklärung dafür, wie er in jener Nacht ins Haus gelangen konnte – falls er denn der Täter war.

»Trey hat ihn damals wohl nicht benutzt, aber ich brauche den Schlüssel jetzt, um mich ein bisschen in ihrem Zimmer umzusehen«, erkläre ich Quincy erneut. »Es muss sich doch irgendwas finden lassen, das uns weiterbringt. Außerdem weiß ich nicht, was ich sonst tun soll.«

»Verstehe«, sagt Quincy und lässt sich in seinen Sitz zurücksinken. »Aber bist du sicher, dass diese Frau bald das Haus verlässt?«

Ich nicke. »Ihre Mom holt ihren Bruder jeden Montag, Mittwoch und Freitag nach der Schule von seinem Baseballtraining ab. Wenn sie weg ist, sollten wir genug Zeit haben, uns den Schlüssel zu holen, ins Haus zu gehen und uns ein bisschen umzusehen.«

Eigentlich wollte ich das alleine tun, doch Quincy bestand darauf, mitzukommen. Und ich muss zugeben, dass ich mich darüber freue. Ich mag, wie ungezwungen und leicht seine Nähe ist.

»Und der Alte? Der wird doch nicht auf uns losgehen, oder?«

Sein besorgter Blick ist süß. Ich muss mich selbst davon abhalten, mich seinen vollen Lippen zu nähern. Er sieht wie ein leidenschaftlicher Küsser aus.

Konzentrier dich, Marcel!

»Ne, der ist nie vor sechs zu Hause«, antworte ich.

Ich bekomme eine Gänsehaut, während die Wartezeit verstreicht. Wir sitzen hier schon seit über dreißig Minuten.

»Wie geht's meinem Freund Amir?«, fragt Quincy.

»Der ist immer noch wütend auf die ganze Welt«, antworte ich, den Blick starr auf Chloes Haus gerichtet.

»Und wie geht's dir?« Quincys buschige Augenbrauen stehen eng beieinander, als ich mich zu ihm umdrehe. »Wie sieht's mit deiner Familie aus?«

Es würde sich nicht richtig anfühlen, ihm davon zu erzählen, wie Amirs Situation auch das gesamte Leben meiner Familie beeinflusst. Er ist derjenige, der vielleicht ins Gefängnis muss. Er ist derjenige, dem womöglich ein Todesurteil bevorsteht. Er ist derjenige, den alle für einen Mörder halten. Er hat so viel mehr zu verlieren als wir. Doch hier, unter vier Augen mit Quincy, mit jemandem, den ich kaum kenne, fühlt es sich plötzlich okay an, auch all die anderen Dinge anzusprechen, die mich antreiben.

»Es passiert gerade so viel«, antworte ich, entspanne meine Schultern und lasse meinen Hinterkopf an der Kopfstütze ruhen. »Die Geschäfte meines Vaters werden ziemlich in Mitleidenschaft gezogen. In einem Fall steigen gerade sogar die Sponsoren aus, weil sie die schlechte Presse fürchten, die gerade mit seinem Markennamen verbunden ist. Sie wollen doch tatsächlich, dass er sich von Amir distanziert. Du hast bestimmt gesehen, was auf Black Twitter geschrieben wird … dass sie ihm die Schuld an allem in die Schuhe schieben. Wäre er Amir ein besserer Vater gewesen, heißt es, dann hätte er sich auch nie in Schwierigkeiten gebracht. So ein Schwachsinn.«

»Ja, hab ich«, entgegnet Quincy. »Aber hast du auch gesehen, was Orlando Houston auf Insta gepostet hat? Er hat die Leute, die sich jetzt gegen deinen Vater wenden, als Dummköpfe bezeichnet. Gab auch jede Menge Reposts.«

»Echt?« Ich setze mich auf.

Orlando Houston hat erheblichen Anteil daran, dass mein Vater diese Karriere machen konnte. Dass er während der Aufräumarbeiten nach dem Hurrikan Katrina im Tru gegessen und nachher in einem Interview und seinen Freunden gegenüber so davon schwärmte, hat meinen Vater quasi über Nacht zu einem bekannten Mann gemacht.

Quincy holt sein Handy raus und öffnet Twitter.

»Scroll mal runter«, sagt er und gibt es mir. »Er hat sogar ein Hashtag gepostet. I Stand With Amir.«

Ich sehe eine endlose Abfolge von Tweets. Leute, die meinem Bruder ihre Unterstützung zusichern. Zahllose Beispiele von Weißen, die ebenfalls des Mordes verdächtigt und von den Strafverfolgungsbehörden und den Medien sehr viel nachsichtiger behandelt wurden, ehe ihre Schuld bewiesen wurde. Leute, die so reden, als hätten sie ein Jurastudium absolviert, plädieren für Amirs Unschuld. Manche behaupten sogar, dass das New Orleans Police Department und der Staatsanwalt den Fall nur deshalb so rasch abwickeln wollten, weil das Opfer ein weißes Mädchen ist.

Mir wird ganz warm ums Herz, nachdem ich die Tweets über meinen Vater lese. In einem heißt es: Die Weißen können es nicht erwarten, Martin Trudeau zu Fall zu bringen. Ein anderer schreibt: Die Leute scheinen den Sohn dieses Mannes schuldig sehen zu wollen, um dann argumentieren zu können, dass auch viel Geld einem Schwarzen nicht hilft, das System zu besiegen. Und in einem anderen Tweet: Warum sind die Medien immer so schnell, wenn es darum geht, einen Schwarzen vom Sockel stoßen zu können? #IStandWithAmir

Ich scrolle weiter. Bis ich endlich den Post erreiche, der hier alles ins Rollen gebracht hat. Es ist ein Screenshot der Nachricht, die Orlando Houston letzte Nacht auf Insta abgesetzt hat.

> Ich kenne Martin Trudeau. Weiß, dass er ein gutes Herz hat. Er und seine Familie verdienen in diesem Moment unsere Gebete und unsere Unterstützung, nicht unser Urteil. Mein tiefstes Mitgefühl gilt der Familie des

Mädchens. Doch in diesem Land sind schon zu viele schwarze Männer zu Unrecht verurteilt worden, ohne dass die genauen Gründe hierfür hinterfragt wurden. Es gibt immer noch zu viele offene Fragen.
#IStandWithAmir

Würde ich die sozialen Netzwerke nicht seit einiger Zeit ignorieren, hätte auch ich solche Posts zur Kenntnis genommen. Jetzt, nachdem ich sie gelesen habe, muss ich sie unbedingt meinem Dad zeigen. Er muss wissen, dass es Leute gibt, die auf seiner Seite sind. Und Amir muss wissen, dass ich nicht der Einzige bin, der ihm glaubt.

»Ist sie das?«, fragt Quincy und reißt mich aus meinen Gedanken ins Hier und Jetzt zurück.

Als ich aufblicke, steigt Chloes Mom gerade in ihr Auto. Ich gebe Quincy sein Handy zurück. »Ich hab doch gesagt, dass sie bald losfährt.«

Wir beobachten schweigend und mit pochenden Herzen, wie Mrs Danvers rückwärts aus der Einfahrt setzt und an uns vorbeirollt. Ich lasse mich tiefer in meinen Sitz sinken, um sicherzugehen, dass sie mich nicht sieht, obwohl das bei meinen getönten Scheiben eigentlich überflüssig ist.

»Okay, dann los«, sage ich und strecke meine Hand nach dem Türgriff aus.

»Warte, mein Hübscher!« Quincy legt mir die Hand auf den Arm. »Wir können doch nicht am helllichten Tag im Haus dieser weißen Leute rumschnüffeln.«

»Ach, ist doch kein großes Ding.« Ich zucke mit den Schultern. »Ich war schon so oft in Chloes Haus, mein Gesicht ist hier bekannt.«

»Genau deshalb können wir uns nicht einfach den Ersatzschlüssel schnappen, wenn sie nicht zu Hause sind.« Quincy greift nach seiner Tasche, die auf dem Rücksitz liegt. »Die Zeiten haben sich geändert. Dein Bruder wird verdächtigt, ein Mädchen ermordet zu haben, das hier gewohnt hat. Wir sind zwei junge Schwarze in einer reichen, vorwiegend Weißen Gegend. Wir können uns nicht so frei bewegen wie sie.«

Ich lasse die Schultern hängen und muss an meinen Streit mit Amir vor zwei Tagen denken. Daran, dass ich die Welt ganz anders sehe und erlebe als er.

»Und wie sollen wir das jetzt anstellen, wenn wir nicht aus dem Wagen steigen?«, frage ich ein bisschen genervt.

Quincy zieht ein zusammengefaltetes cremefarbenes Hemd aus der Tasche. »Deshalb hab ich die hier mitgebracht.«

Er gibt mir das Hemd, das ich auseinanderfalte, um es näher betrachten zu können. Es ist ein Button-Down-Hemd, auf dessen linker Brust *City of New Orleans* gestickt ist. In der Mitte des Aufnähers auf der anderen Seite ist der Name *Tyrone* zu lesen.

»Wo kommen die her?«, frage ich stirnrunzelnd. Quincy hat ein identisches Hemd auf seinem Schoß ausgebreitet. Dann greift er erneut in seine Tasche und zieht zwei identische marineblaue Basecaps raus. »Mein Cousin arbeitet für das städtische Bauamt. Ich hab ihn überredet, uns für heute Nachmittag die beiden Hemden zu leihen. Die ziehen wir an, dann werden die Nachbarn denken, dass wir im Auftrag der Stadt hier sind, um im Haus die Zählerstände abzulesen oder so was. Perfekte Tarnung, oder?«

Sein albernes Grinsen bringt mich zum Lachen. »Ist das wirklich nötig?«

»Na klar. So wird niemand wissen, dass der Bruder von Amir Trudeau hier war«, antwortet Quincy und zieht sich bereits sein T-Shirt über den Kopf. Der Anblick seines Waschbrettbauchs und der feinen gekräuselten Haare, die unter dem Bund seiner Unterhose verschwinden, lassen mich an etwas denken, das wir lieber nicht tun sollten. »Und wenn irgendjemand später sagt, dass er zwei schwarze für das Bauamt tätige Arbeiter hier gesehen hat, wird dies niemand mit unseren Namen in Verbindung bringen können.«

Ich nicke. Er hat ja recht. Ich wünschte nur, ich müsste nicht dieses schlecht sitzende Polyesterhemd anziehen. Ich lege den Blazer ab und öffne meinen Krawattenknoten. »Gib's zu, du wolltest doch nur sehen, wie ich mich ausziehe.«

Ein bisschen Flirten wird ja wohl erlaubt sein.

Quincy ist schon dabei, sein Hemd zuzuknöpfen. »Ich werde nicht hingucken. Ich will nicht, dass du mich für einen Fuckboy hältst.«

Er zwinkert mir zu und ich schmelze dahin.

Er tut das, was er angekündigt hat, und blickt aus dem Seitenfenster, während ich das weiße Hemd meiner Schuluniform ausziehe und in das seines Cousins schlüpfe. Ich warte, bis ich meine Locken unter dem Basecap verstaut habe, auf das ebenfalls *City of New Orleans* gestickt ist. »Und, wie sehe ich aus?«, frage ich.

»Zum Anbeißen süß«, antwortet er und öffnet die Tür. »Komm, wir ziehen das jetzt durch.«

Quincy hält ein Klemmbrett in seiner rechten Hand, als er um die Kühlerhaube herumgeht.

»Und wofür ist das gut?«, frage ich mit Blick auf das Klemmbrett, als ich die Fahrertür schließe.

»Um unser Outfit zu vervollständigen«, antwortet er und hält es sich vor die Brust.

Ich stopfe mir das Hemd in die Hose meiner Schuluniform, weil ich es nicht ertrage, wie es sich um meine Hüften wölbt. »Wenn du was anfängst, dann ziehst du es auch durch, oder?«

»Solltest du dir merken«, entgegnet er und zwinkert mir zu.

Wir überqueren die Straße zu Chloes Haus.

»Weiß mein Bruder eigentlich über dich Bescheid?«, frage ich, um auf andere Gedanken zu kommen, nachdem Quincy die Idee, dass wir erwischt werden könnten, aufgebracht hat. Ich will nicht, dass unsere Aktion für Amir ungewollte Konsequenzen haben könnte. »Ich meine, dass du schwul bist. Bitte sag mir jetzt nicht, dass du dich bedeckt hältst.«

Er kichert. »Ich find's grade erst für mich raus. Ich habe ein paar Mädels gedatet und hab was mit ein paar Jungs angefangen, bis jetzt noch ohne richtigen Sex. Aber ich hab damit *experimentiert* – ist es das, was du wissen wolltest?«

»Ich bin also nur ein Experiment?«, frage ich ein wenig beleidigt.

»Nein, so ist das nicht.« Sein Blick ist aufrichtig. »Du interessierst mich einfach. Und die Neugier geht über den Sex hinaus. Vielleicht will ich wissen, ob da noch mehr ist zwischen uns beiden.«

Sein liebenswertes Lächeln lässt mich erröten. »Und Amir weiß das alles nicht?«, frage ich.

»Nö.« Quincy schüttelt den Kopf.

»Bist du noch nicht bereit für dieses Gespräch mit ihm?«

»So kann man das nicht sagen«, antwortet er mit ernster Miene. »Ich muss den Dingen erst auf den Grund gehen, bevor ich ihm sagen kann, was Sache ist. Durch dich könnte alles ein bisschen komplizierter werden.«

Gut. Ich bin froh, dass ich nicht der Einzige bin, der sich darüber Gedanken macht, wie Amir es aufnehmen wird – was auch immer zwischen mir und seinem besten Freund passieren wird.

»Wenn das alles vorbei ist und keine Gefahr mehr für ihn besteht, werde ich es tun«, sagt Quincy, als wir den Bürgersteig erreichen. »Hoffentlich bist du bis dahin auch verliebt in mich.«

Ich verdrehe die Augen, kann mir aber ein Grinsen nicht verkneifen.

Schweigend nähern wir uns dem Seitentor im schmiedeeisernen Zaun, der den vorderen Teil des Hauses umgibt. Ich warte ein paar Sekunden, ehe ich es öffne, und lasse kurz meinen Blick schweifen, um sicherzugehen, dass uns niemand beobachtet. Mein Herz will mir aus der Brust springen.Quincys beruhigendes Lächeln ist der Anstoß, den ich brauche, um das Tor aufzustoßen und hindurchzugehen.

Der Garten wirkt größer als am Samstag, als er voller Leute war. Quincy scheint in alle Richtungen gleichzeitig zu schauen, während wir so weit um das Haus herumgehen, bis sich der Garten vor uns auftut. Er ist zweifellos beeindruckt von dem, was er sieht. Ich hingegen habe bereits die Ansammlung von Steinen im hinteren Teil des Gartens in den Blick genommen. Quincy bleibt mir dicht auf den Fersen, als ich den Stein ansteuere, der ein bisschen heller als die anderen ist. Mein Herz rast, als ich ihn anhebe. Ich spüre Quincys Atem in meinem Nacken, während ich mit dem Daumen eine kleine Platte zur Seite schiebe, unter der sich ein Hohlraum befindet.

Mein Magen dreht sich um. Der Hohlraum ist leer.

»What the fuck?«, sage ich. »Er ist weg.«

»Vielleicht hat einer von ihnen seinen Schlüssel verloren und benutzt jetzt den unterm Stein.« Sagt Quincy über meine Schulter hinweg.

Ich starre auf den leeren Fleck, als könne sich der lila-goldene Schlüssel dadurch materialisieren. Wie soll ich jetzt reinkommen? Ich schiebe die Platte zurück und lege den Stein wieder darauf.

»Was willst du jetzt machen?«, fragt Quincy, während ich die Stufen zum Hintereingang nehme.

Ich drehe am Türknauf, aber die Tür ist natürlich verschlossen. »Der Schlüssel ist sonst immer unter dem Stein.«

»Kannst du ihnen nicht einfach einen Besuch abstatten und dich dann irgendwann in ihr Zimmer schleichen?«, fragt Quincy auf der untersten Stufe.

»Das geht nicht. Die Stimmung zwischen unseren Familien ist gerade ziemlich angespannt.«

»Kein Wunder«, entgegnet er kleinlaut.

Ich spähe durch das vierfach verglaste Fenster in der Tür und wölbe die Hände um mein Gesicht, um die Küche erkennen zu können. Mein Blick fällt sofort auf den Messerblock, der rechts von der Tür auf der Arbeitsplatte steht. Ein Schlitz ist leer. Im Fenster sehe ich, wie mir etwas Schwarzes blitzschnell auf die Schulter springt. Ich stoße einen erschreckten Laut aus und wirbele herum. Quincy tut das Gleiche, als er mein panisches Gesicht sieht. Im nächsten Moment miaut eine schwarze Katze, die auf der Mauer am Ende des Gartens hockt, in unsere Richtung.

»Und schon sind wir aufgeflogen«, sagt Quincy kichernd. »Wo ist die denn so schnell hergekommen? Von den Nachbarn?«

Seine Frage bringt mich dazu, die Treppe wieder nach unten zu gehen und mich der Katze ein wenig zu nähern. *Wo ist die denn so schnell hergekommen?* Eine gute Frage. Die mir außerdem klarmacht, wie leicht es auch für einen Menschen wäre, über diese Mauer zu springen.

»Wo willst du hin?«, fragt Quincy, der immer noch an der Treppe zum Hintereingang steht.

»Will nur was nachschauen«, antworte ich, als ich an dem Engelsbrunnen in der Mitte des Gartens vorbeigehe.

Die Katze verschwindet, als ich mich ihr nähere. Vermutlich dorthin zurück, wo sie herkam, bevor sie mich zu Tode erschreckt hat. Die Mauer ist von wildem Wein bedeckt. Die Blätter kitzeln mich an den Händen und meinen nackten Armen, als ich einen Sprung mache und mich an der Kante ein Stück nach oben ziehe, gerade weit genug, um einen Blick auf die andere Seite zu werfen. Ich sehe gerade noch den Schwanz der Katze um die Ecke der Mauer verschwinden, die auf die Coliseum Street hinausgeht. Und noch etwas anderes fällt mir auf. Zwischen der Mauer der Danvers und dem Gartenzaun der Nachbarn ist genug Platz, um von der Coliseum Street zu Fuß aus bis hierher zu gehen. Das würde erklären, wie jemand auf das Grundstück gelangt ist, ohne von der Kamera der Nachbarn gefilmt zu werden.

»Ich glaube, ich weiß, wie jemand hier reinkommen konnte.« Ich lasse mich fallen und klatsche in die Hände, um die Pflanzenrückstände und den Staub der warmen, sonnengetränkten Mauersteine loszuwerden. Ich werfe einen Blick zum künstlichen Stein hinüber. »Und wenn Trey und ich nicht die Einzigen waren, die das Schlüsselversteck kannten?«

»Denkst du an jemand Bestimmtes?«, fragt Quincy.

Ich schüttele den Kopf und schaue dorthin, wo die Katze gehockt hat. Vielleicht irre ich mich ja komplett. Vielleicht hat Chloe ihren Mörder nicht gekannt, aber vielleicht kannte er sie. Hat sie ausgespäht, um ihre Gewohnheiten kennenzulernen. Hat mich, Trey oder die Mitglieder der Familie Danvers dabei beobachtet, wie sie den Ersatzschlüssel aus dem Versteck nahmen. Kannte die Lage des Gartens. So konnte er unbeobachtet ins Haus gelangen. Diese Möglichkeit lässt mein Herz schneller schlagen.

»Was ist los?«, fragt Quincy mit einem Stirnrunzeln. »Warum guckst du so, als würdest du gleich in Tränen ausbrechen?«

»Weil ich nicht weiß, was ich als Nächstes tun soll«, antworte ich.

21
Amir

Was für ein ungewohntes Gefühl. Ich sitze zu Hause und warte ungeduldig darauf, dass Marcel kommt.

Endlich hat er auf meine Nachricht geantwortet, die ich ihm geschickt hatte, nachdem der USB-Stick aufgetaucht war. Er hat eine Stunde gebraucht, um zurückzuschreiben. Hätte er sofort reagiert, hätten wir uns an der alten Kirche treffen können, doch wegen der Ausgangssperre musste ich kurz darauf wieder zu Hause sein. Da Mom bei der Arbeit ist, besteht keine Gefahr, dass sich die beiden über den Weg laufen. Keine Ahnung, was sie ihm sagen wird, wenn sie sich das nächste Mal sehen.

Als ich die Türklingel höre, springe ich sofort vom Bett und werfe die Fernbedienung auf die Matratze. Ich wollte grade eine Folge *Rap Sh!t* schauen. Die Serie wäre jetzt eine gute Ablenkung gewesen. Der USB-Stick liegt neben dem Fernseher. Ich hab noch nicht nachgeschaut, was drauf ist, wollte auf Marcel warten.

»Was hat so lange gedauert, Bro?«, will ich wissen, als ich die Haustür öffne.

Marcel trägt seine Schuluniformhose, die oberen Hemdknöpfe stehen offen und sein Hemd hängt ihm halb aus der Hose. Ich hab ihn noch nie so unordentlich gekleidet gesehen.

»Ich war bei Chloes Haus, um zu schauen, wie da jemand unbemerkt reinkommen konnte«, erklärt er und stürmt zur Haustür rein. Als ich die Tür schließe und mich umdrehe, spricht er gleich weiter. Er ist kaum zu bremsen: »Hab mich an das Schlüsselversteck im Garten unter diesem Stein erinnert. Ich wollte mit dem Schlüssel ins Haus, um in Chloes Zimmer nach weiteren Hinweisen zu suchen, aber er war nicht mehr da – also der Schlüssel, nicht der Stein. Ich glaube, dass der Mörder im Garten über die Mauer geklettert und von der Coliseum Street gekommen ist. Deshalb hat die Türkamera der Nachbarn ihn auch nicht gefilmt.«

Ich nicke und warte auf eine Gelegenheit, um von *meiner* Entdeckung zu erzählen.

»Kann doch kein Zufall sein, dass der Ersatzschlüssel verschwunden ist, oder?«

»Wer wusste außer dir noch von diesem Schlüsselversteck unter dem Stein?«, frage ich neugierig.

»Nur Trey, soviel ich weiß. Aber er kann es nicht gewesen sein. Er hat ein wasserdichtes Alibi.« Marcel legt die Stirn in Falten. »Was wolltest du mir zeigen?«

»Pass auf«, sage ich und hole Luft. »Nach unserem Telefongespräch hab ich mich im Schulportal eingeloggt, um eine Nachricht an meinen Englischlehrer zu schreiben. Und jetzt rate mal, was in einem Posteingang war …«

Er zuckt die Schultern und zieht die Brauen hoch.

»Eine Nachricht von Chloe, die *nach* ihrem Tod verschickt wurde.«

Marcels Kopf zuckt zurück. »Was?«

»Komm mit!«, sage ich und deute mit einer Geste an, dass er mir folgen soll. Als er mein Zimmer betritt, mischen sich Erstaunen und Verwirrung in seinem Blick. Er sieht es tatsächlich zum ersten Mal. Für ein paar Sekunden bleibe ich stehen und beobachte, wie er sich umsieht. Sein Blick schweift über das Chaos auf meiner Kommode, auf der Parfümflaschen neben Büchern, Mardi-Gras-Perlen, Sonnenbrillen, Basecaps und gerahmten Fotos stehen, auf denen ich mit meinen Kumpels oder meiner Mom herumalbere. Danach mustert er das Poster von Miles Morales als Spiderman, das über dem Kopfende meines ungemachten Betts hängt. Seine Augen wandern den Turm von Klarsichtboxen ab, in denen ich meine Sneakersammlung aufbewahre. Als er die Liste meiner gespeicherten Serien auf meinem TV-Screen sieht, werden seine Lippen von einem Lächeln auseinandergezogen.

Ich schnappe mir die Fernbedienung und schalte den Fernseher aus.

»Hier«, sage ich und drücke ihm meinen Laptop in die Hand. Chloes Nachricht ist immer noch geöffnet, damit er sie gleich lesen kann.

Marcel lässt sich auf die Bettkante sinken. Seine Lippen bewegen sich, während er geräuschlos liest. Ich stehe ungeduldig neben ihm, die Arme vor der Brust verschränkt und einen Kloß im Hals, während ich auf seine Reaktion warte. Die Sekunden ticken, sein Gesicht verrät keine Regung.

»Bro!«

Er zuckt zusammen. »Sorry, ich … Das liest sich so, als hätte sie gewusst, dass sie in dieser Nacht vielleicht sterben würde.«

»Ich weiß. Creepy as fuck. Aber wie konnte sie mir die Nachricht schicken, nachdem sie schon tot war?«

»Das kann ich dir erklären.« Er dreht den Laptop herum, damit ich den Monitor sehen kann. »Siehst du das kleine Symbol hier neben dem Zeitstempel?«, fragt er und zeigt auf die Ministoppuhr neben der Uhrzeit. »Das bedeutet, dass Chloe die Zeit eingestellt hat, zu der die Mail verschickt werden sollte.«

»Ohhhh …« Mir fällt die Kinnlade runter.

Würde ich das Portal häufiger benutzen, hätte ich das gewusst.

»Es bedeutet auch, dass sie die Nachricht hätte zurückrufen können, wenn du sie bis dahin nicht gelesen hättest.« Marcel dreht den Laptop wieder zu sich. »Sie hat es also geschrieben, *bevor* sie getötet wurde. Was hat sie für dich versteckt?«

Ich schnappe mir den USB-Stick und strecke ihn Marcel entgegen.

Er macht große Augen. »Das ist ihrer!« Er schnappt ihn mir aus der Hand. »Was ist da drauf?«, fragt er, während er ihn neugierig anstarrt.

»Weiß ich noch nicht«, antworte ich mit einem Schulterzucken. »Ich hab extra gewartet, damit wir es uns zusammen ansehen können. Wahrscheinlich wollte sie das auch. Was wollte sie dir erzählen, bevor sie gestorben ist?«

Marcel steckt den Stick hektisch in den USB-Anschluss an der Seite meines Laptops. »Chloe hat alles darauf gespeichert – Fotos, Schulunterlagen, diese Schminkvideos, die sie in ihrem Zimmer aufgenommen hat …«

Anscheinend will er meine Frage nicht beantworten, er hat genau gehört, was ich gesagt habe.

»Sie war fast paranoid, dass irgendwas in der Cloud auftauchen könnte, nachdem ihr Vater verklagt wurde.«

»Warum?«

»Weil sich diese Cyberstalker in die geschäftlichen und persönlichen Accounts ihres Vaters gehackt haben, um an die Nachrichten ranzukommen, die mit diesem Wohnkomplex zu tun hatten«, erklärt er. »Sie wollten seinen Namen und seine Firma in den Schmutz ziehen. Sie hat alle persönlichen Sachen auf den Stick geladen, auch alle Telefondaten. Das hat sie mindestens einmal pro Woche gemacht und dann alles auf ihrem Handy gelöscht.«

»Auf diese Weise wird man jedenfalls nicht ständig vom System gewarnt, dass der Speicher fast voll ist«, scherze ich.

»Du sagst es«, stimmt er mir grinsend zu.

Ich lasse mich neben ihm auf die Bettkante sinken, um zu sehen, was er gerade liest. Er hat recht: Zu jedem ihrer Kurse gibt es Ordner mit Schuldokumenten, außerdem Fotos, Videos und jede Menge anderes Zeug. Auf den ersten Blick nichts, das man verstecken müsste.

Marcel sieht sich die Übersicht an. »In welchem Ordner soll ich nachsehen?«

»*Das Spiel*«, antworte ich. Mein Herzschlag beschleunigt sich.

Er drückt die Entertaste, worauf Hunderte blauer Ordner verschwinden und nur ein einziger übrig bleibt.

»Sklavenhandelsspiel?«, lesen wir beide laut.

Im Ordner befinden sich zahlreiche JPEG-Fotos. Das erste datiert vom zweiten Februar. Marcel klickt es an, worauf ein grobkörniges Bild erscheint, das ich sofort als Screenshot von SnapMessages, einer Social-Media-App, identifiziere.

»Niggersale?«, platzt es aus mir heraus, während ich die fette Titelzeile lese. Hinter den Worten sehe ich Emojis von zwei schwarzen Bauern. »Was ist das für ein Scheiß?«

Marcel drückt die Plustaste, um Bild und Text zu vergrößern.

HEUTE

theotherNEGAN hat den Gruppennamen
in Affenfarm geändert 🐒🐒

theotherNEGAN hat den Gruppennamen
in Affenauktion geändert 🐒🐒

theotherNEGAN hat den Gruppennamen
in Sklavenhandel geändert

I_AM_IRONMAN:
Warum ändern wir den Scheiß?

theotherNEGAN:
War ein Brainstorming. Ich mag Sklavenhandel.
Was denkt ihr?

Die Frage von theotherNEGAN zieht *zwölf* gehobene Daumen nach sich. Meine Ohren beginnen zu glühen.

»Ey, was soll das hier, Bro?«

»Da bin ich genauso überfragt wie du«, antwortet Marcel und massiert mit den Daumen seine Schläfen.

»Warum ist das Bild so unscharf?«, frage ich. »Hat sie das mit einem uralten Handy gemacht, oder wie?«

»Könnte sein, dass hier der Screen eines Handys abfotografiert wurde«, mutmaßt Marcel.

»Warum hat sie nicht einfach ein Screenshot von dem Bullshit gemacht, den die *Proud Boys* oder wer auch immer hier verbreiten?«

»Weil das SnapMessages den Mitgliedern der Gruppe sofort verraten würde«, antwortet Marcel. »Deshalb benutzen Leute die App. Sie wollen Nachrichten hin und her schicken, die sie nicht als Screenshots festgehalten sehen wollen. Außerdem verschwindet jede Nachricht gleich, nachdem sie gelesen wurde. Ist in der geheimen Gay-Community ziemlich beliebt. Da kann man sich Fotos schicken, ohne geoutet zu werden. Keine Cyberspuren. Die Frage ist, warum Chloe das alles gespeichert hat.«

Ich kneife die Augen zusammen, um die Usernamen besser lesen zu können. »Sagen dir die Namen was?«

»Nope«, antwortet Marcel.

Er klickt auf das nächste Foto, das ebenfalls vom zweiten Februar stammt.

SKLAVENHANDEL

HEUTE

suckmyYeezys:
100 Bucks für den geilen Arsch von Sonya.

GoingProB*tch_25:
Verpiss dich. Die gehört mir. Bin noch nicht bereit zu verkaufen. Immer noch gute Matratze.

suckmyYeezys:
Die Schokomaus ist für alle da. Lol. Hat sich schön gebückt heute, die Kleine. Hätte fast

theotherNEGAN:
Die Nigger wird noch die Runde machen.

suckmyYeezys:
Der mach ich ein paar süße Mulattenbabys.

First.Class.Diva1:
Igitt. Ekelhaft.

suckmyYeezys:
Komm runter **@First.Class.Diva1**. Du bist immer noch cool. Schwarze sind nur anders. :P

Ich kriege kaum noch Luft.

»Oh shit!«, stöhnt Marcel.

»Was ist?«

»Ich glaub, die Kids sind auf unserer Schule«, antwortet er. »Sonya mit dem großen Hintern ... die reden von Sonya Gilliott.«

Marcel schaut mich an, als müsste ich wissen, von wem hier die Rede ist. Als er sieht, wie verwirrt ich bin, fügt er hinzu: »Die ist wirklich hübsch, hängt viel mit Trey ab, gehört auch zu den Jungen Demokraten.«

Mir steht der Mund offen. Jetzt weiß ich, von wem er spricht. Wir haben zwar keinen Kurs zusammen, aber ich hab sie auf den Fluren gesehen, wo sie die Nase so hoch trägt, als sei sie was Besseres. Mit der will ich lieber nichts zu tun haben. Hatte immer den Eindruck, dass sie in Trey verknallt ist.

»Warte mal ... Dann bedeutet das, dass wir ziemlich viele rassistische Arschlöcher an der Schule haben.«

Marcel öffnete einen anderen Screenshot, der zwei Tage später abfotografiert wurde.

SKLAVENHANDEL 👨🏿👩🏿

HEUTE

Whos_on_top69:
Hab mir einen guten Zuchthengst zugelegt! Marcel hat den größten 🍆!! Ich sollte mindestens 1000 Dollar Bonuspunkte kriegen, wenn ich damit klarkomme.

I_AM_IRONMAN:
Wir wissen alle, woher du das weißt, Schwanzlutscher! LOL!

Whos_on_top69:
Bin stolz drauf :P

I_AM_IRONMAN:
Triff mich nach der Schule

First.Class.Diva1:
GAAAAAYYY!!!!!

I_AM_IRONMAN:
Ein Mund ist ein Mund!

BaddieAF$07:
@Whos_on_top69 mag nur Niggerschwänze
@I_AM_IRONMAN

theotherNEGAN:
@Whos_on_top69 Zählt nicht. Marcel beglückt keine Frauen!

Whos_on_top69:
Fuck you! Das ist ein Spiel. Er tut, was ich will.
Ich werd ihm den Arsch versohlen wie bei Django!
Hahahahaaa

GoingProB*tch_25:
LOLZ

suckmyYeezys:
LOLOLOLLOLLL

theotherNEGAN:
Okay, Schwanzlutscher. Kriegst 1000 Dollar für dein BBC boy toy!

Das bisschen Farbe, das Marcel hat, ist aus seinem Gesicht gewichen, als er vom Bildschirm aufschaut. Seine Hände liegen zitternd auf der Tastatur. Es fällt mir nicht schwer, mir vorzustellen, was er gerade denkt und fühlt. Ich habe beim Lesen unwillkürlich die Fäuste geballt.

»Diese falsche Schlange …«, murmelt Marcel und beißt sich auf die Unterlippe. In seinen Augen lodert Wut.

»Wer? Du weißt, wer das über dich gesagt hat?«, frage ich und stehe vom Bett auf.

»Nolan Branston«, antwortet er. »Sein Nickname auf SnapMessages ist Whos_on_top69. Wir haben am Abend vor diesem Chat gefeiert.«

Wer auch immer dieser Nolan ist, hat eine Tracht Prügel verdient, genau wie jeder andere in diesem Thread. Ich laufe nervös um mein Bett herum, während Marcel sich durch die weiteren Screenshots in diesem Ordner klickt.

»Oh shit, Amir, die reden hier auch über dich.«

Ich schnappe mir den Laptop und drehe ihn um, damit ich den Monitor sehen kann. Das Foto, das ich sehe, ist vom sechsten Februar.

SKLAVENHANDEL

HEUTE

BaddieAF$07:
Bin bereit, Amir zu verkaufen. Seine Haare waren heute so kraus! Meine Aktie sinkt!
@NOLAWarlock Deine Plantage sieht gerade ziemlich leer aus.

First.Class.Diva1:
Sei ein bisschen nachsichtig mit ihm. Der hat nicht so viel Kohle wie sein Bruder.

BaddieAF$07:
Er hat's jedenfalls verdient, dabei zu sein. Ein neuer Haarschnitt könnte trotzdem nicht schaden.

First.Class.Diva1:
Ich frage mich, ob er genauso gut bestückt ist wie sein Bruder. 👀

»Alles okay mit dir?«, fragt Marcel vorsichtig.

Ich schließe die Augen und atme tief durch. Ich kämpfe gegen den Wunsch an, den Laptop an die Wand zu schleudern.

»Nein, ist es nicht, verdammt!« Ich lasse den Laptop auf die Matratze fallen, tigere wieder auf und ab und schlage mit der Faust in meine offene Handfläche. »Am liebsten würde ich zurück zur Schule gehen, Bro, und den ganzen Scheiß aus ihnen herausprügeln.«

Marcel schüttelt den Kopf, den Blick weiterhin auf den Monitor gerichtet. »Das sind alles Screenshots aus diesem Thread, nichts als Schnipsel und Bruchstücke. Und es kommen fast alle Kids unserer Schule vor, die schwarz sind oder irgendeiner Minderheit angehören. TheotherNEGAN bezeichnet Trey als Hausnigger, und wer ihn angeblich besitzt, hat die meisten Punkte, weil es mit ihm weniger Ärger gibt als mit uns anderen.«

»Ist das dein Ernst?«, fauche ich ihn an.

»Es gibt jede Menge Screenshots. Ich frage mich nur, was Chloe mit ihnen wollte.«

Ich drehe mich um. »Weil sie anscheinend auch zu den Karens und Kevins gehört hat, die sich das Maul über uns zerreißen.«

»Ich kannte sie, Amir. Sie hätte sich an so was nie beteiligt. So ist sie nicht erzogen worden, hat sich immer für *All lives matter* und so was engagiert.«

»Das ist genau der Grund, warum ich auf dieser Scheißschule niemanden kennenlernen wollte«, sage ich und zeige auf den Laptop.

Marcels Mund klappt auf, bevor er sagt: »Dieser BaddieAF hat Chelsea Griffin als Negerbaby bezeichnet, weil sie so einen großen Mund hat.«

Ich setze mich wieder in Bewegung. Ich kenne diese Chelsea nicht, was mich nicht davon abhält, an ihrer Stelle wütend zu sein.

»Am siebten Februar gab's ein ziemliches Hin und Her wegen Treys Schwester Tiffany«, fährt Marcel fort. »GoingProB*tch wollte sie verkaufen, nachdem Tiffany am selben Tag in der Kantine gestolpert ist und einen Teller fallen gelassen hat. *Kann tollpatschige Schwarze nicht ausstehen, lol.*«

Ich muss irgendwas schlagen. Korrektur: Ich muss irgendjemandem eine reinhauen. Vorzugsweise einem Weißen, der aufs Truman geht. Die ganze Zeit war nur eines in meinem Kopf: Wir schwarze Kids sind für diese privilegierten Arschlöcher nichts als eine Lachnummer. Und viele von uns, Marcel eingeschlossen, laufen lächelnd herum und nennen sie Freunde, während sie uns hinter ihrem Rücken zum Narren halten. Das alles fühlt sich an, als hätte Diskriminierung bereits ein neues Ausmaß erreicht.

»Ich kapier gar nicht, was das sein soll«, sagt Marcel, der immer noch die Augen vor dem Monitor zusammenkneift. Er muss endlich aufhören, diesen Mist zu lesen. »Sie tun so, als würden sie uns besitzen und mit uns handeln, und dann werden irgendwelche Punkte vergeben oder Geld ausgeschüttet, je nachdem, wie wir uns verhalten.«

»Ich muss hier auch gar nichts verstehen«, entgegne ich. »Ich weiß nur, wer dafür verantwortlich ist.«

»Am achten Februar hat der angebliche Besitzer von Darrius Gunner sich selbst mit hundert Dollar belohnt, weil Darrius zum Schüler des Jahres gewählt wurde. *Hab doch ein schlaues Kerlchen erworben*, schrieb er.«

»Bitte hör auf zu lesen, Bro, bevor ich hier alles kurz und klein schlage«, sage ich und haue mit der Faust auf den Fernsehständer.

»Dass Chloe da mitgemacht haben soll, ergibt überhaupt keinen Sinn«, sagt Marcel mit zitternder Stimme.

»Was für Beweise brauchst du denn noch, es steht doch alles da!«, rufe ich und fuchtele mit meinen Händen in Richtung Laptop, den er immer noch auf seinen Oberschenkeln balanciert. »Vielleicht hat sie ihre Meinung geändert und sich gegen die anderen gestellt, nachdem die mit diesem Bullshit angefangen haben.«

»Deshalb hat sie auch mein Handy geklaut, sich deine Nummer beschafft und dir geschrieben, dass du zu meiner Party kommen sollst. Sie brauchte dich, damit du etwas tust, wozu ich ihr nie eine Chance gegeben habe.«

»Ey, Mann, wovon redest du da?«, frage ich und verziehe meine Oberlippe.

»Ein paar Tage vor meiner Party hatten Chloe und ich einen Streit. Sie hat auf mich eingeredet, dass ich die Party absagen soll, weil die Kids auf meiner Schule nicht meine richtigen Freunde wären. Das war ihr Versuch, mich auf diese Fährte zu locken. Aber ich war schon viel zu sehr mit den Vorbereitungen beschäftigt, um ihr richtig zuzuhören. Sie war frustriert und hat mir vorgeworfen, blind gegenüber meiner

Umwelt zu sein. Da hab ich ihr gesagt, dass sie ja nicht zu kommen braucht, wenn sie eh keine Lust hat. Ich war total überrascht, als sie trotzdem bei mir auftauchte. Jetzt weiß ich auch, warum«, fügt er mit Blick auf mich hinzu.

»Aber warum auf meiner Party?«, fährt er fort. »Sie hätte dir den USB-Stick doch auch in der Schule geben und alles erklären können.«

Das lässt mich an etwas Ähnliches denken, das sie zu mir gesagt hat, als wir zusammen auf dem Sofa saßen.

So viel Zeit hab ich nicht, hat sie damals gesagt.

»Sie hatte Angst, allein zu sein«, erinnere ich ihn. »Als sie an diesem Abend sagte, dass sie mich besser kennenlernen möchte, habe ich sie gefragt, warum sie damit nicht warten will, bis wir wieder in der Schule sind. Sie hat versucht, mir klarzumachen, dass sie nicht mehr so viel Zeit hat.«

»Sie hatte keine Zeit, um noch ein, zwei Tage zu warten?«, richtet Marcel die Frage mehr an sich selbst als an mich.

»Jemand oder sogar mehrere müssen ihr auf deiner Party gedroht haben«, entgegne ich. »Sie sagte, es gäbe Leute an unserer Schule, die sie lieber tot als lebendig sehen wollten. Und es waren ja auch genügend Leute von der Schule auf deiner Party, Bro.«

»Der Mörder muss in ihrem Zimmer nach dem Stick gesucht haben«, kommt Marcel mir zuvor.

»Und jetzt?«, frage ich. »Sie hat gesagt, du wüsstest, was jetzt zu tun ist.«

Marcels Gesicht ist ernst. »Okay, ich weiß, dass Nolan einer der Leute in diesem Thread ist. Aber wir kennen noch eine andere Person, jemand, der auch mit uns zur Schule geht und der vielleicht derjenige ist, den du gesehen hast, als er aus der Kirche abgehauen ist – aus derselben Kirche, in der Chloe den Stick versteckt hat.«

Ich strecke den Rücken. »Dieser Colin.«

Marcel nickt. »Wie viel würdest du darauf wetten, dass er genau nach diesem Stick gesucht hat?«

Ich wette nicht, aber in diesem Fall würde ich mein Leben dafür verwetten.

22
Marcel

Amir brauchte gestern Abend über eine Stunde, um sich wieder zu beruhigen. Wer will es ihm verdenken. Auch in mir hatte sich eine enorme Wut angestaut, die bis jetzt noch nicht weg ist. Heute fühle ich mich in der Schule zum ersten Mal wie ein Vollidiot, weil ich bisher gedacht habe, ich würde hierhergehören. Weil ich mir eingebildet hatte, dass den Kids, mit denen ich mich angefreundet und die ich zu mir nach Hause eingeladen habe, mit denen ich Partys gefeiert und Geheimnisse geteilt habe, meine Hautfarbe egal wäre. Dass sie mich als gleichwertig betrachten würden. Diese Welt, von der ich dachte, es wäre egal, schwarz oder weiß zu sein, solange man mit den anderen mithalten kann, ist eine Lüge. Am Ende des Tages bin ich nur eine Lachnummer für sie. Und die einzige Freundin, die mir die Wahrheit verklickern wollte, ist tot, weil ich nicht auf sie gehört habe.

Heute bin ich hier, um dieses Unrecht wiedergutzumachen.

Ich stehe auf, als Colin Perrier mit seiner dämlichen Visage die Schulkantine betritt und seine strähnigen braunen Haare zurückwirft, auf der Suche nach seinen Freunden. Jared und der Rest seiner Clique haben sich um einen Tisch am Ende des Raumes geschart. Im selben Moment, in dem Colin sie entdeckt, gehe ich direkt auf ihn zu und lasse mein Essen stehen. Seit Amirs Verhaftung tuscheln die anderen immer noch hinter meinem Rücken. Heute soll es mir recht sein, da ich nicht weiß, wer an diesem Sklavenspiel teilnimmt und wer nicht. Ich befolge Chloes Rat: *Traue niemandem an unserer Schule – vor allem nicht, wenn sie weiß sind!*

»Colin, wir müssen reden!«, sage ich und stelle mich ihm in den Weg.

Er nestelt am Riemen seiner Schultasche, während seine Augen nervös durch den Raum huschen.

Im Moment ist er die einzig mögliche Verbindung zu Chloes USB-Stick. Es kann kein Zufall sein, dass sein Hoodie genauso aussieht wie derjenige, den der Typ in Amirs Kirche getragen hat. Um ehrlich zu sein, hatte Colin schon immer diese Serienkillerausstrahlung. Er ist dieser typische weiße Junge, von dem es nach einem Amoklauf heißt, er sei so »still und unauffällig« gewesen. Colin muss den Stick gesucht haben, was bedeutet, dass auch er an diesem beschissenen Spiel teilnimmt.

Colin und Chloe kannten sich seit dem Kindergarten. Die Sozialpolitik unserer Schule und das Ende von Chloes Beziehung zu Jared führten dazu, dass sie sich allmählich entfremdeten. Chloe wurde beliebt und Colin unbedeutend. Nachdem sie mit Jared Schluss gemacht hatte, wechselte sie kaum noch ein Wort mit Colin. Jared zwang ihn, sich für eine Seite zu entscheiden, und Colin entschied sich für Jared, was die Kluft zwischen ihm und Chloe vertiefte. Wusste er vom Schlüsselversteck der Danvers? Schon möglich.

»Was gibt's, Marcel?«, fragt er und fährt sich mit einer Hand durch die Haare.

»Komische Geschichte«, sage ich, »ich war neulich in Broadmoor unterwegs und hätte schwören können, dass du aus dieser alten verfallenen Kirche gekommen bist.«

Ich beobachte aufmerksam seine Reaktion. Achte auf jede Kleinigkeit, die verraten könnte, dass ich seinem Geheimnis auf die Schliche gekommen bin.

Aber da ist nichts. Colins Pickelgesicht verrät nicht die geringste Regung.

»Kam mir nur seltsam vor, ich meine, warum solltest du in dieser Gegend sein«, füge ich hinzu.

»Sorry, Kumpel, muss wohl mein Doppelgänger gewesen sein«, antwortet er lässig, ehe er an mir vorbeigeht.

Ich hefte mich an seine Fersen. »Du hast also nicht nach dem USB-Stick gesucht, den mein Bruder gefunden hat?«

Colin bleibt abrupt stehen.

Ich grinse ihn an, während sich seine Miene komplett verändert, was ich schon vor ein paar Sekunden erwartet hätte.

»Dann warst du es also doch, den Amir in der Kirche überrascht hat«, sage ich. »Und was für ein interessantes Spiel wir auf dem Stick gefunden haben«, füge ich hinzu, während sich meine Gesichtszüge verhärten.

Colin schließt die Lücke zwischen uns. Plötzlich stehen wir uns so nah gegenüber, dass ich die Erdnuss-M&Ms riechen kann, die er gerade gegessen haben muss. »Lass den Scheiß, Marcel«, sagt er mit leiser Stimme. »Misch dich da nicht ein, bitte. Das verstehst du nicht.«

»Ich verstehe ganz genau, dass du und viele andere mich hinter meinem Rücken einen Nigger genannt haben.«

»Das war ich nicht und es war auch ganz anders«, verteidigt er sich.

»Dann erklär mir, *wie* es war!«

Sein Blick verengt sich, während er heftig zwinkert. »Ich kann nicht ... Lass es gut sein, ich meine es ernst«, antwortet Colin, während er zurückweicht.

»Hast du Chloe getötet, weil sie keine Ruhe geben wollte?«

Colin muss schlucken. »Oh Gott, nein. Aber du wirst genauso enden wie sie, wenn *du* keine Ruhe gibst.«

Mit diesen Worten lässt er mich stehen.

Mein Verdacht, dass Colin etwas mit dem Mord an Chloe

zu tun hat, erhärtet sich, als ich sehe, wie er sich seinen Freunden anschließt. Seine Augen waren voller Angst, als er sagte, dass ich genauso enden könnte wie Chloe. Hat er mich stehen lassen, weil er nicht wollte, dass Chloes Mörder sieht, wie wir miteinander reden?

»Hey, warum gehst du mir aus dem Weg?«, fragt jemand, der mir den Arm um die Schultern legt, während ich noch daran denke, was gerade passiert ist.

Es ist Nolan.

Ich trete einen Schritt zurück, drehe mich blitzartig um und stoße ihm meine Faust in die Magengrube.

Er krümmt sich zusammen und hält sich den Bauch. »Ey, was soll der Scheiß, Alter?«

Alle Blicke sind auf uns gerichtet, während er nach Luft schnappt und ich in Richtung Ausgang gehe.

Dem Arschloch eine verpasst zu haben, fühlt sich nach der Lektüre von gestern Abend nicht genug an.

23
Amir

Ich lege den Löffel, mit dem ich umrühre, sofort hin, als Marcel an die Tür klopft.

Ich warte schon den ganzen Tag auf ihn, um zu hören, wie die Sache mit Colin gelaufen ist. Ich verkleinere die Flamme unter dem Crab-and-Shrimp-Étouffée, mit dem ich vor dreißig Minuten begonnen habe.

Während ich von der Küche ins Wohnzimmer eile, wische ich mir die feuchten Hände an den Innenseiten meiner Jogginghose ab, die zusammen mit dem weißen Tanktop zu meiner neuen Schuluniform geworden ist.

Marcel hat die Mappe mit meinen Schulunterlagen unter dem Arm, als ich die Tür öffne.

»Hey, komm rein«, sage ich zu ihm.

Er drückt mir die Mappe in die Hand, lockert seine Krawatte und öffnet die oberen beiden Hemdknöpfe. »Mann, riecht das gut hier!«

»Danke.«

Ich schließe die Tür und eile in die Küche zurück. Das Étouffée sollte in wenigen Minuten fertig sein. Ich sterbe vor Hunger.

»Du kannst kochen?«, fragt er erstaunt. Er steht an der Kücheninsel und betrachtet das Essen mit hochgezogenen Brauen. Ich weiß, was er denkt, als unsere Blicke sich treffen – *wie unser Dad*. Aber darüber will ich jetzt nicht reden.

»Wie ist es gelaufen?«, frage ich, um das Thema zu wechseln. »Wer macht alles mit bei diesem Sklavenhandel-Bullshit?«

Er lässt seine Schultern sinken. »Keine Ahnung, Colin hat sich bedeckt gehalten.«

»Ich dachte, du wolltest ihn nicht davonkommen lassen.«

»Ich hatte keine richtige Chance.« Marcel gleitet auf einen der Barhocker an der Kücheninsel. »Er hat erst mal nicht reagiert, als ich gesagt habe, ich hätte ihn aus der alten Kirche kommen sehen. Was sich aber sofort geändert hat, als ich Chloes USB-Stick erwähnt habe.«

Das Étouffée muss nur noch ein paar Minuten köcheln, also lege ich den Löffel hin und schaue Marcel ins Gesicht. Ich lehne mich an die Arbeitsplatte neben dem Herd, schlage die Beine an den Fußgelenken übereinander und verschränke die Arme vor der Brust. »Und dann?«

»Als ich die Screenshots erwähnt habe, wurde er plötzlich panisch. Er hat mir gesagt, dass ich so enden würde wie sie, wenn ich nicht aufhöre.«

»Dann muss er es gewesen sein, oder?«

Hoffentlich müssen wir nicht wieder darüber reden, ob Chloe an dem ganzen Spiel nun beteiligt war oder nicht. Ich weiß, dass Marcel sie besser kannte als ich, aber jemanden zu *kennen* und mit dieser Person befreundet zu sein, heißt nicht, dass sie völlig frei von rassistischen Tendenzen ist. Aber ich glaube, zu dieser Einsicht ist er noch nicht in der Lage. Er hat sein Leben lang gedacht, dass er dazugehört. Dass er genauso wäre wie sie und nur ein bisschen anders aussieht. *Darüber* würde ich gern mit ihm reden.

»Ich weiß es nicht, Bro«, antwortet er und schüttelt den Kopf. »Colins Stimme hat gezittert. Er hatte eine Scheißangst, als würde er mich eher warnen wollen, statt mir zu drohen.«

Hab ich's doch geahnt, dass Marcel nicht bemerkt, dass dieser weiße Junge mit ihm spielt. Hat er schon vergessen, was Chloe zu ihm gesagt hat? Wir können den weißen Kids an unserer Schule nicht trauen!

»Colin war in meiner Kirche und hat nach dem Stick gesucht«, sage ich. »Er ist mit Sicherheit an der Sache beteiligt. Chloe hat gesagt, dass es viele Leute gibt, die das Spiel geheim halten wollen.«

»Jap, aber woher soll Colin gewusst haben, wo er überhaupt suchen soll?«

»Guter Punkt«, gebe ich ihm recht.

»Ich glaube, da muss es jemand geben, der noch mehr zu verlieren hat, wenn alles rauskommt. Vielleicht derjenige, der das alles gestartet hat.«

»Irgendeine Idee, wer das sein könnte?«

»Bisher noch nicht.« Er zieht sein Handy aus der Tasche, entsperrt es und wirft einen längeren Blick auf das Display. »Weißt du, was mich an Chloes Nachricht noch gestört hat?«

Wieso *noch*, frage ich mich. Wahrscheinlich außer der Tatsache, dass *ich* sie nach ihrem Tod bekommen habe.

»Dieser Teil, dass sich unsere Familie nicht kaufen lassen würde, so wie ihre«, sagt er. »Wer könnte ihr Schweigen erkauft haben?«

»Stimmt, ihre Familie ist doch reich genug, oder nicht?«

»Als ich bei der Gedenkfeier in ihrem Haus war, hab ich gehört, wie ihre Cousine zu Trey gesagt hat, dass sie *irgendwas mit ihrem Dad durchgemacht* hat«, sagt er. »Vielleicht hängt das irgendwie zusammen.«

Das würde auch die Spannungen erklären, die spürbar waren, als ich ihr erzählt habe, warum ich meinen Vater nicht mehr besuche.

Ich stelle die Flamme unter dem Étouffée aus und nehme zwei Teller aus dem Küchenschrank. »Könntest du sie einfach fragen, also ihre Cousine?«

»Ich werd's versuchen. Hab ihr gestern Abend eine Nachricht geschickt, aber sie hat noch nicht geantwortet.«

Was bestimmt damit zu tun hat, dass ihre Familie mich immer noch für Chloes Mörder hält.

»Wir müssen herausfinden, wer alles in diesen Thread verwickelt ist, und ich glaube, ich weiß auch, wie ich das mache«, sagt Marcel.

Er starrt immer noch auf sein Handy, als ich über meine Schulter schaue. »Wie?«

»Ich hab einen Burner-Account bei SnapMessages eingerichtet«, sagt er, »und werde beantragen, der Gruppe beizutreten.«

»Willst du eigentlich was essen?«, frage ich.

»Ja klar.«

»Und wenn das Administrator-Arschloch fragt, wer du bist, oder ein Foto von dir haben will?«, frage ich, während ich Reis auf Marcels Teller schaufele. »Die nehmen bestimmt nicht jeden auf, wenn sie bereit sind, jemanden zu töten, um ihr Geheimnis zu bewahren.«

»Einen Versuch ist es wert. Mal sehen, was sie sagen.«

Ich schöpfe zwei Kellen Étouffée über den Reis und gebe Marcel den Teller. Dann richte ich einen Teller für mich her, nehme das Besteck aus der Schublade und zwei Cokes aus dem Kühlschrank, ehe ich mich neben ihn setze.

»Oh mein Gott, Bro, ist das gut«, stöhnt Marcel.

Mir schwillt ein bisschen die Brust vor Stolz. »Danke«, sage ich, nachdem ich zu Ende gekaut habe.

»Weiß Daddy, dass du so gut kochen kannst?«

Ich halte inne. »Nein, und du wirst auch deine Klappe halten.«

»Amir …«

»Fang jetzt nicht damit an, Bro, okay? Das bleibt alles unter uns.«

In den nächsten Minuten essen wir schweigend. Dann fragt er mich, ob ich die #IStandWithAmir-Kommentare gelesen habe, die er mir heute Morgen geschickt hat.

»Ja, hab ich mir angesehen«, antworte ich.

»Und?«

»Ist cool.«

Nach einem kurzen Schweigen sagt er: »Das ist alles? Cool?«

»Yeah«, sage ich mit einem Schulterzucken.

Ist schon komisch, wenn wildfremde Leute Erklärungen und Kommentare zu meinem Leben abgeben, als würden sie mich, meine Gedanken und Gefühle kennen. Außerdem gefällt es mir nicht, dass meine Situation das Internet in zwei Lager spaltet, vor allem unter Schwarzen. Je mehr ich lese, desto mehr habe ich den Eindruck, dass mich viele Leute nur deshalb unterstützen, weil es sich irgendwie *woke* und richtig anfühlt und es ihnen Gelegenheit gibt, sich mit Orlando Houston zu solidarisieren – nicht, weil sie an meine Unschuld glauben. Ich diene ihnen nur als weiteres Beispiel dafür, dass junge Schwarze von unserer Justiz anders behandelt werden als Weiße. Was natürlich stimmt, aber davon abgesehen bin ich tatsächlich unschuldig, und es wäre schön, wenn sich ihre Meinungsäußerungen vorwiegend darum und weniger um meine Hautfarbe drehen würden.

Ich kann verstehen, warum Marcel mir das Zeug geschickt hat. Er versucht, mir ein besseres Gefühl und ein bisschen Hoffnung zu geben, was ich ihm nicht vorwerfen kann.

»Ähm, Bro …« Ich schiebe das Essen auf meinem Teller hin und her. »Was ich da neulich über deine Mom gesagt hab, das war … irgendwie … ein bisschen daneben.«

Sein Mund entspannt sich und verzieht sich fast zu einem vagen Lächeln. »Ach, ich wusste schon, dass das, was ich dir in meiner Wut an den Kopf geworfen hab, nichts daran ändern würde, was du über unseren Dad denkst, und ich verstehe das auch. Tu ich wirklich. Das ist was zwischen euch beiden. Ich fand dennoch, dass du die Wahrheit wissen solltest. Ich hätte mir nur gewünscht, sie dir etwas anders sagen zu können.«

Ich muss schlucken und zögere, mich ihm gegenüber verletzlich zu zeigen. Aber es fühlt sich okay an, wenn man bedenkt, was er alles für mich getan hat, obwohl ich ihn ziemlich mies behandelt habe. »Mein Leben ist total verkorkst, Bro.«

»Hast du mit deiner Mom darüber geredet?«, frage ich.

»Nicht wirklich«, gebe ich zu. »Als ich kapiert habe, dass du nicht lügst, hatte ich keine Lust mehr, mir noch mehr von ihr anzuhören.«

Er schaut mich ausdruckslos an.

»Was denn?«, frage ich mit einem Schulterzucken.

»Warum gehst du unbequemen Gesprächen ständig aus dem Weg?«, fragt er und legt seine Gabel hin. »Erst mit deinen Freunden und jetzt mit deiner Mutter.«

Das muss ihm Q erzählt haben.

»Du hast doch überhaupt keine Ahnung«, gebe ich genervt zurück.

»Ach nein? Rede mit ihr, Amir, und versuch, ihren Standpunkt zu verstehen.«

»Was gibt es da zu verstehen? Sie hat gelogen. Und warum?«

»Wenn du mit ihr reden würdest, dann könnte sie vielleicht alles besser erklären. Es gibt doch meistens viel mehr Grautöne als nur Schwarz und Weiß.«

Ich stoße einen abfälligen Seufzer aus.

»Als würdest du dich lieber in deiner Wut und deinem Schmerz suhlen, statt es deinen Freunden zu erlauben, dich zu unterstützen, wenn du es am meisten brauchst«, sagt er. »Okay, Monica hätte dich nicht anlügen dürfen, aber sie ist deine Mom, Bro. Die einzige, die du hast. Warum zeigst du ihr die kalte Schulter, wenn sie voller Sorge ist, was mit dir passieren wird?«

»Dein Essen wird kalt, Bro.«

Ich muss ihn irgendwie zum Schweigen bringen. Dieses Gespräch wird nach hinten losgehen, wenn wir so weitermachen, und das will ich nicht. Nicht, wenn wir gerade etwas entdeckt haben, das mich aus der ganzen Scheiße herausholen könnte, die uns ironischerweise einander näher gebracht hat als je zuvor. In der letzten Woche haben wir uns häufiger gesehen und mehr miteinander geredet als die ganze Zeit, seit ich aufs Truman gehe.

Sein Körper sackt ein bisschen in sich zusammen, als er merkt, dass ich nicht so will, wie er will. Er schiebt sich mehr Étouffée in den Mund und kaut angestrengt. Die plötzliche Stille ist bedrückend. Ich weiß, dass er recht hat, was meine Mom und auch meine Kumpel angeht, von denen ich mich zurückgezogen habe. Was mich noch mehr nervt. Er wird niemals verstehen, warum mich Moms Lüge so verletzt hat.

Sie war immer die Gute. Diejenige, auf die ich mich in jeder Situation verlassen konnte. Sie war meine Heldin. Zu erfahren, dass sie mich in einer Familienfehde, auf die ich nicht den geringsten Wert gelegt habe, manipuliert hat, kann ich einfach nicht verwinden.

Der Klingelton von Marcels Handy durchschneidet die Stille. Er geht sofort ran.

»Hab eine Nachricht von theotherNEGAN«, sagt er.

Ich springe vom Stuhl und schaue ihm über die Schulter.

»Wer bist du?«, liest Marcel laut vom Display ab.

Er hat wieder diese Reh-im-Scheinwerferlicht-Miene.

»Hab's dir doch gesagt, Bro. Da hättest du vorher dran denken sollen.«

»Scheiß drauf«, sagt er und schaut wieder auf sein Display.

Dann tippt er: Ich bin Erik Pennington.

Ich hab keine Ahnung, wer das ist. Hoffentlich ein weißer Junge, der auf unsere Schule geht. Marcel muss den anderen glauben lassen, dass dieser Erik Pennington von dem Spiel gehört hat und unbedingt mitmachen will. Wenn man hier nur eingeladen werden kann, sind wir erledigt. Dann wissen sie jetzt, dass die Sache zu jemandem durchgesickert ist, der davon nichts wissen sollte, falls dieser Colin das nicht schon erzählt hat.

Die Antwort von theotherNEGAN lässt mein Herz schneller schlagen.

Du lügst.

Marcel wirft mir einen besorgten Blick zu, ehe er tippt:

Stimmt nicht, Dude. Hab gehört, dass man hier jede Menge Spaß haben und die Nigger gefahrlos in die Schranken weisen kann.

»Nicht dein Ernst, Bro!«, seufze ich.

»Zu dick aufgetragen? Ich will überzeugend klingen.«

TheotherNEGANs Antwort lässt Marcel nach Luft schnappen.

Netter Versuch, Marcel. Fick dich!

Im nächsten Moment bekommt Marcel eine Nachricht vom System, dass theotherNEGAN seinen Burner-Account blockiert hat.

»Ach du Schei…«

Als Marcel erneut nach der Sklavenhandel-Gruppe sucht, findet er sie nicht mehr.

»Das Arschloch hat mich komplett blockiert.«

Ich gehe zu meinem Stuhl rüber, während mein rasender Herzschlag zu einem dumpfen Pochen wird. »Dann muss Colin hinter der ganzen Sache stecken, Bro. Er ist der Einzige, der weiß, dass du Bescheid weißt. Vielleicht hat er auch diesem Negan davon erzählt, wer auch immer das ist.«

»Du hättest ihn heute sehen sollen, Amir. Er hatte Todesangst, als wäre der Erfinder des Spiels derjenige, der auch für Chloes Tod verantwortlich ist.«

»Vielleicht hat er dir auch was vorgemacht, Marcel. Denk an die Worte deiner Freundin. Diese weißen Kids an unserer Schule sind falsche Schlangen. Man kann ihnen nicht trauen.«

»Das gilt nicht für alle und galt auch nicht für Chloe.« Die Trauer in seiner Stimme lindert ein wenig den Zorn in meiner Brust.

Ich will ihm schon recht geben, als die Haustür aufschwingt. Mom kommt mit schwankenden Schritten herein, an ihren Händen baumeln zwei Papiertüten. Als sie Marcel neben mir in der Küche sitzen sieht, verzieht sich ihr Gesicht zu einer Grimasse.

»Hilfst du mir mit den Einkäufen, Amir?«, fragt sie.

Ich lasse mich stöhnend von meinem Stuhl gleiten. Sie versucht, mir ein Lächeln zu schenken, als ich ihr im Wohnzimmer die Tüten abnehme, aber ich vermeide den Blickkontakt mit ihr.

»Musste noch einkaufen, weil du den ganzen Tag das Haus nicht verlassen und sämtliche Vorräte zum Kochen benutzt hast«, sagt sie, nachdem sie weitere Tüten holt, die sie auf der Veranda abgestellt hat. »Die Jungs von der Nachtschicht wollen noch mehr von dem leckeren Essen haben.«

Ich hieve die Tüten auf die Arbeitsplatte neben den Kühlschrank und spüre, wie Marcel mich beobachtet. Die Stille zwischen uns ist noch bedrückender als vor ein paar Minuten.

»Dann fang ich mal mit den Hausaufgaben an«, sage ich zu ihm und mache eine Kopfbewegung in Richtung der Mappe, die ebenfalls auf der Arbeitsplatte liegt. »Ich ruf dich später an«, füge ich hinzu und nehme seinen halb aufgegessenen Teller.

Ich lasse ihm keine Chance zu protestieren und befördere die Essensreste in den Mülleimer. Meine Mom lädt hinter mir die Tüten ab, während ich um sie herumgehe und Marcels Teller in die Spüle stelle, bevor ich mit meinem das Gleiche tue.

»Äh, ja … okay, Amir, dann reden wir später.« Marcel lässt sich ungelenk von seinem Barhocker gleiten. »Mach's gut, Monica«, murmelt er, bevor er aus der Tür geht und sich noch einmal nach uns umdreht.

»Kommt er öfter in letzter Zeit?«, fragt meine Mutter, sobald die Tür ins Schloss gefallen ist.

»Jap«, antworte ich kurz angebunden, lasse sie in der Küche stehen und verschwinde in mein Zimmer.

Marcels Worte würde ich am liebsten vergessen. Nichts zu tun, ist meine Bewältigungsstrategie geworden.

24
Marcel

Ich will gerade die Türen des Tessie entriegeln, als ich hinter mir eine Stimme höre: »Du konntest es gar nicht erwarten, dich zwischen mich und meinen Sohn zu stellen, hab ich recht?«

Als ich mich umdrehe, sehe ich Monica auf der Veranda stehen, eine Hand in die Hüfte gestemmt, mit ernstem Gesicht und verkniffenem Mund. Ich habe geahnt, dass dieser Moment kommen würde. Allerdings habe ich nicht geahnt, dass sie mir unterstellen würde, einen Keil zwischen sie und Amir zu treiben.

»Entschuldigung?« Ich gehe ihr zögerlich entgegen.

»Erst verschweigst du die Wahrheit, als es drauf ankam, und hetzt Amirs Vater gegen ihn auf. Und jetzt bringst du Amir auch noch dazu, sich gegen mich zu stellen«, raunzt sie mich an. »Ist das eigentlich alles, was ihr könnt – du und deine oberflächliche Mutter –, unser Leben ruinieren?«

Ich hatte schon immer ein bisschen Angst vor Monica. Sie kann ein ziemliches Biest sein und hat einen sehr autoritären Ton, der sich anfühlt, als würde sie dich konstant für irgendwas zur Rechenschaft ziehen.

Mein Vater hat sie mal einen Pitbull (und andere nicht sehr schmeichelhafte Dinge) genannt. Diese sachliche Art, bei der sie sich nichts bieten und niemanden an sich ranlässt, hatte sie angeblich schon immer. Als sie in Tremé zusammen aufwuchsen, hat meinen Vater das durchaus angezogen. Doch mit der Zeit hat ihn das, was er anfangs noch aufregend fand, von ihr weggetrieben.

Ich glaube, dass entschiedene und unverrückbare Ansichten faszinierend sind, solange man sie nicht ständig hautnah erleben muss.

Wenn ich an die giftigen und hasserfüllten Auseinandersetzungen mit meiner Mom denke, dann kann ich verstehen, warum Monica sie nie leiden konnte. Doch ich habe ihr nie was getan. Meine bloße Existenz ist genug.

Ich atme tief durch. »Nichts für ungut, Monica, aber du bist die Einzige, die zwischen dir und deinem Sohn steht, nicht ich.«

»Amir muss gerade so viel durchstehen, was ihm Angst macht und sein Leben verändert, da fang du jetzt nicht mit dem alten Scheiß an!«, schreit sie.

»Ich bin jeden Tag hier, um ihm dabei zu helfen«, erwidere ich, während ich mir meinen Zeigefinger in die Brust bohre. Ich muss ruhig bleiben und einen kühlen Kopf bewahren. Ich wollte all diese Dinge schon lange sagen, und ich will, dass sie genauso rüberkommen, wie ich sie meine. »Er redet von oben herab mit mir und zeigt nicht gerade viel Entgegenkommen, und trotzdem bin ich da und tue alles dafür, damit er nicht angeklagt wird und nicht ins Gefängnis muss – für *dich* und für uns alle!«

»Ihr kümmert euch doch nur um euch selbst!«, erwidert sie und starrt mich an.

»Hör endlich auf damit!«, rufe ich.

»Womit?«

»Genau *damit*!«, knurre ich durch zusammengebissene Zähne. »Mich als Bösewicht hinzustellen. Ich verstehe ja, dass du Streit mit meiner Mutter hast, aber mit mir und Amir hat das nichts zu tun. Und ich werde es nicht mehr zulassen, dass sich jemand zwischen uns stellt. Nicht du, nicht meine Mutter, niemand!«

Sie öffnet den Mund zu einer Entgegnung, aber ich rede einfach weiter: »Amir und ich haben nicht darum gebeten, in dieser Situation zu sein. Umgeben von Erwachsenen, die sich gegenseitig mit Dreck bewerfen. Du musst irgendwann über deinen eigenen Schmerz hinwegkommen. Das ist siebzehn Jahre her. Wenn du den Schaden wiedergutmachen willst, den du bei deinem Sohn angerichtet hast, dann sag ihm, dass es okay ist, unserem Vater zu verzeihen. Egal was Amir sagt, ich weiß, dass er sich eine gute Beziehung zu ihm wünscht. Und dass er davor zurückschreckt, liegt auch an dir. Er will nicht, dass du dich einsam fühlst oder dass du das Gefühl hast, er würde sich für eine Seite entscheiden. Du weißt, dass es so ist – deshalb hast du auch über die Sache mit dem gemeinsamen Sorgerecht gelogen.«

Monica starrt auf ihre Füße.

»Amir ist verletzt, aber das muss er nicht sein«, sage ich. »Er hat Angst, aber er muss nicht allein sein. Er braucht dich, unseren Vater und mich, um all das durchzustehen. Ich werde nicht wieder verschwinden, Monica, auch wenn du versuchst, mich beiseitezuschieben, also gewöhn dich lieber daran. Gewöhn dich an mich. Wenn wir das erst hinter uns haben, werde ich es nicht zulassen, dass ich wieder aus seinem Leben vertrieben werde. Auch ich habe Fehler gemacht, das weiß ich genau. Ich war nicht immer der Bruder, den er sich gewünscht hat. Aber ich will das jetzt ändern. Ich werde dir zeigen, wie sehr ich Amir liebe. Werde es beweisen, indem ich alles tue, was in meiner Macht steht, damit er nicht ins Gefängnis muss. Das verspreche ich dir.«

»Versprich nichts, was du nicht halten kannst«, entgegnet sie.

»Ich zeig dir, wie es geht.«

Sie steht immer noch auf der Veranda und starrt mich an, als ich wieder in meinem Auto sitze. Und auch als ich davonfahre und in den Rückspiegel blicke, bewegt sie sich nicht vom Fleck.

25
Amir

Meine Gefühle schwanken zwischen Wut und Angst. Marcel und ich sitzen auf einer Betonbank nahe der McDonogh-Eiche im Stadtpark und warten darauf, dass Colin sich der Gruppe von mehreren Jungs und einem Mädchen anschließt, die sich uns gegenüber um einen Picknicktisch unter einem der weit ausladenden Bäume scharen, die dem historischen Park seine Postkartenatmosphäre verleihen. Auf dem Weg hierher hat Marcel ein ums andere Mal wiederholt, was wir alles sagen können, um Colin ein Geständnis zu entlocken. Er ist bis jetzt die einzige Verbindung, die wir zum Sklavenhandelsspiel und zu Chloes Ermordung haben.

Ich glaube nicht, dass es so leicht wird, wie es sich bei Marcel anhört. So läuft mein Leben einfach nicht. Doch Marcel scheint sich seiner Sache ziemlich sicher zu sein. Für ihn ist das eine persönliche Geschichte. Als würde er ein Spiel gewinnen wollen, dessen Regeln ich nicht kenne. Mir soll's recht sein, solange es mich davor bewahrt, in den Knast zu wandern. Ich will nur, dass die ganze Sache bald vorbei ist. Und wenn er denkt, dass Colin der direkte Weg dahin ist, dann glaub auch ich daran, dass es funktionieren wird.

Ich muss mich nur sehr beherrschen, dem Typ nicht den Kopf abzureißen wegen all der Dinge, die er und seine Freunde in dem Thread über uns gesagt haben.

»Bist du sicher, dass er kommt?«, frage ich, beuge mich vor

und stütze die Ellbogen auf die Knie, während ich die Gruppe beobachte.

»Ja, ich weiß genau, dass er am Freitagnachmittag hierherkommt, um mit seinen Leuten *Dungeons & Dragons* zu spielen«, antwortet Marcel, dessen Augen hinter einer Sonnenbrille verborgen liegen, die bestimmt mehr kostet als der Flatscreen in meinem Zimmer. »Chloe hat ihn mal damit aufgezogen. Ich hab heute Morgen noch seine Facebook-Gruppe gecheckt, die treffen sich heute.«

Hinter uns dröhnt der Verkehr auf der City Park Avenue.

Mein rechtes Bein beginnt zu zittern. »Wir sind seit einer halben Stunde hier und er ist immer noch nicht aufgetaucht.«

»Wahrscheinlich ist er nur spät dran.« Marcel wirft einen Blick auf die Uhr seines Smartphones. »Ich glaube nicht, dass er das Treffen schon mal versäumt hat.«

Ich wette, Colin *ist* theotherNEGAN. Er ist der Einzige in der Gruppe, der weiß, was Marcel über sie herausgefunden hat. Doch Marcel ist nicht hundertprozentig davon überzeugt, dass ich recht habe, vor allem wegen des ängstlichen Blicks von Colin, als er ihn gewarnt hat. Ich habe Marcel gesagt, dass wir mit unserem bisherigen Wissen zur Polizei gehen oder es zumindest Mr Dillard mitteilen sollten, falls wir aus dem Schwachkopf nichts herausbekommen. Vielleicht kann ihn ja Mr Dillard zum Reden bringen; Chloes Nachricht an mich muss sich doch irgendwie zu meinen Gunsten auswirken.

»Ich werd drüber nachdenken«, war Marcels Antwort auf dem Weg hierher.

Mit Nachdenken ist jetzt Schluss. Ich werde das, was wir in den letzten achtundvierzig Stunden erfahren haben, jedenfalls nicht länger für mich behalten.

»Da ist er«, sagt Marcel und streckt seinen Arm aus.

In der Ferne sieht man Colins schlaksige Gestalt dem Picknicktisch entgegeneilen, den wir im Blick haben. Der schwarze Kapuzenmantel, den er über seiner Schuluniform trägt, flattert im Wind wie das Spanische Moos, mit dem all die Bäume hier bedeckt sind – als wäre er einem Harry-Potter-Film entsprungen.

»Warte«, sagt Marcel und hält mich zurück, als ich aufstehen will. »Lass uns warten, bis er sich in Ruhe hingesetzt hat. Dann überfallen wir ihn.«

Typisch Marcel, immer so dramatisch, denke ich. Schmunzeln muss ich trotzdem ein wenig.

Ich warte auf sein Kommando, während mein Bein zuckt wie verrückt.

Nach einer Minute, die sich wie eine Ewigkeit anfühlt, murmelt Marcel: »Los geht's!«

Wir springen auf und hasten im Gleichschritt auf den Picknicktisch zu.

Mein Herz pocht von innen gegen meine Brust. *Jetzt ist er fällig. Jetzt ist er fällig.* Colin sitzt mit dem Rücken zu uns. Er sieht uns nicht kommen. Aber ein anderer Junge, der einen spitzen Zauberhut trägt, sieht uns. Er starrt uns an, während sich seine buschigen Augenbrauen zusammenziehen. Doch er warnt niemanden am Tisch vor uns.

»Colin!«, ruft Marcel mit scharfer Stimme.

Alle blicken sofort auf, nur Colin lässt sich Zeit und dreht ganz langsam seinen Oberkörper in unsere Richtung. Er seufzt und stöhnt »Fuck me« in sich hinein, als er Marcel erblickt. Colin lässt den Kopf auf die Brust sinken und die Schultern hängen, während sein Blick zu mir wandert. Marcel meinte, dass meine Anwesenheit Colin einschüchtern würde. Dass er seine Schuldgefühle nicht verbergen könnte, wenn er der Person gegenübersteht, die zu Unrecht des Mordes verdächtigt wird – falls er denn wirklich der Täter ist. Ich gebe alles, um so auszusehen, als würde ich ihm jeden Moment an die Gurgel gehen wollen, was mir nicht schwerfällt. Ich habe mir vorgenommen, die Kontrolle zu bewahren, ganz gleich, was der Typ sagt oder nicht sagt. Falls wir ihn direkt angriffen, würde das seine Abneigung uns gegenüber nur verstärken. Und vermutlich würde es auch meine Position vor Gericht schwächen, falls es zu einem Prozess kommt.

»Tut mir leid, dass wir euch stören«, beginnt Marcel, »aber wir müssen mit Colin ein ernstes Wort über ein anderes Spiel reden, das er gern spielt.«

Colin schluckt, ohne den Blick von uns abzuwenden.

»Boah, du bist eh schon zu spät gekommen, und ich brauche jetzt meinen Magier«, meckert ein stämmiger weißer Typ mit genervtem Blick auf Colins Hinterkopf. Er sieht ein bisschen zu alt für die Highschool aus.

Trägt Colin deshalb diesen Umhang? Weil er bei diesem Spiel ein Magier ist? Dann muss das bedeuten, dass Colin der NOLAWarlock ist, an den mich BaddieAF$07 »verkaufen« wollte. Dem Typ jetzt gleich eine reinzuhauen, wäre so eine Genugtuung für mich.

»Dauert nur eine Minute«, sagt Colin, steht auf und presst angespannt die Lippen zusammen.

»Oder auch nicht«, knurre ich, während ich Colin von Kopf bis Fuß mustere.

»Ich hab euch nichts zu sagen«, raunt er mehr in Marcels als in meine Richtung.

»Wenn das so ist, dann haben mein Bruder und ich bestimmt recht mit der Annahme, dass *du* hinter diesem *Make-America-Great-Again*-Spiel steckst und dass *du* auch Chloe getötet hast, weil sie allen davon erzählen wollte«, sagt Marcel selbstbewusst.

Alle aus Colins *Dungeons&Dragons*-Gruppe starren uns mit leeren Blicken an.

»Ich hab ihr das nicht angetan«, beteuert Colin.

»Aber du weißt, wer es war, stimmt's?«, sagt Marcel. »Deshalb hast du mich auch gestern in der Schule gewarnt.«

»Lasst mich in Ruhe, bitte!« In Colins Blick liegt Verzweiflung.

So langsam verstehe ich, wovon Marcel gesprochen hat. Colin fehlt die Härte und Unverfrorenheit von theotherNEGAN, der Marcel, ohne mit der Wimper zu zucken, blockiert hat. Ich kann mir nicht vorstellen, wie dieser Junge eine Weintraube zerquetschen, geschweige denn einen Mord begehen würde.

»Also spuck's aus, Colin!«, fordert Marcel ungeduldig. »Sag uns, was Sache ist, oder willst du den Kopf für den Thread hinhalten?« Marcels Blick geht an Colin vorbei zu den Leuten am Tisch, die uns immer noch stumm beobachten. Einer von ihnen ist schwarz, das Mädchen asiatischer Herkunft. Und plötzlich weiß ich auch, was Marcel als Nächstes zu Colin sagen wird. »Willst du, dass deine Freunde hier erfahren, womit du so gerne Handel treibst?«

»Okay ... *okay*, ich werde reden!«

Marcel wirft mir einen stolzen Blick zu.

»Bin gleich wieder da«, sagt Colin über die Schulter hinweg zu seinen *Dungeons&Dragons*-Freunden. »Muss nur ein paar Dinge klarstellen.«

Wir führen ihn zur Betonbank in der Nähe der McDonogh-Eiche. Der älteste Baum in diesem Park scheint die ideale Kulisse zu sein, um herauszufinden, wie eine der ältesten Sünden dieses Landes zu einem Spiel werden konnte, das zum Tod eines Mädchens führte.

»Setz dich«, sage ich und deute auf die Bank.

Er zögert ein paar Sekunden und sieht mich genervt an. Ich hebe eine Braue und werfe ihm einen *Versuch's-nicht-mal*-Blick zu, ehe er sich auf die Bank sinken lässt und durch seine strähnigen Haare fährt.

»Wenn *du* Chloe nicht getötet hast, dann sag uns, wer es war«, fordert Marcel ihn auf.

Okay, springen wir also gleich ins tiefe Wasser, denke ich und verschränke die Arme vor der Brust.

»Zuerst will ich von euch die Zusicherung, dass ihr mir die Screenshots aushändigt, wenn ich es euch erzähle«, sagt er.

Moment mal, weiß Colin wirklich, wer Chloe getötet hat?, frage ich mich.

»Warum sollten wir das tun«, entgegne ich, um ihm gleich klarzumachen, dass er nicht in der Position ist, hier irgendwelche Forderungen zu stellen.

»Ich will aus diesem Spiel aussteigen und mein Gewissen beruhigen, was Chloe angeht«, sagt er. »Die Fotos können euch doch egal sein, solange Amirs Unschuld bewiesen wird, oder?«

Marcel wirft mir einen nervösen Blick zu. Ich lasse Colin nicht aus den Augen.

Nein, Bro, kommt nicht infrage. Diese Screenshots sind unser einziger Beweis für die Existenz des Spiels. Ich will, dass meine Unschuld bewiesen wird, aber ich will auch, dass dieses Spiel bekannt wird. Und ich bin mir sicher, dass Marcel dasselbe will.

»Wir werden dir den Stick mit den Screenshots nicht aushändigen.« Ich beuge mich zu ihm runter, sodass unsere Augen auf derselben Höhe sind. »Wenn dir das nicht gefällt, warum sagst du mir dann nicht ins Gesicht, dass ich ein dreckiger Nigger bin, wie du und deine Freunde das auch in dem Thread gemacht habt?«

»Ich hab das nicht gesagt und so denke ich auch nicht, Mann!«, jammert Colin. »Ich hab in dieser Gruppe kein einziges Wort über euch verloren, das müsst ihr mir glauben.«

Marcel zieht mich am Ärmel nach oben.

»Warum machst du dann überhaupt mit?«, will Marcel wissen.

»Weil ich nicht will, dass Jared mich fertigmacht, wenn ich aus der Gruppe austrete«, antwortet Colin.

Marcel und ich tauschen wissende Blicke. Wir denken vermutlich beide dasselbe: Vor vier Monaten kam Jared Lanford an Halloween als Negan aus *The Walking Dead* verkleidet zur Schule. Alles an dem Kerl schreit: *Ihr steht unter mir, vor allem die Schwarzen.* Jetzt bedauere ich es, auf Marcels Party verhindert zu haben, dass Buster ihn verprügelt.

»Außerdem hätte ich Chloe ja auch nicht helfen können, wenn ich die Gruppe verlassen hätte«, fügt Colin hinzu. Sein Gesicht sieht tieftraurig aus.

»Was soll das heißen?«, frage ich. »Du wolltest ihr helfen?«

»Chloe wollte den ganzen Thread und auch Jared auffliegen lassen. Er ist der Administrator, der ›Master‹.« Colin malt Anführungsstriche in die Luft.

»Hat sie auch zur Gruppe gehört?«, fragt Marcel und nimmt die Sonnenbrille ab.

Colin schüttelt den Kopf.

»Wie hat sie dann davon erfahren?« Marcel lässt nicht locker. »Wann und wie hat das alles angefangen?«

Colin schnaubt. »Das war in Jareds Haus, während der alljährlichen Weihnachtsfeier seiner Eltern in den Ferien. Jared und ein paar Leute von der Schule, deren Eltern mit den Lanfords befreundet sind, fingen plötzlich an zu spinnen und stellten krasse Theorien auf, wie sie sich in der Sklavenzeit verhalten hätten. Das ging so weit, dass sie Witze darüber gemacht haben, welche schwarzen Kids von unserer Schule auf dem Sklavenmarkt besonders begehrt gewesen wären. Jared und Patrick Rawlings hatten gerade diesen Film *Antebellum* geschaut. Das war wohl der Auslöser von allem.«

Mein Drang, jemandem auf der Stelle eine reinzuhauen, meldet sich zurück.

»Als Chloe anfing, sich mit Trey zu treffen, hat Jared damit angefangen, über Schwarze im Allgemeinen herzuziehen«, sagt Colin. »Und als Chloe die Sache mit dem Spiel herausgefunden hat, ging es da gerade um Trey.«

»Wann genau ging das los?«, will Marcel wissen.

»Nach den Winterferien«, antwortet Colin. »Am Abend vor dem ersten Schultag hab ich eine Nachricht bekommen, dass Jared mich der Gruppe hinzugefügt hat. Die anderen waren all die Kids, die auch auf der Weihnachtsfeier seiner Familie gewesen sind. Als Jared anfing, die Regeln zu erklären, war mir gleich unwohl zumute.«

»So unwohl, dass du darüber kein einziges Wort verloren hast«, stelle ich fest und rolle mit den Augen.

Mir egal, wie gequält der Junge aussieht, während er uns alles erzählt. Sich wegen Rassismus *unwohl* zu fühlen und sich aktiv daran zu beteiligen, ist keinen Deut besser, als mitzumachen. In manchen Fragen darf man seine Augen nicht vor der Realität verschließen.

»Was sind das für Regeln?«, fragt Marcel.

Colin streicht sich durch die Haare, während seine Augen nervös zwischen uns hin und her huschen. »Ich hab doch schon gesagt, dass ich da gar nicht richtig mitgemacht habe.«

»Jetzt rede!«, fauche ich ihn an.

Er holt tief Luft. »Jared hat jedem von uns einen Mitschüler zugewiesen, der einer Minderheit angehört. Manchen auch mehr als einen, weil wir anfangs nur zehn Leute waren. Jeder hat eine bestimmte Anzahl von Punkten gekriegt, und von da an konnte jeder weitere Punkte sammeln, je nachdem, wie sich unser ›Sklave‹ verhielt. So dumm. So ein Schwachsinn. Es gab Punkte, wenn sie gute Noten schrieben, irgendwas Positives leisteten oder gut aussahen. Und Punktabzüge, wenn sie irgendwelchen Ärger machten, schlechte Noten bekamen oder sich danebenbenahmen. Die Mitglieder der Gruppe versuchten, mehr Punkte zu sammeln, indem sie die Schüler, die ihnen zugewiesen waren, beeinflussten. Sie halfen ihnen bei den Vorbereitungen zu einem Test und brachten sie dazu, bestimmte Dinge zu tun oder sich mit bestimmten Leuten zu treffen, solche Sachen.«

Ich will unbedingt wissen, wer das mit meinem Haarschnitt geschrieben hat. Aber es gibt wichtigere Dinge, die wir aus ihm herausbekommen müssen, solange wir die Gelegenheit dazu haben – vor allem, wer Chloe ermordet hat.

»Wer genug Punkte gesammelt hatte, um den Sklaven eines anderen zu kaufen, der konnte auch handeln oder ihn für jemand anders erwerben«, fährt Colin fort. »Und so ging es immer weiter.«

»Und das hat euch einen Riesenspaß gemacht«, stelle ich fest.

»Den anderen, mir nicht«, behauptet er.

»Und wie hat Chloe davon erfahren?«, bohrt Marcel weiter. »Du hast eben was über Trey gesagt.«

Colin wartet, bis eine Frau mit ihrem Hund vorübergeht, ehe er antwortet. Als wäre sie eine Spionin oder so. Der Typ ist so paranoid.

»Ich war in der Bibliothek und hatte SnapMessages geöffnet, um den Thread des Tages sofort zu löschen – ihr wisst schon, weil er erst verschwindet, nachdem man die Nachrichten gelesen hat!«, sagt er. »Da hat sie es gesehen. Ich weiß nicht mehr, was an diesem Tag über Trey gesagt wurde, und ich hab auch nicht gemerkt, dass sie hinter mir stand und heimlich mitlas. Bevor ich die App schließen konnte, hat sie mir das Handy aus der Hand gerissen und gesehen, was hier abging. Und ihr wisst ja, wie Chloe über solche Dinge gedacht hat«, sagt er zu Marcel. »Sie war wütend und ist auf mich losgegangen. Nachdem sie Jareds Username gelesen hatte, wusste sie, dass er hinter allem stand. Sie hat mich beschimpft, weil ich niemandem was davon erzählt hatte. Meinte, ich sei kein bisschen besser als die anderen, wenn ich nichts unternehmen würde, um das Spiel zu stoppen.«

Marcel hat recht gehabt. Gut zu wissen, dass es zumindest eine weiße Person gab, die auf unserer Seite war, wenn wir uns schon nicht selbst verteidigen konnten.

»Chloe hat mich unter Druck gesetzt, den Thread öffentlich zu machen. Sie meinte, das wäre die einzige Möglichkeit für mich, das Richtige zu tun und nicht so ein Rassist zu sein wie all die anderen. Und ich habe versprochen, ihr zu helfen. Ich wollte die Sache beenden, wirklich. Ich schwöre. Und sie wollte Jared auffliegen lassen. Chloe wusste, dass Jared dann am Ende gewesen wäre. Dass er sein Stipendium hätte vergessen können und vom Truman geflogen wäre. Sie wollte, dass er für immer mit diesem Makel behaftet wäre. Du weißt doch selbst, Marcel, wie sehr sie ihn nach der Trennung gehasst hat.«

»Warum hast du solche Angst vor dem Kerl?«, frage ich und meine natürlich Jared.

»Unsere Väter haben beruflich miteinander zu tun, das heißt, Mr Lanfords Stiftung finanziert einen Großteil der Geschäfte meines Vaters«, erklärt Colin. »Wenn du Jareds Vater kennen würdest, dann wüsstest du, warum Jared glaubt, sich alles erlauben zu können. Unsere Freundschaft ist nicht echt, sondern ein Abbild der Geschäftsbeziehungen unserer Eltern. Was zwischen uns passiert, wirkt sich sogar auf den Profit meines Vaters aus. Wenn man einen falschen Freund verärgert, laufen die Geschäfte plötzlich schlecht.«

Marcels Seitenblicke verraten mir, dass er versteht, wovon Colin redet. Am Ende hat es immer mit Geld zu tun. Wer am meisten besitzt und wer keinen Respekt verdient, weil er wenig hat.

»Und wie wollte Chloe das Spiel auffliegen lassen?«, will Marcel wissen.

Colin streicht sich erneut durch seine Haare. »Da man keinen direkten Screenshot von der App machen kann, ohne aufzufallen, und die Nachrichten sofort verschwinden, nachdem man sie gelesen hat, haben wir uns manchmal nach der Schule getroffen. Ich hab den Thread geöffnet und sie hat ein Foto von den Nachrichten gemacht und die Fotos dann auf ihrem Stick gespeichert.« Seine Augen wandern zu Marcel. »In der Woche vor deiner Party wollte sie damit zu Mr Braswell gehen.«

»Und was hat Mr Braswell gesagt?« Marcel beugt sich gespannt vor.

Colin zuckt mit den Schultern. »Ich hab keine Ahnung. Als nach ein paar Tagen immer noch nichts passiert war, hab ich nachgefragt. Da ist sie wütend geworden und hat gesagt, dass sie nicht darüber reden will. Das haben wir auch nicht getan, bis uns Jared am Abend deiner Party *beide* zur Rede gestellt hat.« Er atmet schwer. »Irgendwie ist er uns auf die Schliche gekommen«, fährt Colin mit zitternder Stimme fort. »Er hat ohne Umschweife damit gedroht, sie *umzubringen*, wenn sie irgendwas über das Spiel sagen würde. Dann hat er gesagt, dass das auch im Interesse ihrer Familie wäre. Er kam mir vor wie der leibhaftige Teufel.«

»Aber wie hat er herausgefunden, dass sie Bescheid wusste?«, fragt Marcel.

»Ich hab keine Ahnung«, wiederholt Colin. »Ich hab sie das auch gefragt, doch irgendwie wollte sie mir nicht richtig antworten.«

»Du lügst!«, knurrt Marcel. »Du hast es ihm erzählt, gib's zu.«

»Nein, hab ich nicht«, jammert Colin. »Ich schwöre.«

»Stopp!«, rufe ich und strecke eine Hand in die Luft. »Willst du uns sagen, dass Jared sie getötet hat?«

Colins Kinn beginnt zu zittern. »Er hat gesagt, dass er sie

umbringen würde. Chloe hat so getan, als hätte sie keine Angst, und am nächsten Morgen war sie tot.«

Ihre Gelassenheit angesichts von Jareds Drohung war bestimmt nur eine Fassade. Sonst hätte sie nicht gewollt, dass ich für den Rest der Nacht bei ihr bleibe.

»Hast du Beweise dafür, dass Jared sie getötet hat?«, fragt Marcel.

Colin schüttelt den Kopf.

»Wie kannst du dann sicher sein?«, frage ich genervt.

»Habt ihr nicht gehört, was ich gesagt habe?« Colin legt den Kopf auf die Seite. »Er hat damit gedroht, sie umzubringen, und in derselben Nacht wurde sie getötet.«

»Was dich nicht davon abgehalten hat, weiter mit Jared befreundet zu sein!«, gibt Marcel zurück.

Colin lässt den Kopf hängen. »Was hätte ich denn tun sollen? Jared ist unantastbar, der kommt mit allem davon.«

»Du hättest zur Polizei gehen können!«, ruft Marcel. »Ihr das sagen können, was du weißt. Du warst doch auch mit ihr befreundet! Und wenn du davon überzeugt bist, dass Jared …«

»Ich hab aber keine Beweise, Marcel!«, fällt Colin ihm ins Wort. »Mein Wort würde gegen ihres stehen. Nachdem er Chloe gedroht hatte, hat Jared zu mir gesagt, er würde alle dazu bringen, sich gegen mich zu wenden und zu behaupten, dass *ich* die Gruppe gegründet habe, wenn ich es nicht schaffe, mir die Screenshots zurückzuholen. Ich … ich wollte doch nur … Ich wusste ja nicht …«

Colin ist den Tränen nahe. Marcel auch, aber aus anderen Gründen. Doch ganz egal wie emotional dies für die beiden ist, so gibt es immer noch Fragen, auf die ich Antworten brauche. Und Colin ist der Einzige, der sie mir geben kann. Ich kann mir nicht vorstellen, dass er in der Lage wäre, jemanden zu ermorden, aber er ist schwach genug, um sich in einen Mord hineinziehen zu lassen.

»Du warst in der Kirche und hast nach dem Stick gesucht«, sage ich und ziehe seine Aufmerksamkeit wieder auf mich. »Warum? Wie konntest du überhaupt wissen, dass sie ihn dort versteckt hatte?«

Er fährt sich erneut durch die Haare. »Chloe meinte, dass sie einen *anderen Weg* finden muss, um unsere Gruppe auffliegen zu lassen.«

Sein Blick ruht auf mir.

»Ich wusste nicht, wie sie das tun wollte, bis ich gesehen habe, wie sie die Party mit dir verließ. Ich hab ihr geschrieben, dass es die Sache nicht wert wäre und dass sie Jared in Ruhe lassen sollte, um ihn nicht noch mehr zu reizen. Ich hab ihr vorgeschlagen, die Screenshots einfach zu löschen und das Ganze einfach ad acta zu legen, aber das wollte sie nicht. Dann hab ich ihr gesagt, dass ich ihr nicht mehr helfen könnte und nichts mehr mit ihr zu tun haben wollte. Ich war blöd genug, ihr zu drohen, dass ich mir irgendwie ihren Stick besorgen würde, damit Jared endlich Ruhe gibt. Sie hat mir *viel Glück* gewünscht und geschrieben, dass sie ihn irgendwo versteckt hätte, wo ich ihn niemals finden würde.«

Ich lasse die Arme hängen, während die Erinnerungen jener Nacht über mich hereinbrechen. Ihr seltsames Schweigen, nachdem wir im Auto saßen. Ihre ständigen Textnachrichten an irgendjemanden. Sie galten nicht Trey, wie ich jetzt weiß, sondern Colin.

»Woher wusstest du, wo genau du suchen musst?«, kommt Marcel mir zuvor.

Er senkt den Kopf, wobei ihm seine strähnigen Haare ins Gesicht fallen. »Chloe und ich haben seit der Mittelstufe immer unsere Standorte miteinander geteilt und auch nicht damit aufgehört, als wir kaum noch was miteinander zu tun hatten.« Colin hält kurz inne. »Nachdem sie mit dir die Party verlassen hatte, Amir, hab ich sie die ganze Zeit getrackt. Hab gesehen, dass sie irgendwo an der Washington Avenue angehalten hat, bevor sie mir geschrieben hat, dass sie den Stick verstecken will. Mit der App kann man den Standort genau lokalisieren. Und diese verfallene Kirche war auf meinem Smartphone das rechteckige Gebäude, von dem aus ihr Handy den Standort vermittelt hat. Als ich später hörte, dass jemand ihr Zimmer durchwühlt hat, dachte ich, dass Jared nach dem Stick gesucht hat. Nach ihrem Tod war der Stick der einzige Beweis für dieses Spiel. Am Tag nach der Gedenkfeier für sie bin ich zur Kirche gefahren, doch irgendwann wurde es so dunkel, dass ich die Suche abbrechen musste. Am nächsten Tag bin ich nach der Schule wieder hin und dann hast du mich dort überrascht«, sagt er und sieht mich an.

»Und wenn du den Stick gefunden hättest, was dann?«, fragt Marcel aufgebracht. »Hättest du ihn Jared gegeben und einfach so weitergelebt, als wäre nichts geschehen? Wäre es dir scheißegal gewesen, dass mein Bruder unschuldig in den Knast wandert? Hättest du all die Informationen für dich behalten? Und was ist mit Chloe, von der du glaubst, dass dein Freund sie getötet hat?«

Colin verbirgt sein Gesicht in den Händen und lässt die Schultern hängen. »Ich wollte nie, dass irgendjemand zu Schaden kommt.« Er hebt den Kopf, in seinen Augen glitzern Tränen. »Ich wollte nur, dass alles vorbei ist. Es ist alles so schnell aus dem Ruder gelaufen.«

»Hast du ihm erzählt, dass *wir* den Stick haben?«, frage ich.

Wenn Jared einen Mord begangen hat, um sein Geheimnis zu wahren, warum sollte er dann nicht auch zu einem zweiten Mord fähig sein?

Es dauert ein paar Sekunden, ehe Colin bestätigend nickt, unfähig, uns beiden in die Augen zu blicken.

»Du wirst uns helfen zu beweisen, dass Jared sie getötet hat«, sagt Marcel. »Das bist du uns und Chloe schuldig.«

»Ich hab euch alles gesagt, was ihr wissen wolltet«, ruft er und springt auf. »Ich will damit nichts mehr zu tun haben. Ich bin raus!«

»Aber Jared ...«

»Ist unantastbar!« Dann wendet er sich an mich. »Es tut mir leid. Wirklich. Ich weiß nicht, was ich sonst tun soll. Ich bin kein Rassist. Ich hab in der Gruppe nie was Böses gesagt, ich bin in diese Scheißsituation einfach so reingeraten ...«

»Dein Schweigen macht dich zum Komplizen«, sagt Marcel.

»Das wird nie wieder passieren, ich verspreche es«, jammert Colin.

»Ich muss meinen Bruder retten!«, ruft Marcel.

Sein Gefühlsausbruch überrascht mich. Die Heftigkeit seiner zitternden Stimme nimmt eine Last von meiner Brust und lässt mich freier atmen. Etwas, das ich seit Tagen nicht gespürt habe.

Colins Augen huschen nervös zu mir. Ich schöpfe ein wenig Hoffnung, dass Marcels Leidenschaft ihn dazu bringt, seine Meinung zu ändern und uns zu helfen – *mir* zu helfen. Doch das Licht in seinen Augen erlischt, als sie zu Marcel zurückkehren. Ich kenne seine Antwort, ehe er den Mund aufmacht. Ein Schwall frischer Luft entweicht aus meiner Brust.

»Tut mir leid«, murmelt er.

Und damit stürmt er davon, zurück zum Picknicktisch und seiner Fantasywelt der Drachen und Magie. Zurück zu seinem alten Leben, als wäre nichts passiert.

Marcel ist bereits zu seinem Auto unterwegs. Ich muss laufen, um ihn einzuholen, rufe immer wieder seinen Namen, doch es wirkt, als würde er dadurch nur noch schneller laufen.

»Alles okay mit dir?«, frage ich in der Stille des Wagens.

»Gar nichts ist okay!«, ruft er und lässt mich zusammenzucken. »Du und Chloe, ihr hattet recht! Diese Kids, das sind nicht meine Freunde. Sind es nie gewesen.«

Eine Träne rinnt ihm die Wange runter. Ich weiß nicht, was ich sagen soll. Alles, was mir durch den Kopf geht, würde ihn noch mehr aufregen.

Er dreht sich zu mir. »Aber du hast dich auch geirrt.«

»Womit?«

»Dass sie mich akzeptieren.« Weitere Tränen quellen aus seinen Augen. »Denn das tun sie nicht. Ich bin für sie eine Lachnummer. Wir beide sind Lachnummern. Den Leuten, die ich zu mir nach Hause eingeladen habe, um mit ihnen zu feiern, bin ich scheißegal. Am Ende des Tages zieht Colin jemanden vor, den er für fähig hält, einen Mord zu begehen. Dabei war ich immer nett zu ihm. Was habe ich getan, um so etwas zu verdienen?«

»Scheiß auf Colin«, sage ich.

Marcel schlägt mit der Hand gegen das Lenkrad. Ich hab ihn noch nie so wütend erlebt.

»Chloe hat versucht, es mir zu sagen, aber ich wollte ihr nicht zuhören. Und jetzt ist sie tot.« Er wischt sich mit dem Handrücken die Tränen von der Wange. »Hätte ich nur auf sie gehört, vielleicht wäre sie dann noch am Leben.«

Er hält sich die Hand vor die Augen und lässt seinen Tränen jetzt freien Lauf.

»Hör auf, Bro«, sage ich und schiebe meine Hand sanft in seinen Nacken. »Lass sie nicht über deinen Wert bestimmen. Du weißt, wer du bist. Weißt du, was Chloe mir an diesem Abend gesagt hat? Dass es unter anderem diese Seite an dir ist, die sie so liebt – dass du dich bei niemand beliebt machen willst. In gewisser Weise hat sie bestimmt verstanden, warum du nicht auf sie hören wolltest. Deshalb ist sie zu mir gekommen.«

Aber bei dir ist das anders, hat sie in der Kirche über Marcel gesagt. *Du bist ihm wichtig.*

»Sie wusste, dass sie einen anderen Boten braucht«, sage ich zu ihm.

Er legt schniefend den Kopf in den Nacken. »Jap – und dass unsere Familie sich nicht kaufen lässt, so wie ihre!«

Ich ziehe meine Hand zurück, überrascht von der plötzlichen Entschlossenheit in seinem tränenüberströmten Gesicht.

Marcel drückt auf den Startknopf seines Autos. »Wenn wir herausfinden, warum sie das gesagt hat, dann wissen wir vielleicht auch, ob Colin mit Jared recht hat.«

»Und wie sollen wir das anstellen?«, frage ich, während er Gas gibt.

»Indem wir mit der einzigen Person reden, die sie besser kannte als ich«, antwortet er.

26
Marcel

Langsam kommt es mir so vor, als hätte ich den Unterricht heute Vormittag ganz umsonst geschwänzt, um zum Campus der Tulane University zu fahren. Ich habe Chloes Cousine Victoria jedenfalls noch nirgends am Eingang der Richardson Memorial Hall erblickt. Die archäologische Fakultät habe ich schon mal zusammen mit Chloe besucht. Es war ebenfalls an einem Montagmorgen, an dem sie mich überredet hatte, die erste Stunde sausen zu lassen, um zusammen mit ihr Victoria unter demselben Baum zu treffen, unter dem ich jetzt sitze. Es sollte ein Überraschungsbesuch sein, den Chloe als »Wellness-Check« bezeichnete, nachdem sich Victoria von ihrem langjährigen Freund getrennt hatte.

Ich erinnere mich, dass Chloe ihre Cousine als alte Dame bezeichnet hat, weil Victoria die Stunden am frühen Morgen bevorzugte. Ich checke mein Handy. Fast neun Uhr. Ich bin seit halb acht hier und komme mir in meiner Schuluniform vollkommen deplatziert vor. Victoria aufzulauern, wenn sie zum Unterricht geht oder vom Unterricht kommt, ist meine einzige Chance, da sie auf meine Nachrichten vom Wochenende nicht reagiert hat. Sie wird wissen, was Chloe damit meinte, dass ihre Familie sich »kaufen« ließ. Und vermutlich ist sie das einzige Mitglied der Familie Danvers, aus dem ich überhaupt etwas herausbekommen kann. Vor Chloes Ermordung haben Victoria und ich uns gut verstanden. Sie hat sich ein paarmal mit Chloe und mir getroffen. Ich hoffe, dass die Nachricht, die ihre Cousine meinem Bruder geschickt hat, sie dazu bringt, mir zu vertrauen.

»Marcel? Echt jetzt?«, höre ich eine Stimme inmitten all der Studierenden, die hier unberührt vom Tod einer Schülerin und Freundin ihrer Dinge nachgehen.

Victoria steht nur wenige Schritte von mir entfernt, eine Hand in die Hüfte gestemmt, den Blick auf mich gerichtet.

Ich stehe von der Bank auf, während mein Herz heftig zu pochen beginnt. »H... h... hey ... entschuldige bitte, dass ich einfach so hier auftauche, aber du hast ja nicht auf meine Nachrichten reagiert.«

»Stimmt, und anscheinend war das noch nicht deutlich genug, um dir klarzumachen, dass ich dir nichts zu sagen habe.«

Sie setzt ihren Weg in Richtung Richardson Hall fort. Ich muss einen Schritt zur Seite machen, um drei Mädchen auszuweichen, die uns entgegenkommen, während die Sonne meinen Hinterkopf wärmt.

»Victoria, warte ... *bitte*!«

Sie geht unbeirrt weiter, ihre blonden Haare federn bei jedem Schritt auf und ab.

»Mein Bruder hat sie nicht umgebracht!«, rufe ich und ziehe die Blicke der Studierenden auf mich, die vor dem großen sandsteinfarbenen Gebäude herumlungern. »Chloe hat ihm in dieser Nacht eine Nachricht geschickt, weil sie Todesangst hatte und ihn um Hilfe gebeten hat.«

Victoria hält inne. Auch ich bleibe stehen und warte, dass sie sich umdreht. Ihre Brauen sind zusammengezogen, als sie es tut.

»Wovon redest du?«, fragt sie.

Ich öffne den Screenshot von Chloes Nachricht an Amir auf meinem Handy und strecke es ihr entgegen. Victoria presst die Lippen aufeinander, ehe sie es mir aus der Hand reißt. Ich warte schweigend und beobachte aufmerksam, wie sie die letzten Worte ihrer Cousine liest, während die Leute um uns herumlaufen. Als sie aufblickt, ist die Farbe aus ihrem Gesicht gewichen.

»Sie hat das über das Schulportal geschickt«, erkläre ich. »Amir hat die Nachricht erst vor ein paar Tagen gesehen. Chloe hat die Nachricht so programmiert, dass sie am Morgen nach ihrer Ermordung bei Amir angekommen ist. Vermutlich hat Chloe sie in der Nacht geschrieben, während Amir unten auf dem Sofa lag und geschlafen hat.«

»Aber warum?«

»Sie wollte ihn dazu bringen, etwas aufzudecken, das an unserer Schule abläuft.« Ich erwähne das Sklavenspiel absichtlich nicht, um zu sehen, ob sie schon davon weiß. Doch ihre verblüffte Miene lässt darauf schließen, dass sie es nicht tut. »Bis jetzt wissen wir nur, dass Jared etwas damit zu tun hat.«

Sobald ich seinen Namen erwähne, verdreht Victoria die Augen. »Wovon redet Chloe da?«, fragt sie und gibt mir das Handy zurück. »Was sollte er für sie herausfinden?«

»Das ist uns auch noch nicht klar«, lüge ich. »Außerdem frage ich mich, was Chloe damit meinte, dass sie Amirs Hilfe brauchte, weil sich unsere Familie nicht kaufen lässt – so wie ihre. Was kann sie damit gemeint haben?«

Victoria nestelt am Riemen ihres Rucksacks, beißt sich auf die Unterlippe und wendet den Blick von mir ab. Sie weiß definitiv, was Chloe damit meinte, doch sie weiß nicht, ob sie es mir erzählen will.

»Komm schon, Victoria«, bitte ich sie. »Du kennst mich doch. Du weißt, wie eng wir waren und was sie mir bedeutet hat. Ich würde mich für meinen Bruder niemals so ins Zeug legen, wenn ich es für möglich halten würde, dass er sie getötet hat. Außerdem hätte sie ihn doch nie um Hilfe gebeten, wenn sie ihm nicht auch selbst vertraut hätte.«

Victoria seufzt. »Wenn Jared damit zu tun hat, dann muss es um diese neuen Bauprojekte gehen, die die Firma von Onkel Aubrey kürzlich an Land gezogen hat.«

»Du meinst die Planungsarbeiten für die neue Konzerthalle und die Wohnviertel, mit denen ihr gerade beschäftigt seid?«

Victoria arbeitet neben ihrem Studium zeitweise im Architekturbüro ihres Onkels, dem Vater von Chloe.

Sie nickt. »Du kannst dir ja vorstellen, dass mein Onkel nach dem Rechtsstreit wegen des eingestürzten Regierungsgebäudes kurz vor der Pleite stand. Niemand in der Stadt wollte noch was mit ihm zu tun haben und auch nur eine Hundehütte von ihm bauen lassen.«

»Was hat das mit Jared und Chloes Nachricht zu tun?«, frage ich.

»Diese Projekte dienen der wirtschaftlichen Entwicklung und werden von der Deacon-Lanford-Stiftung finanziert«, erklärt sie. »Jareds Vater hat sie meinem Onkel quasi geschenkt. Für ihn waren sie der Rettungsanker, der das Überleben seiner Firma gesichert hat.«

»Moment mal, wann ist das mit diesen Projekten offiziell über die Bühne gegangen?«, frage ich, während ich mir die Chronologie der Ereignisse vergegenwärtige.

»Am achten Februar«, antwortet sie. »Das weiß ich noch genau, weil meine Mutter an diesem Tag Geburtstag hatte.«

Das war fünf Tage vor meiner Party und einen Tag nachdem Chloe mir von dem Spiel erzählen wollte.

»Ich habe einen Streit zwischen ihr und Onkel Aubrey mitbekommen, als ich an einem Nachmittag nach Hause kam, um meine Wäsche zu waschen«, sagt Victoria. »Mein Onkel war stinkwütend, weil sie irgendeinen Journalisten kontaktiert hatte, und Chloe schrie ihn an, dass er der Schlimmste von allen wäre. Ich hab sie gefragt, was sie damit meint, aber sie wollte nicht mit mir darüber reden. Sie meinte, ich sei auch nur ein *Teil des Establishments*, das verhindern würde, dass die Wahrheit ans Licht kommt – was immer das auch heißen sollte. Ich wusste, dass sie wütend darüber war, dass ihr Vater sich mit den Lanfords eingelassen hat, nach allem, was Jared ihr angetan hatte, und ich konnte sie gut verstehen. Ich wusste aber auch, dass ihr Vater mit dem Rücken zur Wand stand und verzweifelt darum kämpfte, seinen Ruf wiederherzustellen. Chloe und Onkel Aubrey stritten sich so heftig, dass er ihr mit Hausarrest drohte und damit, ihr das Auto wegzunehmen, wenn sie ihm nicht das geben würde, was er brauchte, um den Deal mit Lanford zu besiegeln. Er gab ihr bis zu dem Morgen Zeit, an dem wir vom Besuch bei meiner Großmutter zurückkamen.«

Das muss am Tag nach meiner Geburtstagsparty gewesen sein.

»Warum siehst du so schockiert aus?«, fragt Victoria. »Weißt du, was mein Onkel von ihr wollte?«

Allerdings. Und jetzt verstehe ich auch, warum Chloe den USB-Stick in dieser Nacht versteckt hat. Sie wollte nicht, dass er ihrem Vater in die Hände fällt und womöglich der einzige Beweis für die Existenz des Spiels gelöscht wird, um den Deal mit Mr Lanford abzusichern. Ich wette, dass Chloe, wäre sie nicht ermordet worden, ihren Vater angelogen und behauptet hätte, den Stick verloren zu haben, um sich ein bisschen Zeit zu verschaffen. Und ihr Vater hätte ihr vermutlich geglaubt, nachdem er vergeblich ihr Zimmer und ihre persönlichen Sachen durchsucht hätte. Danach hätte sie die Nachricht an Amir zurückrufen und einen zweiten Versuch starten können, mir oder dem Journalisten, den sie bereits kontaktiert hatte, von Jareds Machenschaften zu erzählen.

Und für den Fall, dass Jared seine Drohung wahrmachen würde, hat sie die letzte Nacht ihres Lebens dazu genutzt, mir und meinem Bruder genug Hinweise zu hinterlassen, damit wir später alles würden aufklären können.

Verdammt, Chloe, ich liebe dich!

Alles, was ich von Jareds Familie weiß, ist, dass sie zum alten Geldadel von New Orleans gehört. Dass sich ihr Reichtum auf Plantagen gründet, auf denen Zuckerrohr, Tabak und Baumwolle angebaut wurde, und dass ihr Stammbaum von unzähligen Kriegsveteranen und einflussreichen Politikern geschmückt wird. Beim Googeln zwischen den Schulstunden habe ich herausgefunden, dass Jareds Vater Geschäftsführer und Präsident der Crescent City Foundation ist, einer jahrzehntealten gemeinnützigen Organisation mit einem Betriebsvermögen von über sieben Millionen Dollar, die im letzten Jahr sechshunderttausend Dollar für Bürgerinitiativen, Stipendienfonds und Wirtschaftsentwicklungsprojekte bereitgestellt hat. Ich habe Fotos von Deacon Lanford, Jareds Vater, gesehen, die ihn Seite an Seite mit unzähligen regional und überregional bekannten Persönlichkeiten zeigen. Durch Google habe ich auch Näheres über die Geschäftsbeziehungen von Mr Lanford mit Colins Vater erfahren. Fast alle Projekte, die von der Lanford-Foundation gefördert wurden, hat die Consultingfirma von Colins Vater vorher gründlich geprüft und analysiert – eine Zusammenarbeit, die vor allem für Colins Familie von großem finanziellem Nutzen war. Einem Zeitungsartikel zufolge erhält das Architekturbüro von Chloes Vater mehr als zwei Millionen Dollar für die Planung der beiden Projekte, die Jareds Vater Victoria zufolge ihrem Onkel »geschenkt« hat.

Allerdings ist mir immer noch nicht klar, wie Jared seinen Vater dazu bringen konnte, Chloe davon abzuhalten, dieses beschissene Spiel aufzudecken. Offenbar hat er sich eingeschaltet, ehe sie mit den Beweisen zu Mr Braswell gehen konnte. Deshalb wollte sie wohl auch mit Colin nicht darüber reden, was passiert ist.

»Hör zu, Bro, vielleicht solltest du ihn lieber nicht allein zur Rede stellen«, sagt Amir zwischen den Schulstunden am Telefon. »Dann kann ich den Typ nicht aufhalten, wenn er auf dich losgeht. Du hast ja gemerkt, wie viel Angst Colin vor ihm hat.«

Er macht sich Sorgen um mich. Ich wusste, dass ich ihm nicht gleichgültig bin.

»Ich schaff das schon, okay? Ich hab keine Angst vor ihm«, versichere ich meinem Bruder, während ich mich zwischen meinen trägen Mitschülern hindurchschlängele. »Der wird schon nicht in aller Öffentlichkeit mit dem Messer auf mich losgehen.«

»Das nicht, aber vielleicht schleicht er sich in dein Haus und ersticht dich so, wie er auch Chloe erstochen hat.«

»Ich werd einfach versuchen, ihm ein Geständnis oder irgendeinen Hinweis darauf zu entlocken, dass Colin mit seiner Vermutung recht hat.«

Ob Jared fähig ist, einen Mord zu begehen? Ich würde es nicht ausschließen. Chloe hat ihn damals verlassen, weil er immer unberechenbarer und besitzergreifender wurde. Sein Wutausbruch nach einer Jahresabschlussparty der zweiten Jahrgangsstufe brachte dann das Fass zum Überlaufen, als er sie beschuldigte, mit einem anderen Typen geflirtet zu haben. Während ihres Streits hat er sie geschlagen und sogar gewürgt.

Wenn ich jetzt darüber nachdenke, würde es mich nicht wundern, wenn Jared das Schlüsselversteck der Danvers gekannt hätte. Jared und Chloe waren ziemlich lange ein Paar.

»Ich will aber nicht, dass du alleine mit Jared redest«, sagt Amir.

»Mach dir keine Sorgen, Bro«, entgegne ich. »Außerdem läuft uns so langsam die Zeit davon. Das Große Geschworenengericht tritt am Donnerstag zusammen – das ist schon in *drei* Tagen.«

»Ein Grund mehr, meinen Anwalt einzuschalten.«

»Hör zu, ich muss Schluss machen, da vorne ist er.« Ich lege auf.

Ich brauche die Hilfe des Anwalts nicht. Ich kann das auch allein tun ... für Chloe. Das bin ich ihr schuldig.

Ich aktiviere die Sprachaufnahmefunktion meines Handys, ehe ich es in die Brusttasche meines Blazers stecke.

Wenn er mir in die Falle geht und irgendwas zugibt, dann will ich eine Aufnahme seiner Stimme als Beweis. Das flatternde Gefühl in meiner Brust nimmt zu, als ich seinen Spind erreiche.

»Hey, Jared, ich wusste gar nicht, dass du als Mörder den Prozesskurs so ernst nimmst«, sage ich und lehne mich an den Spind nebenan.

»What the fuck, Trudeau, wovon redest du?« Sein Mund verzieht sich zu einem schiefen Grinsen.

»Jetzt tu nicht so. Ich weiß, dass Colin, dein kleiner Lakai, dir schon erzählt hat, was wir herausgefunden haben.«

Wäre Colin bereit gewesen, uns zu helfen und Jared zu überführen, dann wäre ich sicher nicht so hart mit ihm umgesprungen.

»Hat er dir auch erzählt, dass er dich für den Mörder hält?«, füge ich hinzu und beuge mich Jared entgegen, damit mein Handy seine Stimme trotz des Lärms im Gang aufzeichnet.

»Ach, wie schade«, entgegnet Jared in aller Ruhe. »Ich dachte schon, du bist zu mir gekommen, um Nolan zu helfen, ein paar Punkte zu sammeln, weil du mein Zuchthengst sein willst – übrigens bin ich definitiv on top, mein Bettsklave.«

Am liebsten würde ich ihm auf der Stelle eine reinhauen, doch Jared kommt mir zuvor und drückt mir die Hand gegen die Brust. Der Wichser hat wirklich null Schamgefühl, wie es ihm auch scheißegal ist, was sein Scheißspiel bei uns auslöst.

»Aber, aber, Trudeau …«, gurrt er. »Lass uns die Hände ruhig halten … hast ja gesehen, was mit deinem Bruder passiert ist.«

»Ich mach dich fertig«, zische ich. »Für Chloe, für meinen Bruder und für jeden Schwarzen, über den ihr euch in eurem Thread lustig macht. Und dein dreckiges Grinsen wird dir noch vergehen, wenn es deine Mitinsassen im Knast auf dich abgesehen haben.«

»Ich würde Chloe nie etwas antun«, sagt er. »Sie war meine erste Liebe, mein Marienkäfer. Und seine erste Liebe vergisst man nie, wie sehr sie auch versucht hat …«

»Moment mal, wie hast du sie eben genannt?«

Jared schaut mich fragend an.

Er braucht seine Worte nicht zu wiederholen. Ich habe sie laut und deutlich verstanden. Er nannte sie seinen Marienkäfer, was mich an die Ohrringe denken lässt, die ich in Chloes Nachttisch gefunden habe. Neben all den anderen Geschenken, von denen ich dachte, sie stammten von Trey.

Du wirst immer mein Marienkäfer sein.

»Oh mein Gott«, flüstere ich.

»Was ist?«, fragt Jared und beißt sich auf die Oberlippe.

»All die Geschenke, der Schmuck … das war alles von dir.« Ich schüttele ungläubig den Kopf. »Du hast versucht, Chloe zurückzugewinnen. Wow, das ist ja noch ein viel stärkeres Mordmotiv.«

Jareds markanter Kiefer verhärtet sich, als er mich durchdringend anstarrt.

»Deine Ex, das Mädchen, das du gerade deine *erste Liebe* genannt hast, wollte nichts mehr mit dir zu tun haben«, fahre ich fort. »Und dann hast du irgendwie herausgefunden, dass das Mädchen, für das du so viel Geld ausgegeben hast, um sie zurückzugewinnen, aktiv daran arbeitet, dich als das rassistische Stück Scheiße zu entlarven, das du bist. Dass sie ihren *Schwarzen* Freund nicht für dich verlassen will, macht dich so wütend, dass du mit deinen Freunden dieses Sklavenspiel anfängst. Chloe erfährt davon. Und als dein Vater es nicht schafft, deinen *Marienkäfer* zum Schweigen zu bringen, drohst du ihr selbst. Du weißt allerdings, dass das nichts bringen wird, weil Chloe in solchen Dingen keine Ruhe gibt. Pech für dich, dass sie auch noch im Besitz der Screenshots ist. Du willst es nicht riskieren, dass sie irgendjemandem von dem Spiel erzählt. Also sorgst du selbst dafür, dass es nicht mehr passieren kann. Na, was sagst du?«

»Du bewegst dich auf verdammt dünnem Eis, Trudeau«, entgegnet Jared in eisigem Ton.

»Du hast sie auf dem Gewissen. Es muss so sein und ich werde es beweisen.«

Jared macht einen Schritt auf mich zu und steht mir jetzt so nah gegenüber, dass sein Atem die Haare in meinen Nasenlöchern kitzelt. »Das werden wir ja sehen«, raunt er, ehe er den Abstand zwischen uns wieder vergrößert und mir einen Luftkuss gibt, bevor er verschwindet.

Ich stürme in das Büro von Mr Braswell und ignoriere die Sekretärin, die darum bittet, dass ich mich in die Besucherliste eintrage und warte. Nach der Konfrontation mit Jared will mir das Herz in der Brust zerspringen.

»Mr Braswell, Sie müssen ihn aufhalten!«, rufe ich atemlos.

»Wen?«, fragt er stirnrunzelnd.

»Jared – sie alle! Sie tun so, als würden sie uns Schwarze an dieser Schule als Sklaven verkaufen. Ich kann das beweisen!«

Mr Braswell steht rasch auf und eilt zur Tür. Seine Sekretärin ist mir auf den Fersen und will gerade eintreten, da verscheucht er sie mit einer Handbewegung und schließt behutsam die Tür vor ihrer Nase. Als er an seinen Schreibtisch zurückkehrt, ballt er immer wieder angestrengt die Fäuste.

»Okay, Mr Trudeau, jetzt atmen Sie erst mal tief durch«, sagt er, nachdem er wieder Platz genommen hat. »Was ist denn los?«

Ich verdrehe die Augen und wiederhole, was ich eben schon gesagt habe. Sein Mangel an Erstaunen und Empörung presst mir schmerzhaft die Brust zusammen und nimmt mir den Atem.

»Sie müssen was dagegen tun!«, fordere ich ihn auf, da von ihm keine Reaktion kommt.

»Das ist ein schwerwiegender Vorwurf, Mr Trudeau!«

»Es ist kein Vorwurf.« Ich beuge mich vor und presse meine Hände auf seinen Schreibtisch. »Wir haben Beweise. Dieselben Beweise, die auch Chloe hatte. Deshalb wurde sie umgebracht, Mr Braswell. Ich glaube, es war Jared. Er wollte nicht, dass sie ihn überführt.«

»Mr Trudeau, die Lanfords sind eine mächtige und einflussreiche Familie.« Mr Braswell lehnt sich in seinem Stuhl zurück und legt die Fingerspitzen aneinander. »Es steht Ihnen wirklich nicht zu, solch ungeheuerliche Anschuldigungen gegen einen Mitschüler zu erheben. Erst Trey Winslow, jetzt Jared?«

Das kann nicht sein Ernst sein.

»Das hier ist was anderes, Mr Braswell, glauben Sie mir. Sie haben doch die Pflicht, sich um das Wohlergehen aller Schüler zu kümmern. Und Sie kommen dieser Verpflichtung nicht nach, wenn Sie Jared und seine Freunde mit dem davonkommen lassen, was sie seit Wochen während der Schulstunden treiben. Irgendjemand muss sich der Sache annehmen, und Sie sind in der Lage, es zu tun.«

»Hör mir zu, Marcel. Du willst nicht, dass …«

Alles Weitere erreicht mich nicht mehr, weil mein Blick auf ein gerahmtes Foto fällt, das auf dem Sideboard hinter ihm steht. Dieses Foto beantwortet meine Frage, wie Jared und sein Vater erfahren haben, dass Chloe von dem Sklavenspiel wusste.

»Er hat auch Sie unter Druck gesetzt«, sage ich zu Mr Braswell.

»Bitte?«

»Jareds Vater.« Ich zeige auf das Foto hinter ihm.

Auf diesem Foto schüttelt Mr Braswell Deacon Lanford lächelnd die Hand. Das scheint auf einer der Spendengalas gewesen zu sein, die das Truman jedes Jahr veranstaltet. Das Foto erinnert mich daran, dass Mr Lanford noch einen weiteren wichtigen Titel innehat: Vorsitzender des Schulvorstands.

»Sie haben die Lanfords informiert, nachdem Chloe mit den Screenshots zu Ihnen gekommen ist, nicht wahr?«, sage ich erregt.

»Ich habe Jared *aufgefordert*, das Spiel sofort zu stoppen«, antwortet Mr Braswell.

»Und haben nichts gegen ihn unternommen!«, rufe ich. »Und warum nicht? Weil Mr Lanford gedroht hat, Ihnen zu kündigen? Sie unterstehen dem Schulvorstand, und der hat das Recht, Ihnen zu kündigen, richtig?«

Mr Braswell steht langsam von seinem Stuhl auf. »Mr Trudeau, wählen Sie Ihre Worte mit Bedacht, sonst könnte Ihnen das gleiche Schicksal drohen wie Ihrem Bruder.«

Es beunruhigt mich zusätzlich, dass ich mir nicht sicher bin, was er damit meint – dass auch ich der Schule verwiesen oder ebenfalls eines Verbrechens angeklagt werden könnte?

Laut Chloes Nachricht gab es mehrere Leute an unserer Schule, die sie zum Schweigen bringen wollten. Und jetzt erinnere ich mich auch daran, was Mr Dillards Ermittlungen bezüglich des Aufenthaltsorts von Mr Braswell in der Nacht von Mardi Gras ergeben haben. Chloe zum Schweigen zu bringen, könnte ihm seinen Job gerettet haben.

»Warum waren Sie in der Nacht, in der Chloe ermordet wurde, in ihrem Viertel unterwegs?«, frage ich. »Es hat keinen Zweck, es zu leugnen. Überwachungsvideos zeigen, wie Sie mitten in der Nacht vor einem Supermarkt parken.«

Sein Gesicht wird bleich.

»Sie leben in Algiers«, fahre ich fort. »Was haben Sie so spät noch in diesem Teil der Stadt gemacht?«

»Mr Trudeau …«

»Wollten Sie ganz sichergehen, dass Ihr Job nicht in Gefahr ist, weil Sie genau wussten, dass sich Chloe nicht so schnell von ihren Plänen abbringen lässt?«

»Verlassen Sie mein Büro … *sofort*!«, brüllt er.

Ich verlasse sein Büro genauso, wie ich es betreten habe, laufe an seiner Sekretärin vorbei und auf den Flur hinaus. Ich haste den Gang hinunter. Das Blut pulst in meinen Adern. Wahrscheinlich hat sich Chloe genauso gefühlt wie ich jetzt: frustriert und alleingelassen. Von den Erwachsenen betrogen, die sie auf ihrer Seite wähnte. Unsicher, was sie als Nächstes tun sollte.

Mit tränenden Augen biege ich um die Ecke und stoße mit zwei Personen zusammen, die mir unscharf entgegenkommen.

»Sorry«, murmele ich und reibe die Stelle an meiner Brust, die mit der Schulter von jemand anderem kollidiert ist.

»Ganz ruhig, Marcel, du bist eh schon spät dran«, sagt eine vertraute Stimme, während ich mir die Tränen aus den Augen wische.

Als mein Blick wieder klar ist, sehe ich Tiffany Winslow und Dustin Miller, die mich fragend anschauen – und sich an den Händen halten. Eine unerwartete Entwicklung, mit der ich Tiffany sonst aufgezogen und mich erkundigt hätte, wie das alles angefangen hat. Doch heute macht mich der Anblick, wie sie mit einem Weißen Händchen hält, nur noch wütender.

»Sei bloß vorsichtig!«, warne ich sie und werfe Dustin einen düsteren Blick zu.

Er sieht genauso irritiert aus wie Tiffany.

»Wie meinst du das?«, fragt sie.

»Nimm dich vor denen in Acht«, antworte ich und zeige auf Dustin. »Jared hat mit ein paar anderen Leuten ein rassistisches Spiel gespielt, in dem sie uns Schwarze als Sklaven verkauft haben. Als *ihre* Sklaven. Du und dein Bruder habt auch dazugehört. Sie sagen so viele ekelhafte Dinge hinter unserm Rücken über uns.«

»What?! Ich hab keine Ahnung, wovon der Typ redet.« Als Tiffany ihn prüfend ansieht, nimmt er unschuldig die Hände hoch.

Tiffany legt neugierig ihren Kopf schief. »Wovon redest du, Marcel?«

»Mein Bruder hat Beweise gefunden«, antworte ich. »Auf Chloes USB-Stick waren Screenshots, die sie von dem Thread dieses Spiels gesammelt hat.«

»Wirklich?« Allmählich scheint Tiffany zu begreifen, worum es hier geht. »Was war alles auf dem Stick drauf?«

»Genug, um zu begreifen, wie manche von ihnen wirklich über uns denken«, antworte ich. »Ich weiß nicht mehr, wem wir hier überhaupt noch trauen können. Und das betrifft sogar den Schulvorstand.«

Dustin macht einen Schritt auf mich zu, hält jedoch inne, als ich ihn durchdringend ansehe. »Ganz ehrlich, Bro, ich hab mit solchen Sachen nichts zu tun, und ich weiß auch nicht, wovon du redest«, sagt er.

»Wie ich schon sagte, nimm dich in Acht, Tiffany«, wiederhole ich.

Ehe einer von ihnen noch etwas sagen kann, stapfe ich davon. Mit dem Truman bin ich fertig. Mit jedem Einzelnen hier. Höchste Zeit, alles in Schutt und Asche zu legen.

27
Amir

Wenn das mal kein Fehler war!, verfluche ich mich selbst und trete schneller in die Pedale. Der Wind schlägt mir ins Gesicht, während ich die South Broad Street hinunterjage, eine Hand am Lenker, die andere fest um die weiße Plastiktüte geschlossen, in der sich gebratener Catfish Po'Boy aus dem Broadmoor Deli befindet. Mein Heißhunger darauf ist der Grund, warum ich nur noch sieben Minuten habe, um rechtzeitig zur Ausgangssperre wieder zu Hause zu sein. Ich hätte einfach die Reste von dem essen sollen, was ich im Laufe der Woche gekocht habe, dann müsste ich jetzt nicht so schwitzen. Aber das ist jetzt der Preis dafür, damit ich nicht mit Mom allein zu Hause sein muss. Als ich losging, wurde sie gerade wach, nachdem sie die ganze Nacht gearbeitet hat. Ich glaube, sie hat heute keine Nachtschicht, was bedeutet, dass ich den Großteil des Abends in meinem Zimmer verbringen werde, um ihr aus dem Weg zu gehen.

Fünf Minuten vor Ablauf der Frist biege ich in unsere Straße ein. Ich kann es immer noch schaffen. Hätte ich im Deli nicht darauf warten müssen, dass sie eine neue Ladung Wels braten, hätte ich jetzt mehr als genug Zeit.

Unser Haus liegt komplett im Dunkeln, als ich es erreiche, was seltsam ist, weil Moms Auto vor der Tür steht. Vielleicht war sie so müde, dass sie noch mal eingeschlafen ist. Wäre nicht das erste Mal.

Drei Minuten vor Beginn der Ausgangssperre trete ich über die Schwelle. Ich lege meinen Schlüssel und den Po'Boy auf der Kücheninsel ab, ehe ich das Licht einschalte. Der Flur, der zu unseren Schlafzimmern führt, ist stockdunkel. Mom muss schlafen, sonst würde ich zumindest einen schwachen Lichtschein unter ihrer Tür sehen.

Ich ziehe mir den Hoodie über den Kopf, während ich zu meinem Zimmer gehe, knipse im Gehen das Licht an – und erstarre.

Mom liegt regungslos vor mir auf dem Bauch.

Ich rufe ihren Namen und falle auf die Knie. Als ich das Blut sehe, wird mir schwindelig.

28
Amir

Gute Nachricht: Mom ist nicht tot.

Schlechte Nachricht: Chloes USB-Stick ist weg.

Die zehn Minuten, in denen ich Mom nicht wach bekommen habe, nachdem ich die 911 gewählt hatte, waren die schlimmsten meines Lebens. Noch schlimmer, als Chloe tot in ihrem Bett zu finden. Der Gedanke, meine Mom zu verlieren, ließ mich schluchzen und schreien, dass sie sich bewegen solle. Ich hatte panische Angst, dass die tiefe Fleischwunde auf ihrer Stirn sie das Leben gekostet haben könnte. Der Schwindel, der mich immer überkommt, wenn ich Blut sehe, wurde von der Angst verdrängt, sie womöglich zu verlieren.

Ungefähr eine Minute bevor die Sanitäter eintrafen, fing sie an, sich zu bewegen. Fünf Minten später kamen auch zwei Beamte vom New Orleans Police Department sowie Marcel und seine Eltern. Mein zweiter Verzweiflungsanruf, nachdem ich die 911 gewählt hatte, galt Marcel. Ich schrie immer wieder, dass Mom tot sei. Er blieb am Telefon, bis der Krankenwagen eintraf. Im Hintergrund hörte ich meinen Dad und Lily darüber diskutieren, was die schnellste Route zu unserem Haus wäre. Ich glaube, sie wollten zu irgendeinem Wohltätigkeitsbankett, das Marcel erwähnt hatte.

Erst als sie hier ankamen und Mom von den Sanitätern versorgt wurde, bemerkte ich, dass der USB-Stick verschwunden war. Mein Zimmer war durchwühlt worden, genau wie

Chloes. Der Stick hatte in der obersten Schublade meiner Kommode gelegen. Marcel habe ich davon noch nichts erzählt. Erst mal musste ich sicher sein, dass Mom okay ist. Ich weiß, dass es kein Zufall ist, dass der Stick gestohlen wurde, nachdem Marcel Jared gestern zur Rede gestellt hat. Entweder war es Jared oder der Drecksack Colin, der ihn sich geschnappt hat. Wäre Mom schwer verletzt worden oder ihr gar Schlimmeres zugestoßen, gäbe es jetzt neben mir zwei weitere Mordverdächtige. Sie mögen sich zwar den USB-Stick gesichert haben, aber sie wissen nicht, dass ich die Screenshots heute Morgen gespeichert und an Marcel gemailt habe. Er versucht gerade, sich mit einem Journalisten in Verbindung zu setzen, damit die Story über das Spiel an die Öffentlichkeit gelangt.

Das Adrenalin, das durch meine Adern rauschte, fährt allmählich runter. Während die Sanitäter ihre Sachen zusammenpacken und die Polizisten sich jetzt alle, da Mom stabil genug ist, um zu reden, im Wohnzimmer versammeln.

Ich kann mir vorstellen, was passiert ist, aber ich will es aus ihrem Mund hören.

Sie sitzt in unserem Ruhesessel und ich stehe neben ihr. Die beiden Polizisten stehen mitten im Raum mit dem Rücken zur Küche. Marcel sitzt neben seiner Mutter auf dem Sofa. Mein Dad steht zwischen ihnen und der Haustür. Meine Mom musste blinzeln, als sie vorhin sah, wie Lily nach meinem Dad über die Schwelle unseres Hauses trat. Bestimmt hat Lily ein schlechtes Gewissen, nachdem sie nun weiß, dass ich nicht für den Tod ihres Hundes verantwortlich bin.

»Mrs Trudeau …«

»Ja«, sagen Mom und Lily wie aus einem Mund.

Im Raum breitet sich eine peinliche Stille aus. Wir Männer werfen einander angestrengte Blicke zu. Der weiße Polizist, der sich als Officer Boykin vorgestellt hat, scheint sich ein bisschen darüber zu amüsieren, dass hier Dads Vergangenheit und Gegenwart aufeinanderprallen.

»Sorry«, sagt Lily mit gequältem Lächeln.

Mom blinzelt erneut und blickt an die Decke. Ich glaube, sie empfindet ein wenig Genugtuung, weil es meine Stiefmutter immer noch stört, dass sie weiterhin den Namen Trudeau trägt.

»Ms Trudeau, können Sie uns erzählen, was passiert ist?«, fragt Officer Boykin. »Das Zimmer Ihres Sohnes lässt darauf schließen, dass es sich um einen Einbruch handelt.«

Jared oder vielleicht Colin sind durch das Fenster meines Zimmers ins Haus gelangt. Nachdem ich es letzte Nacht ein bisschen geöffnet hatte, um frische Luft reinzulassen, hatte ich vergessen, es wieder zu schließen und zu verriegeln. Die Polizisten haben einen dreckigen Fußabdruck in meinem Zimmer fotografiert. Ich habe auch ein Foto mit meinem Handy gemacht und will nachher mal die Social-Media-Accounts durchforsten, ob Jared oder Colin auf den Fotos, die sie gepostet haben, Schuhe tragen, die zu den Abdrücken passen.

Marcels Blick brennt auf meiner Wange, doch ich wende den Blick nicht von meiner Mom ab, die tief durchatmet.

»Ich bin so um halb sechs wach geworden und wollte mir etwas zu essen machen, nachdem ich gehört habe, wie mein Sohn das Haus verlassen hat«, erklärt sie. »Ich weiß nicht, wer es war, doch als ich den Flur runterging, sprang plötzlich jemand aus Amirs Zimmer und griff mich an.«

»Konnten Sie das Gesicht erkennen?«, fragt Officer Copeland, ein Schwarzer.

Meine Mutter schüttelt den Kopf. »Er trug eine Skimaske und dunkle Kleider. Ich konnte nur einen kurzen Blick auf ihn werfen, ehe er mich packte und mit dem Kopf gegen die Wand schleuderte. Dann wurde ich ohnmächtig.«

Lily seufzt auf. »Oh mein Gott.«

»Was wurde gestohlen?«, fragt mein Vater die beiden Polizisten.

»Das wissen wir noch nicht, Sir«, antwortet Officer Boykin.

Ich melde mich zu Wort. »Ein USB-Stick wurde gestohlen.«

»Was?«, ruft Marcel aus und zuckt zusammen.

Ich blicke Officer Boykin in die Augen. »Es ist das Einzige, das in meinem Zimmer fehlt.«

»Was war da drauf?«, fragt Officer Copeland.

Im Raum wird es still. Alle warten auf meine Antwort. Die Wahrheit steckt in meiner Kehle fest. Sie will herauskommen, aber nicht vor ihnen. Jared hat endlich das bekommen, was ihn hat morden lassen. Vielleicht hätte er auch Mom getötet, wenn er den Stick nicht gefunden hätte. Wenn ich jetzt mit dem Finger auf Jared zeige, sieht das nur nach dem verzweifelten Versuch eines Mordverdächtigen aus, seinen Kopf aus der Schlinge zu ziehen.

»Amir.« Mom nimmt meine Hand.

Ich blinzele gedankenverloren. »Nur ein paar Schulunterlagen«, lüge ich die Polizisten an.

»Du willst uns erzählen, dass jemand in euer Haus eingebrochen ist, um einen USB-Stick zu stehlen, auf dem nichts als Hausaufgaben sind?«, fragt Officer Copeland, dem die Skepsis ins Gesicht geschrieben steht.

»Ja, Sir«, antworte ich überzeugt. »Das ist alles, was fehlt.«

Nachdem er seinen Kollegen fragend angesehen hat, macht sich Officer Boykin ein paar Notizen. »In Ordnung, dann werden wir unsere Untersuchungen gleich abschließen und uns verabschieden. Sie haben heute Abend schon genug durchgemacht.«

»Brauchst du eine Kopfschmerztablette, Ma?«, frage ich, als sie beginnt, sich den Hinterkopf zu reiben.

»Yeah, Baby, wenn du mir eine holen könntest«, antwortet sie.

Ich schlurfe in die Küche, wo wir welche aufbewahren, während sich die Polizisten in mein Zimmer zurückziehen. Dort bleiben sie etwa fünfzehn Minuten, und als sie schließlich das Haus verlassen, ändert sich die Atmosphäre im Raum schlagartig.

»Was zum Teufel ist hier los, Jungs?«, will mein Vater wissen. »Ich hab gesehen, was für Blicke ihr ausgetauscht habt. Amir, rede! *Jetzt!*«

Mom blickt von ihrem Ruhesessel zu mir rüber und presst die Lippen aufeinander. Ich werfe Marcel einen Blick zu, der bedeutet: *Sie müssen wissen, was vor sich geht.* Höchste Zeit, endlich das zu tun, was ich schon die ganze Zeit tun wollte, seit wir diese Screenshots entdeckt haben.

»Der USB-Stick hat nicht Amir, sondern Chloe gehört«, erklärt Marcel.

»Was?«, ruft meine Mom. »Und warum hast *du* ihn dann?«

Ich erzähle ihnen von Chloes Nachricht, was meine Mom und Lily aufstöhnen lässt und meinem Vater einen besorgten Blick entlockt.

»Sie wollte, dass ich den Stick finde«, antworte ich. »Sie hat ihn in dieser verfallenen Kirche an der Washington Avenue versteckt, zu der ich manchmal fahre«, füge ich für meine Mom hinzu. »Du weißt schon, wo ich an diesem Abend mit Chloe war.«

»Was war auf dem Stick?«, fragt Lily mehr an Marcel gewandt als an mich.

»Screenshots eines Threads von dieser App, die Snap-Messages heißt«, erklärt Marcel. »Ein paar weiße Kids von unserer Schule haben so ein beschissenes Spiel gestartet, in dem es um Sklavenhandel geht. Sie tun so, als würden sie uns

Schwarze besitzen und auf dem Sklavenmarkt mit uns Handel treiben.«

Mom setzt sich auf und sieht mir direkt in die Augen.

»Sie sagen fucking rassistisches Zeug über uns«, bestätige ich.

Meinem Dad fällt die Kinnlade runter. Seine Brauen ziehen sich zusammen. »Was für *Zeug*?«, fragt er nach.

Marcel erwähnt den Kommentar über meine Haare.

»Du solltest mir lieber nicht die Wahrheit sagen«, knurrt meine Mom und ballt die Fäuste.

»Ich will Namen, sofort!«, brüllt mein Vater.

Lily nimmt seine Hand und atmet ein paarmal tief durch. »Wisst ihr, wer hinter allem steckt?«, fragt sie.

Marcel nickt. »Jared Lanford.«

Es dauert ein paar Sekunden, doch als mein Vater den Zusammenhang begreift, ändert sich sein Gesichtsausdruck. »Wartet mal, könnte das irgendwas damit zu tun haben, dass mich die Firma seines Vaters heute kontaktiert hat?«

Marcel und ich tauschen Blicke. Anscheinend passiert es schon wieder.

»Was wollten sie von dir, Daddy?«, fragt Marcel.

»Ich weiß es noch nicht genau«, antwortet er. »Es war seine Sekretärin, die ein Treffen in dieser Woche vorschlug. Sie deutete an, dass Deacon von meinen Schwierigkeiten wüsste, meine neuen Produktlinien zu finanzieren …«

Er blickt nervös in meine Richtung.

»Die letzten Wochen waren ziemlich hart«, fährt er mit düsterer Stimme fort. »Im Truffles wurden nach Amirs Verhaftung viele Veranstaltungen storniert und im Trudeau's lief es auch nicht viel besser. Viele Leute, die ich für meine Freunde hielt, sind plötzlich auf Distanz gegangen.«

Bei dieser Mitteilung spüre ich einen Schmerz in meiner Kehle.

»Mr Lanford hat das Gleiche mit Chloes Vater gemacht, nachdem Chloe unserem Direktor von diesem Spiel erzählt hat«, erkläre ich. »Mr Lanford hat Mr Danvers' Taschen gefüllt, indem er ihm zwei fette Aufträge erteilt hat, die von der Crescent City Foundation gefördert wurden.«

»Ich hatte mich schon gewundert, wie Aubrey es nach der Klage geschafft hat, die beiden Projekte an Land zu ziehen«, wirft Lily ein.

»Aber Chloe wollte die Sache nicht auf sich beruhen lassen«, sagt Marcel. »Jared hat ihr auf meiner Geburtstagsparty gedroht, deshalb hat sie sich an Amir gewandt.«

»Wozu?«, fragt Mom.

»Um das Spiel auffliegen zu lassen«, antworte ich. »Sie wusste, dass ich das Truman hasse. Sie wusste, wie ich reagieren würde, wenn ich von diesen Dingen erfahre, und sie wusste, dass ich Marcel mit ins Boot holen konnte. Chloe war sicher, dass Mr Lanford nichts tun konnte, um uns aufzuhalten, so, wie er sie selbst daran gehindert hat, Jared und seine Freunde auffliegen zu lassen. Damals hatte er nichts, was er als Druckmittel gegen meine Eltern hätte benutzen können – anders als bei Chloe.«

»Und offenbar auch bei Mr Braswell«, fügt Marcel hinzu. »Mr Lanford ist doch Vorsitzender des Schulvorstands.«

»Und hat Braswell gedroht, dass er seinen Job verliert«, ergänzt Lily.

Mein Dad tigert hin und her. »Wenn ich diesen Mann das nächste Mal sehe, Lily …« Er beißt sich auf die Unterlippe.

»Woher wisst ihr das alles?«, fragt Mom.

»Wir haben Colin Perrier gezwungen, uns alles zu erzählen, wie das mit dem Spiel angefangen hat«, antworte ich. »Nachdem wir den USB-Stick gefunden hatten.«

»Chloe hat ihn dazu gebracht, ihr dabei zu helfen, das Spiel auffliegen zu lassen«, ergänzt Marcel und erzählt, wie ich Colin letzte Woche dabei erwischt habe, wie er in der Kirche auf der Suche nach Chloes Stick war und wie wir anschließend zwei und zwei zusammengezählt haben.

»Warum habt ihr das nicht den Polizisten erzählt?«, fragt Lily.

»Die hätten uns doch sowieso nicht geglaubt«, sage ich. »Colin weigert sich, uns zu helfen. Und Jareds Vater hat Mr Braswell und Mr Danvers schon seit Längerem in der Hand.«

»Moment mal«, sagt meine Mom. »Wollt ihr damit sagen, dass dieser Jared das Mädchen getötet hat?«

Marcel und ich tauschen Blicke, ehe wir beide nicken.

»Oh mein Gott«, sagt Lily und hält sich die Hand vor den Mund.

»Wie konntest du mir das verschweigen?« Meine Mom starrt mich böse an.

Darauf kann ich jetzt nicht ehrlich antworten. Nicht, wenn Lily und Dad hier sind.

»Das ist gefährlich«, sagt sie zu mir, ehe sie Marcel anspricht. »Hast du das mit deinem Versprechen gemeint?«

»Mr Dillard hat euch alle gebeten, euch da rauszuhalten«, sagt mein Vater mit düsterer Miene.

»Dillard ist zu langsam«, entgegnet Marcel. »Am Donnerstag tagt das Große Geschworenengericht. Er konzentriert sich ganz auf den Prozess und die Arbeitsstunden, die er dafür abrechnen kann, und nicht darauf, ihn jetzt noch zu verhindern. Ich will nicht, dass Amir für etwas angeklagt wird, das er nicht getan hat. Seine Situation betrifft uns alle und ich werde mich für nichts entschuldigen.«

»Aber Monica hätte getötet werden können«, sagt Lily.

»Ihr hört sofort damit auf!«, ruft mein Vater und zeigt auf Marcel und mich. »Habt ihr mich verstanden? Das ist viel zu gefährlich. Ein Mädchen ist schon tot. Deine Mutter ist verletzt. Diese Sache ist größer als wir. Darum sollten sich Erwachsene kümmern. Ihr hättet zu uns kommen sollen.«

»Euer Vater hat recht«, sagt Mom, steht auf und nimmt mich am Arm. »Aber was heißt das jetzt? Dass ihr ohne den Stick nicht beweisen könnt, dass dieser Jared sie getötet hat?«

»Leider ja«, murmelt Marcel. »Jared hat den Stick. Er hat gewonnen.«

»Aber nein, Bro!«, widerspreche ich. Alle starren mich an. »Ich hab dir doch heute Morgen alle Screenshots gemailt. Wir haben die noch!«

Marcels Augen leuchten auf »Ach stimmt!« Er dreht sich zu seiner Mutter. »Ich habe diesen Reporter von der *Times-Pic* kontaktiert, hab aber noch keine Antwort erhalten.«

»Du hättest zu mir kommen sollen«, sagt seine Mutter. »Du kannst nicht alles selbst in die Hand nehmen.«

»Aber ich wollte es für Chloe tun«, entgegnet Marcel, der jetzt feuchte Augen bekommt. »Als eine Art Wiedergutmachung dafür, dass ich sie abgewiesen hab, als sie es mir erzählen wollte.«

Seine Mutter zieht ihn zu einer innigen Umarmung aufs Sofa.

»Lasst mich Dillard anrufen, damit er gleich hierherkommt«, sagt mein Vater und zieht sein Handy aus der Tasche. »Es muss doch irgendeinen legalen Schachzug geben, um dem Jungen Feuer unterm Hintern zu machen.« Er geht aus dem Raum, um zu telefonieren.

»Es tut mir so leid, Monica«, sagt Marcel und hebt den Kopf von der Brust seiner Mutter. »Ich wollte nicht, dass dir etwas zustößt.«

»Ich weiß, Marcel, ich weiß«, sagt meine Mom und lächelt ihn sanft an.

»Aber dein Vater hat recht«, sagt Lily, »es ist an der Zeit, dass wir Erwachsene uns einschalten. Wir sind die Trudeaus und du weißt, was das bedeutet.«

»Was?«, fragt meine Mom stirnrunzelnd.

»Dass sie sich mit der falschen Familie angelegt haben«, antwortet Lily.

Ein kalter Schauer läuft mir über den Rücken: Lily und Mom reden gerade miteinander, ohne sich anzuschreien.

Es ist wie ein Wunder.

»Alles okay, Ma?«

Meine Mom sitzt auf dem Bett und schaut eine Folge *Golden Girls*. Die Tasse Tee, die ich ihr gemacht habe, steht auf ihrem Nachttisch.

Marcel, mein Dad und Lily haben sich vor über einer Stunde verabschiedet. Bevor sie gegangen sind, hat mein Dad einen Sicherheitsbeamten, der für ihn arbeitet, beauftragt, die Nacht vor unserem Haus zu verbringen, »sicher ist sicher«. Ich habe ihn wiedererkannt, als er an unsere Tür geklopft hat, um sich vorzustellen. Er war auch während Marcels Geburtstagsparty anwesend. Außerdem hat Lily eine Fernsehreporterin angerufen, die ihr aus der Zeit, als sie in der Marketingbranche gearbeitet hat und noch keine Vollzeithausfrau war, einen »großen Gefallen« schulden würde. Anscheinend handelt es sich um eine Person, der sie zutraut, die Sache mit dem Sklavenspiel wirkungsvoll an die Öffentlichkeit zu bringen. Sie und mein Vater haben mit ihr schon ein Interview für morgen früh verabredet. Mr Dillard wird ebenfalls dabei sein.

Wir sind drauf und dran, Licht in das Dunkel um Chloes Ermordung zu bringen. Wenn erst mal die Sache mit dem Spiel bekannt ist, wird das, so hoffen wir, der erste Hinweis darauf sein, dass Jared sie getötet hat. Da in zwei Tagen bereits das Große Geschworenengericht zusammentritt, hat uns Mr Dillard dennoch gebeten, unsere Erwartungen zu zügeln. Doch auch er geht davon aus, dass Chloes Nachricht an mich und die Screenshots sich zu meinen Gunsten auswirken werden.

»Wenn ich gewusst hätte, dass ich erst niedergeschlagen werden muss, damit du mich wieder beachtest, hätte ich es selbst getan«, zieht Mom mich auf, als ich meinen Kopf zu ihr ins Zimmer strecke.

Hätte ich sie heute Nacht verloren, würde ich nicht weiterleben wollen. Sie ist doch meine ganze Welt. Daran sollte auch eine Lüge nichts ändern. Sie hat so hart gearbeitet und alles dafür getan, dass ich ein gutes Leben habe.

»Komm her«, sagt sie und klopft neben sich auf das Bett. Sie ahnt vermutlich, was mir gerade durch den Kopf geht. »Ich will dir was sagen.«

Es ist Zeit, dass wir es tun. Ich will, dass wir es tun. Sie stellt den Fernseher stumm, während ich mich auf die Bettkante setze und sie ansehe. Ich will den Mund öffnen, um ihr zu sagen, dass es mir leidtut, halte jedoch inne, als sie meine Hand nimmt.

»Ich finde es nicht gesund, wie du dich zurückziehst und abschottest, wenn du mit einer Situation nicht klarkommst«, sagt sie. »So warst du nicht immer. Als Baby, oh mein Gott, warst du so ein fröhliches und lebendiges kleines Kerlchen. In meinem ersten Jahr in der Notaufnahme, wenn ich nach Hause kam, Nana dich im Arm hielt und ich dein zahnloses Lächeln gesehen habe, bin ich einfach dahingeschmolzen und meine Erschöpfung war wie weggeblasen. Auch die Schuldgefühle, dass ich nicht mehr bei dir zu Hause war, konntest du mit einem Lächeln einfach wegwischen.«

Das Leuchten in ihren Augen schwindet ein wenig. »Du

warst der einzige Grund durchzuhalten, nachdem dein Vater mich wegen einer anderen Frau verlassen hatte. Ich war so verletzt, und das hat mich egoistisch gemacht. Ich wollte dich nicht teilen. Nicht mit *ihm* und nicht mit ihr. Du gehörtest mir. Aber dein Bruder hat recht mit allem, was er sagt. Nana hat Martin ausgeredet, sich um das gemeinsame Sorgerecht für dich zu bemühen, solange du ihn regelmäßig besuchen kommen würdest. Ich war damit einverstanden, aber das reichte mir nicht.«

Ich rücke näher an sie heran, während sie mir von diesem Teil meiner Kindheit erzählt, den sie mir bisher verschwiegen hat.

»Es war sehr hart für mich«, fährt sie mit hängenden Mundwinkeln fort, »dass dein Vater lieber seine Träume verwirklichte, anstatt mit mir zusammenzubleiben, und dass er so schnell erfolgreich wurde, nachdem er mich verlassen hatte. Dass er in eine höhere Steuerklasse aufrückte, hat mich noch verbitterter gemacht, und nach und nach wurde dieses Gefühl ein Teil von mir selbst.«

Ich drücke ihre Hand, um sie ein wenig zu trösten. Doch ich will nicht, dass sie jetzt aufhört. Ich muss wissen, welchen Vorteil sie daraus gezogen hatte, mich anzulügen.

»Dich gegen ihn aufzubringen, war meine Form der Rache«, fährt sie fort. »Ich wusste, wie sehr er dich liebt. Und dich dazu zu bringen, ihn zu hassen, und ihn denken zu lassen, dass du ihn dafür hasst, was er mir angetan hat, half mir, mit der Trennung klarzukommen. Das war ein Fehler.«

»Ma …«

»Nein, Amir, lass mich ausreden. Martin hat sich wie ein Dreckskerl verhalten, weil er mich betrogen hat, statt Manns genug zu sein, erst mal seine Ehe zu beenden, in der er nicht mehr glücklich war. Trotzdem war er ein guter Vater. Meine Wut auf ihn sollte deine Beziehung zu ihm zerstören. Du hast alles Recht, wütend und enttäuscht von mir zu sein. Ich hab mich absichtlich zwischen euch gestellt. Hab es Martin so schwer wie möglich gemacht, ein Teil deines Lebens zu bleiben oder dies sogar zu wollen, obwohl ich wusste, wie sehr auch du dich danach gesehnt hast. Und lüg mich nicht an und sag nicht, dass das nicht stimmt. Ich weiß, dass du die gesamte Staffel von *Top Chef* aufgenommen hast, wo er in der Jury saß. Ich hab es in der Liste deiner Filme gesehen.«

Ich senke den Kopf und grinse in mich hinein. Marcel ist das auch aufgefallen, als er neulich in meinem Zimmer war.

»Du liebst es zu kochen, genau wie er, und du bist richtig gut darin«, spricht sie weiter. »Ich schäme mich dafür, dass du durch meine Kleinlichkeit und meine Rachsucht so verletzt wurdest. Oder dass du denken musstest, mit dir selbst wäre etwas nicht in Ordnung. Oder dass du ihm egal wärst.«

Ich zwinkere heftig und kämpfe gegen meine Tränen an.

Mom streichelt sanft meinen Hinterkopf und ich blicke zu ihr auf. »Es ist völlig okay, wütend auf ihn zu sein und ihn trotzdem in deinem Leben haben zu wollen. Ich will, dass du weißt, dass ich jetzt einen Schritt zur Seite trete und dich ermutigen will, alles zu tun, damit du eine bessere Beziehung zu deinem Vater hast und dich damit wohlfühlst. Was nicht heißt, dass du ihm vergeben musst. Aber du musst wissen, dass er dich genauso liebt, wie ich es tue, Amir. Alles, worum ich ihn jemals gebeten habe, hat er für dich getan. Er wollte noch mehr tun, aber das habe ich nicht zugelassen.«

»Im Moment haben wir beide einfach nur schreckliche Angst«, sagt sie, während sich eine Träne aus ihrem Auge löst. »Uns macht der Gedanke zu schaffen, dass all die Verletzungen und der Streit zwischen uns irgendwie zu der Situation beigetragen haben, in der du gerade steckst. Tu mir bitte einen Gefallen: Sei nicht so wie ich. Lerne zu vergeben. Mir und deinem Vater.«

»In Ordnung, Ma«, sage ich, falte meine Hände um ihre und drücke sie gegen meine Brust, damit sie meinen Herzschlag spürt. »Eines musst du wissen: Du wirst immer mein *Number one girl* sein, egal was passiert.«

»Das will ich auch hoffen«, entgegnet sie und streckt stolz ihren Rücken.

Wir lehnen uns lachend aneinander und sie küsst mich noch kurz auf die Stirn, ehe ich mich wieder zurückziehe.

»Ma, ich hab Angst«, gebe ich zu. »Was ist, wenn …«

»So darfst du nicht reden«, sagt sie und wischt die Träne fort, die über meine Wange läuft. »Wir werden beten. Wir werden die Hoffnung nicht verlieren. Du hast doch gehört, was die eingebildete Tussi vorhin gesagt hat. Wir sind die Trudeaus und sie haben sich mit der falschen Familie angelegt.«

Ihr verschmitztes Lächeln löst ein bisschen die Anspannung in meinem Körper.

»Dieser Junge ist echt verrückt nach dir, Amir.«

Ich runzele die Stirn.

»Dein Bruder«, schiebt sie hinterher. »Er ist wirklich süß und macht sich solche Sorgen um dich.«

Marcel hat mich überredet, unsere Standorte miteinander zu teilen – zumindest, bis das alles vorbei ist. Falls es jemals vorbei sein wird. »Ich will dir nicht nachspionieren«, sagte er, »ich will nur, dass wir gleich reagieren können, wenn irgendwas sein sollte.« Ich war einverstanden, was mir einfacher erschien, als eine Diskussion anzufangen.

»Wer hätte gedacht, dass diese Frau einen Jungen großziehen kann, der so anständig ist«, fügt Mom hinzu.

»Ihr seid heute Abend aber ganz gut miteinander klargekommen«, sage ich. »Ich meine, du bist ihr jedenfalls nicht gleich an die Gurgel gegangen.«

»Ja, ich war wirklich ziemlich nett zu ihr«, räumt sie ein

und verdreht die Augen. Aber ich spüre, dass sie nicht mehr wütend ist. Dazu klingt ihre Stimme zu entspannt.

»War schon seltsam, oder? Wir alle in einem Raum.«

»Aber echt.«

»Ein Außenstehender hätte beinahe glauben können, dass wir ...«

»... eine ganz normale Familie sind«, beende ich den Satz.

29
Marcel

Amir und seine Mutter sehen mich beide besorgt an, als ich unsere Haustür öffne – vermutlich aus ganz unterschiedlichen Gründen.

Als Monica über die Schwelle tritt, wird mir klar, dass es wohl das erste Mal überhaupt ist, dass sie unser Haus von innen sieht. Ich kann mich nicht daran erinnern, dass sie es je bis zu unserer kreisrunden Auffahrt geschafft hätte, wenn sie Amir früher an jedem zweiten Wochenende bei uns vorbeigebracht hat. Ihre Augen huschen in alle Richtungen und nehmen alles auf. Ich hoffe sehr, dass unser Lebensstandard nichts Negatives in ihr aufrührt. Es hat sich gut angefühlt, sie und meine Mutter gestern Abend in ein und demselben Raum zu haben, ohne dass es eskaliert ist. Das muss sie angesichts ihrer Vorgeschichte viel Mühe gekostet haben.

»Gab's keine Schwierigkeiten mit der Verlängerung der Ausgangssperre?«, frage ich mit Blick auf Amirs Fußfessel.

»Ne, die waren echt cool, als ich ihnen erzählt habe, dass ich hier sein würde«, antwortet Amir, der nach seiner Mutter ins Haus geht.

Er schlägt die Kapuze seines marineblauen Hoodies zurück, während wir uns mit einer Hand zueinanderziehen, sodass sich unsere Schultern kurz berühren. Natürlich hofft er, dass der Newsclip, den wir uns gleich zusammen ansehen werden, ausreicht, um das Große Geschworenengericht davon abzuhalten, ihn morgen offiziell des Mordes an Chloe anzuklagen. Ich will genauso wie er, dass dieser Albtraum heute Abend endet.

»Kommt, wir sind im Aufenthaltsraum«, sage ich und deute mit einer Geste an, dass sie mir folgen sollen.

»Wie ist es heute gelaufen?«, fragt Amir, während unsere Schritte durchs Foyer hallen.

»Was haben sie der Reporterin alles erzählt?«, will seine Mutter wissen und meint damit meine Eltern.

Auf Anraten von Mr Dillard wurde gestern Abend entschieden, dass das Interview mit der Reporterin, die meine Mutter kontaktiert hatte, von einer Kamera aufgezeichnet wurde. Mr Dillard war der Meinung, dass die Mitwirkung meines Vaters, der sich zum ersten Mal seit Amirs Verhaftung in der Öffentlichkeit zu Wort meldete, Aufmerksamkeit erregen würde – auch wenn Daddy nicht direkt die Unschuld seines Sohnes beteuerte. Mr Dillard riet uns auch davon ab, über Chloes Nachricht zu sprechen.

»Hier geht es erst mal darum, die öffentliche Meinung zu beeinflussen und die allgemeine Empörung über das Spiel sowie das Ausbleiben disziplinarischer Maßnahmen zu schüren«, sagte er gestern Abend. »Aber ich bin mir nicht sicher, ob es eine gute Idee war, die mögliche Rolle von Chloes Vater beim Tod seiner Tochter zu thematisieren.«

Mr Dillard trifft sich gerade mit der Staatsanwaltschaft, um mit ihr über all diese Dinge zu sprechen, einschließlich Chloes Nachricht an Amir und was sie damit bezwecken wollte.

»Sie haben ihr alles erzählt, was wir gestern Abend besprochen hatten«, sage ich zu Amir und seiner Mutter, als wir an der Treppe vorbeigehen und den schmalen Flur betreten, von dem der Aufenthaltsraum abgeht. »Ich bin auch interviewt worden, und ohne dass ich Jared direkt erwähnt hätte, hat die Reporterin seine mögliche Beteiligung durchscheinen lassen.«

»Echt jetzt?«, fragt Amir mit hoher Stimme.

Ich nicke.

Unser Kamerainterview mit Partice Dailey, die, wie ich jetzt erfahren habe, zusammen mit meiner Mutter Journalismus an der Dillard University studiert hat, fand um die Mittagszeit in einem Hinterhof statt. Ich bin heute nicht zur Schule gegangen und werde es meinem Vater zufolge vielleicht nie wieder tun. Er hat im Interview verkündet, dass er beabsichtigt, seine Söhne auf eine andere Schule zu schicken und jede finanzielle Unterstützung für das Truman einzustellen, ganz gleich, ob Mr Braswell nun suspendiert wird und die am Sklavenspiel beteiligten Personen von der Schule fliegen oder nicht.

»Diese verdammte Schule hat nichts dafür getan, meine Söhne oder die anderen schwarzen Kids zu schützen!«, rief er gestern Abend erregt, während wir nach dem Besuch bei Amir und Monica nach Hause fuhren. »Ich will mir gar nicht vorstellen, womit diese weißen Kids alle davongekommen sind. Mir hat diese Schule noch nie gefallen, Lily. Ich hab Marcel nur dorthin geschickt, weil *du* meintest, dass es eine *bereichernde Erfahrung* für ihn wäre. Auf einer öffentlichen Schule wäre er gut zurechtgekommen, genau wie ich früher.«

Sie hat ihren Standpunkt gestern nicht verteidigt. Ihr Schweigen hat mich ein bisschen überrascht. Natürlich will sie nur das Beste für mich, doch nicht, wenn damit diese Engstirnigkeit und Verlogenheit einhergeht, vor der mich, wie sie dachte, unser sozialer Status bewahren würde. Sie musste auch gar nichts sagen. Je länger er schimpfte, desto unruhiger saß sie auf ihrem Sitz.

»Ich bin schon sehr gespannt darauf, wie Mr Braswell und der Schulvorstand sich aus dieser Situation herauswinden wollen«, sage ich zu Amir und Monica.

»Hat diese Reporterin auch mit Jared geredet?«, fragt Monica, als wir den Aufenthaltsraum betreten, in dem meine Eltern immer noch vor dem stumm geschalteten Fernseher sitzen, wie sie es schon taten, als es an der Haustür klingelte.

»Ich weiß es nicht, aber Deacon Lanford belagert schon den ganzen Tag mein Telefon«, sagt mein Vater und steht auf. Er geht uns ein paar Schritte entgegen, schüttelt Amir unbeholfen die Hand und umarmt Monica noch unbeholfener. »Aber ich bin nicht rangegangen.«

»Hey«, begrüßt meine Mutter schüchtern Amir, der ihr kurz zunickt, ehe er sich seiner Mutter zuwendet. »Monica«, sagt sie mit belegter Stimme.

»Lily«, erwidert Monica mit vagem Lächeln.

Amir und ich tauschen belustigte Blicke. Unsere Mütter geben sich wirklich Mühe miteinander. Wie weit sie schon gekommen sind und was für ein langer Weg noch vor ihnen liegt.

Das ist so neu. Wir alle zusammen. Ich mag das und will mehr davon. Nur unter besseren Umständen. Ich fürchte ein bisschen, dass wir in alte Muster zurückfallen, wenn Amirs Name erst einmal rehabilitiert ist. Ich würde so gern glauben, dass es anders wird. Aber es steht noch so viel zwischen uns, vor allem zwischen Amir und Dad, das aus dem Weg geräumt werden muss.

»Monica, Amir, wollt ihr was zu trinken?«, fragt meine Mutter, als eines der Hausmädchen mit einem Glas Wein und einem Whiskey hereinkommt, um die meine Eltern gebeten hatten, bevor Amir und seine Mutter hier eintrafen.

»Wir haben Schnaps, Wasser, Limo, was immer ihr wollt«, ergänze ich mit verlegenem Lächeln und hoffe, Monicas Aufmerksamkeit vom Hausmädchen auf mich zu lenken. Als würde sie das auch davon ablenken, dass wir so komplett anders leben als sie selbst.

»Wasser bitte«, murmelt sie.

»Jap, für mich auch«, schließt sich Amir an.

Für meinen Geschmack verlässt das Hausmädchen viel zu langsam den Raum, nachdem sie meine Eltern mit ihren Getränken versorgt hat.

»Ich kriege hier gerade Nachrichten ohne Ende«, sage ich und gebe Amir und Monica mit einer Geste zu verstehen, dass sie sich doch hinsetzen sollen. Amir lässt sich ans Ende des Sofas sinken und ich setze mich neben ihn. Seine Mutter nimmt auf dem Lehnstuhl gegenüber Platz. »Alle möglichen Leute schreiben mir, seit vor der Schule ein Nachrichtenfahrzeug anhielt und zu filmen begann.«

Unter den vielen Nachrichten war auch eine von Tiffany, die mich erst mal daran erinnerte, dass wir heute unser Konzept im Prozesskurs vorstellen sollen, was ich total vergessen hatte. Nachdem uns Mrs Graceson glücklicherweise einen Aufschub gewährt hatte, fragte Tiffany: Sind die Nachrichtenleute wegen des Spiels hier, das auf Chloes Stick war?

Jap, antworte ich.

Was hast du ihnen erzählt?

Sieh dir heute Abend die Sechs-Uhr-Nachrichten an, dann weißt du es, antworte ich. Spoiler: Ich lasse sie mit ihrem beschissenen Spiel nicht davonkommen!

Freu mich auf das Erdbeben, schreibt sie und schickt ein paar Feuer- und Erde-Emojis.

»Alle Eltern, die irgendeiner Minderheit angehören, sollten ihre Kinder von dieser Schule nehmen«, sagt Monica. »Es tut mir leid, dass ich dich da hingeschickt habe, Amir. Privatschulen sind nicht immer die bessere Lösung.«

»Umso schlimmer, dass ich das Gleiche gedacht habe«, pflichtet meine Mutter ihr bei. Sie streckt einen Arm aus und legt eine Hand auf mein Knie. »Mir tut es auch leid, Sweetie.«

Ich drücke ihre Hand und lächele sie traurig an. Sie und Monica machen sich vermutlich Vorwürfe, uns auf diese

Schule geschickt zu haben, die eine Brutstätte für Mikroaggressionen ist. In mancher Hinsicht auch wegen der Lage, in der sich Amir jetzt befindet. Nichts von dem wäre je passiert, hätten wir unsere Füße nie auf diesen Campus gesetzt. Ich komme mir ziemlich bescheuert vor, weil auch ich gedacht habe, dass unser Wohlstand und sozialer Status uns vor dieser Form der Diskriminierung bewahren würde.

»Geht los«, sagt mein Dad, schnappt sich die Fernbedienung von der Armlehne und fährt die Lautstärke hoch.

Nach dem Intro erscheint das perfekt geschminkte Gesicht von Patrice Daily auf dem Flatscreen.

»Wir beschäftigen uns heute mit den schockierenden Details eines rassistischen Spiels, das sich an einer der renommiertesten Privatschulen dieser Stadt ereignete und dem zahlreiche Schüler zum Opfer fielen, die an dieser Einrichtung einer Minderheit angehören.« Im Hintergrund ist der Campus der Truman Academy zu sehen.

Das Hausmädchen betritt leise den Raum und bringt Monica und Amir zwei Flaschen Wasser, während das Fernsehbild zu einem Journalisten wechselt, der vor dem Rathaus steht und sich mit einem anderen Thema beschäftigt, bevor ein Sportbeitrag angekündigt wird.

Es klingelt an der Haustür.

»Ich mach auf.« Mein Dad springt auf und wirft die Fernbedienung auf den Sessel. »Das muss Dillard sein«, sagt er, während er den Raum verlässt.

Wenn meine Gebete erhört wurden, dann spaziert Amirs Anwalt gleich hier rein und gibt bekannt, dass unsere bisherigen Recherchen ausreichen, um Amir eine offizielle Anklageerhebung zu ersparen. Und dass der Nachrichtenbeitrag, den wir gleich sehen werden, der letzte Sargnagel für Mr Braswell und all die Kids sein wird, die mit dem Spiel zu tun hatten.

»Patrice ist die Beste«, sagt meine Mutter, ohne ihren Blick vom Bildschirm abzuwenden. »Sie hat einen Computerexperten dazu gebracht, die Identität mancher Schüler mit einer öffentlichen Datenbank abzugleichen, weil sie dumm genug waren, bei der Online-Registrierung der App ihre Handynummern zu benutzen.«

»Wirklich?«, fragt Monica erstaunt. »Dann lass uns die Namen hören. Black Twitter wird den Rest erledigen.«

»Black was?«, fragt meine Mutter verwirrt.

»Twitter«, wiederholt Monica und schaut meine Mutter mit einem Blick an, der schreit: *Wieso weißt du nicht, wovon ich rede?* »Es kann doch nicht sein, dass du noch nie was von Black Twitter gehört hast.«

»Was ist der Unterschied zum normalen Twitter?«, fragt meine Mutter.

Monicas ungläubige Miene bringt Amir und mich zum Kichern.

»Ich erklär es dir später, Mom«, sage ich, als sie mir einen hilflosen Blick zuwirft.

Mein Vater kehrt in Begleitung von Mr Dillard zurück, als die Nachrichtensprecher im Studio wieder zu Patrice Daily überleiten.

»Und los geht's«, verkündet meine Mutter mit einer nervenaufreibenden Aufgeregtheit in der Stimme.

»Vielen Dank, Doug und Lauren«, beginnt Patrice Daily, während im Hintergrund der Live-Schalte immer noch unser Schulcampus zu sehen ist. »Die Truman Academy ist eine der prestigeträchtigsten Schulen der Stadt, doch wie heute bekannt wurde, haben sich einige Schüler – weiße Schüler – offenbar zu einem geheimen Spiel zusammengeschlossen, das sich Sklavenhandelsspiel nennt und darauf basiert, dass Mitschüler, die der schwarzen oder einer anderen Minderheit angehören, auf einem virtuellen Sklavenmarkt angeboten und verkauft werden. Die App SnapMessages ist so eingerichtet, dass einmal gelesene Nachrichten sofort wieder verschwinden. Sie zeugten zweifellos von Rassismus und blindem Fanatismus.«

Nach einem Schnitt sind meine Eltern zu sehen, die nebeneinander in schmiedeeisernen Stühlen auf unserer Veranda sitzen. Mom trägt das Dior-Kleid, für das sie sich schließlich entschieden hat, nachdem sie den ganzen Morgen mit mir darüber diskutiert hatte, ob sie darin »zu dick« aussehen würde. Mein Vater trägt ein sandfarbenes Nadelstreifensakko und ein Oberhemd, das sie für ihn ausgesucht hat.

»*Angewidert* beschreibt nicht annähernd, wie wir uns fühlen«, sagt er zu Patrice, die gerade nicht im Bild ist.

»Enttäuscht«, ergänzt meine Mutter mit leiser, beherrschter Stimme. »Enttäuscht darüber, dass es so etwas immer noch gibt.«

Die Stimme von Patrice Daily erklärt: »Der Starkoch und Restaurantbesitzer Martin Trudeau sowie seine Frau Lily haben in dieser Woche durch ihre Söhne von diesem Spiel erfahren. Beide besuchen die Truman Academy. Die Namen beider Jungen sind auf den Screenshots des Spiels zu lesen, die uns von den Trudeaus zur Verfügung gestellt wurden.«

Auf dem Bildschirm werden Bilder der Screenshots gezeigt, die sich auf Chloes USB-Stick befunden haben. Die Namen sind verpixelt, ebenso allzu explizite Ausdrücke. Patrice liest ein paar Sätze aus dem Thread vor, lässt abfällige Wörter aus und bezeichnet genannte Personen einfach als »Junge/Mädchen« oder »schwarzer Schüler/schwarze Schülerin«.

Im nächsten Moment wird der Bildschirm von meinem Gesicht ausgefüllt. Ich rutsche an die Kante des Sofas, um das zu hören, was ich vorhin zu der Reporterin gesagt habe:

»Ich dachte, sie wären meine Freunde, aber das war offensichtlich ein Irrtum, nach all den Dingen, die sie über mich und die anderen Schwarzen an unserer Schule gesagt haben«, erkläre ich.

»Während Martins jüngerer Sohn an der Aufrichtigkeit seiner Freunde zweifelt, sorgt sich seine Familie um die Zukunft seines Halbbruders, der in Verbindung mit dem Mord an Chloe Danvers festgenommen wurde – einer sechzehnjährigen Schülerin des Truman, die vor zwei Wochen in ihrem Elternhaus erstochen aufgefunden worden war. Laut Marcel Trudeau war Chloe Danvers im Besitz der Screenshots aus diesem Thread. Er vermutet, dass sie getötet wurde, bevor sie das Spiel auffliegen lassen konnte.«

»Wie kommst du darauf?«, fragt mich Patrice Daily.

»Fragen Sie den Direktor unserer Schule«, antworte ich.

»Ganz schön mutig, Bro!«, sagt Amir anerkennend.

Ich zucke die Schultern und lächele verschmitzt.

»Der Schuldirektor, Cyrus Braswell, war für uns trotz zahlreicher Anrufe nicht erreichbar und wollte sich zu den Vorwürfen nicht äußern«, erklärt Patrice Daily, während Filmaufnahmen zeigen, wie sie vergeblich versucht, zur Schulverwaltung vorzudringen, und von einem Sicherheitsbeamten daran gehindert wird. »Als unser Kamerateam heute an der Schule erschien, wurden wir des Campus verwiesen. Dreißig Minuten später erhielt ich diese vorbereitete Erklärung des Schulvorstands …«

Ein Textblock wird auf dem Bildschirm eingeblendet.

»*Wir nehmen solche Anschuldigungen nicht auf die leichte Schulter*«, ist die Stimme von Patrice zu hören. »*Wir beabsichtigen, eine vollständige Untersuchung einzuleiten, um festzustellen, ob an diesen empörenden und verletzenden Behauptungen etwas dran ist. Die Truman Academy bleibt eine Institution, die sich der Vielfalt und Inklusion verpflichtet sieht und ein solches Verhalten ihrer Schüler niemals tolerieren würde.*«

»Aber genau das habt ihr getan!«, ruft Monica in Richtung Fernseher.

Erneut sind Patrice und die Schule auf dem Bildschirm zu sehen. »Ich habe mich heute mit einem Computerexperten in Verbindung gesetzt, der in der Lage war, die Identitäten festzustellen, die sich hinter den Benutzernamen in diesem Thread verbergen. Vor allem ging es dabei um den selbst ernannten ›Master‹ dieses Threads, der sich im Rahmen des Spiels theotherNEGAN nennt.«

Mein Herz rast. Jetzt kommt's. Jared ist geliefert.

Der eingeblendete Computerexperte erklärt, wie er die Identität von theotherNEGAN anhand der registrierten Handynummer herausgefunden hat.

»Das Smartphone, das mit dem Konto von theotherNEGAN in Verbindung steht, gehört Jared Lanford, der die Abschlussklasse des Truman besucht und der Sohn des bekannten Geschäftsmanns Deacon Lanford ist, dem Vorsitzenden der Crescent City Foundation«, führt Patrice Daily aus. »Als ich Mr Lanford um eine Stellungnahme zu dieser Entwicklung bat, sagte er nur: ›Ich habe nichts zu sagen und besitze keinerlei Kenntnis von diesen Vorgängen.‹ Dann legte er auf. Zurück zu euch, Doug und Lauren.«

Mein Vater greift zur Fernbedienung, um den Ton leiser zu stellen.

»Sie haben keine Verbindung zum Mord an dem Mädchen hergestellt«, sagt Monica. »Ich dachte, es sollte vor allem gezeigt werden, dass dieser Junge sie höchstwahrscheinlich getötet hat.«

Mein Vater scheint angestrengt nachzudenken, doch als er etwas entgegnen will, kommt ihm Mr Dillard zuvor: »Wir konnten den Jungen in der Öffentlichkeit nicht gleich als Tatverdächtigen hinstellen, Monica. Die Reporterin ist mit ihren Andeutungen so weit gegangen, wie das im legalen Rahmen möglich war.« Er stellt die Aktentasche ab und lockert seine Krawatte. »Ich bin mir sicher, dass der Fernsehbericht in der

Schule für einigen Wirbel sorgen wird. Die Schüler, die bei dem Spiel mitgemacht haben, werden sich gegeneinander wenden. Und vielleicht werden dadurch auch neue Indizien auftauchen, die Jareds Täterschaft noch wahrscheinlicher machen.«

»Haben Sie sich mit den Ermittlern und Ihrem Kontakt bei der Staatsanwaltschaft in Verbindung gesetzt?«, will mein Vater wissen, der neben meiner Mutter auf der Couch sitzt. »Was sagen sie zu der Nachricht, die Chloe meinem Sohn geschickt hat?«

Mr Dillard steckt seine linke Hand in die Tasche. »Wollen Sie zuerst die guten oder die schlechten Nachrichten hören?«

»Schlechte Nachrichten?«, ruft Monica und bringt meinen Schock zum Ausdruck.

Was könnte es für schlechte Nachrichten geben? Die heutige Nachrichtensendung, Jareds Drohungen Chloe gegenüber, ihre Nachricht an Amir, das alles muss doch ein Gamechanger sein und den Fall zu unseren Gunsten drehen.

»Die schlechte Nachricht besteht darin, dass dies ein Wahljahr ist und wir es mit einem aufsehenerregenden Mordfall zu tun haben. Der Staatsanwalt will ihn nutzen, um sich zu profilieren und seinen Job zu behalten. Deshalb will er den Fall morgen immer noch vor das Große Geschworenengericht bringen und Anklage gegen Amir erheben.« Mr Dillard wirft meinem Bruder, der den Kopf gesenkt hält, einen entschuldigenden Blick zu. »Alles, was wir bisher herausgefunden haben, sind nur Indizien. Nichts deutet konkret darauf hin, dass Jared den Mord verübt hat. Die Staatsanwaltschaft wird behaupten, dass Amir die Nachricht mit Chloes Handy an sich selbst geschrieben hat, nachdem er sie getötet hat.«

»Das kann doch nicht wahr sein!«, platzt es aus mir heraus. »Wie hätte denn Amir all die Dinge schreiben können, die in der Nachricht stehen?«

»Der Staatsanwalt wird vermutlich die Theorie verfolgen, dass dein Bruder sie getötet hat, weil er irgendwie von dem Spiel erfahren hat und überzeugt davon war, dass Chloe mitgemacht hat«, erklärt Mr Dillard. »Und dass Amir all die Dinge in dieser Nachricht aufgeworfen hat, um sich zu entlasten, nachdem das Bildmaterial der Türkamera aufgetaucht war.«

»Das ist doch absurd!«, ereifert sich mein Vater.

»Es deutet aber auch nichts auf eine tatsächliche Schuld meines Sohnes hin – nur dass er zur falschen Zeit am falschen Ort war«, schaltet sich Monica ein, worauf meine Eltern zustimmend nicken.

»Das ist richtig«, bestätigt Mr Dillard mit einem Stoßseufzer, in dem mitschwingt, dass Schwarzen Jungs von unserem Justizsystem viel weniger Wohlwollen entgegengebracht wird als privilegierten Weißen Jungs.

»Dann war also alles umsonst?«, fragt mein Vater, der genauso irritiert ist wie alle anderen.

Mr Dillards Miene entspannt sich ein wenig. »Nicht ganz. Das Police Department will eine Verbindung zwischen dem Sklavenspiel und Jareds möglicher Täterschaft überprüfen. Auch wenn ich daran zweifle, dass diese Sache für sie Priorität hat. Sie wollen einen Durchsuchungsbeschluss erwirken, um zu prüfen, ob Jared Schuhe besitzt, deren Sohlen zu den schmutzigen Fußabdrücken in Amirs Zimmer passen.«

»Und das sollen jetzt die guten Nachrichten sein?« Monica verschränkt die Arme vor der Brust.

Ich habe ihre spitze Zunge noch nie so sehr geschätzt wie in diesem Moment.

»Außerdem habe ich jemanden aus meinem Team beauftragt, mit Chloes Eltern zu reden.« Mr Dillard wendet sich an mich, ehe er fortfährt: »Der Ersatzschlüssel zu ihrem Haus ist verschwunden, was sie noch gar nicht bemerkt hatten. Mein

Mitarbeiter sagt, dass sie ziemlich erschüttert von dem sind, was ihr in den letzten Tagen herausgefunden habt.«

»Glauben sie immer noch, dass mein Sohn sie getötet hat?«, kommt mein Vater mir zuvor.

»Das kann ich nicht sagen«, antwortet Mr Dillard. »Aber ich denke, wenn wir vor allem den Vater weiter bearbeiten, könnten wir ihn vielleicht zum Reden bringen. Wir haben so einige Zweifel gesät und hoffen darauf, dass die Saat aufgeht.«

Je mehr er sagt, desto tiefer sackt mir das Herz in die Hose.

»Hören Sie, mein Fokus hat sich verschoben. Es geht nicht mehr darum, Amir vor einer Anklage zu bewahren. Wir müssen jetzt dafür sorgen, dass er nicht ins Gefängnis muss. Deshalb muss unsere Verteidigung auf begründeten Zweifeln basieren, und was das angeht, sind wir auf einem guten Weg. Wir haben Trey Winslow, der ein Motiv besitzt. Und wir haben Jared. Und der Direktor der Schule kann für uns auch noch wertvoll werden.«

»Trey ist raus«, sage ich, ohne daran zu denken, dass ich ihn nach meinem Gespräch mit Tiffany gar nicht mehr kontaktiert hatte. »Er war es nicht, da bin ich ganz sicher.«

»Okay. Mein Team wird die Auswertung des Videomaterials in dieser Gegend vorantreiben. Du hast uns ja eine Liste mit Adressen gegeben, Marcel. Außerdem besitzen wir bereits Bildmaterial, das zeigt, wie der Direktor in jener Nacht, nur wenige Blocks vom Haus der Danvers entfernt, einen Supermarkt aufsucht«, entgegnet er. »Wir können begründen, dass auch er ein Motiv hatte, sie zum Schweigen zu bringen.«

Stimmt.

»Wir müssen vor den Geschworenen nur überzeugend darlegen, dass es mehrere Tatverdächtige gibt, denen die Polizei noch gar nicht nachgegangen ist«, fährt Mr Dillard fort.

»Das New Orleans Police Department besitzt nicht gerade den besten Ruf.«

»Aber Jared war es«, sage ich. »Es reicht nicht, dass er als Urheber des Spiels enttarnt wird. Er muss ins Gefängnis gehen, weil er sie getötet hat.«

»Wir werden diese Spur weiterverfolgen, Marcel, wir haben genug Zeit«, entgegnet Mr Dillard. »Im Moment gibt es keine, wirklich gar keine Anhaltspunkte dafür, dass sich Jared zur fraglichen Zeit in der Nähe von Chloes Haus aufgehalten hat. Ganz zu schweigen davon, dass wir es mit seinem Vater aufnehmen müssen, der über Geld und Verbindungen verfügt.«

»Ich will nicht, dass mein Sohn so einen Prozess durchstehen muss, Cedrik«, sagt mein Vater zu Mr Dillard. »Er ist erst siebzehn und sollte seine Zukunft planen, sich ein College aussuchen und überlegen, was er mit seinem Leben anfangen will, statt Angst haben zu müssen, in der Todeszelle zu landen.«

»Das weiß ich, Martin, aber zu diesem Zeitpunkt wird es sich nicht vermeiden lassen – es sei denn, es taucht ein Foto auf, auf dem Jared aus der Haustür der Danvers kommt und die Tatwaffe in der Hand hält«, entgegnet Mr Dillard. »Ich weiß, dass Sie alle unter großem Druck stehen, aber wir sollten die Hoffnung nicht aufgeben. Sollte er sich tatsächlich in dieser Gegend aufgehalten haben und sollte es Indizien geben, die ihn mit dem Mord in Verbindung bringen, dann werden sie schon irgendwann auftauchen. Alle machen Fehler. Es gibt berühmte Kriminalfälle, in denen dem Täter schließlich ein winziges Detail zum Verhängnis wurde.«

»Aber das wird nicht reichen«, wende ich ein und spüre, wie die Wut in mir aufsteigt, wenn ich an Jareds arrogante Attitüde denke, als ich ihn an seinem Spind zur Rede gestellt habe.

Das ist für mich eine persönliche Angelegenheit geworden. Er hat meine beste Freundin getötet, will die Tat meinem Bruder in die Schuhe schieben und ist der Meinung, dass ich ihm untergeordnet, ja unterlegen sei. Er darf nicht mein Leben zerstören und damit davonkommen. Er hält sich für unantastbar, aber ich werde ihm zeigen, wie sehr er sich irrt.

30
Amir

Ich bin heute mit nur einem Gedanken aufgewacht: Ich werde wahrscheinlich des Mordes angeklagt. Dieser Gedanke wuchert wie ein Krebsgeschwür in mir, sodass ich ihn in meinem gesamten Körper zu spüren glaube. Jeden Moment wird mich Mr Dillard anrufen, um mich darüber zu informieren, wie es jetzt weitergeht, bis der Mordprozess beginnt.

Mom musste heute Morgen die Frühschicht im Krankenhaus übernehmen, nachdem sie sich gestern aufgrund ihrer Kopfverletzung freigenommen hatte. Sie hat es nicht laut ausgesprochen, aber ich bin mir ziemlich sicher, dass es ihr gar nicht so unrecht war. Sie braucht bestimmt ein bisschen Ablenkung. Alleine zu warten und nichts tun zu können, ist wie eine langsame Folter. Ich hielt es nur eine Stunde aus, ehe ich Marcel anrief und ihn bat, mir Gesellschaft zu leisten. Ich nahm an, dass er Ja sagen würde, da er heute nicht zur Schule geht, doch er meinte, er hätte noch etwas Wichtiges zu tun, und versprach, sich später bei mir zu melden. Quincy und der Rest meiner Clique sind in der Schule (sie würden mich wahrscheinlich eh nur zulabern, weil ich sie so lange geghostet habe).

Um 13 Uhr sprang ich auf mein Fahrrad und fuhr zu meiner verfallenen Kirche. Blieb dort zwanzig Minuten, bevor ich wieder auf mein Fahrrad stieg und nach Tremé strampelte. Ich rollte an Nanas altem Haus vorbei und dann die Straße hinunter, in der Mom aufgewachsen ist. Vor dem Gebäude an der Kreuzung Governor Nicholls Street und Henriette Delille Street hielt ich an. Ich blieb für einen Moment auf meinem Fahrrad sitzen und starrte das Restaurant an, in das ich lange keinen Fuß mehr gesetzt habe, weil es für mich immer mehr als nur ein Lokal war. Weil ich es stets dafür verantwortlich gemacht habe, dass mein Dad sich von mir entfernt hat. Seine Existenz ist eine ständige Erinnerung daran, dass ich niemals die Bedeutung erlangen könnte, die dieser Ort für ihn hat.

Mit schwerem Herzen betrete ich das Tru. Höchste Zeit, mir das Pflaster abzureißen. Am Empfang werde ich von einem Mädchen begrüßt, das kaum älter ist als ich. Sie will gerade ihren auswendig gelernten Text abspulen, hält jedoch inne, als sie mir ins Gesicht blickt. Sie legt den Kopf schief, während ihre Augen verraten, dass sie mich erkennt.

»Oh, hey«, sagt sie. »Wie geht's dir?«

Ich mach mir vor Angst fast in die Hose. Aber ich weiß, dass sie kein Interesse an einer wahren Antwort hat. Sie sagt in dieser peinlichen Situation einfach das Erste, was ihr durch den Kopf geht. Sie weiß, wer ich bin, obwohl ich seit vielen Jahren nicht mehr in diesem Restaurant war. Wahrscheinlich malt sie sich verschiedene Erklärungen für mein heutiges Erscheinen aus.

»Ich, äh, ich …«, stottere ich und kriege keine Antwort zusammen.

»Dein Dad ist in der Küche, ich hol ihn mal eben«, sagt sie und macht auf dem Absatz kehrt.

Ich hab draußen seinen Wagen gesehen, also wusste ich, dass er hier ist.

Das Tru scheint unter der ganzen Sache nicht so zu leiden wie seine anderen Lokale: Fast jeder Tisch ist besetzt. Ich lasse meinen Blick schweifen und die gemütliche Einrichtung sowie die entspannte Atmosphäre auf mich wirken. In der hinteren Ecke des Lokals befindet sich eine kleine Bühne, auf der vermutlich Bands zum »Live-After-Five-Cocktail« auftreten, wie auf einer leuchtenden Tafel am Empfang zu lesen ist. Junge Kellner und Kellnerinnen, die rote T-Shirts mit dem Tru-Logo auf der Brust tragen, bewegen sich mit entspanntem Lächeln durch das großzügige Restaurant. Im Essbereich fällt das Sonnenlicht durch eine Reihe von Fenstern, die einen Panoramablick auf die Governor Nicholls Street erlauben. Deckenventilatoren aus Holz verbreiten den Duft von gegrilltem Fisch und Meeresfrüchten, von delikaten Soßen und köstlichen Beilagen im ganzen Raum.

»Amir? Hallo, mein Sohn«, sagt mein Dad, als er mir entgegenkommt. Er trägt das gleiche Jeans-und-T-Shirt-Outfit wie seine Bedienungen, nur in Schwarz-Weiß, sowie eine weiße Schürze, die er am Hals gelöst und nach unten geklappt hat. »Was für eine schöne Überraschung.« Er wischt sich die Hände an der Schürze ab. »Äh, hast du was von Cedrick gehört?«, fragt er mit besorgter Miene.

»Nein, ich ...« Ich kratze mich am Hinterkopf. »Ehrlich gesagt wollte ich nicht länger allein sein. Das hat mich verrückt gemacht.«

Meine Ehrlichkeit lässt ihn kurz nicken. »Komm, setz dich hierher. Ich will mit dir reden.«

Mein Bauch fühlt sich leer an, als ich ihm zu einem der wenigen freien Tische folge. Er befindet sich in der Nähe der Schwingtüren zur Küche. Das Mädchen, das mich vorhin in Empfang genommen hat, kommt aus der Küche und grinst uns an, ehe sie zum Empfang zurückkehrt.

»Sieht ja nicht so aus, als würde ich dir dein Geschäft versauen«, bemerke ich, als ich mich auf den Stuhl ihm gegenüber fallen lasse.

Mein Versuch, unsere Anspannung durch eine flapsige Bemerkung zu lösen, entlockt ihm ein schwaches Lächeln.

»Das wird schon wieder«, entgegnet er, »wenn erst mal alles vorbei ist. Meine Geschäfte sind gerade wirklich meine geringste Sorge. Ich hab ein paar Investitionen, die mich über Wasser halten, bis …«

»Bis was? Bis ich in den Knast wandere und die Leute vergessen, dass du einen *bösen* Sohn hast?«

Ich zucke zusammen. Die Worte sind mir von allein über die Lippen gekommen.

»Du bist nicht mein ›böser Sohn‹, Amir.« Er strafft die Schultern und lehnt sich zurück. »Deine Mutter hat mir von eurem Gespräch erzählt.«

Ich kann nicht glauben, dass sie das getan hat, ohne es mir zu sagen. *Lerne zu vergeben. Mir und deinem Vater,* hat sie zu mir gesagt. Wenn ich in dieser Woche eines über die Erwachsenen in meiner Familie gelernt habe, dann ist es die Tatsache, dass nichts, was ich gesagt oder getan habe, ihr Verhalten beeinflusst hat.

»Ich möchte dir zunächst sagen, dass es mir sehr leidtut, was ich deiner Mutter angetan habe.« Er verschränkt die Arme auf der Tischplatte und sieht mich durchdringend an. »Ganz gleich, wie schlecht unsere Ehe am Ende gewesen ist, hätte ich nicht das tun dürfen, was ich getan habe. Ich will mich bei dir entschuldigen, weil ich weiß, dass alles so toxisch wurde, weil ich deine Mutter so tief verletzt habe. Das ist allein meine Schuld. Ich hätte präsenter sein müssen, nachdem ich den Sorgerechtsstreit aufgegeben hatte, aber das war ich nicht. Ich war zu sehr auf meine Arbeit fixiert. Ich war zu wenig da, um mitzukriegen, wie Lily dich behandelt hat. In Wahrheit bin ich vor dem Durcheinander geflohen, für das ich selbst verantwortlich war. Ich hoffe, du kannst mir vergeben, mein Sohn.«

Der Schmerz, der aus seinen Worten spricht, besänftigt mich. Ich war mir immer so sicher, dass *ich* irgendetwas falsch gemacht hätte oder einfach nicht gut genug gewesen wäre. Dass er mich nicht mehr lieben würde, weil er jetzt ein *besseres* Leben hat.

»Ich hätte mehr um dich kämpfen müssen«, sagt er und beugt sich vor. »Dann hättest du hoffentlich gespürt, wie sehr ich dich liebe. Du warst immer in meinem Herzen, Amir. Ich dachte, dass ich das Richtige tat, als ich deiner Mutter das überlassen habe, was der beste Teil unserer Ehe war. Ich wusste ja, dass es für sie schon schwer genug war mitanzusehen, wie ich ohne sie erfolgreich wurde.«

Ich senke den Blick.

»In der letzten Woche … habe ich die ganze Zeit gedacht, dass es meine Schuld ist, was dir passiert ist. Dass du vielleicht andere Entscheidungen getroffen hättest, wenn du gewusst hättest, wie sehr ich dich liebe.«

»Das ist nicht deine Schuld, Dad«, entgegne ich mit brüchiger Stimme. »Ich war einfach zur falschen Zeit am falschen Ort.«

»Wenn du deswegen ins Gefängnis gehen musst, wird ein Teil von mir sterben«, fügt er hinzu. »Ich werde es immer bereuen, nicht um dich gekämpft zu haben. Nicht auf deiner Seite gestanden zu haben, als Lily dich so unfair behandelt hat. Es ist schon komisch, aber ich glaube, dass Lily gerade dasselbe begreift wie deine Mutter auch. Dass Marcel das Versprechen, das er deiner Oma gegeben hat, nicht einfach aufgeben wird. Und ich bin froh, dass er so treu ist.«

Ich weiß nicht, was ich sagen soll. Ich muss daran denken, was meine Mom über mein Verhältnis zu ihm gesagt hat. Natürlich hat er sie tief verletzt, als er sie mit Lily betrogen hat. Aber er ist immer noch mein Vater. In gewisser Weise habe ich ihn immer geliebt, auch wenn diese Liebe unter jeder Menge Wut und Enttäuschung begraben lag. Ganz verschwunden war sie nie. Doch so gut mir seine Worte jetzt tun, so bleibt ein beklemmendes Gefühl. Es fühlt sich fast so an, als könnte es zu spät sein. In ein paar Monaten muss ich vielleicht ins Gefängnis. Wie sollen wir dann an unserer Beziehung weiterarbeiten?

Als ich den Kopf hebe, werden meine Augen nach links gelenkt, wo zwei Tische weiter ein älteres Paar sitzt und mich anstarrt. Die Frau schaut sofort woandershin, als sie meinen Blick bemerkt. Ich bin sicher, dass sie gerade ihrem Mann zugeflüstert hat, dass sie mich erkannt hat. Ich habe zwar nur Bruchstücke verstanden, doch offenbar hat sie ihn darauf aufmerksam gemacht, dass ich dieser Junge bin, der vermutlich das weiße Mädchen getötet hat.

»Du bist ja so still«, sagt mein Vater und lenkt meine Aufmerksamkeit wieder auf ihn. »Neulich hast du so viel geredet und mich kaum zu Wort kommen lassen. Ich weiß, dass du immer noch wütend auf mich bist, und ich will, dass du ehrlich bist, damit unser Verhältnis wieder besser wird.«

Ich seufze. »Du und Mom, ihr habt genau die richtigen Dinge gesagt. Alles, was ich immer hören wollte und von dem ich dachte, dass es nie dazu kommen würde. Aber irgendwie hat das auch meine Sorgen vergrößert. Als würdet ihr mir das alles nur sagen, weil ihr ahnt, dass es vielleicht keine Rettung für mich gibt.«

Vielleicht mache ich mir zu viele Gedanken, aber ich kann es nicht lassen. Mein Leben steht auf dem Spiel und sie wissen es. Im Moment scheint es für Mr Dillard so gut wie unmöglich zu sein, zu beweisen, dass ich Chloe nicht getötet habe.

»Ich kann an nichts anderes denken, als dass Mr Dillard gleich anruft, um mir zu sagen, dass ich offiziell angeklagt werde. Und sosehr ich mir auch wünsche, dass du endlich zugibst, mich mies behandelt zu haben, erinnert mich das doch nur ständig daran, dass ich vielleicht bald ins Gefängnis muss.

Aber ich will nicht darüber nachdenken. Deshalb bin ich hierhergekommen. Um mich nicht die ganze Zeit damit beschäftigen zu müssen, was heute passiert und wie sehr das meine ganze Familie beeinflusst.«

Mein Vater lehnt sich auf seinem Stuhl zurück und atmet tief durch. Dann beugt er sich wieder vor und sagt: »Dann lass uns darüber reden, dass du offenbar ziemlich gut kochen kannst.«

Ich runzele die Stirn, ehe sein Grinsen verrät, wie er es herausgefunden hat. Ich schüttele den Kopf und stoße einen demonstrativen Seufzer aus.

Marcel.

»Du wirst noch merken, dass dein Bruder nichts für sich behalten kann, es sei denn, es geht um seine eigenen Geheimnisse, dann kriegt man nämlich nichts aus ihm raus«, erklärt mein Dad. »Und er behauptet, du wüsstest beim Kochen ganz genau, was du tust. Ich nehme an, dass Nana dich in die Küche mitgenommen hat, genauso wie mich, als ich ein Kind war.«

Eine Erinnerung daran, wie ich meiner Großmutter in der Küche helfe, erfüllt mich mit Wärme. »Stimmt. Sie hat sogar gesagt, dass ich in der Küche eine größere Hilfe wäre als du.«

»Oh, dann glaubst du also, dass du besser in der Küche bist als dein alter Herr«, zieht er mich auf und schürzt die Lippen. »Ich hab einen Michelin-Stern, Junge, vergiss das nicht.«

Die bevorstehende Anklage rückt ein wenig in den Hintergrund. Ich strecke den Rücken. »Keine Ahnung, aber wenn deine eigene Mutter so was sagt …«

Er zieht eine Augenbraue hoch und grinst selbstgefällig.

»Komm mit!«, sagt er und steht auf.

»Was?«

»Komm mit« wiederholt er und gibt mir mit einer Geste zu verstehen, dass ich ihm folgen soll. »Dann zeig mir mal, was du draufhast.«

»Jetzt gleich?«

»Jetzt gleich«, bestätigt er. »Der Mittagsstress ist vorbei. Ich will sehen, ob du wirklich weißt, was du tust. Los geht's.«

Nach kurzem Zögern gleite ich von meinem Stuhl und folge ihm durch die Schwingtüren in die Küche. Mein Lächeln schwankt zwischen Unbehagen und Neugier.

»Nicco, lass meinen Sohn an den Grill«, ruft er einem älteren Schwarzen zu, der auf einer Arbeitsfläche aus Edelstahl Kräuter hackt.

»Mein Sohn redet Unsinn. Er meint, er könnte besser kochen als ich«, sagt mein Dad zu Nicco. »Dann schauen wir mal, ob das nicht nur leeres Geschwätz ist.«

Nicco mustert mich lächelnd von Kopf bis Fuß. »Okay, junger Mann, dann zeig mal, was du kannst.«

Mein Dad dreht sich zu mir. Ich stehe am Rand, die Hände in den Taschen vergraben.

»Nicht so schüchtern, zeig mir irgendwas«, fordert mein Dad mich auf.

Ich sehe die Vorratskammer zu meiner Rechten und die Kühltruhe am Ende des Raumes. »Na gut.«

Erst mal gehe ich in die Vorratskammer, um mir einen Überblick zu verschaffen. Ich spüre, dass mein Vater mich beobachtet, und nehme eine Packung Mehl vom Regal. Ein völlig neues Gefühl lässt Adrenalin durch meine Adern rauschen. Ich will ihn stolz machen.

31
Marcel

Mr Dillard hat recht. Es muss irgendetwas oder irgendjemanden geben, der Jared mit dem Mord an Chloe in Verbindung bringt. Es reicht nicht aus, dass Jared in den sozialen Medien dafür verantwortlich gemacht wird, das Sklavenspiel gestartet zu haben. Die Forderung nach seinem Schulverweis (berechtigt) und die Debatte über Cybermobbing (ebenfalls wichtig), die das Spiel ausgelöst hat, lenken alle von dem ab, was im Mittelpunkt der Aufmerksamkeit stehen sollte. Dass er Chloe getötet hat, um all das zu verhindern, ohne zu merken, dass sie ihm stets zwei Schritte voraus war.

Jareds eiskaltes *Das werden wir ja sehen*, nachdem ich ihm gedroht habe, zu beweisen, dass er Chloes Mörder ist, verfolgt mich immer noch. Als würde es ihn kein bisschen interessieren, dass die Welt erfährt, was für ein rassistisches Arschloch er ist, solange mein Bruder für ihn ins Gefängnis geht. Leute wie er können immer auf Zeit spielen. Er wird in seinem Leben keinen einzigen Tag arbeiten müssen und trotzdem gut klarkommen. An Amir hingegen wird stets der Schandfleck haften, wegen Mordes inhaftiert worden zu sein. Es würde ihn verändern. Ihn zerstören. Und das werde ich nicht zulassen.

Ich könnte mich einfach zurücklehnen und Mr Dillard seine Arbeit machen lassen, worum er mich gestern dringend gebeten hat, für mich wird es jedoch viel befriedigender sein, wenn ich es bin, der Amir entlastet und Chloe rächt. Deswegen bin ich auch nicht zu Amir gefahren, nachdem er mich vorhin angerufen hat. Ich will den heutigen Tag lieber dazu nutzen, Jared zur Strecke zu bringen, als Amir von dem abzulenken, was unsere gesamte Familie belastet. Ich will Amir keine falschen Hoffnungen in einer Sache mit unsicherem Ausgang machen, sondern habe einen anderen Weg eingeschlagen und jemand anderes um Hilfe gebeten. Und dieser Jemand wartet schon auf einem öffentlichen Parkplatz in der Magazine Street auf mich. Als er sieht, wie mein Wagen auf den Parkplatz einschwenkt, leuchtet sein Gesicht auf.

Quincy hat mich gestern Abend nach den Fernsehnachrichten angerufen.

»Ich weiß deine Hilfe echt zu schätzen«, sage ich zu ihm, als ich aussteige.

»Kein Ding. Für meinen Freund Amir tue ich doch alles.« Sein Gesicht wird ernst. »Wie geht es ihm?«

»Er versucht, sich zu beherrschen, aber ich weiß, wie nervös er ist. Heute tagt das Große Geschworenengericht, und Amir verliert so langsam die Hoffnung, je wieder aus dieser Sache rauszukommen.«

Quincy nickt. »Bist du sicher, dass das der richtige Weg ist?«

»Das ist der einzige Weg, den ich verfolgen kann, Q«, antworte ich. »Vielleicht konnte sich Jared unbemerkt in Chloes Haus schleichen, aber es muss doch jemanden geben, der ihn in dieser Nacht gesehen hat. Es war schon spät, aber es war Mardi Gras. Da ist der Garden District doch voller Leute. Wir müssen nur irgendjemand finden, der Jared ungefähr zur Tatzeit hier gesehen hat.«

»Du willst also im Radius von einer Meile um Chloes Haus herum von Tür zu Tür gehen?«, fragt er.

Ich vermute, dass die Polizei die Einwohner des Garden Districts nicht befragt hat, weil sie davon ausgeht, in Amir bereits den Täter gefunden zu haben. Und falls doch, dann werden sie nur darauf aus gewesen sein, dass die Leute ihre Theorie bestätigen. Wäre ich nicht so lange auf Trey fixiert gewesen, dann hätte ich schon früher daran gedacht.

Ich bitte ihn, dass er ein bisschen zurücktreten soll, damit ich die hintere Tür auf der Beifahrerseite meines Wagens öffnen kann. Von der Rückbank nehme ich eine ausgedruckte Karte, die die komplette Umgebung rund um Chloes Haus abbildet. Ich breite sie mit beiden Händen aus, damit Quincy über meine Schulter hinweg einen Blick darauf werfen kann.

»Ich weiß schon, dass es ein paar Tage dauern wird«, sage ich, »aber wenn wir uns einen Block nach dem anderen vornehmen ...«

»Könnten wir schon machen«, entgegnet er. »Aber das geht auch viel schneller.«

»Wie meinst du das?«

Er tritt einen Schritt zur Seite, stößt einen hellen Pfiff aus und winkt in Richtung der Fahrzeuge, die ein Stück hinter uns stehen. Überall werden Autotüren geöffnet und Köpfe herausgestreckt. Es sind etwa zehn Schwarze in unserem Alter, die im nächsten Moment, angeführt von Buster und Nick, auf uns zugehen.

»Was ist denn hier los?«, frage ich Quincy, als sie sich um meinen Wagen scharen.

»Das sind ein paar Freunde und Mitschüler vom Douglas Egan«, erklärt Quincy. »Die hab ich heute in der Schule zusammengetrommelt. Sie wollen Amir unbedingt helfen, egal wie.«

Buster zieht mich zu einer kräftigen einhändigen Umarmung an sich heran. »Na, hübscher Junge.«

»Hey«, entgegne ich und nicke in Nicks Richtung.

»Sie wollen nicht, dass Amir wegen dieser Sache im Knast landet«, ergänzt Quincy und winkt den anderen mit stolzem Lächeln zu.

»Amir ist einer von uns«, erklärt ein schmächtiger Kerl mit umgedrehtem Saints-Basecap.

»Okay, schieß los. Was sollen wir machen?«, fordert ein Mädchen mit hüftlangen Box Braids und gepiercter Augenbraue mich auf.

Ich lächele sie an und muss meine Tränen zurückhalten. *So etwas* hätte ich mir an unserer Schule gewünscht. Leute, die uns unterstützen und Amir einen Vertrauensvorschuss geben. Und wenn schon nicht seinetwegen, dann zumindest, weil sie mich seit Jahren kennen. *So* sollte Freundschaft aussehen.

»Jetzt guck nicht so«, sagt Buster und schlägt mir vor die Brust. »Wir halten zusammen, außerdem bin ich Amir was schuldig. Hab damals Scheiße gebaut, für die er nun büßen muss. Will ich wiedergutmachen.«

»Ey, ich bin euch echt dankbar«, sage ich und blinzele die Tränen weg. »Waren zwei ganz schön harte Wochen für meine Familie.«

»Kein Sorge, Mann, wir sind da«, versichert Nick.

Im nächsten Moment fange ich an, die Leute in Paare aufzuteilen und ihnen bestimmte Gebiete zuzuweisen. Sie sollen alle Jareds Foto zeigen und die Leute fragen, ob sie diesen Jungen in der Nacht von Mardi Gras hier gesehen haben. Ich beauftrage sie, an jeder Tür zu klopfen und jeden Geschäftsinhaber und Angestellten in diesem Gebiet zu befragen und genau zu notieren, wo sie schon waren und mit wem sie gesprochen haben.

»Habt ihr alle iPhones? Dann schicke ich euch jetzt per AirDrop sein Foto«, sage ich und ziehe mein Handy aus der Tasche.

»Der Typ verdient eine Tracht Prügel für dieses Spiel«, sagt ein Junge, der eine Douglas-Egan-Jacke trägt.

Nachdem ich ein Foto von Jareds Insta-Account per Air-

Drop an alle geschickt habe, sage ich: »Ruft mich sofort an, wenn ihn irgendjemand wiedererkennt.«

»Klar«, sagt Buster.

Alle Duos ziehen los und lassen Quincy und mich zurück, mit dem ich natürlich selbst ein Paar bilde.

Als alle außer Sichtweite sind, tue ich das, was ich schon lange tun wollte. Ich küsse ihn. Was er offenbar nicht erwartet, weil er auf sein Handy schaut, als ich es tue. Doch sobald er kapiert, was hier passiert, schließt er die Augen und zieht mich an sich. Er schmeckt nach Minze und Frieden. Unser erster Kuss fängt sanft an, ehe er leidenschaftlicher und heftiger wird. Ich ziehe mich widerstrebend zurück, als ich spüre, dass es in meiner Jeans enger wird.

»Mmmhh …« Er leckt sich die Lippen. »Das war noch besser, als ich gedacht habe.«

Ich nehme seine Hände und hätte ihn so gerne noch ganz woanders berührt. »Danke, dass du da bist.«

»Für euch Trudeau-Jungs mach ich doch alles«, entgegnet er mit einem Lächeln, das mir Schmetterlinge im Bauch beschert. »Weißt du, eigentlich wollte ich dich das gar nicht fragen, weil du schon genug um die Ohren hast. Aber nach allem, was jetzt passiert ist, frage ich mich … ob ich dich nicht zu einem Date einladen darf.«

Ich senke den Blick und lasse die Schultern hängen. »Also, nicht sofort natürlich, sondern wenn mit Amir wieder alles safe ist«, fügt er rasch hinzu.

»Das ist es ja, Q«, entgegne ich. »Wenn wir nicht beweisen können, dass Jared sie getötet hat, dann wird für Amir wohl nie wieder alles okay sein.«

Quincy lässt meine Hände los und macht eine beschwichtigende Geste. »Davon will ich nichts hören. Wir lassen es nicht zu, dass unser Bro vor die Hunde geht, klar? Wir schaffen das. *Du* schaffst das. Ich glaub an dich.«

Er nimmt meine Hände wieder in seine. »Das einzig Positive, das ich von deinem Bruder je über dich gehört habe, ist, dass du gründlich über alles, was du tust, nachdenkst und das schon als Kind gemacht hast. Also denk jetzt über diesen weißen Mistkerl nach und wie wir ihn am besten zur Strecke bringen.«

Quincy und ich widmen uns den Geschäften entlang der Westseite der Magazine Street zwischen der First und der Saint Mary Street. Das Mädchen mit den langen Zöpfen kümmert sich zusammen mit ihrem Freund um die Ostseite.

Quincy und ich brauchen über eine Stunde, um etwa die Hälfte unseres Areals zu erkunden. Meistens ernten wir höfliches Kopfschütteln, wenn wir den Leuten an der Haustür oder auf der Straße Jareds Foto zeigen. Jedes *Nein, tut mir leid* oder *Noch nie in meinem Leben gesehen* lässt mein Herz ein wenig zusammenschrumpfen. Als eine Frau, die gerade Einkäufe aus ihrem Minivan hievte, einen zweiten Blick auf Jareds Foto warf, keimte bei mir schon Hoffnung auf, und als sie ihre Stirn in Falten legte und noch genauer hinschaute, begann mein Herz zu rasen. Ich dachte, sie würde jeden Augenblick *Das ist er* sagen. *Den hab ich in dieser Nacht gesehen.* Doch im nächsten Moment schüttelte sie den Kopf. »Ach nein, der sieht so ähnlich aus wie jemand, den ich kenne. Um diese Zeit hab ich auch schon fest geschlafen. Ich geh jeden Tag um neun ins Bett, sogar an Mardi Gras.«

Je weiter wir uns vom Garden District entfernten, desto unwahrscheinlicher wurde es für mich, jemanden zu finden, der Jared in dieser Nacht gesehen hat.

»Wir sind fast sechs Blocks von Chloes Haus entfernt«, sage ich zu Quincy, als wir die Saint Mary erreichen.

»Wahrscheinlich ein bisschen zu weit, um hier zu parken und dann zu Fuß zu gehen«, pflichtet Quincy mir bei. »Aber wer weiß. Wenn er auf keinen Fall gesehen werden wollte, dann wird er sein Auto so weit von ihrem Haus entfernt geparkt haben wie möglich.«

Ich will gerade etwas entgegnen, als ich auf der anderen Straßenseite das Schild von Ma Bell's erblicke. Das ist der Lebensmittelladen, dessen Kamera Mr Dillard zufolge aufgenommen hat, wie Mr Braswell in der Mordnacht hier eingekauft hat. Ich halte inne und denke noch mal über die Möglichkeit nach, dass der Direktor unserer Schule einen Mord verübt haben könnte, um seinen Job zu behalten.

»Was ist?«, fragt Quincy.

»Lass uns mal schnell in diesen Laden reingehen«, antworte ich und erkläre ihm den Grund, während wir die Straße überqueren.

Drinnen ist nur ein einziger Kunde, der gerade bei dem alten Mann hinter der Kasse bezahlt, als wir eintreten. Auf meinem Smartphone öffne ich die Homepage der Truman Academy, als der Kunde seine braune Papiertüte mit den Einkäufen vom Band nimmt. Als er sich umdreht und geht, trete ich an die Kasse. Hinter dem Kassierer befindet sich ein raumhohes Holzregal mit einem kleinen TV-Monitor, der von jeder Menge Schnapsflaschen flankiert wird. Auf der Mattscheibe flimmert ein Schwarz-Weiß-Bild, das mich und den Kassierer zeigt. Eine Warnung an jeden potenziellen Ladendieb, dass hier jeder Kunde gefilmt wird.

»Kann ich Ihnen helfen, junger Mann?«, fragt der Mann mit einem Lächeln, das dringend eine Zahnarztbehandlung nötig hätte.

Ich schaue auf sein Namensschild aus Plastik. »Ja, Mr Clyde. Sie haben nicht zufällig letzten Dienstag an Mardi Gras hier gearbeitet? Der Laden ist bis drei Uhr nachts geöffnet, richtig?«

»Richtig, aber ich war nicht da«, antwortet er und legt seine faltigen Arme auf den Tresen. »Meine Enkelin hat am Dienstag hier gearbeitet. Sie hat mit Ihrem Boss schon über diesen gut aussehenden Mann geredet, der in der Nacht bei uns eingekauft hat.«

»Mein Boss?«, wiederhole ich verwirrt.

»Ja. Sie arbeiten doch sicher für diesen Anwalt, der schon wegen der Aufnahmen der Überwachungskamera hier war«, fügt Mr Clyde hinzu.

Er redet von Mr Dillard, für dessen Mitarbeiter er mich offenbar hält.

Wie praktisch. Mir soll's recht sein.

»Das ist richtig. Ich arbeite als Praktikant in seiner Kanzlei.« Ich zeige ihm das Foto von Mr Braswell auf meinem iPhone, das ich von der Homepage der Schule runtergezogen und vergrößert habe. »Ist das der Mann, den Sie meinen?«

Er beugt sich vor und antwortet: »Ja, genau. Er ist ziemlich oft hier, bestimmt ein-, zweimal die Woche. Immer spät in der Nacht. Meine Enkelin hat Ihrem Boss schon erzählt, dass er am Dienstag so um Viertel vor zwei hier war, etwas zerzaust und verschwitzt wie üblich. Er hat einen Energydrink und eine Packung Kaugummi gekauft.«

Zu hören, dass Mr Braswell oft hierherkommt, ist ziemlich enttäuschend, weil es ihn sogleich weniger verdächtig macht.

»Hatte er Flecken auf seiner Kleidung?«, frage ich, während ich mein Handy in die Tasche stecke.

»Um so etwas kümmern wir uns hier nicht«, antwortet Mr Clyde. »Jeder Kunde ist uns recht.«

»Wie meinen Sie das?«

»Dass sich jeder um seine eigenen Dinge kümmern soll«, antwortet Mr Clyde. »Ist ja nicht der einzige Schwule, der so spät noch hier auftaucht, nachdem er im Coliseum Square Park war. Wenn die Behörden ein Auge zudrücken, dann will ich darüber nicht urteilen. Das muss jeder mit dem Herrgott persönlich ausmachen.«

Es fällt mir schwer, meine Enttäuschung zu verbergen. Eine weitere Person auf meiner Liste von Verdächtigen, die ich streichen kann.

Ich versuche immer noch, die Neuigkeit zu verarbeiten, die ich gerade von Mr Clyde erfahren habe, als Quincy mit zwei Flaschen Wasser erscheint und sie auf den Tresen stellt. Vom Coliseum Square Park habe ich schon gehört. Nolan hat mir erzählt, dass sich ein paar ältere Kerle mit ihm dort treffen wollten.

»Ist der Mann in eine hässliche Scheidung verwickelt?«, fragt Mr Clyde, als er die Summe in die Kasse eintippt. »Arbeitet ihr etwa für seine Frau?«

»So ungefähr«, antwortet Quincy und streckt ihm seine Kreditkarte entgegen.

Quincy wartet, bis wir den Laden verlassen haben, um zu fragen: »Was hat er zu dir gesagt? Warum schaust du so, als hättest du dir gerade eine von Will Smith eingefangen?«

»Wir sind doch vorhin am Coliseum Park vorbeigefahren.« Ich nehme die Wasserflasche, die Quincy mir reicht. »Der Direktor unserer Schule hat sich dort spätnachts mit irgendwelchen Typen eingelassen – darum war er in dieser Gegend. Kein Wunder, dass er so ausgeflippt ist, weil wir darüber Bescheid wussten.«

Quincy presst die Lippen aufeinander, als er den Deckel seiner Flasche abschraubt. »Ich verstehe nicht ganz …«

»Er ist verheiratet«, sage ich, »und ich zweifle daran, dass sein Mann weiß, dass Braswell sich hier in die Büsche schlägt.«

»Krass«, sagt Quincy, nachdem er einen großen Schluck Wasser getrunken hat.

Mein Handy klingelt und mir rutscht das Herz in die Hose. Es ist fast halb sechs. Das Geschworenengericht dürfte seine Sitzung inzwischen beendet haben. Es könnten also mein Vater oder Amir selbst sein, um mir zu sagen, dass wir keine

Chance mehr haben, ihn vor einer offiziellen Anklageerhebung zu bewahren. Ich ziehe mein Handy aus der Tasche, sehe aber keinen eingehenden Anruf. Dafür hat Quincy bereits sein Telefon am Ohr, als ich aufblicke.

»Yo, was geht, Dalton?« Er stellt den Lautsprecher an, damit ich mithören kann.

Ich glaube, Dalton war der Junge mit dem Saints-Cap, der mit seiner Freundin unterwegs ist. Kann mich nicht an ihren Namen erinnern.

»Q, komm rüber, Mann!«, sagt Dalton in energischem Ton. »Hier ist eine Frau, mit der Amirs Bruder unbedingt reden muss. Beeilt euch. Wir sind in der Camp Street. Ich schick dir meinen Standort.«

»Super, bis gleich«, sagt Quincy, ehe er auflegt.

Wir rennen los. Mein Herz rast. Ich kann nur eines denken: *Das ist es! Jetzt hab ich ihn!*

32
Amir

Ich halte die Luft an, während ich meinem Dad dabei zusehe, wie er von dem frittierten Buttermilch-Zitronen-Hähnchen abbeißt, das auf der Speisekarte des Trudeau's steht und das er mich zu kochen genötigt hat. Es ist das zweite Gericht, das ich für ihn zubereitet habe. Als Erstes hatte ich einen Gurkensalat mit gebratenen Austern gemacht, den er als »verdammt gut« bezeichnet hat.

Er schließt die Augen, während er sich das zarte, in Buttermilch marinierte Fleisch mit der knusprigen Kruste und dem zarten Zitronenaroma schmecken lässt. Ich habe das Rezept benutzt, das er mir gegeben hat, sowie ein paar eigene Zutaten hinzugefügt, um es etwas aufzupeppen.

Sein Mund zieht sich zu einem anerkennenden Lächeln auseinander. »Okay, du hast echt was drauf.«

Mein Brustkorb schwillt an und meine Lungen weiten sich, ehe ich die Luft erleichtert ausstoße.

Nicco, der an einer Keule knabbert, hebt seine freie Hand zu einem High Five. »Hast es ihm gezeigt, junger Mann!«

»Hab doch gesagt, dass ich ein Monster in der Küche bin«, gebe ich grinsend zurück.

»Immer mit der Ruhe, du musst noch viel lernen«, sagt mein Vater und nimmt den nächsten Bissen. »Du hast deine Nana und mich stolz gemacht.«

Hat er das wirklich gerade gesagt?

Ich muss so breit grinsen, dass mein Gesicht wehtut.

»Der Junge hat Talent, Martin«, sagt Nicco. »Solltest ihn vielleicht auf eine Kochschule schicken, damit er dir Konkurrenz macht.«

Die letzten zwei Stunden waren genau das, was ich gebraucht habe. Ich habe kein einziges Mal an die Geschworenen gedacht. Doch als ich jetzt auf mein Handy blicke, sehe ich, wie spät es ist.

»Verdammt, ich muss los, Dad.« Ich knote die Schürze auf, die er mir gegeben hat. »Ich muss in einer Dreiviertelstunde zu Hause sein, sonst schlägt das Ding hier Alarm.« Ich hebe mein rechtes Fußgelenk an.

»Ich fahr dich«, sagt er und legt das Stück Hähnchen ab, an dem er gerade knabbert.

»Aber ich bin mit dem Fahrrad hier.«

»Das kannst du auf die Ladefläche meines Trucks legen«, sagt er. »Nicco, kannst du mir einen Gefallen tun und hier aufräumen, während ich ihn nach Hause bringe?«

Nicco nickt. »Ich mach das schon. Halt den Kopf oben, junger Mann, ja? Wir alle machen Fehler. Die Guten stehen dazu und die Besten klammern sich nicht an die Vergangenheit.«

Ich weiß, dass er über mich und Dad spricht. Ich lasse die Worte in mir wirken. Mein Vater atmet bedeutungsvoll aus, als unsere Blicke sich treffen.

»Wir treffen uns am Empfang, Sohn«, teilt mein Dad mir mit und zeigt in Richtung Eingang. »Lass mich nur schnell mein Büro abschließen, bin gleich wieder da.«

Ich verabschiede mich von Nicco und stoße die Schwingtüren zur Seite. Das Restaurant füllt sich allmählich wieder, die ersten Abendgäste treffen ein. Ich halte absichtlich den Kopf unten, um nicht erkannt zu werden, und ziehe mein Handy aus der Tasche. Einen Anruf von Mom habe ich verpasst. Ich weiß nicht, was ich davon halten soll, dass Mr Dillard immer noch nicht angerufen hat. Vielleicht hat das Große Geschworenengericht ja doch darauf verzichtet, mich wegen des Mordes an Chloe offiziell anzuklagen.

Doch warum sollten sie das tun, frage ich mich, als ich in der Nähe des Empfangs plötzlich meinen Namen höre.

Trey Winslow sitzt dort im Wartebereich und wirkt genauso überrascht, wie ich es bin. Er ist gekleidet, als käme er direkt aus dem Fitnessstudio: Basketballshorts, Tanktop und fancy Sneaker, gegen die ich auch nichts einzuwenden hätte.

»Wusste nicht, dass du hier arbeitest«, sagt er und kommt zu mir.

»Tu ich auch nicht. Hab nur meinen Dad besucht«, erwidere ich.

Mir wird klar, dass wir uns seit unserem Streit in der Schule das erste Mal sehen. Deshalb bin ich auch überrascht, dass er mich überhaupt anspricht und nicht einfach empört an mir vorbeiläuft.

Marcel hat mir neulich erzählt, was er alles über die Affäre von Senator Winslow erfahren hat. Hätte mir denken können, dass er genauso verlogen ist wie sein Sohn.

»Will nur ein paar Trüffelfries für meine Mom abholen«, erklärt er mit unbeholfenem Grinsen. »Die ist süchtig danach.«

Sehe ich so aus, als würde mich das irgendwie interessieren? Erinnert dieser Typ sich nicht daran, mich des Mordes an seiner Ex beschuldigt zu haben? Der soll sich verpissen.

Ich lächele bemüht, ehe ich wieder auf mein Handy schaue. Doch offenbar kommt die Botschaft bei ihm nicht an, da er sich nicht vom Fleck rührt.

»Eigentlich bin ich ganz froh, dass wir uns treffen«, sagt er, während seine Stimme einen ernsten Klang annimmt. »Ich weiß schon, dass es zwischen uns ziemliche Spannungen gab, vor allem nach der Sache mit Chloe …«

Sein nervöser Blick verwirrt mich. Ich hab noch nie erlebt, dass dieser Typ so wenig Selbstbewusstsein ausstrahlt.

»Aber nach allem, was über Jareds Spiel bekannt geworden ist …« Trey reibt sich den Nacken. »Hör zu, ich finde, wir müssen zusammenhalten. Es geht immer noch um WIR gegen SIE. Am Ende des Tages sind wir aufeinander angewiesen, da jetzt klar ist, was einige sogenannte Freunde von mir über mich denken. Was ich also eigentlich sagen will: Sorry, Bro, wenn ich mich danebenbenommen habe.«

Ich reagiere mit einem zustimmenden Nicken, weil ich nicht weiß, was ich sagen soll. Einerseits ist es ja schön und gut, wenn er endlich kapiert, warum ich ihn nie respektiert habe. Andererseits hat der Typ was an sich, das künstlich und unecht wirkt und das es mir schwer macht, seinen Worten Glauben zu schenken. Jetzt weiß ich zumindest, dass es in seiner Familie liegt.

»Mein Freund Patrick hat sich auch an dem Spiel beteiligt«, sagt er. »Jetzt will er sich dafür entschuldigen und sagt, das Ganze wäre *nur ein Spaß* gewesen und er würde gar nicht *so denken*. Ich bin so wütend!«

»Die Lage in der Schule ist bestimmt sehr angespannt«, werfe ich ein.

»Die Schwarzen und auch alle anderen Minderheiten bleiben heute zu Hause und wollen vielleicht die ganze Woche schwänzen – aus Protest dagegen, wie der Schulvorstand die Sache behandelt. Mein Vater stellt eine Pressekonferenz auf die Beine, um die Entlassung von Mr Braswell und andere Konsequenzen zu fordern.«

In Anbetracht dessen, was ich über seinen Vater weiß, kommt mir auch das ziemlich verlogen vor, aber jetzt ist nicht der richtige Zeitpunkt, um Trey darauf hinzuweisen.

»Zwischen mir und Chloe war alles so angespannt in den letzten Monaten«, sagt er. »Ich glaube, dass ich meinen Vater verteidigen wollte, hat dazu geführt, dass sie mir in dieser Sache mit Jared nicht mehr vertraut hat. Wenn du den Stick nicht gefunden hättest, würden wir immer noch im Dunkeln tappen. Woher wusstest du eigentlich, wo du suchen musst?«

»Hab einfach Glück gehabt«, antworte ich knapp.

Ist mir egal, dass der Typ hier einen auf scheißfreundlich macht. Wenn Chloe gewollt hätte, dann hätte sie ihm Bescheid gesagt, statt mir eine Nachricht zu schreiben.

Ich blicke zu den Schwingtüren hinüber und hoffe, dass mein Dad gleich erscheint.

»Waren die Screenshots das Einzige, was ihr auf dem Stick gefunden habt?«

Na also. Das ist der eigentliche Grund, warum der Kerl sich bei mir einschleimen will. Bei aller Empörung über das Sklavenspiel hatte ich ganz vergessen, warum Trey erst mal ganz oben auf Marcels Verdächtigenliste gelandet war. Er hatte ihn dabei erwischt, wie er in Chloes Zimmer nach irgendwas gesucht hat. Vielleicht hat Tiffany ihn angelogen und es ging gar nicht um irgendwelche Liebesbotschaften, die Trey zurückhaben wollte. Vielleicht hat er nach dem USB-Stick gesucht, weil er glaubte, dass darauf Fotos von seinem Dad mit dieser weißen Frau gespeichert wären. Ich werde mich von diesem Gespräch erlösen, indem ich ihm sage, was er wissen will.

»Entspann dich, Bro. Wir haben auf dem Stick nichts gefunden, das mit dem *Senator* zu tun hatte.«

»Wirklich nicht?« *Hab ich doch recht gehabt.* »Wir haben aber auch nicht explizit danach gesucht«, erzähle ich ihm. »Wir haben direkt die Dateien geöffnet, die mit dem Spiel zu tun hatten.«

Ich wusste, dass sein *Wir müssen zusammenhalten* nur ein Lippenbekenntnis war. Dieser Typ wird mir nie sympathisch werden.

»Er setzt sich wirklich ein – für die Gemeinde und unsere Stadt«, fügt Trey hinzu, als hätte er den Text vor dem Spiegel eingeübt. »Es geht mir nicht nur um meine eigene Familie.«

»Wie auch immer«, sage ich ausweichend.

»Bist du bereit?«, fragt mein Vater, der neben mir auftaucht. »Oh, hey, Trey. Hab dich hier schon lange nicht mehr gesehen. Wie geht's deinem Vater?«

Erneut erwähnt Trey die Pressekonferenz und lässt die Namen mehrerer schwarzer Aktivisten und Prominenter fallen, die daran teilnehmen sollten, lädt meinen Vater aber nicht dazu ein. Warum wohl nicht? Die Winslows wollen vermutlich nicht mit uns in Verbindung gebracht werden. Treys Vater hätte nicht mal ein Podium, auf das er sich stellen könnte, um für seine Wiederwahl zu werben, wenn *meine* Familie es ihm nicht zur Verfügung gestellt hätte.

»Lass uns losfahren, Dad. Wir verschwenden hier nur unsere Zeit«, sage ich, ehe ich aus der Tür stürme, um Trey nicht dafür zu beleidigen, sich an mich rangemacht zu haben, nur um die Affäre seines Vaters zu vertuschen, während ich um meine Freiheit kämpfe.

33
Marcel

Quincy und ich sind völlig durchgeschwitzt, als wir die Kreuzung Eighth Street und Camp Street erreichen, wo Dalton und seine Freundin mit einer weißen Frau mittleren Alters stehen, die einen Golden Retriever bei sich hat. Der Hund bellt und zerrt an der Leine, als wir ihnen entgegenlaufen. Der Nachmittagshimmel nimmt bereits die Färbung der Dämmerung an. Wir sind auf allen vier Seiten von pseudogriechischen Villen mit hüfthohen schmiedeeisernen Zäunen umgeben.

»Ruhig, Trixie!« Die Frau zieht an der Leine und tätschelt ihrem Hund gleichzeitig sein flauschiges Fell.

Doch erst als Daltons Freundin in die Knie geht, den Hund streichelt und ihm ihre volle Aufmerksamkeit schenkt, setzt er sich wieder hin.

»Wir sind so schnell gekommen wie möglich«, versichere ich keuchend. Mein Herz rast nicht nur vor Anstrengung, sondern auch wegen der Möglichkeit, dass diese Frau mich mit den Informationen versorgen kann, die ich brauche, um Jared zu Fall zu bringen.

»Aber ihr hättet euch doch nicht so abhetzen müssen«, sagt die Frau kopfschüttelnd. »Ich hab in dieser Nacht jede Menge Leute auf der Straße gesehen.«

»Mrs Collier, das sind Marcel und Q«, stellt Dalton uns vor und wirft mir einen genervten Blick zu. »Vorhin sagten Sie, es wären *ein paar* Leute gewesen, nicht *jede Menge*.«

»Ja, ja, ein paar«, bestätigt sie und schaut in den Himmel.

»War er auch dabei?«, frage ich und zeige ihr Jareds Foto auf meinem Handy.

Mein Atem ballt sich in meiner Brust zusammen, während ich ungeduldig auf ihre Antwort warte.

Mrs Collier senkt ihr Kinn und späht über den Rand ihrer rosarot getönten Sonnenbrille hinweg. »Ach, ich weiß nicht genau, Sweetie.« Sie mustert das Foto. »Wie ich deinen Freunden schon sagte, sicher bin ich mir nicht. Dieser junge Mann sieht so ähnlich aus wie einer der Jungs, die in dieser Nacht hier die Straße rauf und runter gelaufen sind.«

»War er allein?«, will ich wissen.

»Nein.« Sie schüttelt den Kopf. »Ich glaube, da war noch ein anderer Junge … oder ein paar andere.«

»Weiße?«, frage ich weiter und halte das Display noch näher vor ihr Gesicht. »Schauen Sie doch noch mal. Sah einer der Jungs aus wie er?«

Mrs Collier tritt einen Schritt zurück und sieht mich mit zusammengekniffenen Augen an. »Was sind das alles für Fragen?« Sie wendet sich an Dalton. »Du hast mir erzählt, dass das irgendein Schulprojekt ist. Was für ein Projekt soll das sein?«

Dalton blickt mich nervös an und weiß nicht, wie er antworten soll.

»Ma'am, bitte«, sage ich mit sanfter Stimme. »Denken Sie gründlich nach. Die Sache ist sehr wichtig. Haben Sie diesen Jungen am Dienstag in der Nacht von Mardi Gras zwischen eins und zwei hier gesehen?«

»Es war auf jeden Fall am Dienstag. Die Leute verwandeln die Gegend an Mardi Gras ja in ein Tollhaus und laufen hier überall rum«, antwortet sie. »Ich wünschte, die Polizei würde dem Einhalt gebieten, und ich habe es satt, dass irgendwelche Verbindungsstudenten in meinen Garten kotzen. Ich hab sogar schon im Rathaus angerufen.«

»Haben Sie ihn jetzt gesehen oder nicht?«, blaffe ich sie an.

Quincy legt mir die Hand auf den Unterarm und entfernt mein Handy von Gesicht der Frau. »Tut mir leid, Ma'am. Er ist ein bisschen überdreht, war ein langer Tag.«

Mrs Collier seufzt. »Wie ich schon sagte. Es könnte sein, aber ich bin mir nicht sicher. Es waren ein paar Leute auf der Straße, als ich mit Trixie spazieren gegangen bin. Ich kann mich auf jeden Fall an ein Paar erinnern, einen jungen Weißen. Könnte aber auch sein, dass …«

»War er in Eile?«, unterbreche ich sie.

»Schon möglich«, antwortet sie mit einem Schulterzucken.

»Ist Ihnen was *Besonderes* aufgefallen?«, frage ich.

»Wenn du es für was Besonderes hältst, wenn ein junges Mädchen mitten in der Nacht ein Uber nimmt, dann schon«, antwortet sie ein bisschen pampig.

Natürlich ist *das* nichts Besonderes, und das weiß sie auch. Niemand läuft an Mardi Gras gern allein durch die Straßen, nicht mal die Einheimischen.

»Ich finde es allerdings seltsam, dass ihr jungen Leute so gar nicht auf euer Äußeres achtet, wenn ihr aus dem Haus geht«, redet Mrs Collier weiter. »Dieses Mädchen trug die hübschesten rosa Haarspangen, die ich je gesehen habe – und was noch? Eine Jogginghose. Wie scheußlich. Also in meiner Zeit wäre das nicht passiert. Was findet ihr nur alle an diesen jungen Dingern, die weder Stolz noch Stil haben?«

Ich schaue zu Dalton, dem ich am liebsten eine Kopfnuss geben würde, weil er uns überflüssigerweise hierhergerufen hat.

»Die *Jungs*, Ma'am«, erinnere ich sie. »Die haben sich nicht irgendwie merkwürdig verhalten oder hatten es sehr eilig?«

»Schau mal, Sweetie, wenn es so gewesen ist, dann hab ich nicht drauf geachtet. Ich hatte schließlich alle Hände voll damit zu tun, Trixie diesen Schlüssel aus dem Maul zu zerren. Die hält einfach alles für Futter, was sie irgendwo findet. Fast hätte sie mal ein Stück eines Autoreifens verschluckt. Hat eine Viertelstunde gedauert, bis ich das Ding aus ihrem Maul holen konnte.«

»Den Autoreifen?« Daltons Freundin runzelt die Stirn.

Mrs Collier kichert. »Aber nein, den Schlüssel.«

Ich zucke zusammen. »Moment mal, ein Schlüssel? Was für ein Schlüssel? Wie sah der aus, golden und lila?«

Quincys Augen werden so groß wie meine, während Mrs Collier, Dalton und seine Freundin uns perplex anschauen.

»Ja, tatsächlich«, bestätigt Mrs Collier und nickt. »Woher weißt du … War das etwa deiner? Hoffentlich nicht. Sobald ich ihn aus Trixies Maul geholt hatte, hab ich ihn weggeworfen.«

»Wo haben Sie den Schlüssel gefunden?«, frage ich, während mein Puls davonjagt.

»Beim Gully da drüben«, antwortet sie und deutet quer über die Straße auf einen rostigen Metalldeckel, neben dem ein schmaler Grasstreifen den Bürgersteig säumt.

»Die waren hier in dieser Straße, Bro, nachdem …«, sagt Quincy.

Bei mir schrillen die Alarmglocken. Die Welt steht kopf.

»Was ist?«, fragt Mrs Collier. »Wem gehört denn jetzt der Schlüssel?«

Bei Einbruch der Dunkelheit rufen wir alle zum Parkplatz zurück, an dem wir uns vorhin getroffen haben. Von Mrs Collier habe ich mir sicherheitshalber die Telefonnummer geben lassen, sollten wir sie später noch einmal brauchen. Um ihre Neugier zu befriedigen, haben wir sie mit Halbwahrheiten abgespeist: dass wir glauben, dass Jared den Schlüssel einer Freundin gestohlen hat und ihr schaden wollte. Mrs Collier war bereit, der Freundin auf jede erdenkliche Weise zu helfen.

»Steck den Kopf nicht in den Sand, okay?«, sagt Quincy zu mir, nachdem alle anderen gegangen sind und wir vor meinem Auto stehen. »Jetzt wissen wir immerhin, was mit dem Ersatzschlüssel passiert ist.«

»Aber das reicht nicht aus, um Amir vor der Anklage zu bewahren«, erwidere ich.

»Ich weiß, aber wir wissen jetzt auch, dass Jared in *dieser* Nacht auf *dieser* Straße war, in *dieser* Gegend. Wir kommen morgen zurück und machen weiter. Klopfen an jede Tür. Die Lady hat ja nicht gesagt, dass sie ihn *nicht* gesehen hat. Vielleicht *war* er es und vielleicht hat jemand anders ein besseres Gedächtnis.«

Ich nicke stumm. Bringe aber nicht die Energie auf, etwas zu erwidern. Ich weiß, dass er recht hat. Es kommt mir nur so vor, als wären wir immer noch weit von der Wahrheit entfernt, obwohl wir ja eigentlich einen Schritt weitergekommen sind. Wenn der Schlüssel neben dem Gully lag, dann muss er Jared versehentlich aus der Tasche gefallen sein, als er sich von Chloes Haus entfernt hat. Vielleicht hat er auch das Steakmesser, mit dem er sie erstochen hat, in der Kanalisation verschwinden lassen.

Nachdem ich versprochen habe, ihn später anzurufen, haben Q und ich uns verabschiedet. Ich lasse mich tief in meinen Fahrersitz sinken. Es fühlt sich so an, als sei die Welt kleiner geworden. Ich starre aus der Windschutzscheibe und zucke zusammen, als mein Handy vibriert. Es könnten meine Eltern oder Amir sein, um mich über die Entscheidung des Großen Geschworenengerichts zu informieren. Ich bin erleichtert, dass es nur eine Unwetterwarnung ist. Es wird vor einer Sturmflut gewarnt, die sich heute Nacht ereignen könnte. Auch gut. Vielleicht wird ja die ganze Stadt überflutet und alle ertrinken, die meinen Bruder für einen Mörder halten.

Ich schließe meine Wetter-App, während ich über die Worte von Mrs Collier nachdenke. Sie war nicht sicher, ob sie Jared in dieser Nacht gesehen hat, doch meinte sie sich an jemanden zu erinnern, der ihm ähnlich sah. Vielleicht hat Jared nicht allein gehandelt. Ich denke an Colin. Dass er bereit gewesen war, den Stick zu holen, um sich die Gunst der Lanfords zu sichern. Ob Colin in jener Nacht mit ihm unterwegs war?

Ich setze mich auf, öffne meine Foto-App und scrolle durch die Bilder, die mir geschickt wurden oder die ich auf meiner Party selbst gemacht habe. Ich habe sie noch gar nicht richtig angeschaut oder gepostet, da unser Leben schon am nächsten Morgen aus den Fugen geraten war. Nichts an diesen Fotos kommt mir noch vertraut war. Als wären es Schnappschüsse eines früheren Lebens, inmitten von Leuten, die ich zu kennen glaubte.

Colin und Jared waren nicht die Einzigen, die an dem Spiel beteiligt waren. Ich erinnere mich, dass Colin etwas über Patrick Rawlings sagte, der ebenfalls auf der Party war, wo das Sklavenspiel begonnen hatte. Ich muss bis zum vierten Bild weiterwischen, damit sich mein Verdacht bestätigt. Patrick war tatsächlich auf meiner Party. Ich überprüfe noch weitere Fotos und achte auf den Hintergrund. Colin sagte, dass Jared ihm gedroht hätte, ihn als Drahtzieher und Hauptschuldigen hinzustellen, falls die Sache auffliegen sollte. Wusste noch jemand in diesem Thread, was Chloe vorhatte? Jared hätte es ihnen erzählen können, also hätte auch jeder andere sie auf meiner Party bedrohen können.

Ich brauche unbedingt die Liste des Nachrichtensenders, auf der alle Beteiligten des Spiels stehen. Vielleicht habe ich immer noch nicht alle im Blick, die verdächtig sein könnten. Als ich ein Foto betrachte, auf dem ich auf der Treppe mit jemandem rede, läuft es mir kalt den Rücken runter. Es ist entstanden, nachdem ich Chloe und Trey in Amirs altem Zimmer erwischt hatte.

Das Bild lässt mich an eine weitere Bemerkung von Mrs Collier denken. Über ein Mädchen mit rosa Haarspangen.

34
Amir

Als mein Dad von der Autobahn abfährt, klingelt mein Handy. Wir sind beide angespannt.

Ich schaue aufs Display. »Marcel«, sage ich erleichtert. *Nicht Mr Dillard mit Neuigkeiten vom Großen Geschworenengericht.*

Ich geh ran. »Was gibt's?«

»Du brauchst mich heute nicht mehr bei dir, um ein bisschen zu chillen, oder?« Er hört sich so an, als säße er mit uns im Wagen.

Ich hatte unser früheres Gespräch schon ganz vergessen. Als wäre es schon Tage her.

»Ne, ich glaub, meine Mom ist auch schon zu Hause«, antworte ich.

»Und noch nichts von Mr Dillard gehört?«

»Nope.«

»Cool«, sagt er. »Hör mal, ich muss da was ... überprüfen.«

Ich werfe meinem Dad einen Seitenblick zu. Plötzlich fühle ich mich von ihm beobachtet. Als würde er herausbekommen wollen, wovon wir gerade reden.

»Was ist los?«, frage ich.

»Erzähl ich dir später. Muss mal eben bei den Winslows vorbeifahren.«

»Wozu?« Ich spüre, wie mein Zorn über Trey wieder aufflammt.

Mein Dad biegt fünfzehn Minuten bevor meine Ausgangssperre in Kraft tritt in unsere Straße ein. Ich muss wirklich mehr Zeit einplanen.

»Will was von Tiffany. Bleib erreichbar.«

Damit legt er auf.

»Was hat dein Bruder vor?«, fragt Dad.

»Keine Ahnung«, antworte ich, was zumindest nicht vollständig gelogen ist. Was auch immer er tut, ich weiß, dass es mit mir zu tun hat. Marcel würde nicht wollen, dass mein Vater erfährt, dass wir seine Anweisung, nicht mehr auf eigene Faust zu recherchieren, missachten. Ich frage mich, was er sich von Treys kleiner Schwester verspricht.

Das Auto meiner Mom steht vor dem Haus. Mein Dad hält direkt daneben.

»Du sagst mir gleich Bescheid, wenn du was von Dillard hörst, ja?«

Ich zögere kurz. »Klar, mach ich.«

»Und, Amir – ich hab es heute genossen.«

Ich öffne die Tür. »Yeah, ich auch.«

Er wartet, bis ich mein Fahrrad von der Ladefläche seines Trucks gehoben habe und im Haus verschwunden bin, ehe er losfährt.

Moms Zimmertür ist geschlossen, aber das Licht ist an. Ich lehne mein Fahrrad im Wohnzimmer an die Wand, bevor ich in mein Zimmer gehe und immer noch über den Anruf von Marcel nachdenke. Auch das Aufeinandertreffen mit Trey rumort noch in meinem Hinterkopf.

Als ich gerade das Spiel *NBA 2K23* starte, streckt meine Mom ihren Kopf zu mir ins Zimmer. Sie trägt einen Frotteebademantel.

»Noch nichts gehört?«, fragt sie.

Ich schüttele den Kopf, wende den Blick aber nicht vom Spiel ab.

»Keine Nachrichten sind vielleicht gute Nachrichten.«

Ich seufze auf. »Kann schon sein.«

Sie bleibt noch ein paar Sekunden lang stehen, während ich so tue, als würde ich es nicht bemerken. Kaum ist sie verschwunden, ist sie schon wieder da.

»Oh, hat dein Freund Trey dich erreicht?«

»Bin ihm zufällig im Tru begegnet.«

»Gut. Mrs Lee hat ihn zum Krankenhaus geschickt, nachdem er hier vorbeigeschaut hat, aber niemand bei uns zu Hause war. Er wollte wohl irgendwas Dringendes mit dir besprechen. Ging um dieses Sklavenspiel in der Schule. Da hab ich ihm gesagt, wo du bist.«

Ich unterbreche das Spiel. »Er hat so getan, als wüsste er nicht, dass ich im Tru bin.«

»Wusste er aber, und zwar von mir, nachdem dein Dad es mir erzählt hatte.«

Mom erkundigt sich, wie es mit Dad gewesen ist, aber ich höre nicht richtig hin, weil meine Gedanken zum Gespräch mit Trey zurückkehren. Warum hat er so getan, als hätte er mich zufällig getroffen?

35
Marcel

Das ergibt keinen Sinn. Aber andererseits … vielleicht doch.

Die Situation mit Colin hat mich vor allem gelehrt, dass Zufälle meistens gar keine sind. Zumindest, wenn es den Mord an meiner besten Freundin betrifft. Tiffany hat an diesem Abend glitzernde rosa Haarspangen getragen. Was natürlich nicht automatisch bedeutet, dass sie die Person ist, die Mrs Collier in ein Uber hat steigen sehen. Sie ist nicht die Einzige in der Stadt, die rosa Haarspangen besitzt. Und dennoch erinnert mich das Foto von uns auf der Treppe an etwas: Auch sie hatte Streit mit Chloe. Ihre Freundschaft, die begann, als sie und Trey ein Paar wurden, endete auf meiner Party – vermutlich wegen der Art und Weise ihrer Trennung von Trey. Doch wenn ich jetzt zurückdenke, dann hat mir Chloe nie einen konkreten Grund genannt, warum sie nicht mehr mit Tiffany geredet hat. Und ich sah auch nie einen Grund, sie deshalb zu löchern, weil ich weiß, wie es ist, wenn Paare auseinandergehen. Tiffany war ein Kollateralschaden.

Vielleicht ist irgendwas Hässliches zwischen ihr und Chloe vorgefallen, das nichts mit ihrer Trennung von Trey zu tun hatte. Oder hat Tiffany womöglich gelogen, als sie herausfand, dass ihr Vater eine Affäre hat? Schon möglich, wenn ich daran denke, wie nahe sie und Trey sich stehen. Ich könnte mir auch vorstellen, dass er seiner Schwester nichts von Vivian

Crane erzählt hat, aus Angst, Tiffany könnte sich gegenüber ihrer Mutter verplappern. Doch wenn Tiffany schon vor Chloes Ermordung von der Affäre gewusst hat, dann könnte sie, was Chloe betrifft, dasselbe befürchtet haben wie Trey. Die Menschen töten bekanntlich den Boten, der eine schlechte Nachricht überbringt. Tiffany hat mir erzählt, dass Trey in dieser Nacht spät nach Hause gekommen sei und dass sie später gedacht habe, er könnte Chloe getötet haben. Aber warum war sie selbst so spät noch auf? War auch sie gerade erst nach Hause gekommen, nachdem sie …?

Quatsch, das ist Tiffany. Die unbeholfene und schüchterne Tiffany.

Die Erinnerung an ihre rosa Haarspangen hat mir all diese düsteren Gedanken in den Kopf gesetzt. Hat die Zweifel an einem Mädchen genährt, das keiner Fliege etwas zuleide tun könnte. Deshalb statte ich den Winslows jetzt einen Besuch ab. Um jeden Zweifel zu beseitigen.

Das mit dem Uber war definitiv ein anderes Mädchen, sage ich mir erneut, als ich vor der zweistöckigen Villa der Winslows parke. Treys Auto steht in der Auffahrt. Ich nehme meine Tasche vom Rücksitz, in der sich alles befindet, was ich brauche. Mein Mund fühlt sich an, als sei er mit Watte gefüllt, als ich die Stufen der Veranda hinaufsteige. Ich drücke die Klingel und warte.

Ich atme tief durch, strecke die Schultern und bereite mich auf meine Performance vor.

Tiffany öffnet mir barfuß die Tür. Sie trägt schwarze Leggings und ein überdimensionales Sweatshirt.

»Marcel? Hey …«, sagt sie und runzelt die Stirn.

Ich hebe meine Hand zum Gruß. Mein Lächeln fühlt sich angestrengt an. »Ich hatte ein schlechtes Gewissen, weil ich dich gestern beim Prozesskurs im Stich gelassen habe, also hab ich den ganzen Tag an unserem Eröffnungsplädoyer gearbeitet, und ich finde, es ist so gut geworden, dass ich es dir gleich zeigen wollte.«

»Äh, okay«, entgegnet sie zögerlich und sieht mich immer noch unsicher an.

»Ich muss mich ein bisschen ablenken. Das Große Geschworenengericht tritt heute zusammen und entscheidet, ob mein Bruder offiziell angeklagt wird«, sage ich und habe das Gefühl, dass ein bisschen Ehrlichkeit die bessere Strategie ist.

Ihre Miene zeigt etwas, das wie Empathie aussieht – oder wie Schuld, wenn Mrs Collier recht hat. *Ganz ruhig, Marcel, du kennst sie doch. Sie ist ein Sweetheart, keine Mörderin.*

»Wenn du mich reinlässt, dann kann ich ein bisschen länger abschalten … bitte«, füge ich hinzu.

Sie nickt und lächelt verhalten, während sie zur Seite tritt, damit ich reinkommen kann. »Du hättest dir wirklich nicht so viel Mühe geben müssen«, sagt sie, als ich an ihr vorbeigehe. »Ich war heute nicht in der Schule und werde vielleicht auch den Rest der Woche schwänzen.«

»Warum?«

»Das weißt du nicht?« Sie schließt die Haustür. »Alle Betroffenen bleiben zu Hause, um gegen das Spiel zu protestieren. Mein Vater wird Mr Braswells Entlassung fordern. Außerdem wird er vom Schulvorstand verlangen, alle Schüler zu suspendieren, die an dem Spiel beteiligt waren. Meine Eltern sind gerade in seinem Büro und bereiten die morgige Pressekonferenz vor.«

Vor einer Stunde hätte ich noch alles für so eine Ankündigung gegeben. Als ich noch hundertprozentig davon überzeugt war, dass Jared und vielleicht ein paar andere Leute aus dem Thread Chloe getötet haben, um das zu verhindern, was jetzt gerade passiert.

»Ist ja kein Wunder, dass du noch nichts davon mitgekriegt

hast«, fügt sie verständnisvoll hinzu. »Du hattest so viele andere Dinge in deinem Kopf.«

»Kann ich mich da drüben hinsetzen und dir zeigen, was ich zustande gebracht habe?«, frage ich und zeige auf den Esstisch.

»Ja klar.«

Wir schlendern zum Essbereich hinüber. Mein Herz pocht so heftig, dass ich fürchte, Tiffany könnte es hören. Ich ziehe einen Stuhl hervor und lege meine Umhängetasche auf den Tisch, damit ich meinen Laptop herausholen kann. Tiffany schaut mir vom anderen Ende des Tisches mit geduldigem Lächeln zu. Ihr Gesicht sieht so freundlich und unschuldig aus.

»Wo ist Trey?«, frage ich, als ich meinen Laptop aufklappe.

»Der ist oben … wahrscheinlich zockt er«, antwortet sie mit beiläufigem Schulterzucken.

Ich tue so, als würde ich den Startknopf drücken. Dann warte ich ein paar Sekunden und runzele die Stirn, als der Bildschirm dunkel bleibt. »Ach verdammt, der Akku ist leer.« Ich werfe einen Blick in meine Umhängetasche, obwohl ich weiß, dass das Ladegerät nicht darin ist, sondern auf der Rückbank meines Wagens liegt. »Hast du ein Ladegerät für einen Mac?«, frage ich.

Ich weiß, dass sie keins hat.

Sie schüttelt den Kopf. »Leider nicht. Ich bin ein Microsoft-Girl.«

»Könnte ich deinen Laptop benutzen? Dann ziehe ich mir die Datei von meinem Google Drive runter?«

»Klar. Ich geh eben rauf und hole ihn«, antwortet sie, ehe sie im nächsten Moment die Stufen raufflitzt.

Bis jetzt ist alles nach Plan verlaufen.

Ich verstaue den Laptop wieder in meiner Tasche und stelle sie neben meinem Stuhl auf den Boden. Während ich warte, prickelt jeder Nerv in meinem Körper. Die Stille ist ohrenbetäubend. Ich setze auf zwei Dinge: erstens, dass Tiffanys E-Mail-Account sich direkt auf dem Desktop befindet und ich, wie bei mir, gleich den Posteingang öffnen kann, ohne ein Passwort eingeben zu müssen. Und zweitens, dass sie eine eigene Debit- oder Kreditkarte besitzt und alle Uber-Quittungen per E-Mail erhält.

Tiffany hüpft die Stufen runter und presst sich ihren Laptop an die Brust.

»Du bist die Rettung!«, sage ich, als sie ihn vor mich auf den Tisch legt.

»Dafür besorgst du uns ja auch eine Topnote, weil ich ehrlich gesagt keine Ahnung habe, was ich zu diesem Fall sagen soll«, entgegnet sie, während der Laptop zum Leben erwacht. »Ich bin echt nicht scharf drauf, Jared zu verteidigen, wenn man bedenkt, was er getan hat, auch wenn das hier ein fiktiver Fall ist.«

Wo sie recht hat, hat sie recht.

Sie tippt ihr Passwort ein, und ich warte so lange, bis alle Programme vollständig geladen sind. Ich klicke auf das Icon der Google-App. Sobald die Startseite erscheint, drehe ich mich zu Tiffany um, die hinter mir steht. »Hättest du vielleicht irgendwas zu trinken für mich, Wasser oder eine Coke? Ich hab fast den ganzen Tag noch nichts zu mir genommen.«

»Klar, ich hol dir ein Wasser aus dem Kühlschrank«, antwortet sie und schlendert in Richtung Küche, die sich am anderen Ende des Hauses befindet. Das lässt mir genug Zeit.

»Wie sieht dein Präzedenzfall für uns aus?«, ruft sie, während sie auf dem Flur verschwindet.

»Erzähl ich dir gleich«, rufe ich zurück, während ich rasch die Google-Seite minimiere und ihre E-Mails aufrufe.

Tiffanys Posteingang öffnet sich. *Yes!* Ich beuge mich gespannt vor. Es würde zu lange dauern, alle E-Mails zu checken, also geben ich Uber in die Suchleiste ein. Mir wird jetzt eine Auflistung ihrer Fahrten angezeigt. Es sind wahnsinnig viele, weil sie offenbar mehrmals die Woche mit dem Uber auch zur Schule beziehungsweise wieder nach Hause fährt. Vermutlich immer dann, wenn Trey sie nicht mitnehmen kann.

Mit angehaltenem Atem scrolle ich nach unten auf der Suche nach dem richtigen Datum.

Nichts.

Ich sollte erleichtert sein. Tiffany ist keine Mörderin. Doch dann fällt mein Blick auf das Papierkorb-Symbol. Ich beiße mir auf die Lippen und öffne den Papierkorb mit einem Doppelklick.

Wenn ich auch hier nichts finde, kann ich ganz sicher sein.

Erneut gebe ich *Uber* in die Suchleiste ein.

Wieder ... nichts.

Mit einem Stoßseufzer lasse ich mich zurücksinken. Die Anspannung, die sich seit meiner Ankunft in mir aufgestaut hatte, weicht von mir.

»Marcel, willst du Eiswürfel?«, ruft sie noch.

Ich setze mich auf, antworte: »Ja gern!« und beginne das Wort *Uber* aus der Suchleiste zu löschen. Plötzlich erscheint ein Dateiname, bei dem sich mir der Magen zusammenzieht. Es ist ein JPEG, das sie erst kürzlich in den Papierkorb befördert hat.

Sklavenspiel2224.

Ich klicke die Datei an. Es ist der erste Screenshot, den Chloe auf ihrem USB-Stick von Jareds Sklavenspiel gespeichert hat. Mein Magen entspannt sich wieder. Ich schließe das Bild, scrolle durch den Rest der Liste und sehe auch die anderen Dateien, die mir vom USB-Stick in Erinnerung sind.

Wie sind die in Tiffanys Besitz geraten?

Mein Blick fällt auf eine Videodatei mit dem Namen *Tiffany11224*. Wenn es sich wie bei den Screenshots verhält, dann dürfte sich hinter der Nummer das Datum verbergen, an dem das Video aufgenommen wurde. Das war zwei Tage vor meiner Geburtstagsparty.

Ich klicke es an und mir stockt der Atem, als ein schwarzes Rechteck auf dem Bildschirm erscheint.

TIFFANY11224.MP4

Chloe steht vor ihrer Spiegelkommode. Sie hält ihr Handy in einem Winkel, dass man im Hintergrund teils ihre geschlossene Zimmertür, teils ihren geöffneten Kleiderschrank sieht. Ihre langen blonden Haare sind feucht und fallen auf den rosa Bademantel, den sie trägt.

Sie nimmt einen schmalen schwarzen Make-up-Pinsel sowie eine kleine Lidschattenpalette in ihre Hände und sagt: »Okay, Ziel ist es, diesen coolen Smokey-Eyes-Look hinzukriegen, den Kim K auf dem Cover der *Vogue* hatte.« Sie hält inne, hebt demonstrativ eine Augenbraue und hält sie in die Kamera. »Wenn ich das hinkriege, wird es das erste Make-up-Tutorial sein, das ich auf TikTok poste.«

Es ist so seltsam, sie lebendig auf diesem Video zu sehen.

Sie beginnt, hellblauen Lidschatten auf ihr linkes Augenlid aufzutragen, als plötzlich jemand die Zimmertür aufreißt, die krachend an die Wand fliegt. Chloe stößt einen erschrockenen Laut aus. Tiffany stürmt herein.

»Du scheinheilige Schlampe!«, schreit Tiffany.

Chloe wirbelt herum und macht einen Schritt nach rechts, sodass nur noch die linke Seite ihres Bademantels zu sehen ist. Tiffany nimmt jetzt den größten Teil des Bildes ein.

»Wie bist du hier reingekommen?«, fragt Chloe.

Tiffany schleudert einen Schlüssel in ihre Richtung. Chloe schreit auf, als sie von ihm getroffen wird.

»Du hast die Haustür ja nicht aufgemacht, also hab ich mich selbst reingelassen.« Ihre Augen sind voller Wut, ihre Lippen zusammengepresst.

»Du hast kein Recht, unseren Zweitschlüssel zu klauen wie ein verdammter Psycho!«, ruft Chloe.

»Und du hast kein Recht, dich in unsere Familienangelegenheiten einzumischen! Warum hast du diesen Journalisten kontaktiert? Hast du meinen Vater verpfiffen wegen seiner Affäre?«

»Woher weißt du …?«

»*Wir* wissen Bescheid! Was hast du ihm erzählt?«

»Gar nichts! Es geht nicht um deinen Vater. Und jetzt verschwinde!«

Tiffany streckt ihr mit wildem Blick ihren Zeigefinger entgegen. »Ich bin nicht wie mein Bruder. Ich bettele nicht. Halt dein verdammtes Maul oder du wirst es bereuen, glaub mir!«

»Ja klar, ich bin schuld, dass dein Vater ein Heuchler ist?«

»Wage es nicht, noch einmal etwas über meinen Vater zu sagen, sonst wird es das Letzte sein, das aus deinem Mund kommt.« Tiffany macht einen Schritt auf Chloe zu, die so weit zurückweicht, dass sie nicht mehr im Bild ist. »Du kommst schon noch in die Schlagzeilen, verlass dich drauf!«

Tiffanys Augen wandern nach rechts und werden riesengroß, als sie die Kamera bemerkt.

»Nimmst du mich etwa auf?«, schreit sie.

Tiffany streckt ihre Hand nach dem Handy aus, doch Chloe schnappt es ihr weg. Auf dem Video sind jetzt nur die rosa Fasern ihres Bademantels zu sehen.

Chloe schreit: »Raus aus meinem Haus, Tiffany! Sofort!«

»Das hier ist meine erste und letzte Warnung«, sagt Tiffany. Dann endet das Video.

Als die Fußbodendielen hinter mir knarren, blicke ich gerade noch rechtzeitig auf, um Tiffanys Spiegelbild in der Fensterscheibe zu erkennen. Sie steht hinter mir und hebt ihre Hände in die Luft. Dann explodiert ein weiß glühender Schmerz in meinem Hinterkopf und alles wird dunkel.

36
Amir

Auf Marcels Handy erreiche ich nur die Mailbox – zum zehnten Mal nacheinander. Ich tigere in meinem Zimmer auf und ab. Es fühlt sich fast ein bisschen kleiner an als vor meinem letzten unbeantworteten Anruf. Meine Kehle ist so trocken, dass ich kaum atmen kann.

Geh ans Telefon, Bro! Ich starte den nächsten Versuch und lasse es sechsmal klingeln, ehe wieder die Mailbox anspringt.

»*Fuck!*«

Irgendwas stimmt hier nicht.

Fragen, die ich nicht beantworten kann, wirbeln durch meinen Kopf: Warum ist Trey im Restaurant meines Vaters aufgetaucht und hat so getan, als wäre er mir zufällig begegnet? Warum wollte Marcel Tiffany einen Besuch abstatten? Warum geht er plötzlich nicht mehr ans Telefon? Auf einmal habe ich Chloes blutigen Körper vor Augen. Mein Unterbewusstsein zeigt mir die schlimmstmögliche Antwort auf meine Fragen.

Da fällt mir das gerahmte Bild ins Auge, das neben so vielen anderen Dingen auf meiner Kommode steht: Ich sitze als Vierzehnjähriger neben Nana auf der Treppe. Wir lachen beide. Ihre Stimme hallt durch meinen Kopf.

Los!

Das Gewicht an meinem Fußgelenk hält mich zurück.

Ein weiterer Anrufversuch. Wieder die Mailbox. Mein Magen krampft sich zusammen.

Los!, wiederholt Nana.

Trey war offenbar in Sorge, dass sich auf Chloes USB-Stick Beweise für die Affäre seines Vaters befanden.

Waren die Screenshots das Einzige, was ihr auf dem Stick gefunden habt?, hatte er mich gefragt.

Und ich habe geantwortet: *Entspann dich, Bro. Wir haben auf dem Stick nichts gefunden, das mit dem Senator zu tun hatte.*

Außerdem habe ich ihm gesagt, dass wir nur die Dateien mit dem Sklavenspiel angeschaut hätten.

Ich halte inne, als mir ein neuer Gedanke kommt: *Warum hat er nicht gefragt, ob er sich den Inhalt des Sticks mal ansehen darf, nachdem ich ihm erzählt hatte, dass Marcel und ich uns nicht alle Dateien angesehen haben?* Ich öffne Google auf meinem iPhone, weil mir eine weitere Erinnerung an unsere Begegnung im Tru durch den Kopf schießt: Er hatte diese super Sneaker an. Lila, schwarz und weiß mit rosa Schnürbändern. An den Seiten war ein s-förmiges Logo. Wahrscheinlich irgendein ultrahippes und sauteures Designerzeug, deshalb kenne ich die nicht. Ich tippe alles, was ich darüber weiß, als Suchbefehl ein. Und im fünften Fenster, das sich öffnet, erkenne ich sie. Ich klicke den Link an, der mich zu einem Shop umleitet. Kein Interesse. Ich vergrößere das Foto der Schuhe und wähle die Dreihundertsechzig-Grad-Ansicht. Ich will mir etwas Bestimmtes ansehen: die Sohle. Ich minimiere die Seite und öffne meine Foto-App. Das Bild des dreckigen Schuhabdrucks in meinem Zimmer nach dem Einbruch bei uns ist das jüngste in meiner Galerie.

Mir stockt der Atem. *Sie passen zusammen!*

Ich stürze aus dem Schlafzimmer und rufe nach meiner Mom. Sie muss sofort zu den Winslows gehen. Marcel könnte in Gefahr sein. Es war der panische Trey, der in unser Haus eingebrochen war und den USB-Stick gestohlen hat. Was bedeutet, dass er wahrscheinlich auch Chloe getötet hat. Marcel hat die ganze Zeit recht gehabt!

»Ma!«

Die Tür zu ihrem Zimmer steht offen, das Licht ist gelöscht. Ich strecke meinen Kopf rein, knipse das Licht an, rufe erneut nach ihr. Nichts. Ich renne den Flur runter, in die Küche und dann ins Wohnzimmer. Noch mehr Stille. Nichts regt sich.

»Ma!«, schreie ich, nachdem ich auf unsere Veranda gestolpert bin. Mein Hilferuf verhallt im Schoß der kühlen schwarzen Nacht.

Wo mag sie nur sein? Ich habe nicht gehört, dass sie das Haus verlassen hat. Und ihr Auto steht immer noch in der Auffahrt. Kann etwas passiert sein? Hat Trey sie … weil er denkt, dass ich ihn angelogen habe darüber, dass nichts über seinen Vater auf Chloes Stick war?

Ich drehe mich um und haste ins Haus zurück. »Ma!« Ihre Schlüssel sind da, wo sie immer liegen: auf der Ablage neben dem Korb, in dem unsere Post liegt. Ich ziehe mein Handy aus der Tasche und wähle ihre Nummer.

»Hallo«, meldet sie sich nach dem dritten Klingeln.

Gott sei Dank!

»Ma, wo bist du?«, frage ich atemlos. Mein Herz rast immer noch. *Ich muss meinen Bruder finden.*

»Ein Stück die Straße runter bei den Johnsons.« Im Hintergrund höre ich Stimmen. »Ich helfe Shonda, ihre Mutter wieder ins Bett zu bringen.«

»Warte!«, rufe ich. »Ich muss zu Marcel, er ist in Schwierigkeiten.«

»Amir, bleib mal kurz dran …« Mehr Geräusche und Stimmen im Hintergrund. »Ich ruf dich gleich zurück. Mrs Johnson, das geht nicht …«

Sie legt auf.

»Ma, *nein!*«

Ich will sie sofort wieder anrufen, halte jedoch inne, als mein Blick auf ihre Schlüssel fällt. Ich schnappe sie mir und zögere erneut. Die Fußfessel. Doch alle Bedenken, die ich wegen des Brechens meiner Ausgangssperre habe, verschwinden auf einen Schlag, als ich Chloes leblosen Körper vor Augen habe.

Fuck Hausarrest! Ich muss sichergehen, dass Marcel okay ist.

Seit dem Einbruch bei uns teilen wir immer unsere Standorte … falls so *etwas wie jetzt* passiert.

Während ich aus dem Haus laufe und die Stufen der Veranda runterspringe, öffne ich die Find-My-Friends-App. Als ich in Moms Auto sitze, zoome ich die Karte heran. Marcels Avatar erscheint in einem Haus in der Jefferson Avenue. Das ist nur fünf Minuten entfernt.

Die Fußfessel spielt verrückt. Ihr konstantes Piepen und rotes Blinken gleicht meinem Herzschlag.

Sie ist GPS-überwacht. Die Polizei folgt bestimmt schon meiner Spur, und das ist gut so. Wenn hier irgendwas Schreckliches passiert ist und Marcel nicht antworten kann, dann sind sie jedenfalls gleich zur Stelle. Wenn Marcel nicht antworten kann, weil …

Denk nicht an so was, Bro, sage ich zu mir selbst. Ich will mir nicht vorstellen, wie mein Leben ohne ihn wäre. Will mir das *nicht mehr* vorstellen, nachdem ich mich in seiner Gegenwart endlich wohlfühle. Nachdem ich endlich einen Bruder habe, der sich um mich kümmert.

Sobald ich den 2000er-Block der Jefferson Avenue erreiche, weiß ich, welches das Haus der Winslows ist. Marcels Wagen steht in der Einfahrt. Ich halte direkt dahinter und springe raus. Mache mir nicht mal die Mühe, den Schlüssel aus der Zündung zu ziehen oder die Tür zuzuwerfen.

Ich springe die Stufen hoch, ignoriere die Klingel und schlage an die Tür. Die dreißig Sekunden, die ich warten muss, kommen mir wie dreißig Minuten vor.

Als die Tür auffliegt, starrt Trey mich mit leerem Blick an. Der Schweiß steht ihm auf der Stirn. Sein T-Shirt ist feucht. Als hätte er gerade Sport gemacht – oder meinen Bruder getötet.

»Wo ist Marcel?«, schreie ich ihn an.

Ich bemerke, wie er nervös nach links schaut, bevor er mich verkrampft anlächelt. »Der, äh, ist nicht da. Wollte nur hier parken, weil …«

»Lass mich durch!«, fauche ich und dränge mich an ihm vorbei.

Sobald ich seine Schwester sehe, bleibe ich stehen. Sie beugt sich im Essbereich über Marcel. Ein Laptop steht aufgeklappt auf dem Tisch. Mein Bruder liegt regungslos auf dem Bauch. Die dichten schwarzen Locken an seinem Hinterkopf kleben aneinander. *Blut!* Tiffany starrt mich mit riesengroßen Augen und offenem Mund quer durch den Raum an.

»Was ist …«

Ein Windstoß trifft mein Gesicht. Ich drehe mich zum Schatten zu meiner Rechten. Ducke mich gerade noch rechtzeitig, um dem schweren Gegenstand auszuweichen, den Trey in Richtung meines Kopfes schwingt. Ich pralle gegen einen Tisch hinter mir, reiße mir an der scharfen Kante den Rücken auf.

»Schlag ihm den Kopf ein, Trey!«, schreit Tiffany.

Ich habe kaum Zeit, um mich zu besinnen, als Trey erneut ausholt. Ich kann in letzter Sekunde zur Seite springen und lande auf dem harten Holzboden, als neben mir eine Porzellanschale zerbricht, die eben noch auf dem Tisch stand.

»Jetzt mach schon!«, schreit seine Schwester aus dem Essbereich. An der Lehne eines Stuhls ziehe ich mich auf die

Beine. Wieder stürmt Trey auf mich zu, diesmal mit einem Baseballschläger aus Aluminium. Ich blicke mich panisch nach einer eigenen Waffe um, finde aber keine, als Trey erneut ausholt. Ich ducke mich rechtzeitig, werfe mich ihm entgegen und reiße ihn an den Hüften zu Boden. Ein Stück von Marcel entfernt schlagen wir krachend auf. Marcel rührt sich immer noch nicht.

Bitte, bitte, er darf nicht tot sein!

Meine Wut und das Adrenalin geben mir die Energie, schnell aufzuspringen und mit meinen Fäusten auf Trey einzuschlagen. Er lässt den Baseballschläger los, um seine Arme als Schild zu benutzen.

»Du hast ihn umgebracht! *Du hast meinen Bruder getötet!*«, schreie ich und prügele wild auf ihn ein.

Ich sehe nur noch rot. Dasselbe Karmesinrot, mit dem alles begann. Das Karmesinrot, mit dem Chloes Körper überströmt war. Aber diesmal wird mir nicht schwindelig wie sonst. Diesmal verleiht es mir Kraft. Ich schlage härter zu. Ignoriere den Schmerz in meinen Händen, während ich immer wieder auf seinen Kopf einschlage. Ich darf ihn damit nicht davonkommen lassen.

»Runter von ihm!«, höre ich hinter mir.

Tiffany! Seine Schwester hatte ich ganz vergessen. Plötzlich graben sich ihre Nägel in mein Gesicht. »Lass ihn los!«, schreit sie und hat sich so in meinem Gesicht verkrallt, dass sie meinen Kopf zurückreißt.

»Ahhhhhh!«, brülle ich vor Schmerz.

Ich muss von Trey ablassen, um ihre Hände aus meinem Gesicht zu zerren. Doch als ich das tue, greift ihr Bruder nach dem Baseballschläger. Ich kann nicht verhindern, dass er mir den Griff gegen die Brust rammt und so sämtliche Luft aus meinem Körper entweicht. Atemlos lande ich rückwärts auf dem Boden.

Ich ringe immer noch nach Luft, als er mit wilder Miene über mir steht und den Baseballschläger in mein Gesicht presst. »Keine Bewegung mehr!«, stößt er mit zusammengebissenen Zähnen hervor.

»Schlag ihm den Schädel ein, Trey!«, schreit seine Schwester hinter ihm, ihr Puppengesicht von einer Wut verzerrt, wie ich es noch nie gesehen habe.

»Sei still, Tiff!«, ruft Trey.

Als sich das Chaos ein wenig beruhigt, dringt das Piepen meiner Fußfessel durch die Stille. Trey starrt auf mein Fußgelenk, während sich die Erkenntnis auf seinem lädierten Gesicht abzeichnet.

»Was ist das für ein Geräusch?«, fragt Tiffany.

»Seine Fußfessel – *fuck*!«, schreit Trey.

Ich grinse sie höhnisch an. »Stimmt! Die Cops sind schon auf dem Weg.«

Trey fährt sich unschlüssig durch die Haare.

»Töte ihn!«, ruft Tiffany.

»*Halt's Maul!*«

Tiffany starrt ihren Bruder an. »*Du* hältst dein Maul und tust, was ich sage.«

»Du hast schon genug angerichtet. Wie sollen wir das hier erklären?« Er zeigt auf mich und Marcel, der immer noch reglos auf dem Boden liegt. »Du hast die verdammte Kontrolle verloren! Erst Chloe …«

Chloe? Es war seine Schwester?

»… und jetzt Marcel. Ich kann nicht immer *deinen* Müll wegräumen!«

»Dann sieh zu, dass du deine Nutten besser im Griff hast!«, brüllt seine Schwester, während ihr der Speichel aus dem Mund fliegt. »Hättest du Chloe das Maul gestopft, hätte ich mich nicht einmischen müssen.«

Trey dreht sich zu Tiffany um. »Es ging doch gar nicht um

unseren Vater. Sie hat den Journalisten wegen dieses beschissenen Spiels kontaktiert.«

»Das wissen wir nicht.«

»Sie umzubringen, war nicht die Lösung.«

»Tote Frauen können keine Geheimnisse verraten«, gibt Tiffany zurück. Ihre Augen glühen.

»Ich hab Dad gewarnt, dass er sich von dieser Frau fernhalten soll.« Treys Stimme bricht unter dem Gewicht der Geheimnisse.

»Oh, bitte!« Tiffany wirft ihre Hände in die Luft. »Wenn es um Frauen geht, ist Daddy genauso schwach wie du. Er wollte diese Sache gar nicht beenden, das weißt du genau. Ich habe getan, was getan werden musste.«

»Und das hier ist das Ergebnis!«, ruft Trey und fuchtelt mit dem Schläger vor meinem Gesicht herum.

»Ich wusste doch nicht, dass er im Haus ist. Sonst hätte ich …«

Sie hätte mich auch getötet. Oh fuck!

»Bro, ihr habt keine Chance, mit all dem davonzukommen«, sage ich. Ich muss an Trey appellieren, wenn ich hier lebend rauskommen will. Er ist der Vernünftige von den beiden. »Die Polizei wird gleich hier sein. Und ich werde ihnen erzählen …«

»Einen Scheiß wirst du ihnen erzählen!«, schreit er mich an.

»Töte. Ihn.«, zischt Tiffany.

»Wie wollt ihr das erklären?«, frage ich Trey. »Warum tut ihr mir das an? Mir und meiner Familie?«

»Weil Familien wie unsere keine Fehler machen dürfen«, antwortet er keuchend. »Wir müssen perfekt sein. Oder die Weißen bringen unsere eigenen Leute dazu, sich gegen uns zu wenden. Sieh dir an, was mit deinem Vater passiert ist. Wir werden nicht zulassen, dass es unserem genauso geht. Unsere

Privilegien sind anders als ihre. Jeder ist bereit, einen erfolgreichen Schwarzen Mann vom Sockel zu stoßen.« Er kniet sich hin, um mir direkt ins Gesicht zu blicken. »Meine Familie kommt *immer* an erster Stelle.«

»Wow!«, stoße ich hervor. »Genau deshalb wollte mein Vater nicht, dass Marcel oder mein Anwalt euch in der Presse unter Druck setzt. Er wollte einer anderen bekannten schwarzen Familie nicht schaden. Er ist nicht so ein verlogener Dreckskerl wie du.«

Ich springe auf und greife Trey erneut an, doch diesmal achte ich darauf, all mein Gewicht nach links zu verlagern, sodass er krachend gegen den Esstisch prallt. Sein Kopf trifft mit der Seite auf die Kante, was ausreicht, um ihn vorübergehend außer Gefecht zu setzen. Beim Sturz lässt er den Schläger fallen.

Ich bücke mich schnell und schnappe ihn mir, ehe seine Schwester es tun kann.

»Ich wünschte, du würdest es tun«, sage ich zu ihr und hole mit dem Schläger aus, bereit, falls sie eine abrupte Bewegung macht.

Ihr Blick geht nach rechts, über meine Schulter hinweg. Am Rande meines Blickfelds nehme ich eine Bewegung wahr. Als ich über meine die Schulter blicke, sehe ich einen weißen Officer neben der Haustür stehen. Seine Pistole zeigt auf uns, während seine Augen auf mich gerichtet sind.

»Was ist hier los?«, fragt er mich. »Warum haben Sie Ihren zugelassenen Aufenthaltsbereich verlassen?«

»Er will uns töten, Officer!«, ruft Trey und zieht sich an einem der Esstischstühle hoch. Er weicht vor mir zurück und fasst sich an die Seite seines Kopfes. »Er ist in unser Haus eingedrungen, hat seinen Bruder verletzt und dann uns angegriffen, weil wir wissen, was er meiner Ex-Freundin angetan hat.«

Der Officer sieht so aus, als würde er diesen Bullshit eventuell glauben, also lasse ich den Schläger sinken. »Das ist eine Lüge, Officer. Die beiden haben mich …«

»Bitte helfen Sie uns, Officer!«, schluchzt Tiffany.

Der Officer sieht zu Marcel hinüber, bevor sein Blick zu mir zurückkehrt. »Lass den Schläger fallen und leg dich flach auf den Bauch … *sofort*!«

Mit langsamen Bewegungen leiste ich ihm Folge, während ich Trey dabei in die Augen schaue. Ein böses Lächeln umspielt seine Lippen. Ich weiß, was er denkt. Und was er tun wird. Während ich das denke, schwankt der Boden unter mir.

Er wird diesen einfältigen Cop benutzen, um mich zum Schweigen zu bringen. Denn seine Schwester hat recht: Er ist zu schwach, um mich selbst zu töten, also braucht er jemand, der ihm die Sache abnimmt.

»Er hat eine Waffe, Sir!«, ruft Trey und springt zurück, als hätte er Angst, dass ich sie jeden Moment auf ihn richten könnte.

Ich hole tief Luft. Ich sehe, wie sich die Hand des Polizisten fester um den Griff seines Revolvers schließt. Wie kann nur einer von uns die tief verwurzelten Vorurteile der Polizei gegen Schwarze nutzen wollen, um mich töten zu lassen?

Mein Mund klappt auf und ich will einen Schrei ausstoßen, als ich sehe, dass der Officer beginnt, den Abzug zu betätigen.

»Neeeeiiin!!!«

Der Schrei kommt nicht von mir. Marcel hat es geschafft, auf die Beine zu kommen, Blut tropft ihm von der Stirn. *Er lebt!*

»Schießen Sie nicht auf meinen Bruder!«, schreit er, seine Stimme klingt mit jedem Wort geschwächter. »*Sie* hat Chloe Danvers getötet! *Sie* war es, nicht mein Bruder!«

Seine Worte kosten ihn sämtliche Energie, die er nur für diesen einen Augenblick mobilisieren konnte. Erneut sinkt er ohnmächtig zu Boden. Von Nahem sehe ich, wie tief die Platzwunde an seinem Kopf ist.

»Okay, niemand bewegt sich hier!«, befiehlt der Officer und schwenkt seine Waffe zu Tiffany und Trey. Während er uns drei nicht aus den Augen lässt, hebt er seine rechte Schulter an, um auf den Empfängerknopf seines Walkie-Talkies zu drücken, der sich neben dem Kragen seines Uniformhemds befindet. »Hier 487, brauche dringend Verstärkung, 2434 Jefferson Avenue.«

37
Marcel

Alles kommt mir wie ein Albtraum vor. Alle Szenen wiederholen sich in einer beklemmenden Endlosschleife, angefangen mit dem Video, auf dem Tiffany Chloe den Tod androht. Tiffany, die sich von hinten anschleicht, um mir den Kopf einzuschlagen. Der Officer, der drauf und dran ist, Amir zu erschießen. Nanas Stimme, die mir sagt, ich solle aufwachen, ehe alles wieder im Dunkel versinkt. Dann plötzlich grelles weißes Licht. Verschwommene Erinnerungen an Ärzte und Krankenschwestern, die hektisch miteinander sprechen.

Nichts davon fühlt sich real an, ehe das Dunkel sich auflöst und ich meine Eltern über mir stehen sehe, ihren Gesichtern ist eine Mischung aus brennender Sorge und Erleichterung anzusehen. Mein Kopf fühlt sich glühend heiß an, als ich versuche, ihn zu heben.

»Nein, nein, Liebling, beweg dich nicht zu sehr«, sagt meine Mutter und drückt mich sanft in den Berg von Kissen zurück, die meinen Kopf stützen. »Du hast eine Schädelfraktur. Sie haben dich mit acht Stichen genäht, um den Schaden zu beseitigen, den dieses kleine Miststück angerichtet hat.«

Meine Zunge fühlt sich wattig an. Meine Gedanken verlaufen in Wellen, als wäre ich unter Wasser. »Amir!«, rufe ich und strampele mit den Beinen, mir fehlt jedoch die Kraft, um aufzustehen. »Wo ist Amir? Was ist passiert …?«

»Hier bin ich, Bro.«

Seine Stimme ist nah, doch ich sehe ihn nicht. Als meine Eltern sich über die Schultern blicken, geben sie den Blick auf ihn frei. Er steht am Kopfende meines Krankenhausbetts neben seiner Mutter, die mich warmherzig anlächelt. Doch Monicas und Amirs Augen sind geschwollen und gerötet. Neben ihnen bewegt sich eine schattenhafte Gestalt. Ich drehe mich zu ihr und sehe, wie Mr Dillard vortritt. In seinem Polohemd, das ihm teilweise aus seiner engen Jeans hängt, sieht er viel jünger aus als sonst.

»Er hat mich direkt vom Polizeirevier hierhergerufen«, erklärt Monica und legt ihre Hand sanft auf Amirs Schulter.

»Du … du bist nicht erschossen worden«, stelle ich mit heiserer und wackeliger Stimme fest. Als würde sie nicht zu mir gehören.

Amir grinst. »Das hab ich dir zu verdanken.«

Der mit Wasser gefüllte Becher, an dem meine Mutter mich nippen lässt, lindert die Enge in meiner Kehle. Und während ich den Becher leere, lichtet sich auch ein wenig der Nebel. Der dumpfe Schmerz in meinem Hinterkopf lässt nach. Alle, die sich um mein Bett geschart haben, sehen müde aus. Als ich einen Blick auf die Digitaluhr werfe, die sich zu meiner Rechten an der Wand befindet, sehe ich, dass es zwei Uhr nachts ist. Auf dem Whiteboard daneben stehen mein Name, die Diagnose, der Name der zuständigen Krankenschwester und die Uhrzeit, zu der sie das nächste Mal meine Vitalfunktionen überprüfen wird.

»Du hättest dich fast umgebracht«, sage ich mit tränenerstickter Stimme zu Amir. »Du hattest doch Hausarrest.«

»Du hättest dich fast selbst umgebracht«, entgegnet er. »Du hättest mir sagen sollen, was du bei den Winslows vorhast.«

»Also, ihr hättet uns *beiden* sagen sollen, was los ist«, schaltet sich seine Mutter ein. »Ich dachte, wir hätten darüber gesprochen, dass ihr nicht mehr auf eigene Faust recherchiert.«

»Das hab ich ja versucht, aber du warst voll und ganz damit beschäftigt, Krankenschwester zu spielen«, entgegnet Amir mit süffisantem Lächeln. »Ich konnte nicht abwarten, weil ich wusste, dass Trey bei uns eingebrochen war, dich niedergeschlagen und den Stick geklaut hat. Ich musste sofort zu Marcel, damit Trey nicht auch ihm was antut.« Mit einem Blick auf mich fügt er hinzu: »Und ich würde es immer wieder machen.«

Mir schwillt das Herz in der Brust. Ich habe noch nie erlebt, dass er mich so anschaut. Als wäre er dankbar, dass ich am Leben bin.

Als ich gerade fragen will, woher er wusste, dass Trey der Einbrecher war, sagt meine Mutter: »Ich bin froh, dass Amir so gehandelt hat, sonst wären die beiden Verbrecher mit noch Schlimmerem davongekommen.«

Mein Vater drückt sanft mein Bein durch die Decke hindurch, die den unteren Teil meines Körpers bedeckt. »Wir sind gesegnet. Und sosehr eure Mütter auch recht haben, so denke ich, dass ihr immer noch hier bei uns seid, weil ihr den Rat eurer Großmutter beherzigt und aufeinander aufgepasst habt.«

Amir senkt den Kopf und lächelt noch breiter, als unser Vater seine Hand ergreift. Ich genieße das alles in vollen Zügen. Das Gefühl, dass wir trotz unserer verkorksten Vergangenheit zu einer richtigen Familie geworden sind.

»Was ist mit Tiffany und Trey?«, frage ich.

»Die werden gerade eingebuchtet«, antwortet Mr Dillard und erinnert uns daran, dass er auch noch da ist. »Wir waren stundenlang auf dem Polizeirevier, um alles richtigzustellen. Schließlich ist es der Polizei gelungen, sie zum Reden zu bringen, besser gesagt, Trey zu einem Geständnis zu bewegen.«

»Ich verstehe nicht, warum Tiffany sie getötet hat«, sagt Amir.

»Aus demselben Grund, aus dem ich dachte, dass es Trey war«, entgegne ich traurig.

Ich berichte ihnen von dem Video, in dem Tiffany in Chloes Zimmer stürmt und sie bedroht, weil sie dachte, dass Chloe einen Journalisten kontaktiert hatte, um ihm von der Affäre ihres Vaters mit Vivian Crane zu erzählen. »Tiffany wusste nicht, dass es Chloe nur darum ging, Jareds Spiel aufzudecken«, erkläre ich. »Chloes Cousine Victoria hatte mir sogar erzählt, wie Chloe den Kontakt zu diesem Journalisten gesucht hat.«

»Das passt zu dem, was Trey auf dem Revier ausgesagt hat«, bemerkt Mr Dillard. »Offenbar ist dieser Journalist ein enger Freund der Winslows und hat ihnen erzählt, dass ihm Chloe irgendeinen heißen Tipp geben wollte.«

»Ich kann immer noch nicht begreifen, wie bösartig und aggressiv Tiffany in dem Video war«, sage ich. »So habe ich sie noch nie gesehen.«

»Geht mir genauso«, bestätigt Amir. »Sie hat heute Abend keine Spur von Reue gezeigt und sogar gesagt, wenn sie gewusst hätte, dass auch ich in Chloes Haus bin, dann hätte sie mich …«

Amir braucht diesen Satz nicht zu beenden. Jeder weiß, wie er geendet hätte.

Ich setze mich ein wenig auf und denke an jenen Tag, als ich mit ihr und Dustin auf dem Flur unserer Schule zusammengestoßen bin. Da hatte ich Chloes USB-Stick erwähnt, deshalb wussten sie, dass er in unseren Händen war.

»Die Staatsanwaltschaft plant für morgen früh um acht eine Pressekonferenz, auf der sie bekannt geben wird, dass die Kinder von Senator Winslow wegen Verdacht des Mordes an Chloe in Haft sind«, erklärt Mr Dillard. »Eigentlich war eine Pressekonferenz anberaumt worden, auf der sie die offizielle Anklageerhebung des Geschworenengerichts gegen Amir bekannt geben wollten, aber die hat sich inzwischen erübrigt.«

Mr Dillard sieht uns beide an. »Ich weiß, dass eure Eltern nicht glücklich darüber sind, aber es war sehr klug von dir, Marcel, die ganze Nachbarschaft abzuklappern. Niemand hätte je Tiffany verdächtigt, vor allem, da ihr Bruder den USB-Stick zerstört hat.«

Ich auch nicht, hätte sich Mrs Collins nicht zufällig daran gestört, dass Tiffany ihre rosa Haarspangen mit einer Jogginghose kombiniert hatte, die sie angezogen haben muss, ehe sie zu Chloe aufbrach. Nana hat immer gesagt, dass der Teufel im Detail steckt.

»Aber warum sollte Trey für sie sein Leben ruinieren?«, fragt meine Mutter.

»Er hat Tiffany immer beschützt«, sage ich.

»Vor allem wollte er den Ruf seiner Familie schützen«, fügt Amir hinzu. »Während unseres Kampfes hat er gesagt, er würde es niemals zulassen, dass seiner Familie dasselbe passiert wie unserer, nachdem ich verhaftet wurde. Er meinte, dass Schwarze, die es geschafft hätten, niemals Fehler machen dürften, um oben zu bleiben. Das war für ihn wichtiger als die Solidarität untereinander.«

Ich würde Trey gerne für das hassen, was er getan hat und womit er und seine Schwester fast davongekommen wären. Doch ich kann seine Beweggründe verstehen. Was mich ein bisschen erschreckt, weil das heißt, dass ich mich vielleicht genauso verhalten hätte. Je nachdem, wie weit ich gegangen wäre, um Amir zu retten.

38
Amir

Während es für mich leichter geworden ist, morgens aufzuwachen und in dieser Welt zu leben, ist überall anders in der Stadt das Chaos ausgebrochen.

Einem Zeitungsbericht zufolge, der wenige Tage nach Marcels Entlassung aus dem Krankenhaus veröffentlicht wurde, will Senator Spencer im Zuge der Inhaftierung von Trey und Tiffany vorübergehend von allen Ämtern zurücktreten. »Er halte es derzeit für besser, sich ganz um seine Familie zu kümmern«, wie eine anonyme Quelle zitiert wird. Am Tag zuvor waren auf der Titelseite mehrere Artikel über das Sklavenspiel zu lesen. In einem davon hieß es, Mr Braswell sei zum Rücktritt gezwungen worden und der Schulvorstand suche jetzt »gewissenhaft« nach einem Nachfolger.

»Die werden bestimmt einen Schwarzen einstellen, um den Saustall aufzuräumen«, sagte meine Mom, als sie mit den Artikeln fertig war. »Das machen sie immer, wenn so was passiert.«

Ein weiterer Artikel drehte sich um die Crescent City Foundation und legte das Geflecht aus Schwarzgeld, Bestechungsgeldern und anderen fragwürdigen Praktiken offen, in die Jareds Vater verwickelt war. Aus dem Schulvorstand des Truman wurde er entlassen. Gewählte Funktionäre haben sich öffentlich von der Stiftung und von Mr Lanford distanziert, dessen Ruf erheblichen Schaden genommen hat. Durch einen dritten Artikel erfuhren Marcel und ich, dass Jared und die anderen Teilnehmer am Sklavenspiel von der Schule geflogen waren. Die anderen Schüler wurden zwar nicht namentlich genannt, aber ein Hacker, dessen Twitter-Post in weniger als drei Stunden viral ging, hat sie alle enttarnt. Ihre Elternhäuser wurden danach teils Opfer von Vandalismus und ihre Namen durch diese öffentliche Rüge unsterblich.

CNN hat sich in dieser Woche an die Marketingabteilung meines Vaters gewandt und um ein ausführliches Interview mit unserer gesamten Familie gebeten, um zu erfahren, welche emotionalen Spuren das Spiel bei uns hinterlassen hat. Von anderen Schulen im ganzen Land wurden ähnliche Vorfälle bekannt. Seitdem die großen Nachrichtenagenturen darüber berichten, ist eine lebhafte öffentliche Debatte darüber entstanden, ob solche Vorfälle nicht gerade deshalb geschehen, weil die Zeit der Sklaverei und die Auswirkungen des systematischen Rassismus nicht Teil des Lehrplans sind.

»Viele Erzieher wollen nicht, dass sich die Weißen Schüler für das schämen müssen, was ihre Vorfahren getan haben. Andererseits finden sie nichts dabei, wenn die Schwarzen Kinder durch diese Ignoranz beschämt werden«, formulierte es ein Professor des Spelman College in einem Fernsehbeitrag, den meine Mom und ich vor zwei Tagen angesehen haben.

»Die Verantwortlichen an den Schulen drücken bei solchen Vorfällen ein Auge zu, weil sie diese Art des Rassismus als unschuldigen Spaß betrachten oder einfach als Entwicklungsphase, die weiße Kinder eben durchlaufen würden«, ergänzte der Professor. »Und für diesen *Spaß* wollen sie die Kinder nicht bestrafen.«

Wir haben uns mit dem Interview einverstanden erklärt. Sie haben uns nach Atlanta eingeladen. Nächste Woche geht unser Flug. Mit der Thematik lange genug in den Schlagzeilen zu bleiben, ist Marcels neues Lebensziel.

Als ich mir den Schlaf aus den Augen reibe und den Flur entlangtrotte, höre ich laute Musik, die aus unserem Vorgarten kommt. Die Uhr der Mikrowelle zeigt 11:15 Uhr. Mom musste letzte Nacht nicht arbeiten, was erklärt, warum sie so früh an einem Samstag schon auf den Beinen ist. Ich trete hinaus auf die Veranda und sehe, dass sie nicht allein ist.

Mom beugt sich über unseren Grill, während Dutzende Nachbarn und andere Leute im Vorgarten Tische und Stühle aufstellen.

»Was ist denn hier los?«, frage ich.

Mom strahlt mich an. »Wird auch Zeit, dass du aufwachst.« Sie legt die Stahlbürste hin, mit der sie gerade den Grill geschrubbt hat, tänzelt mir entgegen und bewegt ihre Schultern im Takt der Musik, die aus den großen Lautsprechern zu beiden Seiten der Veranda kommt. »Zieh dir was über. Wir schmeißen heute eine kleine Grillparty.«

»Warum?«, frage ich.

»Weil du am Leben bist, nicht ins Gefängnis musst und nicht mehr mit schlechter Laune und dieser Fußfessel am Bein durch das Haus schlurfen musst«, antwortet sie und schaut auf meine nackten Füße.

Sie haben mir am selben Abend, an dem Trey und Tiffany verhaftet wurden, auf dem Polizeirevier die Fußfessel abgenommen.

»Du bist heute früh aufgewacht und hast spontan entschieden, all diese Leute einzuladen?«, frage ich und winke Mrs Lee und ein paar anderen Leute zurück, die mir von unserem Vorgarten aus zuwinken.

»So machen wir das in New Orleans«, antwortet sie ausgelassen und stößt ihre Hüfte gegen meine. »Jetzt brechen goldene Zeiten an! Zieh dir was über. Wir haben viel zu feiern, Junge.«

Während ich dusche und mir was anziehe, wird die Musik

lauter und ich höre an der Vielzahl der Stimmen, dass die Gästeschar weiter angewachsen ist.

Als ich gerade das Wohnzimmer auf dem Weg nach draußen durchquere, ruft jemand meinen Namen.

Lily sitzt auf unserem Zweiersofa und hat dort offenbar gewartet. Auf mich. Sie steht auf.

»Kann ich kurz mit dir sprechen … nur eine Minute?«, fragt sie und reibt mit dem Daumen ihre Handfläche.

Ich schaue mich instinktiv nach einem Fluchtweg um. Meine Erfahrungen mit dieser Frau sind ausnahmslos negativ. Sie hat stets dafür gesorgt, dass ich mir dumm und unerwünscht vorkam. Was wird sie mir sagen wollen? *Tut mir leid, dass ich dachte, du hättest meinen Hund getötet?* Wie sollte ich darauf reagieren? Soll ich einfach so tun, als wäre der ganze Scheiß, den sie angezettelt hat, um einen Keil zwischen mich und Dad zu treiben, nie passiert? Und warum das Ganze? Weil ihr meine gesamte Existenz ein Dorn im Auge war? Oder weil sie meine Mutter gehasst hat? Weil sie dachte, dass wir für ihn wichtiger sind als sie und Marcel?

»Du hast allen Grund, mich zu hassen. Ich war nichts anderes als eine böse Disney-Stiefmutter«, sagt sie.

Das ist immerhin ein Anfang, würde Marcel sagen.

Sie fasst sich an die Schläfe, als hätte sich dort eine Strähne aus ihren hochgesteckten Haaren gelöst. »Ich kann die Vergangenheit nicht ändern, kann all die Male nicht ungeschehen machen, in denen ich dir das Gefühl gegeben habe, dass du nicht zu uns gehörst.«

Was wird das hier? Ich brauche keine Auflistung all ihrer Methoden, ein Kind zu schikanieren, das nie etwas getan hat, außer vielleicht respektvoll zu sein und den Ort zu meiden, an dem es nicht willkommen war.

»Die Wahrheit ist die, dass ich schon sehr früh wusste, dass Marcel schwul ist.« Sie lässt die Arme sinken und schaut mir direkt in die Augen. »Da ich so viele schwule Freunde und einen fabelhaften Onkel habe, habe ich die Anzeichen früh erkannt. Eine Mutter spürt, wenn ihr Sohn sich in eine bestimmte Richtung entwickelt. Und ich hatte Angst, dass dein Vater die Sache anders sehen würde. Schwarze Männer, diese toxischen Männlichkeitsideale, denen viele nachjagen … Ich wollte nicht, dass Marcel sich zu der einzigen Version von sich selbst entwickeln würde, die Martin nie akzeptieren könnte. Vor allem, da er noch einen zweiten Sohn hatte, der so aussah wie er und in jeder Hinsicht ein typischer Junge war. Also habe ich Marcel emporgehoben und dich klein gemacht«, fährt sie mit zitternder Stimme fort. »Und das nur, um später festzustellen, dass Martins Liebe bedingungslos ist. Und dass ich ihn daran gehindert habe, dir das Gleiche zukommen zu lassen, weil in meinem Kopf dieser seltsame Konkurrenzkampf stattgefunden hat, der dir das Gefühl geben musste, nicht willkommen zu sein.«

Sie legt mir die Hände auf die Schultern.

»Ich will mich bei dir entschuldigen, indem ich mein Verhalten in Zukunft ändere.«

Ich senke den Kopf, während ich Tränen in den Augen habe. Lily hebt sanft mein Kinn mit einer Hand und lächelt mich an. »Wir sind die Trudeaus, Schatz. Und nach allem, was du durchgemacht hast, und nach allem, was du riskiert hast, um Marcel zu retten, bin ich froh, dass du mein Stiefsohn bist.«

Zu den Gefühlen, mit denen ich kämpfe, kommen neue hinzu. Ich wusste, dass alles, was sie sagen wollte, mich mitnehmen würde. Zu hören, dass sie mich in ihre Familie einbezieht – wir sind die Trudeaus! –, verschafft mir ein warmes Gefühl. Die andere Familie meines Vaters fühlt sich plötzlich nicht mehr so *anders* an.

Sie zieht mein Cap gerade, das ich verkehrt herum trage, und mustert mich kurz. »Okay, dann lass uns mal rausgehen und Spaß haben, ehe deine Mutter und dein Vater denken, ich hätte wer weiß was mit dir angestellt.«

Als sie die Hand am Türknauf hat, sage ich: »Hey, Lily?«

Sie hält inne und dreht sich stirnrunzelnd zu mir um.

»Wenn du so weitermachst, dann wird aus der bösen Stiefmutter noch eine … richtig coole Stiefmutter.«

Die rechte Seite ihres Mundes verzieht sich zu einem Lächeln. Sie wirft sich ihre imaginären Haare über die Schultern und sagt: »Oh, das gefällt mir.«

Die Leute strömen von unserem Vorgarten auf die Straße und in die Gärten der anderen Nachbarn. Scheint so, als hätte Mom alle Bewohner unseres Blocks eingeladen und die der nächsten drei Blocks noch dazu. Der Duft nach gegrilltem Fleisch lässt meinen Magen erwachen. Ich lache über eine Gruppe von Leuten, die zu Beyoncés Version von *Before I Let Go* einen *Line Dance* aufführen.

»Hat ja lange genug gedauert. Alles okay bei euch?«, fragt eine vertraute Stimme.

Mein Dad steht rechts von mir auf unserer Veranda und hat eine Flasche Bier in der Hand. Lily geht zu ihm und schiebt ihre Hand in seine. Mit einem Fächer, der zu ihrem geblümten Sommerkleid passt, wedelt sie sich Luft zu.

»Alles wird gut, Martin«, antwortet sie und zwinkert mir zu.

»Du bist nett zu meinem Sohn? Benachrichtigt die Presse!«, sagt Mom, als sie sich zu uns gesellt.

»Er ist das Einzige, was du wirklich gut gemacht hast« entgegnete Lily und presst die Lippen aufeinander.

Mom verdreht die Augen, aber mit einem leichten Grinsen. Zwischen den beiden ist eine seltsame Dynamik entstanden. Ich habe nichts dagegen, aber es wird ein bisschen dauern, bis ich mich daran gewöhnt habe. Ob sie jemals Freundinnen werden? Ich bezweifle es. Dass sie sich respektieren, und wenn auch nur, damit zwischen mir und Marcel alles friedlich bleibt, reicht mir voll und ganz.

»Hast du Hunger? Dein Vater hat die Hälfte aller Gerichte des Tru hier hingestellt«, sagt Mom und deutet auf den Klapptisch neben ihrem Auto.

»Für meinen Jungen tu ich doch alles«, sagt mein Dad.

»Wie wäre es dann, wenn du ihm ein eigenes Auto kaufst, damit ich ihn nicht immer zur Schule hin und her kutschieren muss?«, schlägt Mom vor.

Unsere Eltern haben mich und Marcel vom Truman genommen. Dad weigert sich, dieser Schule noch einen einzigen Cent zu geben. Ich werde wieder aufs Douglas Egan gehen, um dort meinen Schulabschluss zu machen.

»Sag mir nicht, was ich tun soll, Liebes«, entgegnet mein Vater in scherzhaftem Ton, »aber wenn er wirklich ein Auto möchte, dann braucht er nur zu fragen.«

Alle schauen mich an und warten auf eine Reaktion. Mit diesem Thema werde ich mich irgendwann anders beschäftigen, aber nicht heute.

»Wo ist Marcel?«, frage ich und blicke mich suchend um.

Lily reckt den Hals und schaut über meine Schulter hinweg. »Der sitzt da drüben … ein bisschen zu nah bei diesem jungen Mann. Wer ist das?«

Als ich mich umdrehe, sehe ich Marcel neben Quincy auf der Kühlerhaube seines Wagens sitzen. Ich seufze. Vermutlich wird auch dieses Thema bald beendet sein.

»Das ist Quincy, er ist …«

Was auch immer Mom gerade sagen wollte, bleibt ihr im Hals stecken, als sie die Körpersprache zwischen Q und Marcel bemerkt. »Sag mal, ist Quincy etwa …«, fragt sie mich.

Ich grinse. »Ich sag mal eben Hallo zu ihm.«

Es dauert zehn Minuten, bis ich aus unserem Vorgarten herausgekommen bin. Ich werde von Leuten aufgehalten, die mir mitteilen, wie froh sie sind, dass alles gut ausgegangen ist. Dass sie immer für mich gebetet hätten. Ich weiß nicht, wie viel davon der Wahrheit entspricht, aber es fühlt sich gut an.

Marcel erblickt mich zuerst. Quincy ist zu sehr damit beschäftigt, Marcel zu betrachten, als wäre er das Interessanteste, das er je gesehen hätte. Solche Blicke habe ich von ihm noch nie gesehen.

»Kann ich dich kurz sprechen?«, frage ich Quincy.

»Ich geb euch eine Minute«, sagt Marcel und will sich von der Kühlerhaube gleiten lassen. Obwohl die Luft angenehm warm ist, trägt Marcel eine Beanie, um die genähte Wunde an seinem Hinterkopf zu verbergen. Die schmückt seinen Kopf, seit er aus dem Krankenhaus entlassen wurde.

»Nein, bleib«, sage ich und hebe eine Hand. »Du kannst ruhig zuhören. Ich meine, du weißt anscheinend schon was, das mein *angeblich* bester Freund mir bisher nicht sagen konnte.«

»Amir, hör mal ...«

»Ne, jetzt lass mich mal«, unterbreche ich ihn. »Zuerst konnte ich nicht verstehen, warum mein bester Kumpel nicht einfach in der Lage war, mir zu sagen, dass er schwul ist. Aber weißt du was? Du bist mir nichts schuldig, sondern nur dir selbst gegenüber. Und was immer auch passiert, du wirst immer mein bester Kumpel bleiben.«

Marcel grinst breit in sich hinein.

»Ey, so ist es doch gar nicht«, erwidert Quincy. »Ich meine, ich bin nicht schwul. Also, ich bin dabei, es herauszufinden, okay. Könnte auch sein, dass ich bi bin. Ist gar nicht so einfach, jemandem wie dir was zu erzählen, wenn man sich selbst nicht hundert Prozent sicher ist. Ich bin allerdings sehr sicher, dass ich deinen Bruder mag. Und ich würde gerne herausbekommen, was das zwischen uns ist ... wenn das für dich okay ist.«

Für einen Moment schaue ich zwischen den beiden hin und

her. »Ich kann dazu nur eines sagen: Wenn du meinen Bruder verletzt, dann reiß ich dir den Arsch auf.«

»Ist notiert«, sagt Quincy kichernd.

Dann wende ich mich an Marcel. »Und wenn du mit meinem Kumpel nur spielen willst, gibt es Ärger. Verstanden?«

»Verstanden«, antwortet Marcel, der immer noch grinst.

»Und du bist immer noch mein Kumpel, Punkt«, sage ich zu Quincy.

»Dann geh aber auch ans Telefon, wenn bei dir die Hütte brennt«, gibt er zurück.

»Touché«, räume ich ein.

»Und da wir schon dabei sind …« Quincy zeigt an mir vorbei.

Ich drehe mich zur Seite und sehe Buster und Nick auf uns zukommen. Bevor ich etwas sagen kann, rennt Buster auf mich zu, nimmt mich in den Schwitzkasten und sagt, wenn ich ihn noch einmal ghoste, dann könne ich was erleben. Dann schließt er mich so fest in seine Arme, dass ich fast keine Luft mehr bekomme.

Ich will die Tränen zurückhalten, aber das gelingt mir nicht.

39
Marcel

Eine Party ist in dieser Stadt keine richtige Party, bis eine Brassband aufmarschiert.

Sobald der energiegeladene Puls der Trompeten, Posaunen, Saxofone und Tubas erklingt, strömen die Leute auf die Straße, fangen an zu hüpfen und sich im Takt der Snare Drums im Kreis zu drehen, während sich die Brassband vor Amirs Haus postiert. Quincy zieht mich auf die Straße, um mir ein paar Freunde von seiner Schule vorzustellen. Ich schlinge meinen gegrillten Hotdog runter, damit ich beide Arme in die Luft strecken kann, während meine Füße zu tanzen beginnen.

Unter dem Baldachin des rötlichen Himmels vergessen alle ihre Sorgen und Nöte, während sich das improvisierte Grillfest bis in den Abend zieht. Ich habe bestimmt schon fünfzehn Minuten lang getanzt, bevor mir auffällt, dass Amir verschwunden ist. Ich hüpfe, um über die Menge hinwegzublicken, und sehe ihn schließlich auf den Stufen einer Veranda auf der anderen Straßenseite. Er ist allein, betrachtet das Treiben mit schwachem Lächeln und trotzdem umspielt Melancholie seine Züge.

»Hey, bin gleich zurück«, sage ich zu Quincy, bevor ich mir einen Weg durch die pulsierende Menge bahne.

Von seinem Platz aus kann er den ganzen Block überblicken, weil das Nachbarhaus in zwei Metern Höhe auf Betonpfeilern errichtet wurde. Wie so viele andere Häuser in dieser

Gegend, nachdem der Hurrikan Katrina eine Flutkatastrophe ausgelöst hatte.

»Was machst du hier so allein?«, frage ich kurzatmig, nachdem ich die vielen Stufen erklommen habe.

»Nachdenken.« Er rückt zur Seite, um mir Platz zu machen.

Ich folge seinem Blick, der auf meine Eltern und seine Mutter gerichtet ist, die in der Menge dicht nebeneinander tanzen. Wer sie so sieht, würde sich nicht vorstellen können, dass es zwischen ihnen jemals böses Blut gab. Ich weiß, dass es unter der Oberfläche brodelt, doch hoffe ich, dass sie all das mir und Amir zuliebe begraben können.

»Das hört sich jetzt vielleicht ein bisschen düster an«, sagt Amir nachdenklich, »aber in gewisser Weise hat Chloe uns zusammengebracht. Weißt du, was ich meine?«

Absolut. Und er meint bestimmt nicht, dass sie deswegen hätte sterben müssen.

»Sie hat das aus dem Jenseits heraus geschafft«, füge ich lächelnd hinzu. »Sie und Nana.«

»Jap. Du hast doch gesagt, dass du Nanas Stimme gehört hast, als du bei den Winslows bewusstlos warst, oder?« Er wartet ab, bis ich nicke, ehe er fortfährt: »Ich hab sie auch gehört. Sie hat mir gesagt, dass ich mich zu dir auf den Weg machen soll, als du nicht ans Telefon gegangen bist.«

Für eine Weile sitzen wir schweigend da. Lassen uns von der Wärme ihrer Liebe ganz ausfüllen, was immer das auch heißen mag.

»Ich dachte echt, dass mein Leben vorbei ist«, sagt Amir. »Als sie mir die Handschellen angelegt haben, war ich mir sicher, dass ich mein Leben nie wieder in Freiheit verbringen würde. Ich hab schon mit allem abgeschlossen. Und sieh mich jetzt an. Zum ersten Mal mache ich mir Gedanken darüber, wie mein Leben nach der Highschool wohl aussehen wird. Und ich freue mich sogar darauf.

Ohne dich wäre das alles nicht möglich gewesen«, fügt er hinzu. Als er sich zu mir dreht, glitzern Tränen in seinen Augen. »Du hast nicht zugelassen, dass ich aufgebe, was mich am Anfang ziemlich genervt hat.«

Ich kichere.

»Du hast mir gezeigt, was es heißen kann, einen Bruder zu haben«, sagt er mit zitternder Stimme. »Ich weiß, dass ich es dir nicht einfach gemacht habe. An deiner Stelle hätte ich wahrscheinlich dafür gesorgt, dass sie mich so schnell wie möglich in den Knast werfen. Aber das hast du nicht getan. Du bist echt ein besserer Mensch als ich, Mann. Aber ich bin deshalb nicht mehr eifersüchtig. Ich weiß das zu schätzen. Ich schätze dich. Und, Bro, ich liebe dich wirklich. Du kannst einem ziemlich auf den Geist gehen, aber du bist eben mein nerviger kleiner Bruder. Und ich werde immer für dich da sein, was auch passiert.«

Auf diese Worte habe ich so lange gewartet. Sie verleihen mir ein Gefühl der Schwerelosigkeit. Er hätte sie nicht auszusprechen brauchen. Ich wusste, dass er mich liebt. Habe es sogar immer dann gespürt, wenn er sauer war. Ohne diese Liebe hätte er niemals so viel riskiert, um mir das Leben zu retten.

»Ich liebe dich auch, Mann«, erwidere ich.

Er legt mir den linken Arm um die Schultern und zieht mich an sich. Ich lasse die Wärme seines Körpers in mich eindringen. Warum haben wir so lange gebraucht, um bis zu diesem Punkt zu gelangen?

»Ich bin froh, dass du das sagst, weil ich gehofft habe, dass du gegen die neusten Neuigkeiten nichts einzuwenden hast.«

»Was meinst du?«

»Da ich kein Schüler des Truman mehr bin, habe ich meinen Eltern gesagt, dass ich mit dir aufs Douglas Egan gehen will.«

Er lächelt. »Geht es da um mich oder eher um Quincy?«

»Beides ein bisschen«, gebe ich zu, »aber mehr um dich. Ich will, dass wir viel Zeit miteinander verbringen und uns so gut wie möglich kennenlernen. Ich meine, ehe wir aufs College gehen oder in deinem Fall wohl eher auf die Kochschule. Hab gehört, dass Daddy heute Morgen mit meiner Mutter darüber gesprochen hat.«

»Oh Mann, der kann es ja gar nicht abwarten«, sagt Amir. »Der hat heute schon tausend Leuten erzählt, dass wir zusammen ein Restaurant aufmachen.«

Wir lachen beide. »Wie ist es zwischen euch beiden?«

»Wir werden sehen.« Amir zuckt die Schultern. »Wir werden sehen.« Nach einem Augenblick spricht er weiter: »Du wirst auf dem Douglas Egan jedenfalls sehr beliebt sein, weil du definitiv mehr Geld hast als alle anderen.«

»Das gilt für uns beide«, korrigiere ich ihn.

»Ach stimmt. *Wir* sind die Trudeaus.«

»Vergiss das nie wieder.«

Als sich meine und Moms Blicke treffen, winkt sie uns zu sich.

»Man ruft nach uns«, sage ich und stoße Amir mit meiner Schulter an. »Komm.«

Ich nehme die Hand meines Bruders, führe ihn die Stufen runter und in die Menge hinein. Irgendwann fasst mich Monica an den Händen und zieht mich zu sich.

»Danke, dass du dein Versprechen gehalten hast«, flüstert sie mir ins Ohr, um gleich darauf wieder mit Amir zu tanzen.

Und so tanzen wir auf der Straße immer weiter, bis der Himmel pechschwarz ist.

Danksagung

Diesmal gibt es noch mehr Leuten zu danken.

Zunächst meinen Eltern, die weiterhin unermüdlich als mein inoffizielles Werbeteam fungieren. 🙂

Meinem außergewöhnlichen Agenten Alec. Ich könnte mir keinen besseren Fürsprecher für meine Karriere wünschen. Zwei sind geschafft, viele weitere liegen noch vor uns, Kumpel.

Krista, mögen wir weiterhin neue Maßstäbe im Verlagswesen setzen, indem wir Redaktionssitzungen an kulturell bedeutsamen Orten abhalten. Und Lydia, du bist eine Bereicherung für dieses Team und ich kann es kaum erwarten, dich von der Seitenlinie aus anzufeuern, wenn du dich auf deine eigene publizistische Reise begibst.

Monroe, du warst wirklich von Anfang an dabei. Als das, was jetzt passiert, nur ein Traum von mir war, ich aber nicht wusste, ob es möglich ist. Trotz aller Selbstzweifel und kleinerer Rückschläge hast du dich nie davon abbringen lassen, mir einzureden, dass ich es schaffen kann, und dafür werde ich dir ewig dankbar sein, mein Freund.

An meine besten Freunde, Lance und Mikey, ich arbeite immer noch an dem Privatjet. Bis ich mir einen leisten kann, muss es reichen, zu wissen, dass ich euch beide von Herzen liebe. Meine »G.M.B.«-Crew, danke, dass ihr mich an den Tagen, an denen das Leben auf mich einstürmt, zum Lachen bringt.

Kita, du bist wirklich die beste Schwester der Welt. Leah, Riley und R.J., ich danke euch für all die Gebete, die ihr für euren Onkel nach oben geschickt habt. Und an mein weitverzweigtes Netzwerk von Cousins und Cousinen, Tanten und Onkeln, meine Schwägerinnen und alle meine »Spielcousins«, meinen erweiterten Freundeskreis und meine Mitarbeiter (früher und heute): Danke, dass ihr so zahlreich erschienen seid; sei es bei Buchveranstaltungen, als ich Angst hatte, dass niemand kommen würde; sei es, dass ihr anderen empfohlen habt, mein Buch zu kaufen; oder sei es, dass ihr in den sozialen Medien dafür geworben habt.

An die Mitarbeiter von Penguin Random House und Delacorte Press: Ihr seid echt großartig! Ein außerordentliches Lob an meine Pressereferentin Joey Ho, an Kristopher Kam, Katie Halata, Erica Stone, Adrienne Waintraub, Beverly Horowitz, Stephania Villar, Jenn Inzetta, Meredith Wagner, Elizabeth Ward, Alex Hernandez, Shannon Pender, Kelly McGauley, Kim Small, Barbara Marcus, Amanda Close, Becky Green und Kimberly Langus.

Herzlichen Dank auch an Ellen Whitfield, Layne Mandros und Jennifer Vance von Books Forward. Die Arbeit, die ihr geleistet habt, um meinen Debütroman voranzubringen, war wirklich großartig. Ihr Damen seid einzigartig.

Vielen Dank für eure Bemühungen, Sofia Bolido und Alessandra Birch, mein Werk auf so viele ausländische Märkte wie möglich zu bringen.

Kara Thomas, J. Elle, Alexa Donne und Tahereh Mafi: Eure Quotes zu *The Black Queen* haben nicht nur mein Jahr bereichert, sondern mich auch zu Tränen gerührt. Danke fürs Lesen und für eure Unterstützung. Jess, du bist wirklich etwas Besonderes für mich. Danke für all deine Einblicke und aufmunternden Worte.

An die Autorenfreunde, die ich in meinem Debütjahr kennengelernt habe: Danke, dass ihr das neue Kind mit offenen Armen empfangen habt. Ein besonderer Dank geht an Dhonielle Clayton, Karen McManus, Nic Stone, Terry J. Benton-Walker und Taj McCoy für euren Rat und eure Unterstützung in dieser verrückten Branche.

Den Organisatoren des North Texas Teen Book Festivals, der TeenBookCon und des LA Times Book Festivals sowie den Mitarbeitern der Detroit Public Library danke ich dafür, dass sie mich mit den Jugendlichen, für die ich schreibe, in Kontakt gebracht haben. Diese Begegnungen waren das Inspirierendste an dieser ganzen Sache.

Barnes & Noble: Für mich hat sich ein Kreis geschlossen, als ich einen Laden betrat und mein Buch im Regal sah. Danke, dass ihr mein Debüt ins Rampenlicht gerückt und mir erlaubt habt, euren Instagram-Account mehr als einmal zu nutzen. Die Unterstützung durch das B&N-Netzwerk kam unerwartet und war sehr willkommen. Ein besonderer Dank geht an Michelle Laikowski, die mich bei alldem unterstützt hat.

Charisse Gibson, danke, dass du in letzter Minute eingesprungen bist und meine Buchvorstellung zu einem Erlebnis gemacht hast, das ich nie vergessen werde.

Und all den unabhängigen Buchhandlungen, Bloggern, Rezensenten, Publikationen, Bibliothekaren und Lehrern, die sich für *The Black Queen* eingesetzt haben – ich werde mich nie für eure Unterstützung revanchieren können.

Und nicht zuletzt an die Leserinnen und Leser, die mir eine Nachricht geschickt und meinen Debütroman weiterverbreitet haben: ICH LIEBE EUCH ALLE! Ich hoffe, dass ich euch auch in den kommenden Jahren gut unterhalten kann.

XOXO
JE